KNAUR

Katja Maybach

SCHICKSALSSTUNDEN

ROMAN

KNAUR

Besuchen Sie uns im Internet:
www.knaur.de

Aus Verantwortung für die Umwelt hat sich die Verlagsgruppe Droemer Knaur zu einer nachhaltigen Buchproduktion verpflichtet. Der bewusste Umgang mit unseren Ressourcen, der Schutz unseres Klimas und der Natur gehören zu unseren obersten Unternehmenszielen. Gemeinsam mit unseren Partnern und Lieferanten setzen wir uns für eine klimaneutrale Buchproduktion ein, die den Erwerb von Klimazertifikaten zur Kompensation des CO_2-Ausstoßes einschließt. Weitere Informationen finden Sie unter: www.klimaneutralerverlag.de

MIX
Papier aus verantwortungsvollen Quellen
FSC® C083411

Originalausgabe Juni 2022
Knaur Taschenbuch

Ein Imprint der Verlagsgruppe
Droemer Knaur GmbH & Co. KG, München

Redaktion: Catherine Beck
Covergestaltung: ZERO Werbeagentur, München
Coverabbildung: Collage unter Verwendung von rjenkins.co.uk und Shutterstock.com
Satz: Daniela Schulz, Gilching
Druck und Bindung: CPI books GmbH, Leck
ISBN 978-3-426-52802-0

2 4 5 3 1

ERSTER TEIL

EINS

Kurort Bad Lichtenberg

1930

JULIAN

Flirrend fielen die Sonnenstrahlen eines Frühsommertags durch die Blätter der Birken, die die Allee säumten und an deren Ende man die alte Villa der Familie Laverne erkennen konnte. Julian sah hinauf, ging ein paar Schritte den Weg hoch, blieb stehen, kehrte dann um. Er hatte am Telefon eine spätere Ankunftszeit angegeben, also erwartete ihn noch niemand, und genau das war es, was er gewollt hatte. Keine Freudentränen seiner Mutter Elisabeth, wenn sie ihn am Bahnhof vor allen Leuten in die Arme schloss, und auch keinen Schulterschlag seines Vaters Carl, der ihm versicherte, es sei ohne Bedeutung, dass er zweimal durchs Abitur gerasselt war, bevor er es mit größter Mühe beim dritten Anlauf geschafft hatte, während sein Zwillingsbruder Felix bereits seit drei Jahren in München studierte. Diese emotionalen Szenen konnten noch warten.

Sein Gepäck hatte er schon vorausgeschickt, und so lief er schnell zurück auf die Hauptstraße, sah hoch zum *Grand Hotel Deutscher Kaiser*, dessen alleinige Besitzerin seine Cousine Luise war. Sein Blick blieb an dem legendären Westflügel hängen, der in seiner früheren Schönheit neu erstrahlte. Nach zwölf Jahren Wiederaufbau waren am Tag zuvor das Gerüst und die Planen endlich entfernt worden. Nun gehe es mit einem berühmten Architekten an die Innenausstattung, hatte sein

Vater ihm am Telefon erzählt. »Du weißt ja, vier Jahre nach dem Krieg haben wir den Ostflügel mit der Halle und einigen Räumen wieder eröffnen können, aber der Westflügel ist der große Teil des Hotels, der vor dem Krieg den internationalen Ruf eines Luxushotels begründet hat. Hoffen wir, dass wir bald wieder zu den berühmten Hotels in Europa gehören werden.«

Julian musste lächeln. Sein Vater Carl identifizierte sich immer noch mit dem Hotel, an dem er Anteile besessen, die er aber vor einigen Jahren an Luise abgegeben hatte.

Julian überquerte die Straße und ging direkt ins Kurhaus mit seinem gewölbten Glasdach. Nur wenige Gäste standen in der Wandelhalle um die Brunnen herum und tranken gelangweilt das Heilwasser aus Bechern. Nichts schien geblieben von der Eleganz der Vergangenheit, als ein Pianist nebenan im Restaurant Palmengarten am Flügel leichte Melodien gespielt und die Kurgäste in der Wandelhalle aus geschliffenen Gläsern das Wasser getrunken hatten, gereicht von Kellnern im Frack. Die Damen waren damals in ihren Kreationen der Pariser Couturiers durch die Halle flaniert und hatten angeregt den neuesten Gesellschaftsklatsch ausgetauscht. Doch das war Vergangenheit, damals, als das Hotel noch *Grand Hotel* hieß, bevor es während des Großen Kriegs in *Deutscher Kaiser* umbenannt worden war. Julian blieb unentschlossen stehen und sah hinüber ins Restaurant mit den vielen Palmen und dem plätschernden Springbrunnen.

Auch hier schien es wie früher und doch anders – war es die Stimmung, das Fehlen der eleganten Gäste, die das Flair dieses Kurorts bestimmt hatten?

Das Leben ist Veränderung – dies war der Lieblingssatz seines Vaters Carl, der bei Julian Unbehagen auslöste. Wie würde sich sein Leben nach den Jahren im Internat verändern, was erwartete sein Vater von ihm, was erwartete er selbst? Er hatte keine Ahnung. Zögernd wandte er sich ab und ging in den

»Exotenraum«. In der Mitte erhob sich der gläserne Pavillon, und um ihn herum war ein kleiner Garten angelegt, in dem zwei Pfaue auf und ab stolzierten. Auch hier schien alles wie früher zu sein, die exotischen Vögel tummelten sich im Pavillon, zwitscherten, krächzten, stritten sich.

»Wenn du den blauen Papagei suchst – er ist gestorben.«

Überrascht drehte sich Julian um. Hinter ihm stand eine sehr junge Frau, deren graue Augen ihn forschend betrachteten.

»Kennen wir uns?« Julian war verlegen, weil sie ihn einfach duzte.

»Ich bin Olga«, betonte sie, während der Blick ihrer grauen Augen ihn nicht losließ.

»Tut mir leid, aber ich erinnere mich nicht an dich.«

»Du und dein Bruder, ihr wart die frechen Jungs, die mich immer geärgert haben. Am Bahnhof. Ihr wart beide Pfadfinder«, half sie ihm auf die Sprünge.

Langsam dämmerte es Julian. »Ja, jetzt erinnere ich mich!« Seine Verlegenheit löste sich in einem Lachen auf. »Aber ich erinnere mich auch, dass du angefangen hast, uns zu ärgern. Du hast uns provoziert, wir haben nur reagiert. Wir waren noch Kinder«, setzte er hinzu.

Sie hob die Schultern, ließ sie langsam wieder sinken, auf Julian wirkte es ein wenig überheblich. Mit der einen Hand zeigte sie hoch zu den Vögeln. »Dort, siehst du den roten Papagei? Der ist neu.«

»Aber soweit ich mich erinnere, war der blaue besonders schön.«

»Ja, das stimmt. Er war ein *Hyazinth-Ara*, eigentlich hätte er fünfzig Jahre alt werden können.« Tiefes Bedauern schwang in ihrer Stimme mit. »Und siehst du den gelben auf dem Baum dort hinten? Das ist ein *Anodorhynchus*.«

»Woher weißt du das alles?« Julian kam aus dem Staunen nicht heraus.

»Halt so, jeder weiß das«, erklärte sie, während sie die Augenbraue hochzog und ihn weiterhin ansah. Ihr Blick ließ ihn nicht los.

»Kommst du oft hierher?« Er biss sich auf die Lippen. Fiel ihm nichts Besseres ein?

War es leichter Spott, der in ihren grauen Augen aufblitzte? Er fühlte sich unbehaglich. Trotzdem blieb er stehen und beobachtete sie, wie sie in einer anmutigen Bewegung den Kopf nach oben wandte und offenbar fasziniert die Papageien beobachtete. Wie würde es sein, diesen zarten Hals zu küssen? Julian wurde bei dem Gedanken heiß, es machte ihn noch verlegener, und doch sah er sie weiterhin verstohlen an. Letztendlich hatte sie auf seine Frage noch nicht geantwortet.

Sie hatte ein schmales Gesicht mit auffallend hohen Wangenknochen, die blonden Haare waren streng nach hinten gekämmt und zu einem Knoten gebunden. Sie war nicht wirklich schön oder hübsch, doch diese großen grauen Augen, die sich ihm wieder kühl und abschätzend zuwandten, zogen Julian in ihren Bann. Er konnte nicht anders, er starrte sie weiterhin an.

Plötzlich lächelte sie. »Nun?«, fragte sie herausfordernd, »gefällt dir, was du siehst?«

Sie provozierte ihn, da sie seine Unsicherheit spürte, und das machte ihn wütend, aber auch wehrlos. »Ich habe mir überlegt, wie alt du bist.«

»Und? Was glaubst du?«

Ich weiß nicht.« Julian zog die Schultern hoch. Er kannte sich mit Mädchen nicht aus. »Vierzehn?«

»Du bist ja ziemlich ungeschickt«, meinte sie. »Nein, ich bin sechzehn.«

»Es tut mir leid«, murmelte Julian und spürte, wie ihm die Röte ins Gesicht flutete.

»Na ja, in zehn Jahren werde ich mich freuen, wenn man

mich jünger einschätzt«, erklärte sie mit sehr erwachsener Arroganz, wie Julian fand.

Dann wandte sie sich zum Gehen. »Ach übrigens, um deine Frage zu beantworten: Ja, ich komme öfter hierher. Man sieht sich«, erklärte sie mit einer unbestimmten Handbewegung, und schon war sie weg.

Er wollte ihr nachlaufen, doch dann blieb er stehen.

Olga. Natürlich, wieso war ihm das nicht gleich eingefallen. Das war nicht nur das vierjährige Mädchen gewesen, das an den Bahnhof kam, ihn und seinen Zwillingsbruder Felix so lange provozierte, bis sie das Mädchen wiederum ärgerten, sondern sie war die Enkelin des Mannes, der das Hotel *Deutscher Kaiser* im November 1918 in Brand gesteckt hatte. Damals war Olgas Großvater noch am Morgen in das Gefängnis nach Karlsruhe gebracht worden. Es hieß, er beschimpfe die Wärter, stieße Flüche gegen die Familie Laverne aus, diese Verbrecher, denen man ihr Hab und Gut wegnehmen oder vernichten sollte. Seine kleine Enkelin war am Vormittag abgeholt und in ein Waisenhaus gebracht worden. Das war offenbar der Auslöser seiner furchtbaren Tat gewesen. Niemand wusste, was damals aus der Kleinen geworden war, es wurde nicht bekannt und interessierte auch niemanden. Jetzt aber schien sie zurück zu sein, vielleicht sogar überzeugt, ihr Großvater habe richtig gehandelt? War er Kommunist gewesen, oder hatte sich der Hass gezielt auf die Familie Laverne gerichtet? Nach einigem Zögern lief Julian ihr nach, sah sich um, doch das junge Mädchen war verschwunden.

Olga hatte seine Gedanken durcheinandergebracht, die Gelassenheit, die ruhige Freude, die er bei der Ankunft verspürt hatte, waren wie weggeblasen.

Aber dann wurde er abgelenkt. Voller Erstaunen beobachtete er, wie immer mehr Menschen in Richtung *Deutscher Kaiser* liefen, und plötzlich war er mittendrin. Er ließ sich treiben, sah sich um, bis er merkte, dass er in eine Demonstration geraten war. Vor dem Hotel hielten Menschen Schilder mit der Aufschrift hoch:

Wer Geld von unseren Feinden annimmt, ist ein Verräter
Amerikaner kaufen unser Land auf
Nieder mit denen, die ihr Geld annehmen

So skandierten sie gemeinsam im Chor.

Julian erschrak. Die Demonstration richtete sich gegen seine Cousine Luise, der es gelungen war, amerikanische Investoren für den Aufbau des Westflügels zu gewinnen.

Nieder mit den amerikanischen Investoren, nieder mit …

Aggression und Wut steigerten sich, die Leute drängten nach vorne, einige fielen hin, andere ballten die Fäuste, hoben sie in Richtung des *Deutschen Kaisers.* Jetzt rückte die Polizei an, einige Beamten sogar hoch zu Ross, sie verteilten sich und mahnten die Leute mit einem Sprachrohr, sich ruhig zu verhalten. In diesem Moment erschien Julians Cousine Luise mit Julians Vater Carl vor dem Hotel. Sie stieg auf ein Podest, das man hastig herbeigeholt hatte, hob die Hände, und als die lauten Rufe endlich in ein Gemurmel verebbten, bedankte sie sich für die eingekehrte Ruhe und schlug den Demonstranten vor, Fragen zu stellen, die sie und ihr Onkel Carl Laverne beantworten würden. Julian sah zu ihr hoch. Schon als Kind hatte er seine schöne Cousine bewundert, die bereits mit fünfundzwanzig Jahren die Leitung des Familienhotels übernommen hatte und bald darauf Direktorin wurde. Jetzt hatte sie die große Chance erkannt, mit amerikanischen Investoren aus dem *Deutschen Kaiser* ein europäisches Luxushotel entstehen zu lassen. Und diese Chance hatte sie ergriffen. Julian wartete noch einen kurzen Moment, drängelte sich dann aber durch die Menschen zurück bis zum Palmengarten.

»Wissen Sie, warum gegen Investoren demonstriert wird?«, wandte er sich an einen Kellner, der als Zuschauer neben ihm stand.

»Das sieht und hört man doch«, war die erstaunte Antwort des Kellners. »Gestern wurde das Gerüst um den Westflügel abgebaut, und erst jetzt erkennt man, was das für ein luxuriöser Palast geworden ist, alles finanziert von Ausländern. Plötzlich gehört dann der ganze Ort den Amerikanern oder den Russen. Wie man sagt, ist der Ostflügel vor acht Jahren mit russischem Geld renoviert worden.«

»So ein Unsinn, was erzählen die Leute da«, entrüstete sich Julian. »Mein Onkel Johannes Laverne hat die Wohnung seiner verstorbenen Schwester in Berlin verkauft, um diese große Renovierung am Hotel finanzieren zu können. Der Käufer war nur zufällig ein Russe.«

»Na ja, sag ich doch«, erklärte der Kellner ungerührt, wandte sich ab und ging zurück in den Palmengarten.

Julian schüttelte nur den Kopf, beobachtete dann wieder Luise, die laut in die Menge rief, sie freue sich auf die Fragen, könne aber vorab schon sagen, dass dieser Ort ohne Investitionen weiterhin nur ein verschlafener kleiner Kurflecken blieb, in den allmählich überhaupt keine Gäste mehr kommen würden, da sie lieber nach Baden-Baden führen. »Wollt ihr das?«, rief sie in die Menge.

Die Leute zögerten jetzt, zuckten mit den Schultern und sahen sich gegenseitig unsicher an.

»Alle Hotels hier im Ort werden schließen müssen. Wir brauchen Geld, auch für den Aufbau unseres Barocktheaters. Und wo bekommen wir es her? Doch nur durch ausländische Investoren.«

Julian war stolz auf seine schöne Cousine und freute sich schon auf den Abend. Sie hatte versprochen, bei seinem Willkommensessen in der Villa dabei zu sein, denn Luise wohnte im Hotel in einer eigenen Suite. Nur schade, dass seine Cousine Victoria in Berlin lebte. Nach dem Krieg, kurz nachdem das Hotel in Flammen aufgegangen war, gab es diesen Bruch zwischen ihr und der Familie. Ihre Mutter Irene hatte geklagt, dass Victoria einfach nach Berlin gegangen sei, um sich zu amüsieren und nicht mit der Familie um den gefallenen Bruder Franz zu trauern, sie habe sie im Stich gelassen. Auch Luise war verletzt gewesen, dass die Schwester nach der Brandkatastrophe gegangen war.

Nach diesem Bruch gab es kein Zurück mehr, die Familie blieb zerstritten. Julian wartete noch, doch offenbar löste sich die Demonstration jetzt in friedlichen Diskussionen auf. So wandte er sich erleichtert ab. Dann aber sah er, dass sich eine kleine Gruppe herauslöste, die die Faust hob und skandierte: *Rechte der Armen, Pflichten der Reichen!* Johlend versuchten sie, weiterhin Unruhe zu stiften. *Nehmt den Lavernes ihr Vermögen weg … Umverteilung des Eigentums!* schrien sie jetzt.

Doch da trieben Polizisten die Leute energisch auseinander. Während er sich bereits abwandte, entdeckte Julian in dieser kleinen Gruppe Olga.

Er zögerte – sollte er auf sie zugehen, sie fragen, ob sie wirklich Kommunistin sei? Was hatte sie dazu gebracht? Doch dann riss er sich los und hatte es plötzlich sehr eilig, nach Hause zu kommen. Mit großen Schritten lief er die Birkenallee hoch.

ZWEI

Berlin

Zur gleichen Zeit

VICTORIA

In der ersten Dämmerung des Tags erloschen die grellen Leuchtreklamen der Cafés, Varietés, Tanzpaläste und Theater. Auf den Straßen tummelten sich die Nachtschwärmer, die in einem der vielen Cafés am Kurfürstendamm die durchfeierte Nacht mit einem letzten Glas ausklingen lassen wollten.

Victoria Laverne beeilte sich. Sie wollte nach Hause, nachdem sie sich wieder einmal hatte überreden lassen, die Nacht mit dem ganzen Ensemble durchzufeiern. Aber es gab einen Grund: Die Premiere in *Teklas kleinem Tanzpalast* war ein großer Erfolg gewesen, auch für sie, deren Kostümentwürfe ebenfalls sehr beklatscht wurden.

Sie ärgerte sich über sich selbst, da sie kein Ende hatte finden können und sich übermüdet von zu vielen Zigaretten und Alkohol erst in den Morgenstunden verabschiedet hatte. Aber es war nett gewesen, das musste sie zugeben.

Alle waren betrunken gewesen, fielen sich um den Hals, weinten oder lachten und erklärten Victoria, wie schade es sei, dass sie nicht mehr oben im Theater mit ihnen wohne, sie habe doch gewissermaßen zur Familie gehört. »Aber das ist doch Jahre her«, hatte sie protestiert. »Ja, schon«, seufzte der Choreograf, »aber es war so nett mit dir, du warst so naiv, als du vom Land zu uns gekommen bist.«

Naiv. Jetzt lachte Victoria, als sie unterwegs daran dachte.

Sie war nicht vom Land, sondern in einem eleganten Kurort aufgewachsen. Sie hatte zwei Männer geliebt, einer verließ sie, der andere beging während des Kriegs Selbstmord. Und ihr Bruder Franz war in den letzten Kriegstagen an der Westfront gefallen. Sie hatte also mehr erlebt als die meisten der Ensemble-Mitglieder. Alle hatten heute Nacht in Erinnerungen geschwelgt und auch gelacht, als sie immer wieder erzählten, wie Victoria damals mit zwei Koffern plötzlich im Theater gestanden und Tekla das junge Mädchen vergessen hatte, dem sie einen Vertrag als Kostümbildnerin angeboten hatte. Damals hatte Victoria noch keine Ahnung davon, dass Tekla viel versprach und noch weniger hielt. Aber Tekla, eine Frau der schnellen Entschlüsse, bot Victoria an, im Theater zu wohnen und ab sofort die Kostüme zu entwerfen. Victoria war außer sich vor Freude gewesen, denn da hatte sie noch nicht gewusst, dass sie ihre Entwürfe an einer kleinen alten Nähmaschine selbst herstellen musste. Doch Victoria blieb. Es gefiel ihr; sie hatte die Koffer ausgepackt und war in eine kleine Kammer im zweiten Stock des Theaters gezogen. Vier Jahre wohnte sie dort, zusammen mit Tekla und ihrem Mann, einigen Tänzerinnen, dem Choreografen, dem Bühnenbildner und auch mit Mario, dem Pianisten. Sie alle lebten in den oberen Räumen von *Teklas kleinem Tanzpalast*, aßen zusammen, probten zusammen, feierten zusammen, machten die Nächte in Berlin unsicher, und manche schliefen miteinander. Das tat Victoria mit Mario, dem Pianisten, er gefiel ihr, vielleicht auch nur, weil er gut Klavier spielen konnte? Es waren aufregende vier Jahre gewesen, die sie dort gelebt hatte, vielleicht bis jetzt ihre beste Zeit in Berlin. Man konnte nie wissen.

Aber dann hatte sie sich von Mario getrennt und war ausgezogen. Für sie kamen die Jahre, in denen sie als Kostümbildnerin bekannt und in den Kritiken gefeiert wurde. Sie gab immer ihr Bestes, und längst gab es im Theater ein Atelier, in dem zwei Schneiderinnen Victorias Entwürfe nähten.

Bevor sie jetzt vom Kurfürstendamm abbog, stellte sich ihr ein Mann in den Weg, murmelte ein paar Worte und griff in seine Tasche. Victoria war ihm schon oft begegnet, er war Schriftsteller, ließ sich von seinem Arzt Rezepte für Drogen gegen Schmerzen verschreiben, die er dann nachts auf dem Kurfürstendamm verkaufte.

»Ein bisschen Kokain gefällig?«

Sie schüttelte den Kopf. »Nein, Carl, du weißt doch, dass ich nichts nehme.« Sie lächelte ihn kurz an und beeilte sich, nach Hause zu kommen.

In der Pariser Straße stieg sie in den Aufzug und fuhr nach oben in ihre Wohnung. Rechts war der Eingang zu Sergej, dem Russen, links die Tür zu ihrer kleinen Wohnung. Sergej, dem in Berlin Bars und Restaurants gehörten, hatte vor acht Jahren diese Wohnung der Lavernes gekauft, die sich über die ganze dritte Etage zog. Doch Victorias Vater hatte durchgesetzt, dass ein kleiner Teil abgegrenzt und zu einer eigenen Wohnung umgebaut wurde. Anschließend durfte Victoria dann hier einziehen. Das hatte ihr Vater Johannes möglich gemacht. Und doch fand sie den Weg nicht mehr zurück zur Familie.

In der Wohnung schleuderte sie ihre hohen Schuhe von den schmerzenden Füßen, ging zum Fenster und öffnete es weit. Ein schöner Sommermorgen, noch ein wenig kühl, drang herein, verbunden mit dem Duft der blühenden Linden. Tief sog sie die Luft ein. Jetzt aber, nach dieser lauten und schrillen Nacht, dem frenetischen Beifall und den hektischen Proben der letzten Wochen, überfiel sie Stille. Kaum zu ertragen, obwohl Ruhe doch genau das gewesen war, wonach sich Victoria gesehnt hatte. Wollte sie keine Ruhe, brauchte sie die hektische Großstadt? War sie eine Berlinerin geworden?

Die Stadt hatte ihr vor elf Jahren die Arme weit geöffnet, und sie hatte sich hineingestürzt. Inzwischen kannte sie *tout Berlin.* Jede neue Show, jedes Theater, jeden kleinen Dealer, jeden Transvestiten. Doch sie kannte auch die andere Seite der Stadt: die Demonstrationen der Arbeitslosen, Aufmärsche der neuen Partei NSDAP, sie sah die Kriegsversehrten, die am Straßenrand kauerten und bettelten. Jedes Mal ergriff sie das schlechte Gewissen, wenn sie aus der glitzernden Welt des Theaters kam, wo Hysterien, Eifersucht und Intrigen herrschten, in der ein verstauchter Fuß der Solotänzerin eine Tragödie darstellte. Aber manchmal hatte sie das Gefühl, beim Anblick »der anderen Seite« der Stadt fast zu ersticken. Und doch blieb sie.

Sie sollte jetzt einfach schlafen, und so zog sie sich aus und warf sich einfach aufs Bett. Aber trotz ihrer bleiernen Müdigkeit fand sie keinen Schlaf.

Victoria spürte das Ziehen im Nacken, den pochenden Kopfschmerz, verursacht durch kalten Rauch und Erschöpfung. Sie befand sich in einem Zustand der Müdigkeit und gleichzeitig flirrender Wachheit. Sie schloss die Augen und atmete den Duft der blühenden Linden ein, deren Äste bis herauf in den dritten Stock reichten. Und schon war sie da, die Erinnerung an das Jahr 1914, an die Leichtigkeit dieses Sommers, in dem noch niemand wirklich an einen Krieg glauben wollte. Mit geschlossenen Augen sah sie sich wieder in der Wiese liegen, im hohen Gras zwischen blühenden Mohnblumen, Margeriten und Zittergras. Hier hatte sie mit Juri gelegen, hier hatte er sie zum ersten Mal geküsst und Zärtlichkeiten mit ihr ausgetauscht. Es waren Momente gewesen, in denen sie dachte, dieser Sommer würde nie zu Ende gehen. Sie war sechzehn Jahre jung, und das Leben hatte doch gerade erst angefangen, als der Krieg ausbrach und Juri ohne Abschied ging. Er, der am Flügel im Palmengarten für sie den *Liebestraum* von Liszt gespielt hatte. Er war zwanzig Jahre alt gewesen und auf dem

Weg, ein großer Pianist zu werden. Nie mehr hatte ein Mann so wunderbar Klavier gespielt, nie mehr ihre Gefühle so sehr berührt wie Juri, der ohne Vorwarnung und ohne Abschied gegangen war.

Viele Jahre später hatte sie endlich begriffen: Er war einberufen worden, um für sein Vaterland zu kämpfen. Hatte er gegen Deutschland im Feld gestanden, war er sogar gefallen? Als im Oktober des Jahres 1917 die Nachricht um die Welt ging, in Russland gäbe es eine Revolution, die blutig niedergeschlagen wurde, kreisten ihre Gedanken nur um Juri. Lebte er noch? Sie hatte ihn geliebt, mit der ganzen Kraft ihrer unverbrauchten, gerade erwachten Gefühle, mit ihrer Sehnsucht, mit der Erkenntnis, das musste das Glück sein, über das Dichter und Schriftsteller schrieben, ein Glück, immer verbunden mit Sommer, den duftenden Wiesen, den hügeligen Weinbergen.

Und da spürte sie, dass sie weinte und von schmerzhaftem Heimweh erfasst wurde. Auch jetzt war Sommer, jetzt standen sicher die Birken entlang der Allee in frischem Grün. Und wenn man hochsah, erkannte man zwischen den Bäumen die alte Villa mit ihrem Türmchen und dem Park und … ja, den Erinnerungen an ihren Bruder Franz und an Luise. An die verlorene Kindheit, als sie zu dritt hinunterliefen zur Kurhalle, um sich die Vögel im gläsernen Pavillon anzusehen. Sie hatten gelacht, und Franz, der Älteste von ihnen, hatte sie die drei Musketiere genannt, da er diesen Roman gerade gelesen hatte. Das Leben damals war sorglos gewesen, jeder Tag barg eine neue Aufregung in sich, und sie alle freuten sich auf die Zukunft.

Das Gefühl des Heimwehs wuchs und wurde zur brennenden Sehnsucht.

Doch als sie nach zwölf Stunden bleiernem Schlaf langsam die Augen öffnete, war diese Stimmung schwächer geworden, verlor sich mit jedem Atemzug mehr. Sie hatte hier in Berlin einen Vertrag zu erfüllen.

Aber dann traf sie die Entscheidung: Am 7. September würde sie den Weg nach Hause finden, um sich zu versöhnen. Das Leben ging so schnell vorbei, und die Zeit, die sie bereits mit der Familie im Streit lag, war einfach zu lang.

Am 7. September stellte sich ihr Onkel Carl zur Wahl zum Oberbürgermeister des Kurorts. War das nicht ein Grund, endlich die Spannungen beizulegen? Ihre Familie kam ihr nicht entgegen, also sollte sie jeden falschen Stolz vergessen, selbst die Initiative ergreifen und am 7. September nach Hause fahren. Sie kam der Familie entgegen, signalisierte, es sei Zeit für eine endgültige Versöhnung. Manchmal schrieben Luise und sie sich kurze Briefe, aber niemand aus der Familie hatte Victoria jemals besucht. Und sie war ebenso wenig nach Hause gefahren. Letztendlich hatten sie ihr nicht wirklich verziehen, dass sie damals nach Berlin gegangen war, ohne Rücksicht auf die Katastrophe, in der sich die Familie befand. Sie sei egoistisch, denke nur an sich – waren das nicht die Worte ihrer Mutter gewesen? Aber das Heimweh wuchs und wurde zum festen Bestandteil ihrer Gefühle.

Drei Tage später fand die Vorbesprechung für die nächste Show statt. Sie saßen bei Tekla in der Küche, dem größten Raum in ihrer Wohnung. Teklas Ehemann saß am Tisch, Unterlagen vor sich ausgebreitet und wie immer mit sorgenvollem Stirnrunzeln, wenn seine Frau von wichtigen finanziellen Investitionen sprach. Um den Tisch herum saßen der Choreograf, der Bühnenbildner und auch ein neuer Bühnenautor. Er sei berühmt und koste viel, also müsse Victoria an der Ausstattung sparen.

»Die Tänzerinnen sind ja sowieso fast nackt«, erklärte der Autor, »ich verstehe nicht, warum die Ausstattung so teuer sein soll. Die Geschichte, die dahintersteckt, ist das Wichtige.«

Bevor es zu einer hitzigen Diskussion kam, griff Tekla ein. Sie sah auf die Uhr, stellte fest, es sei spät und die Vorbesprechung zu Ende. Jeder solle sich Gedanken machen, wie die neue Show aussehen könnte – eine Show, die alles übertreffen sollte, was bis jetzt gezeigt wurde. Zusammenarbeit sei gefragt.

Als sich auch Victoria erhob, bat Tekla sie, noch zu bleiben. »Vergiss den Termin nicht, Schätzchen«, rief sie Maja noch nach, der jüngsten und hübschesten Tänzerin, die gelangweilt bei der Besprechung dabeigesessen hatte.

Sicher ging es um Einsparungen. Wieder würde Victoria tagelang durch die kleinen Läden laufen, in die Damen der Gesellschaft ihre getragenen Abendkleider brachten. Manche rochen nach Parfüm und Schweiß, doch auch die Entdeckungen eines Lanvin Abendkleids konnte Victoria nach so vielen Jahren kaum mehr begeistern. So wartete sie unlustig auf das, was Tekla zu sagen hatte.

»Heute Abend gehen wir zu einer Einladung ins *Adlon*. Hier gibt es eine Wohltätigkeitssoirée für arme Künstler, der berühmte Chirurg Professor Dr. Bruckner hat den Vorsitz.«

Tekla sah Victoria erwartungsvoll an, doch die zuckte nur mit den Schultern. »Und?«

»Die Einladung hat uns ein Freund von mir verschafft, und wir treffen dort einen Herrn Gustav Bohrmann, einen reichen Provinzler, der bei uns investieren will. Er stellt Büromaterial her, Klammern und Stifte. Er war einmal in unserem Theater, die Tänzerinnen gefielen ihm besonders gut. Er hat eine Schwäche für ganz junge Frauen.«

Wieder sah Tekla Victoria an, doch Victoria blieb verhalten.

»Und deswegen soll ich mitkommen?«, fragte sie schließlich.

»Ach Schätzchen.« Tekla sah Victoria mitleidig an. »Du bist bereits zweiunddreißig, und ich sagte doch gerade, Bohrmann hat ein Faible für sehr junge Frauen und natürlich sehr attraktive.«

Jung. Attraktiv. Ach so. Victoria wusste im Moment nicht, sollte sie verletzt sein oder einfach nur lachen. »Warum willst du mich dann mitnehmen?«

»Damit du ihn überzeugen kannst, wie teuer eine Ausstattung sein muss, um erfolgreich zu sein. Er meint nämlich ebenfalls, die Mädchen tanzen fast nackt, das könne nicht viel kosten, er vertritt die gleiche Meinung wie unser neuer Autor.«

Wütend sprang Victoria auf. »Weißt du, Tekla, Ich habe es wirklich satt. Immer muss ich meine Entwürfe verteidigen, immer hängt es an mir, einzusparen. Gerade weil die Mädchen wenig bekleidet sind, ist es teuer. Warum versteht das niemand?«

»Schätzchen, ich … wir«, sie deutete mit dem Kopf auf ihren Mann Hugo, der sein Gesicht mit der starken Brille kurz hob und mehrmals nickte, »verstehen dich, verstehen, dass die Ausstattung sehr kostenintensiv sein muss. Aber wenn kein Geld da ist …« Mit einem Seufzer hob sie die Hände und ließ sie wieder fallen. »Also«, fing sie erneut an, da Victoria stumm blieb, »ich nehme Maja mit. Sie ist die Jüngste und auch die Schönste, und wie wir wissen, ist sie bei reichen Männern sehr entgegenkommend.«

Entgegenkommend bedeutete, sie ließ sich jederzeit mit einem Mann ein, er musste nur reich genug sein.

»Also, bitte sei um acht Uhr vor dem *Adlon.* Und zieh dir was Hübsches an und geh zum Friseur.«

»Dafür habe ich kein Geld, ich muss sparen, wo es nur geht«, konterte Victoria und warf die Tür hinter sich zu.

Als sie nach Hause kam, überlegte sie, ob sie Tekla nicht anrufen könnte, sie habe plötzlich eine starke Erkältung bekommen. Doch dann kam sie sich kindisch vor, und so stand sie pünktlich um acht Uhr vor dem berühmten Hotel. Als sie auf Tekla zuging, erschrak sie fast. Sie kannte Tekla sonst nur im Umfeld des Theaters, doch hier vor dem *Adlon* zog sie Blicke auf sich, die nicht schmeichelhaft waren. Tekla war nicht mehr jung, nicht mehr schlank, war blondiert und hatte sich jetzt in ein schwarzes Paillettenkleid gezwängt, das ihr Victoria vor Jahren entworfen hatte, als sie es noch hatte tragen können. Damals hatte es ihr wirklich gut gestanden, aber heute war der tiefe Ausschnitt für eine Sechzigjährige nicht mehr passend. Victoria empfand fast Mitleid mit Tekla, die so ungünstig aussah und nicht hinnehmen wollte, dass sie nicht mehr jung war.

Auch Maja erregte Aufsehen, sie trug trotz des warmen Abends einen weißen voluminösen Fuchspelzmantel. »Sie sieht traumhaft aus«, flüsterte Tekla Victoria zu, als sie ihren skeptischen Blick auffing. »Sie wird diesem Provinzler gefallen, und nur das zählt, egal, wie du aussiehst, Schätzchen«, fügte sie noch geringschätzig hinzu. »Das ist nicht gerade vorteilhaft, aber wie gesagt, das ist egal. Hauptsache, du kannst ihn überzeugen.«

Victoria lachte amüsiert. Sie trug eine schwarze weite Hose und die passende, eng anliegende Jacke dazu, beides hatte sie sich vor einiger Zeit genäht. Ihre Haare hatte sie sich selbst kurz geschnitten. Das Wichtigste war, dass sie sich wohlfühlte.

»Kommt, auf in den Kampf«, forderte Tekla ihre beiden Begleiterinnen auf.

Sie mussten nicht lange suchen; Gustav Bohrmann erwartete sie ungeduldig an der Garderobe. Er war gut einen Kopf kleiner als Victoria, seine füllige Figur wurde durch einen sehr gut geschnittenen Smoking kaschiert, das Haar war schütter, und die Farbe seines Gesichts konnte den hohen Blutdruck nicht verbergen. An der rechten Hand trug er einen auffälligen, großen Ring. Für Victoria erfüllte er das Klischee eines reichen Unternehmers aus der Provinz. Fehlt nur noch der Kaiser-Wilhelm-Bart, schoss es ihr durch den Kopf.

Während Tekla Bohrmann überschwänglich begrüßte, als würden sie sich schon Jahrzehnte kennen, stellte sie ihre beiden

Begleiterinnen vor. Maja hatte sofort verstanden, worum es ging, sie lächelte wie angeknipst, ließ den weißen Pelz ein wenig über die Schulter gleiten und gab so einen schnellen Blick auf ihre Brüste frei, kaum verdeckt durch ein fast durchsichtiges Chiffonkleid. Gott sei Dank habe ich diesen geschmacklosen Fetzen nicht entworfen, dachte Victoria, bevor auch sie den »Provinzler« freundlich, aber kühl begrüßte.

Im Festsaal des Hotels drängelten sich bereits die Gäste um das Büfett, Kellner boten auf silbernen Tabletts Champagner an. Tekla und Maja griffen sofort nach einem Glas, und auch Herr Bohrmann trank, prostete den Damen zu und lächelte Victoria an. Konnte es sein, dass er sie mit Interesse wahrnahm? Sie musste sich irren. Victoria wandte das Gesicht ab und sah zu dem Flügel hinüber, an dem ein Pianist für die musikalische Untermalung des Abends sorgte. Er spielte ganz gut, stellte sie fest.

Da spürte sie, wie Gustav Bohrmann ganz leicht mit der Hand über ihre Hüfte strich, doch als sie sich ihm zuwandte, sprach er mit Tekla. Ein Versehen, mehr nicht. Während er sich unterhielt, beobachtete Victoria ihn. Tekla lächelte, nickte, schien gefesselt von seinen Worten zu sein und schob dabei Maja immer ein wenig näher in sein Blickfeld. Maja, die bewundernde Blicke vieler männlicher Gäste auf sich zog, sah hinreißend verführerisch aus, und ihr Lächeln und der Blick ihrer Augen versprachen Herrn Bohrmann schöne Stunden in ihren Armen.

Sie ist ein Talent, sie kann jeden Mann verführen, dachte Victoria beeindruckt, aber war das nun gut oder eher nicht? Sie lächelte über ihre eigene Überlegung, sie selbst hatte noch nie versucht, einem Mann wissentlich zu gefallen. Sie gefiel, überzeugte, wenn sie sprach, oder eben auch nicht. Und dem Einen, dem Einzigen, den sie geliebt hatte, dem hatte sie gefallen, ohne kokette Mätzchen, ohne eine perfekte Schönheit zu sein. Jetzt aber hatte sie Hunger und griff sich ein Lachsbrötchen von dem

Tablett eines vorbeilaufenden Kellners. Wieder stand Herr Bohrmann ganz nahe bei ihr, so nahe, dass sie seinen Atem am Hals spürte. »Ich mag Frauen, die gern essen, es bedeutet, dass sie sinnlich sind.«

Blöder Kerl. Victoria gab vor, diese Bemerkung nicht gehört zu haben, doch Tekla warf ihr einen warnenden Blick zu. Er bedeutete, sei bloß nett zu ihm, wir brauchen sein Geld. Sie erkannte auch das Erstaunen in ihrem Blick und eine gewisse Ratlosigkeit. Es konnte doch nicht sein, dass dieser dicke Mann kein Gefallen an der bildschönen Maja fand, sondern sich offensichtlich um Victoria bemühte, um sie, der man im Theater als Frau kaum Beachtung schenkte, außer vielleicht vor Jahren Mario. Victoria war nur die Kostümbildnerin, die bei Anproben vor den Tänzerinnen auf dem Boden kniete und Säume absteckte, Perlen aufnähte und irgendein Kleid trug. Doch Tekla musste zugeben, heute sah Victoria irgendwie anders aus, extravagant sogar. Einige Blicke blieben an ihr hängen, einer schmalen großen Frau mit kurz geschnittenen rötlichen Haaren, denen man nicht ansah, dass sie sich an diesem Nachmittag vor den Spiegel gestellt und sie selbst geschnitten hatte. Sie hatte einfach Lust dazu gehabt. Ohne Schmuck, ohne sichtliches Make-up, ohne ihre Sommersprossen zu überschminken, stand sie hier und biss mit großem Appetit in ihr Lachsbrötchen.

»Ich mag es, wie Sie aussehen, so aufregend, so anders als alle Frauen hier. Hätten Sie Lust, Fräulein Laverne, mit mir danach noch auszugehen?«

Genau in diesem Moment hörte der Pianist zu spielen auf, erhob sich und verschwand unauffällig hinter einem Vorhang. Victoria legte den Zeigefinger an die Lippen und gab Gustav Bohrmann das Zeichen, es gehe jetzt offenbar los.

Er verstand. »Jetzt kommt der offizielle Teil«, erklärte er. »Ich habe schon großzügig gespendet«, erzählte er Victoria, »ich liebe Künstler, ich habe ein großes Faible für sie.«

»Vor allem sollten sie jung und hübsch sein.« Victoria biss sich auf die Lippen, sie hatte sich diese Bemerkung einfach nicht verkneifen können.

Doch Gustav Bohrmann lachte, schien es mit Humor zu nehmen, denn er folgte ihr weiterhin auf Schritt und Tritt, obwohl sie sich während der Reden der beiden Vorstandsmitglieder des Vereins *Freunde der Künstler* immer weiter entfernte. Endlich schien dieser Teil der Veranstaltung zu Ende, doch da trat der berühmte Chirurg Professor Doktor Bruckner neben den Flügel und wartete, bis die Gäste einen erwartungsvollen Kreis um ihn bildeten. Er bedankte sich für das zahlreiche Kommen, erklärte, als Höhepunkt des Abends habe er einen berühmten Pianisten überreden können, ein kurzes Konzert zu geben.

Während der Arzt einen russischen Pianisten empfing, hatte sich Victoria auf die Toilette geflüchtet, in der Hoffnung, Gustav Bohrmann hätte verstanden, dass nicht sie es war, die Tekla begleitete, um ihm zu gefallen, sondern Maja.

»Heißen Sie mit mir den russischen Pianisten Juri Petkov willkommen. In seinem Heimatland ist er berühmt und wird es sicher auch bald in unserer Kulturnation Deutschland sein.«

Victoria hörte im Waschraum nur den Beifall aufbrausen, die kleine Rede des Professors hatte sie durch die geschlossene Tür nicht verstanden. Kurz fuhr sie sich mit der Hand durch die Haare, wartete, bis der Beifall langsam verklang und es still wurde. Sie setzte sich auf einen der kleinen Sessel und probierte die verschiedenen silbernen Bürsten aus, hob eine Flasche mit Parfüm, roch daran, griff nach einer duftenden Handcreme. Erst als draußen Klaviermusik aufrauschte, wandte sie elektrisiert den Kopf zur Tür. Tschaikowsky. Und nur einer konnte die erste Sinfonie so spielen, nur ein Einziger. Er konnte es nicht sein. Victoria blieb sitzen, sie wollte nicht aufstehen, nicht enttäuscht werden. Du darfst nichts erwarten, schärfte sie sich ein. Er ist es nicht, er kann es nicht sein, und doch …

Ihre Hände waren eiskalt, fast schien es, als versage ihr Atem, als drehe sich die Welt rückwärts.

Draußen hatten die Gäste einen großen Kreis um den Flügel gebildet, absolute Stille herrschte, gebannt hörten die Menschen zu. Leute, die nur unwillig zur Seite traten, als Victoria sich rücksichtslos nach vorne schob. Dann stand sie in der ersten Reihe.

Es war Juri. Juri Petkov. Ihr Juri.

Ihr Herz schlug gegen die Rippen, ihr Atem ließ sich kaum beruhigen, sie stand einfach nur da, spürte auch nicht, wie sich Gustav Bohrmann durch die Gäste drückte und jetzt neben ihr stand, ganz nahe, und sein Schenkel sich an den ihren drückte, seine Hand ihre Taille umfasste.

Juri Petkov. Sommer 1914. Juri … du bist einfach verschwunden, aber du lebst, du spielst hier Tschaikowsky, so wunderbar, wie nur du spielen kannst. Juri … sieh mich an …

Als spüre er ihre Bitte, wandte er das Gesicht den Leuten zu, suchte, bis sein Blick verharrte, auf Victoria ruhte. Sie sah sein Erstaunen, seine Frage, doch dann spielte er weiter. Wusste er, wer hier stand, oder hatte er sie nicht erkannt? Glaubte er, es sei nur irgendeine Frau, die ihn anstarrte und die er irgendwo schon einmal gesehen hatte? Hatte er sie vergessen? Tiefe Enttäuschung erfasste Victoria. War dieser Sommer nur für sie so unvergesslich gewesen, für sie, die damals Sechzehnjährige, die ihn bedingungslos liebte, gegen jede Konvention, kompromisslos, verfangen in den Momenten, in denen sie sich liebten? In all den Jahren danach hatte kein Mann ihre Gefühle so berühren können wie er.

Juri Petkov hob die Hände von den Tasten, die Gäste wussten nicht, sollten sie jetzt applaudieren, war das Konzert zu Ende?

Doch dann fing er wieder an zu spielen. Leise und zart begann er. Juri spielte den *Liebestraum* von Liszt.

Und da wusste Victoria, er hatte sie erkannt, er erinnerte sich an sie, an den ersten Moment im Palmengarten, als er für sie gespielt hatte. Nur für sie.

Juri, ich habe dich so geliebt, immer gesucht, nie in einem anderen Mann gefunden, was ich bei dir empfand. Es war ihr egal, was die Leute dachten, was dieser Gustav Bohrmann dachte. Sie löste sich aus der Reihe und ging vor zum Flügel, sie stand da und sah Juri nur an.

Und er hob das Gesicht und lächelte sie an. In seinen Augen sah sie das Erkennen und die Erinnerung an den Sommer 1914.

DREI

Berlin

CLARA

Es tut mir leid, Fräulein Weinberg, aber Ihr Fototermin mit Herrn Hitler übernimmt Ihr Kollege, Erich Flößer.«

Während Claras Vorgesetzter in der Redaktion das sagte, blätterte er nervös in einem Ordner und sah sie nicht an. Clara presste die Lippen zusammen, um nicht zu schreien oder zu weinen oder beides gleichzeitig. »Das ist bereits der fünfte Termin, der für mich abgesagt wurde. Und wie Sie wissen, Herr Brand, habe ich mich gerade auf diesen Termin mit Herrn Hitler gut vorbereitet. Man sagt, er studiere die Fotoposen mit einem sehr bekannten Opernsänger ein und lasse sich auch genau beraten, was Posen betrifft.«

»Das sind Gerüchte, mehr nicht.« Eine abfällige Handbewegung begleitete Herrn Brands Aussage, während er sich bereits erhob.

Clara aber blieb noch sitzen. »Bitte, Herr Brand, sagen Sie mir, warum meine Termine an Kollegen weitergegeben werden.« Claras Stimme klang ruhig und bestimmt. »Habe ich versagt, sind meine Fotos bei den Interviews zu ungenau, zu schlecht, was ist es?«

Brand warf ihr einen unbehaglichen Blick zu, setzte sich auf die Kante des Schreibtischs, griff sich einen Stift und spielte damit. Eine Pause entstand, bevor er weitersprach. »Wenn Sie die Wahrheit wissen wollen …«

»Natürlich, ja«, unterbrach sie ihn sofort.

»Es ist Ihr Name.«

Clara atmete durch. Es traf sie, aber hatte sie es nicht irgendwie geahnt? »Es ist nicht der Name, sondern der Mensch, der dahintersteckt, ist es nicht so?« Sie hatte sich jetzt erhoben, stand aufrecht vor Brand, der rasch aufsprang.

»Ja«, gab er dann zu, »es tut mir persönlich sehr leid, denn Sie haben immer hervorragende Arbeit geleistet, aber Herr Hitler hat abgelehnt, von Ihnen fotografiert zu werden, da Sie …«

»Sprechen Sie es doch endlich aus«, rief Clara wütend und tief verletzt. »Weil ich Jüdin bin, nicht wahr? Aber ich bin doch Deutsche, ich wurde evangelisch getauft und bin im Wedding aufgewachsen.«

Brand seufzte und hob die Hände. »Ich bedaure das wirklich sehr, aber der Auftrag erging an uns über das Pressebüro der NSDAP, und die lehnen Sie nun mal ab. Da kann ich gar nichts machen, der Kunde ist König, wie man zu sagen pflegt.«

Clara lief ein paar Mal hin und her, blieb stehen und wandte sich ihm wieder zu. »Bedeutet es, dass ich auch in Zukunft keine wirklich wichtigen Aufträge mehr bekomme?«

»Das dürfen Sie nicht so eng sehen, es bleiben immer noch private Fotos, Ehepaare, Hochzeiten, Babyfotos …« Hier stockte Brand und suchte seine Jackentasche nervös nach Zigaretten ab.

Clara hatte verstanden, die Agentur arbeitete eng mit den Tageszeitungen zusammen und geriet durch die Mitarbeit einer Jüdin offenbar in Schwierigkeiten. Eine Fotografin, gerade noch gut genug für die unwichtigen kleinen Aufträge, für die *Nebenher-Aufträge.*

Sie schwieg und sah zu, wie Brand nervös an seiner Zigarette zog. Dann stellte sie die Frage, die ihren ganzen Mut erforderte. »Wie sieht meine Zukunft aus?« Sie gab ihrer Stimme einen festen Klang, wollte nicht bittend oder ängstlich klingen. Aber hatte Brand durch seine Aussage nicht bereits laut und deutlich zu verstehen gegeben, was sie hier in der Agentur erwartete? Sie würde immer weniger und nur unbedeutende Aufträge übernehmen können und dadurch auch immer weniger Geld verdienen. Schon jetzt musste sie sehr sparen, um sich und ihren Sohn Maxim durchzubringen. Sie räusperte sich, da ihre Stimme belegt klang und fast versagte. »Sie wissen, Herr Brand, dass ich für mein Können mit mehreren sehr wichtigen Preisen ausgezeichnet worden bin.«

»Fräulein Weinberg.« Seine Stimme wurde ungeduldiger. »Wir wissen doch beide, dass das Jahre her ist. Die Zeiten haben sich in jeder Hinsicht geändert, und sehr gute Fotos von einst sind heute bereits ›Geschichte‹, im wahrsten Sinne des Wortes. Ihre Fotos wurden nach dem Krieg als Zeitdokumente geehrt, vor allem die Fotos mit diesem …«

»Franz, Franz Laverne.«

»Na, wie auch immer. Damals interessant, wie er diesen unterirdischen Schacht konzipiert hat und bauen ließ. Vorbild für viele andere Gräben wie den Bismarck-Schacht an der Westfront.« Brands Ungeduld wuchs. »Für diese Fotos, auch für Ihre Bilder der Berliner Hinterhöfe vor dem Krieg, haben Sie viel Bewunderung erhalten und Preise eingeheimst. Aber noch mal, die Zeiten haben sich geändert und …«

»Inwiefern?«, unterbrach Clara ihn heftig. »Weil jetzt Juden aus ihren Berufen gedrängt werden? Weil sie das Land verlassen und möglichst ihr Eigentum dem Staat übergeben sollen?«

»Fräulein Weinberg, was reden Sie denn da? Das sind doch nur infame Lügen. Es geht im Moment doch nur darum, dass die Führungsleute der NSDAP Sie ablehnen, ich gehe davon aus, dass sie für diesen Auftrag einen männlichen Fotografen bevorzugen.«

»Wir arbeiten so lange miteinander, und jetzt lassen Sie mich einfach fallen.«

»Das ist doch Unsinn«, rief Brand ihr nach, als sie sich abwandte und die Tür bereits geöffnet hatte.

Langsam drehte sich Clara noch einmal um. »Nun, dann bitte ich Sie, legen Sie mir meine Termine für Hochzeits- und Babyfotos auf den Schreibtisch. Ich jedenfalls gehe jetzt.«

»Mache ich, und ach ja, übrigens, herzlichen Glückwunsch zum Geburtstag.«

Doch das hörte Clara nicht mehr, sie hatte die Eingangstür der Agentur bereits fest hinter sich zugezogen.

Clara hatte schon seit Monaten das Gefühl, in der Presseagentur immer mehr zur Seite gedrängt zu werden. Wenn sie morgens die Redaktion betrat, verstummten die Mitarbeiter verlegen, begrüßten sie rasch und wandten sich dann ihren Aufträgen zu. Wann hatte sie das letzte Mal an einer Konferenz teilgenommen? Sie hatte das Gefühl, dass sich ein Netz immer enger um sie zuzog, ihr den Atem nahm, und das Netz trug den Namen NSDAP. Es sei nicht mehr die Partei der Arbeiter und kleinen Leute, hatte Brand ihr vor ein paar Tagen erklärt. »Intellektuelle und der Mittelstand wählen sie, sie wollen eine ethnisch saubere Gesellschaft haben. Keine Kriminalität, keine Volksverhetzung, ein ruhiges, gesundes Bürgertum.«

Clara versuchte die Angst, die sich ihrer bemächtigte, zu ignorieren. Die größer wurde, ihr den Atem nahm, die Luft abdrückte. Aber sie durfte nicht verzweifeln, noch hatte sie diese Stelle, und noch verdiente sie Geld. Sie lief jetzt schneller und kam außer Atem bei der Konditorei *Kranzler* an. Als sie ihren Sohn Maxim entdeckte, der unruhig auf der Straße auf und ab lief, einen kleinen Strauß Vergissmeinnicht in den Händen, kamen ihr die Tränen, vor Liebe, vor Angst auch, dass dem Elfjährigen eine ungewisse Zukunft bevorstand. Sie musste ihn schützen, ihn bewahren vor Gewalt, Aggressionen und Übergriffen. Sie wusste, dass er in der Schule ausgegrenzt wurde, es schmerzte sie zutiefst, als er berichtete, sein Deutschlehrer Dr. Huber habe ihn als Judenbengel bezeichnet. Voller Wut war sie in die Sprechstunde zu Dr. Huber gestürmt, der aber hatte nur gelacht und erklärt, das sei doch im Grunde nur eine verbale Rangelei gewesen, ein wenig Spaß. Doch beide wussten, das entsprach nicht der Wahrheit. Clara bekam Angst – wann würde eine solche Bemerkung nicht als kleiner Scherz abgetan, mit einem Achselzucken übergangen werden, sondern ernst gemeint sein. Ernst und bedrohlich.

Sie umarmte ihren Sohn, lachte, freute sich über den kleinen Strauß, den sie trocknen und als Erinnerung auf ihrer Kommode in eine kleine Vase stellen würde. Im Lachen versuchte sie, ihre Tränen, ihre Angst zu unterdrücken. Maxim hatte bereits einen Tisch reservieren lassen, und wie so oft staunte Clara über die Selbstständigkeit ihres Sohns.

»Ich lade dich ein«, erklärte Maxim strahlend.

Clara ahnte, er hatte sein Taschengeld gespart, um ihr heute einen schönen Nachmittag zu bereiten, ihr, der geliebten Mutter, eine Freude zu machen. Sie bestellte sich einen Wiener Eiskaffee und erzählte, den habe sie mit seinem Vater Franz hier immer getrunken.

»Du musst auch Kuchen essen«, drängte Maxim sie, und so bestellte sie sich einen Rhabarberkuchen mit ganz viel Sahne. Sie hatte keinen Hunger, aber sie wusste, sie hätte Maxim enttäuscht, wenn sie sagen würde, sie könne keinen Bissen hinunterbringen, die Kehle sei ihr wie zugeschnürt. Als der Kuchen gebracht wurde und auch Maxim mit großem Appetit ein Stück aß, beobachtete sie ihn lächelnd. Er war groß für sein Alter, ein wenig zu dünn, seine Haut sah gesund aus, und mit den blonden Haaren, den blauen Augen glich er seinem Vater Franz. Niemals hätte sie gedacht, dass es eine so große Ähnlichkeit zwischen Vater und Sohn geben könnte. Auch sein Lächeln erinnerte sie an Franz, und das versetzte ihr manchmal einen kleinen Stich, doch dann empfand sie nur Freude, und diese

Freude gab ihr Kraft, weiterzuarbeiten. Während sie aßen und sie Maxim versicherte, wie gut der Rhabarberkuchen schmecken würde, sah sie sich um. Viele Jahre war sie nicht mehr hierhergekommen, aber Maxim hatte gedacht, es mache ihr besondere Freude, hier an dem Ort zu sitzen, an dem sie sich mit seinem Vater getroffen hatte. Die Zeit war vergangen, doch die Angst, die sie damals um Franz verspürt hatte, schien heute noch gegenwärtig. Er war an die Front gefahren aus innerem Drängen, sein Vaterland zu verteidigen. Und heute, so viele Jahre später, verspürte sie wieder Angst. Jetzt um den Sohn, doch es war ein Gefühl, das nicht greifbar schien. Es legte sich um ihr Herz.

Während sie beide aßen, sah sie sich immer wieder um, sie hatte das Gefühl, beobachtet zu werden. Fast musste sie lachen, auch dieses Gefühl hatte sie sich von damals bewahrt. Die Erinnerung an dieses Café war nicht nur von angenehmer Wehmut getragen, sondern auch von Schmerz und Verzweiflung. Als sie zum ersten Mal von Franz schwanger gewesen war, hatte eine junge Frau sie die Treppe hinuntergestoßen, und sie hatte das Kind verloren.

Sie spürte, wie ihr Sohn sie genau beobachtete, und so lachte sie und unterhielt sich mit ihm, zeigte ihm, wie sehr sie diesen Nachmittag genoss. Nichts sollte sein Leben trüben, nichts sollte ihm jemals passieren. *Franz,* dachte sie, *ich werde auf deinen Sohn aufpassen, ihn immer beschützen, sein Glück soll über dem meinen stehen.* Fast war es ein Gelübde, das sie hier an diesem sonnigen Nachmittag ablegte.

»Warum weinst du denn?« Erschrocken sah Maxim sie an.

»Ach nein, ja, doch«, widersprach sie sich, »ich habe an deinen Vater gedacht und wie sehr wir uns geliebt haben.«

»Ihr hättet geheiratet, wenn er nicht gefallen wäre, oder?« Tief betroffen und ängstlich sah Maxim seine Mutter an. Mit den Augen seines Vaters, so tiefblau, wach und forschend.

»Ja, natürlich.« Ihre Stimme klang bestimmt und ließ keine Zweifel offen. »Wir haben uns so sehr geliebt, und ich weine jetzt, weil ich diese Liebe erleben durfte, weil sie mich glücklich gemacht hat und ich dich bekommen habe.« Sie griff nach Maxims Hand und drückte sie fest.

Bei ihren Worten verschwand die Unsicherheit aus Maxims Gesicht, und auch er lächelte wieder, doch sie lebten zu eng miteinander, als dass er nicht spüren würde, dass sie nicht glücklich war. Aber er stellte keine weiteren Fragen. Als sie den Kuchen gegessen hatten, schlug Clara vor, nach Hause zu gehen, sie habe eine Flasche Sekt gekauft, und er dürfe mit ihr anstoßen.

Maxim tat überrascht, obwohl er den Sekt gesehen hatte, den sie in Eiswasser auf den kleinen, kühlen Nordbalkon gestellt hatte, auf den nie die Sonne schien. Aber auch er hatte eine Überraschung geplant und für seine Mutter ein Essen vorbereitet, teuren Schinken und knuspriges Weißbrot gekauft, dazu noch Landbutter und französischen Käse. Er hatte für einen alten Nachbarn Einkäufe erledigt und das Geld gespart, um seiner Mutter diesen Tag schön zu gestalten und sie glücklich zu sehen. So konnte er es kaum erwarten, nach Hause zu kommen. Als Clara bezahlen wollte, bestand Maxim darauf, die Rechnung zu übernehmen. Sie ging zur Toilette, und er erzählte der Kellnerin, heute zahle er, denn seine Mutter habe Geburtstag. Als Clara an den Tisch zurückkam, standen die Kellner und die Kellnerin dort, sangen ein Lied und gratulierten Clara. Und da bedankte sich Clara unter Tränen, küsste Maxim und sagte ihm, das sei sicher der schönste Geburtstag in ihrem Leben und sie müsse bereits wieder weinen.

Doch da widersprach Maxim, nein, das dürfe sie nicht sagen. Denn es kämen noch viele Geburtstage, an denen er für sie Überraschungen bereithalten würde, viele, viele Jahre.

Er hätte das nicht sagen sollen, denn Clara war abergläubisch und erschrak. Doch sie lächelte. »Ja, natürlich, Maxim, und das wird wunderbar werden.«

Als sie sich durch die Tische drängelten und auf der Straße kurz zurückblickten, da auch Gäste an anderen Tischen Clara jetzt lachend alles Gute zum Geburtstag zuriefen, kamen ihr wieder die Tränen. Wussten diese Leute, dass sie Juden waren? Wären sie auch so freundlich, wenn sie die Wahrheit kennen würden?

Doch dann winkte sie ihnen lachend zu und rief ein Dankeschön, und dann legte sie den Arm um Maxims Schultern, und sie gingen nach Hause.

Während des Essens schwieg Maxim lange, dann aber legte er das Stück Weißbrot ab, mit dem er gekrümelt hatte, und sah seine Mutter fest an. »Wenn ihr heiraten wolltet, was ist dann mit seiner Familie, kennst du sie nicht? Wie haben sie reagiert, als ich auf die Welt kam? Oder leben sie nicht mehr? Wieso, ich meine …« Er hielt inne, da er die Ablehnung seiner Mutter spürte und ihr Gesicht sich verschloss. Maxim war elf Jahre alt, und Clara war sich bewusst, dass sie irgendwann reden musste. Bis jetzt hatte er wenig Interesse gezeigt, es waren sie beide, die zählten, die sich hatten, die zueinander gehörten, Maxim schien niemanden zu vermissen. Einmal hatte er nach dem Namen der Familie gefragt, aufmerksam zugehört, es dann aber offenbar für nicht wichtig erachtet. In der Schule gab es drei Mitschüler, deren Väter auch gefallen waren, bevor die Söhne auf die Welt kamen, bei zwei von ihnen waren die Mütter auch erst verlobt gewesen, und die Schule akzeptierte die *Söhne unserer Helden des Vaterlands*, ohne sie zu diskriminieren.

»Aber wäre es für dich nicht wichtig, zur Familie zu gehören?«

»Für mich?« Clara schüttelte langsam den Kopf.

»Wenn es für dich nicht wichtig ist, dann ist es das für mich auch nicht«, erklärte Maxim in bestimmtem Ton und stellte keine weiteren Fragen.

In dieser Nacht fand Clara nicht in den Schlaf. Irgendwann würde Maxim anfangen zu fragen, vielleicht wissen wollen, warum sie sich nach seiner Geburt nicht an die Eltern seines Vaters gewandt hatte. Er konnte das einfordern, letztendlich war es seine Familie, nicht ihre. Doch ihre Angst, dass diese mächtige reiche Familie käme und ihr durch das Reichsjugendamt den Sohn wegnehmen ließ, hatte sie die vergangenen Jahre beherrscht. Aber würde er ihr später nicht Vorwürfe machen, ihr vorhalten, er habe ein Recht auf Information, ein Recht auf die Familie, die bis jetzt so gar nichts von ihm wusste?

War sie egoistisch gewesen, als sie jahrelang geschwiegen hatte?

Gerade im letzten Jahr hatte sich Maxim verändert, sah Franz immer ähnlicher, heute konnte er den Vater nicht mehr verleugnen. Doch für Franz' Mutter war die wahre Verlobte eine andere gewesen: Gerda von Bitten. Das hatte ihr Franz erzählt. Seine Mutter wolle einfach nicht einsehen, dass Gerda nur eine Affäre und niemals seine Verlobte gewesen war. »Diese Frau hat es verstanden, meine Mutter so für sich einzunehmen, dass sie von ihr in die Familie aufgenommen worden ist.« Franz wollte es endlich richtigstellen, wenn er von der Front nach Hause fuhr. Aber dazu war es nicht mehr gekommen, er fiel, ein paar Tage bevor die Verhandlungen für einen Waffenstillstand begannen. Und sie, Clara, war für die Familie eine Unbekannte, vielleicht sogar die Frau, die sich in die Beziehung von Franz und Gerda gedrängt hatte, ihn mit einer Schwangerschaft erpressen wollte. Sie würden ihr den Sohn wegnehmen, und je mehr Clara daran dachte, desto stärker war sie davon überzeugt.

VIER

Ostpreußen

Anfang August 1930

FELIX

Felix stand im Gang des Personenzugs am offenen Fenster und beugte sich weit hinaus, der Fahrtwind blies ihm ins Gesicht und fuhr durch seine Haare. Staunend nahm er die vorbeiziehende Landschaft in sich auf. Nur Weite, wogende Kornfelder, Wiesen, gelbe Rapsfelder und darüber ein strahlend blauer Himmel.

Elke hatte ihn eingeladen, sie auf dem elterlichen Bauernhof, den sie vor einem halben Jahr geerbt hatte, zu besuchen. Felix freute sich auf sie – und war das nicht ein Zeichen, dass sie nach zwei Jahren Beziehung wollte, dass ihre Verbindung enger wurde? Felix wusste, dass der elterliche Hof ihr sehr viel bedeutete. »In Ostpreußen ist mein Zuhause, meine Heimat«, hatte sie erklärt. »Weißt du, es ist nur ein kleines Dorf, nicht weit weg von Insterburg. Aber ich bin dort aufgewachsen.«

Er freute sich darauf, das kennenzulernen, was ihr im Leben offenbar am wichtigsten schien. Bis jetzt kannte er Ostpreußen nicht, und Insterburg war ihm nur als Industriestadt aus der Zeitung ein Begriff. Senf, Zuckerwaren. Ach ja, ein neuer Flughafen, mehr wusste er nicht. Und war das nicht die Stadt Hindenburgs, des Siegers der Schlacht von Tannenberg? Aber das war längst Vergangenheit und für sie beide ohne Bedeutung. Sie würden Zeit haben, eine ganze Woche lang. Anschließend wollte er nach Hause zu seiner Familie fahren, um dabei zu sein, wenn sein Vater sich am 7. September als Oberbürgermeister zur Wahl stellte. *Letztendlich steht bereits fest, dass unser Vater Carl die Wahl gewinnen wird*, hatte ihm Julian geschrieben. Dann würden sich auch die Brüder endlich wiedersehen.

»*Ich bin so froh, dass du kommst*«, hatte Julian geschrieben, »*denn es gibt etwas zu erzählen.*« Felix lächelte beim Gedanken daran. Das Leben war schön, fast schämte er sich für diesen banalen Gedanken, doch es war die Realität. Er freute sich auf die Tage mit Elke und die anschließende Zeit zu Hause.

Ihre Mutter hatte von ihnen einmal gesagt, Zwillinge seien wie eine Seele in zwei Körpern. Und sie hatte recht; mit niemandem fühlte sich Felix so verbunden wie mit Julian, und er wusste, sein Bruder empfand es genauso.

Jetzt verlangsamte der Zug, gab ein schrilles lautes Signal und fuhr in den Bahnhof ein. Bahnhof? Felix lachte. Ein kleines, abbruchreifes Haus und ein Bahnsteig, der direkt von der Landstraße zum Zug führte. Die letzten Meter, die Bremsen quietschten, dann kam der Zug zum Stehen. Felix griff seine Tasche und stieg aus. Gähnende Leere auf dem Bahnsteig, die Stille brütender Hitze umfing ihn. Da aber sah er Elke, die auf einem Herrenrad schwungvoll die Straße hochkam und direkt vor ihm bremste. Staunend bemerkte er eine Veränderung an ihr. Elke arbeitete in einer Buchhandlung für Fachliteratur in der Nähe der Universität in München. Dort hatte er sie kennen- und schätzen, vielleicht sogar lieben gelernt. Nächtelang konnten sie sich unterhalten, diskutieren, wollten die Welt verändern. Felix nach seinem Studium als Anwalt … und Elke? Sie wusste es noch nicht so genau, hatte noch keine konkreten Pläne, doch sie sagte: »In unserem Staat muss sich einiges ändern.« Das war ihm zu indifferent, und so führte es zu weiteren heftigen Diskussionen über die Parteien, die KP, die SPD, die so viele Wähler verloren hatte. Sie stritten sich auch heftig über die NSDAP, deren Sympathisantin Elke geworden war. Er fühlte sich zu keiner Partei zugehörig, er sei noch auf der Suche, erklärte er, doch die NSDAP sei es sicher nicht. Sie redeten die Nächte durch. Mit ihr konnte er diskutieren, sich streiten, egal, über welche Themen, Elke war offen und interessierte sich auch für sein Jurastudium, und er wiederum ließ sie die Übersetzungen lesen, an denen er arbeitete, um sein Studium zu finanzieren.

Seit einem halben Jahr schon wies sie ihn zurück, wenn er ihr näher kommen wollte, das verunsicherte ihn. Auch deshalb war er hierhergekommen, sie würden Zeit füreinander haben. Elke gefiel ihm, auch wenn seine Kommilitonen sie als reizlos beschrieben. Felix fand sie hübsch, trotz ihrer großen Brille und ihrer seltsamen gestrickten Pullover mit Norwegermuster. Die Haare trug sie mit Kämmen nach hinten gesteckt.

Vom ersten Moment an hatte es eine geistige Verbundenheit gegeben, die ihnen beiden viel bedeutete. Von seiner Seite bestand auch eine körperliche Anziehung, seinen Wunsch, ihr auch in dieser Weise nahe zu sein, doch oft schien es ihm, als sei es für Elke nur eine Pflichtübung. Bis jetzt jedoch hatte er noch nicht den Mut gefunden, über dieses Thema mit ihr zu sprechen.

Als er ihr jetzt entgegensah, wie sie vom Rad sprang, erkannte er sie kaum wieder, denn heute trug Elke ein geblümtes Kleid, feste Stiefel mit grob gestrickten Socken darin, und die Haare fielen ihr offen auf die Schultern. Die Brille hatte sie abgesetzt. In München war sie durchscheinend blass gewesen, jetzt aber war sie braun gebrannt und wirkte gesund.

»Du siehst so anders aus«, war Felix' erstaunte Begrüßung.

»Und? Gefalle ich dir?« Ein ungewohnter Anflug von Koketterie.

Er nickte nur, beinahe verwirrt.

»Komm, fahr du.« Sie überließ ihm das Rad, setzte sich hinten auf den Gepäckträger und nahm seine Tasche auf den Schoß.

Felix konnte sich nicht erinnern, wann er das letzte Mal geradelt war; er verbrachte seine Freizeit meist in seinem Zimmer, am Schreibtisch, den Kopf über Bücher gebeugt. Manchmal nahm er eines davon und lief von der Clemensstraße in München aus in den Englischen Garten, setzte sich ins Gras und arbeitete dort. Doch jetzt wollte er sich nicht vor Elke blamieren, nestelte umständlich seine Hosenbeine hoch, damit sie sich nicht in der Fahrradkette verfingen. Am Ende würde er noch die Balance verlieren und das Rad umkippen. Ein wenig wacklig fühlte es sich an, als er aufstieg, und unsicher, wie er war, konnte er nicht sofort lenken, doch nach einigen Metern ging es erstaunlich gut.

»Der Bahnhof müsste auch mal renoviert werden«, rief er Elke über die Schulter zu, während er langsam und bedächtig die Landstraße entlangfuhr.

»Du hast noch Glück gehabt«, hörte er hinter sich Elke sagen. »Er muss abgerissen werden, die Zugverbindung wird eingestellt. Und zwar schon im Oktober.«

»Warum?«

»Weil kein Geld da ist, warum wohl sonst«. Ihre Stimme klang plötzlich angespannt. »Ganz Ostpreußen hat kein Geld.«

Abrupt hielt Felix an, stieg ab und wartete, bis auch Elke vom Gepäckträger heruntersprang. »Ich denke, Ostpreußen erhält hohe staatliche Zuwendungen.«

Elkes Antwort war nur ein hartes Auflachen. »Ostpreußen ist seit den Versailler Verträgen vom Rest des Landes abgetrennt, da es Polen den Zugang zum Meer ermöglichen muss. Vergessen?«

Stumm schüttelte Felix den Kopf. »Nein, natürlich nicht, aber …«

»Aber, aber …«, unterbrach sie ihn. »Es gibt Zuwendungen, staatliche Hilfen, die bekommen die da, die Großen, und wir kleinen Bauern verarmen zusehends.« Sie machte eine verhuschte Geste in Richtung eines großen Guts in der Ferne, vor dem Pferde grasten und ein malerisches Bild abgaben.

»Das wusste ich nicht, deswegen musst du nicht gleich so gereizt reagieren.«

»Du weißt einiges nicht«, erklärte Elke, ohne seinen Einwand zu beachten. »Komm, lass uns weiterfahren«, forderte sie ihn auf. Doch ihre Stimmung blieb gereizt. Bevor sie aufstieg, erklärte sie noch: »Viele hoffen sehr, dass sich nach der Wahl am 14. September einiges ändern wird.«

»Nach der Wahl?«

»Ja, wir wählen hier die NSDAP. Die Partei wird durch einen ausgezeichneten Gauleiter vertreten, Erich Koch. Ich habe dir doch erzählt, dass ich diese Partei wähle.«

»Nein, so klar hast du es nie definiert, du hast nur gesagt, du bist eine Sympathisantin der NSDAP, aber dass du sie wählst …«

»Dann weißt du's eben jetzt«, unterbrach Elke ihn kurz angebunden. »Aber lass uns weiterfahren.«

Elke wirkte weiterhin angespannt, darum wollte Felix sie mit einer Hand an sich ziehen, doch Elke wich ihm geschickt aus. Wie immer, dachte er verbittert. »Sexualität ist nicht wichtig«, hatte sie ihm vor einigen Wochen erklärt, »das verbindet zwei Menschen nicht wirklich.«

Spürte sie nicht, wie sehr sie ihn damit verletzte? Elke war sechs Jahre älter als er, oft wurde er unsicher, und er fragte sich, wie ihre Gefühle ihm gegenüber waren. Liebte sie ihn überhaupt? Das würde sein Zwillingsbruder als Erstes von ihm wissen wollen: *Liebt ihr euch?* Und er würde mit den Schultern zucken und zögern – sei es nicht das Wichtigste, geistig zu harmonieren? Aber ob Julian das verstehen würde? Sein hübscher Bruder mit den romantischen Ideen im Kopf, der keine

Ahnung hatte, was er im Leben anfangen sollte – nur eines wusste Julian, er wollte die große Liebe erleben. Er würde die Erklärungen zur geistigen Verbundenheit nicht verstehen. Tat er, Felix, es denn überhaupt selbst? Aber hier auf dem Land hatten Elke und er Zeit füreinander, hier würde sich vieles klären und lösen können, und sie würden eine neue Zweisamkeit erleben. Das hatte sich Felix vorgenommen.

Jetzt fuhren sie durch eine endlose Weite, bis ein paar Häuser auftauchten. Eine sandige, steinige Straße, über die Hühner und ein abgemagerter Hund liefen.

Ein ärmliches Dorf, das so gar nicht in diese üppige Landschaft und zu den Gutshäusern in der Ferne passte. Die Häuser ähnelten sich, standen eng aneinandergereiht. »Wir sind da.« Neugierig hielt er an, Elke sprang ab, und auch Felix stieg vorsichtig vom Rad. Sie standen vor einem kleinen Gehöft ohne Gartenzaun. Es war ein Haus mit tiefgezogenem Dach und kleinen Fenstern, fast ganz verdeckt von einem Birnbaum mit weit ausladenden Ästen, an dem reife Früchte die Äste fast zu Boden drückten. Viele Birnen lagen im Gras, befallen von Schnecken und Insekten.

»Ich weiß, ich muss sie aufsammeln, aber ich bin noch nicht dazu gekommen«, erklärte Elke hastig, als sie seinen erstaunten Blick auffing. »Schau, dort ist der Stall, wir haben drei Kühe, und hinter dem Haus halten wir drei Schweine, ein paar Hühner. Uns gehören zwei Rapsfelder.«

»Euch?«, fragte er und folgte ihr gebückt unter dem Birnbaum hindurch bis zur Haustür. Wenn er ehrlich zu sich war, hatte er sich ihren Bauernhof anders vorgestellt, so wie die Höfe im Gebiet Tegernsee oder anderen bayrischen Orten. Doch er schwieg, verbarg sein Befremden. Elke sah es sicher anders, da es ihre Heimat war.

Sie standen bereits vor der Haustür, als sie antwortete: »Uns, also mir und meinen Eltern, aber sie sind tot. Ich muss mich erst daran gewöhnen, dass der Hof mir gehört und ich ihn allein bewirtschaften muss, allein mit ein paar Tagelöhnern, die ich bei Bedarf einstelle.«

Im Haus selbst war es sehr sauber, obwohl auch hier der Geruch des Stalls durch die geschlossenen kleinen Fenster drang. »Das ist die Küche.« Elke öffnete eine Tür, und pflichtschuldigst warf Felix einen Blick hinein. Ein Tisch am Fenster, darauf ein kariertes Wachstischtuch, ein paar Teller, sogar eine kleine Vase mit Wiesenblumen stand darauf. Dieser Anblick rührte ihn, denn sicher hatte sie die Blumen für Felix gepflückt. »Ich habe einen Birnenkuchen gebacken.« Jetzt lächelte sie zum ersten Mal.

»Das ist wunderbar, ich freue mich, ich habe nämlich großen Hunger«, versicherte er eifrig, da er spürte, wie wichtig ein Lob für sie war.

Wenig später saß er mit ihr am Tisch. Zuvor hatte er das Fenster geöffnet, das einen Blick auf die sonnengelben Rapsfelder freigab. »Wir machen daraus Öl und verkaufen es auf Märkten. Noch«, betonte sie, »noch gehört es uns, oder besser gesagt: mir.«

Ihr *noch* ließ Felix aufhorchen, während er aus einer angeschlagenen Porzellantasse dünnen Kaffee trank. »Noch? Was meinst du damit?«

»Ach, das erklär ich dir später. Komm, versuch ihn mal.« Sie nahm ein Stück von der Kuchenplatte und ließ es geschickt auf seinen Teller gleiten.

Er schmeckte Felix, auch wenn der Teig bröselig und die Birnen zu hart waren. Aber er hatte nach der langen Zugfahrt mit einigem Umsteigen großen Hunger.

Als habe sie seine Gedanken erraten, fügte sie entschuldigend hinzu: »Er schmeckt dir nicht wirklich, stimmt's? Aber der Ofen ist alt, und gerade die Backfunktion ist eher Glückssache.« Jetzt lachte sie, wenn auch ihr Lachen nervös klang.

Doch es lockerte die angespannte Situation auf, die seit seiner Ankunft zwischen ihnen herrschte. »Wenn du willst, zeige ich dir jetzt dein Zimmer.«

Sie stand auf, nahm seine Tasche und ging ihm voraus die schmale dunkle und steile Treppe hoch. Oben öffnete sie eine Tür und ließ ihm den Vortritt in ein enges kleines Zimmer. Ein Bett, ein Nachttisch, eine dunkle Kommode, auf der ein Krug und eine Waschschüssel aus geblümtem Porzellan standen. »Das war früher mein Zimmer«, erklärte sie, »hier bin ich aufgewachsen. Da ich ein Einzelkind war, hatte ich es für mich allein.« Sie stellte seine Tasche auf dem einzigen Stuhl ab und sah ihn stumm an.

Er wollte so vieles sagen, sie fragen, doch er schwieg, aus Unsicherheit und dem unbestimmten Gefühl heraus, gekränkt zu werden. »Und du?«, brachte er schließlich heraus, da Elke schwieg. »Wo, ich meine …«

»Ich schlafe unten im ehemaligen Zimmer meiner Eltern.«

»Du hast mir einmal erzählt, dass deine Eltern im Haus gestorben sind, ich meine …«

»Ja, und? Nachdem meine Mutter gestorben war, wollte mein Vater nicht mehr leben. Er legte sich ins Bett, verweigerte jede Nahrung, und so starb auch er.«

»Und in diesem Zimmer willst du wirklich schlafen?«

Sie zuckte mit den Schultern. »Der Tod gehört zum Leben. Komm«, forderte sie ihn auf, als sie sah, wie erschrocken er war. Ein kleines Lächeln umspielte ihre Lippen. Machte sie sich lustig über ihn?

Sie stieg ihm voraus die Treppe hinunter und öffnete schweigend eine weitere Tür. Ein enges Zimmer, ein breiteres Bett als oben, ein Kreuz darüber. Ein viereckiger Tisch, auch hier eine Waschschüssel und ein Krug. Ein schmaler Schrank.

»Elke, ich verstehe ehrlich gesagt nicht, dass du in diesem Bett schläfst.« Er konnte nichts dagegen tun, ihn schauderte es.

»Ja, aber warum nicht? Sie waren alt, und mein Vater wollte sterben.« Fast gleichgültig schloss sie die Tür.

Stumm sahen sie sich an. So viel Schweigen wie in den vergangenen beiden Stunden hatte noch nie zwischen ihnen geherrscht. Er war gekommen, um zu reden, zu verstehen, warum sie sich seit einem halben Jahr ihm gegenüber so ablehnend verhielt, doch er schwieg. Hier offenbarte sich Elke als eine ganz andere Frau, als sie in München gewesen war. Frei, ungebunden, aber auch fast gefühllos. Im Gang blieb er vor einem alten Plakat stehen.

OSTPREUSSEN *wird vom Reiche abgeschnürt*

Flammender Protest gegen diese maßlose Ungerechtigkeit …

»Siehst du, das ist ein Protestplakat gegen die Versailler Verträge, mein Vater hat es damals aufgehängt.«

Stumm las Felix weiter.

… die uns Ostpreußen an das Polentum oder an das bolschewistische Russland ausliefert, darum schreibe sich jeder, der noch einen Funken deutsches Fühlen in sich trägt, in die ausliegende Liste ein.

»Mein Vater hat sich an allen Protestaktionen beteiligt, aber ohne Erfolg. Irgendwann hat er resigniert. Komm«, forderte Elke ihn erneut auf, »lass uns spazieren gehen, ich zeige dir die beiden Rapsfelder, die uns … die mir gehören.«

Betroffen löste sich Felix von dem Plakat, las nicht weiter, sondern folgte Elke aus dem Haus. »Sperrst du nicht ab?«

Erstaunt wandte sie sich nach ihm um, dann lachte sie, als habe Felix gerade einen guten Witz erzählt. »Warum denn? Niemand sperrt hier ab, bei uns allen im Dorf ist nichts zu holen.«

Wieder klang ihre Stimme gereizt, und so schwieg er und wartete, bis sie neben dem Birnbaum stehen blieb und auf ein zerfallenes großes Haus zeigte, das hinter den Stallungen ein wenig verborgen stand.

»Siehst du dort rechts das große Haus, das gehörte zu unserem

Hof, früher haben wir dort gelebt; ich habe da meine Kinderjahre verbracht. Aber meine Eltern hatten kein Geld, so zerfiel es langsam. Als ich zwölf war, sind wir schon während des Großen Kriegs in das kleine umgezogen, in dem ich jetzt lebe, wenn ich hierherkomme. Das war eigentlich das frühere Gesindehaus.«

Jetzt schwieg sie, und während sie das Dorf verließen und dann abbogen, griff Felix nach ihrer Hand, doch sie entzog sie ihm und blieb stehen.

»Es tut mir leid, dass ich so ungeduldig bin«, entschuldigte sie sich ein zweites Mal. »Aber ich verstehe dich nicht, dass du so gar nichts über Ostpreußen weißt.«

»Ich war zehn Jahre alt, als der Krieg zu Ende war.«

»Es ist deutsche Geschichte, jeder müsste sie kennen.« Wieder schwiegen sie, bis sie einen schmalen Weg entlanggingen und dann vor einem Rapsfeld standen.

»Das also gehört dir?«

»Ja, und da drüben, siehst du? Dort ist das zweite. Früher haben uns auch die Weizenfelder gehört, die du siehst, wenn du nach rechts schaust. Aber mein Vater musste sie verkaufen. Sie waren das Wertvollste, was wir besaßen. Sicher weißt du, was man von Ostpreußen sagt.«

»Nein, weiß ich nicht.«

»Die Kornkammer Deutschlands.«

Felix nickte langsam. Ja, das hatte er gehört. »Dein Vater ist also freiwillig aus dem Leben geschieden – hat er das getan, weil er finanziell ruiniert war?«

»Ach Felix.« Ihre Stimme klang fast mitleidig. »Denk doch mal als Mensch und nicht immer als Jurist.«

»Entschuldige«, antwortete er steif. »Ich bin nun mal, wie ich bin.«

»Mein Vater wollte gehen, weil seine geliebte Frau gestorben war – das war der Grund. Man muss einfach wissen, wann es Zeit ist. Alle hier im Ort haben ihn verstanden.«

»Du wolltest damals nicht hierher zurück, um für ihn da zu sein?«

Elke schüttelte heftig den Kopf. »Nein, das wollte ich nicht, ehrlich gestanden, mochte ich meinen Vater nicht besonders gern. Und letztendlich war es die beste Entscheidung. Für alle.«

Felix biss sich auf die Lippen. Ihre Reaktion traf ihn, doch dann sagte er sich, er kenne die Familienverhältnisse nicht. Elke hatte nie über ihre Eltern gesprochen, und wenn er ehrlich war, wollte er auch jetzt nichts darüber wissen. »Wer hat sich denn um den Hof, die Tiere und das Feld gekümmert, nachdem dein Vater gestorben ist?«

»Ein Nachbar, er durfte dann die Erzeugnisse behalten. Eines unserer beiden Schweine brachte er zum Schlachten und verkaufte dann das Fleisch auf seinem eigenen Hof.«

Felix wurde übel. Hier wurde er zum ersten Mal mit der Realität des Landlebens konfrontiert, denn das Schlachten gehörte dazu. »Ich könnte hier nicht leben«, brach es aus ihm heraus. Da sah Elke ihn mit einem seltsamen Blick an. Einem Blick, den er nicht zu deuten wusste. Enttäuschung, ein wenig Spott oder Verachtung für ihn, den jungen Mann aus reichem Haus?

Denn dafür hielt sie ihn. Für den verwöhnten Sohn aus wohlhabenden Verhältnissen, der in der Schweiz in einem Eliteinternat erzogen wurde und mit Söhnen einflussreicher Familien verkehrte.

»Nun ja«, setzte sie nach, »für einen jungen Mann aus deinen Kreisen leben wir hier ein primitives und brutales Leben, ist es nicht so?«

»Elke, bitte.« Seine Stimme klang flehentlich. »Es ist nur so ungewohnt, weißt du, aber die Gegend hier finde ich traumhaft schön.«

Ihr Mund verzog sich zu einem spöttischen Lächeln. »Traumhaft schön, soso.«

»Weißt du«, er blieb stehen, »wenn dir alles, was ich sage, nicht passt, dann hat es keinen Sinn, dass ich bleibe.«

Sie erschrak und griff spontan nach seiner Hand. »Nein, nein, ich bin nur so, wie ich bin, es tut mir leid. Aber weißt du, wenn Leute hierherkommen und uns erklären wollen, dass Ostpreußen große Finanzhilfen der Regierung bekomme, dann reagieren wir alle sehr empfindlich. Es stimmt«, lenkte sie ein, »Königsberg erhält hohe Zuwendungen für Kultur, Veranstaltungen und Sport. Der Stadt geht es gut.«

»Und Insterburg? Die Stadt Hindenburgs, des Helden der Schlacht von Tannenberg?« Er wollte sie ein wenig beeindrucken, dass er doch nicht so ignorant war, wie sie ihn einschätzte.

Jetzt lächelte sie. »Ja, ja Insterburg, eine Industriestadt, und es gibt auch eine Filiale der Deutschen Reichsbank.«

Warum erwähnte sie das?

»Komm, lass uns reingehen. Lass uns reden.«

Das aber tat sie erst am nächsten Morgen. Die ganze Nacht hatte Felix oben in dem schmalen Bett gelegen, nach unten gehorcht, ob die Treppe knarzte, ob sich die Tür leise öffnen und Elke zu ihm ins Bett schlüpfen würde.

Als er am Morgen aufstand und sich das Wasser aus dem Krug in die Schüssel goss, überlegte er, was Elke von ihm wollte, wenn sie ihn bat, hierherzukommen. Mit ihm reden – aber über was? Hatte sie ihn hierher eingeladen, um sich von ihm zu trennen?

Als er wenig später die Küche betrat, stand sie vor dem Herd. »Ich mache dir ein Rührei, magst du?«

Sie wirkte entspannt, und so trat er neben sie, um sie auf die Wange zu küssen, und sie ließ es zu. Er setzte sich an den Tisch, und sie legte einen Brotlaib und ein Messer vor ihn und bat ihn, sich und für sie eine Scheibe abzuschneiden, was er unter ihrem strengen Blick tat. Dann verteilte sie das Rührei auf die Teller, und während sie sich setzte, erzählte sie noch, das Brot kaufe sie auf einem Hof, der ein wenig entfernt lag.

»Es schmeckt sehr gut«, erklärte Felix. Er entspannte sich ein wenig, da er sich vorgenommen hatte, Elke endlich zu fragen, was ihre körperliche Ablehnung gegen ihn zu bedeuten habe. Fand sie ihn als Mann abstoßend, hatte er sie verletzt, ihr wehgetan? Felix besaß wenig Selbstbewusstsein, und es beschäftigte ihn, machte ihn als Mann unsicher.

Als sie gegessen hatten, nahm sie die Teller und das Besteck und stellte alles ins Spülbecken. Sie war nervös, ihre Hände zitterten. Sie lehnte sich einen kurzen Moment gegen das Becken, dann aber setzte sie sich Felix gegenüber und fing an zu reden. »Es gibt eine Räumungsklage«, begann sie hastig. »Ich muss am 10. September hier raus. Die Tiere und die Rapsfelder sind bereits gepfändet, auch das Haus.«

Felix stellte die Tasse hart auf den Tisch zurück. »Das ist ja entsetzlich, warum sagst du mir das erst heute? Da muss man doch verhandeln können.«

Sie zuckte die Achseln, schloss die Augen und strich sich über das Gesicht, eine Geste der Resignation.

»Warum hast du mich eingeladen?«, fragte er nach dem, was ihn seit gestern beschäftigte. Er musste es wissen. Der Wunsch, mit ihm zusammen zu sein, hatte sie sicher nicht dazu getrieben. Aber wusste er es nicht längst? »Wer sind die Gläubiger?«, fragte er nach einer kurzen Pause.

Sofort erhob sie sich. »Die Filiale der Reichsbank in Insterburg. Mein Vater hat immer wieder den Kredit erhöht und als Sicherheit das Haus und die Felder eingesetzt. Und die Tiere wurden von dem Gerichtsvollzieher vorige Woche katalogisiert und genau im Wert festgelegt. Also auch gepfändet. Zuerst habe ich mir überlegt, sie heimlich nachts zu einem Nachbarn zu bringen und zu sagen, sie seien gestohlen worden.«

»Das ist nicht dein Ernst!« Felix sprang erregt auf. »Du weißt doch sicher, das ist Betrug, Unterschlagung der gepfändeten Ware.«

Sie lachte hart auf. »Ware, das hast du gut gesagt, meine Tiere sind eine Ware.«

Verärgert setzte sich Felix wieder. »Du musst nicht jedes Wort auf die Goldwaage legen. Also, wenn ich dir helfen soll, dann zeige mir die Unterlagen.«

Sie verließ die Küche und kam mit einem Wäschekorb zurück, in dem sich Ordner und Vollstreckungsankündigungen stapelten. Felix versuchte, nicht ungeduldig zu reagieren, sondern griff nach dem ersten Ordner und schlug ihn auf.

Er arbeitete sich schweigend bis zum Abend durch und erklärte Elke dann, ihr Vater habe alle Kreditverträge unterschrieben, auch wenn die Bank viel zu hohe Zinsen verlangt habe. »Deine Eltern hatten von Anfang an keine Chance der Bank gegenüber«, war sein Fazit.

»Das sage ich doch, die Bank ist der Betrüger, nicht ich, als ich die paar Tiere wegschaffen wollte.«

Felix war müde. »Lass uns nicht diskutieren. Ich schlage vor, wir gehen morgen in die Bank nach Insterburg.«

»Das ist zu weit«, antwortete Elke, dann aber wurde sie lebhaft. »Ich könnte meinen Nachbarn fragen, ob er dich fährt, er ist der Einzige in der Gegend hier, der ein Auto besitzt.«

»Ja, dann mach das«, forderte er sie auf, erleichtert, dass sie seinem Vorschlag offenbar widerstandslos annahm. »Aber wieso mich, es geht doch um dich, deinen Hof, du solltest auf alle Fälle mitkommen.«

»Es ist besser, du gehst allein.« Und dann erklärte sie zögernd, sie habe es schon einmal versucht, doch die Bank hatte abgelehnt. Allerdings habe sie nicht mit dem Direktor, sondern nur mit einem Angestellten gesprochen, und als Frau habe man bei der Bank sowieso keine Chance.

Während Elke zum Nachbarn lief, gingen ihm tausend Gedanken durch den Kopf. Würde die Bank ihn, einen jungen Studenten von nicht mal zweiundzwanzig, überhaupt ernst nehmen? Es schien ein sinnloses Unterfangen, denn warum sollte die Bank auf ihre Rechte verzichten? Elkes Vater hatte alle Verträge unterschrieben, doch sämtliche Fristen zur Zahlung von Zinsen oder Raten versäumt und nicht eingehalten. Auch Elkes erfolgloser Versuch erschwerte die Situation. Was sollte also ein Gespräch nützen? Wer wusste auch, ob der Bankdirektor morgen Zeit für ihn hatte? Aber er würde es versuchen, Elke zuliebe.

Doch am nächsten Tag kehrte er erfolglos aus Insterburg zurück. Die Bank hatte nicht nachgegeben, der Räumungstermin blieb.

Schweigend saßen sie sich in der Küche gegenüber.

»Es tut mir leid«, beendete Felix mit belegter Stimme das Schweigen. »Aber vielleicht hättest du mitkommen sollen, ein paar Tränen vergießen, sagen, wie viel dir dein Elternhaus bedeutet, und um eine weitere Zahlungsfrist bitten.«

»Leid, leid …«, fuhr ihm Elke dazwischen. »Ich soll bei der Bank in die Knie gehen und betteln? Niemals. Ich brauche Geld.« Sie sah ihn an, ängstlich, erwartungsvoll, letztendlich aber herausfordernd.

Da begriff er, was sie sich erhofft hatte. Seine Stimme klang heiser, als er ihr antwortete. »Du willst Geld von mir, um den Hof auszulösen, ist es nicht so?« Er sprang auf und stellte sich ans Fenster, mit dem Rücken zu Elke. Er konnte sie jetzt nicht ansehen. »Darum hast du mich hierher eingeladen, nicht um mit mir Zeit zu verbringen, sondern einfach nur weil du gehofft hast, ich gebe dir das Geld.«

Es dauerte, bis ihre Antwort kam. »Weißt du, ich wollte schon, dass du kommst, um mit mir zusammen zu sein, aber ich habe auch keine andere Möglichkeit gesehen, als dich darum zu bitten. Es fällt mir nicht leicht, das kannst du mir glauben.«

Felix schwieg, in maßloser Enttäuschung starrte er weiter aus dem Fenster.

»Felix, bitte.« Auch sie hatte sich erhoben und stellte sich ganz nahe zu ihm, sie wollte ihn umarmen, doch jetzt war er es, der einen Schritt zurücktrat.

»So nicht, Elke, so nicht.«

»Felix, bitte. Es sind doch nur ein paar Tausend Reichsmark.«

Felix lachte auf, und seine Enttäuschung, auch Wut klangen aus seiner Stimme, als er antwortete: »Nur ein paar Tausend Reichsmark also. Ich verdiene mir mein Studium mit Übersetzungen, arbeite sehr oft nachts durch, um alles zu schaffen, und du glaubst wirklich …«

»Du kommst aus einer reichen Familie«, unterbrach sie ihn heftig. »Du warst auf einem Eliteinternat in der Schweiz, das nur den reichen Söhnen zugänglich ist, und …«

»Meine Mutter«, erwiderte er, um Ruhe bemüht, »hat dafür ihren Schmuck in einem Zürcher Auktionshaus versteigern lassen, um mir und meinem Bruder das zu ermöglichen.«

Jetzt lachte Elke hart auf. »O ja, sie hat den Schmuck verkaufen müssen, die Ärmste. Und nicht um euch zu ernähren, sondern das Schulgeld für eine Eliteschule zu bezahlen. Und ihr habt ja auch ein Grand Hotel, eine Villa, ein Restaurant, manchmal denke ich, die Kommunisten haben recht mit ihrer Planung der Umverteilung des Eigentums, des …« Sie brach ab, weil sie spürte, sie war zu weit gegangen. »Es tut mir leid«, versuchte sie sich zu entschuldigen.

»Also bist du über Nacht Kommunistin geworden und keine NSDAP-Wählerin mehr?« Felix wusste, er reizte sie damit, trotzdem sprach er es aus.

Sie antwortete nicht, schwieg verbissen.

Auf irgendeine Weise verstand Felix sie sogar. Hier in diesem ärmlichen Bauernhaus erkannte er die gesellschaftlichen Unterschiede zwischen Elke und ihm. Doch in einem glichen sich die Familien: Sie waren beide verschuldet. Ein Gedanke, der ihn fast auflachen ließ. »Die Villa«, machte er den Versuch einer Erklärung, »ist mit Hypotheken belastet, und das Hotel, das seit Jahrhunderten im Besitz unserer Familie ist, wird nur durch Investitionen einer amerikanischen Investmentfirma am Leben erhalten. Meine Cousine, die Besitzerin, kann keine eigenen Entscheidungen mehr treffen, und …«

»Hör auf!« Plötzlich schrie Elke ihn an. »Hör auf, ich kann die Sorgen der Reichen nicht mehr hören. Das ist alles so verlogen. Hörst du dir eigentlich selbst zu? Ihr seid so reich, dass deine Mutter so wertvollen Schmuck besaß oder noch besitzt, um dir und deinem Bruder jahrelang ein Internat zu bezahlen.«

Felix fuhr herum, und sie starrten sich feindselig an, bis Elkes Stimme versöhnlicher klang, als sie neu ansetzte: »Du kannst mich nicht verstehen, ich begreife das jetzt, denn ihr lebt in einer anderen Welt als ich, ich verstehe das. Für dich ist der ganze Reichtum selbstverständlich …« Sie kam ganz nah zu ihm, sah ihn an, doch er wich zurück.

»Elke, hast du mir nicht zugehört? Das Hotel gehört im Grunde einer amerikanischen Investmentfirma, und wenn es nach der Eröffnung im Dezember keine Gewinne macht, haben wir alles verloren. Die Villa ist hoch verschuldet, darum arbeitet mein Onkel in zwei Kanzleien, und das in seinem Alter. Er ist bereits über sechzig und längst im Pensionsalter.«

»Mir kommen gleich die Tränen.« Elkes Stimme klang scharf, fast gehässig. »Um einen Teil des Hotels zu renovieren, habt ihr einfach mal so schnell eine achthundert Quadratmeter große Wohnung in Berlin verkauft, das hast du mir einmal erzählt. Ach ja, und da gibt es auch noch das Restaurant *Palmengarten* …«

Felix begriff, wie verzweifelt Elke um dieses Haus und das kleine Stück Land kämpfte. Sie wurde von der Regierung im Stich gelassen, die Reichsbank blieb unerbittlich, und Elke erschien er, Felix, als einzige Möglichkeit, um den Hof zu retten.

»Ich kann nicht glauben, dass du mir nicht helfen willst«, flüsterte sie hinter ihm, als er ihr wieder den Rücken zuwandte.

»Ich will, aber ich kann nicht.« Resigniert hob Felix die Schultern, ohne sich umzudrehen. »Ich könnte ein Semester aussetzen und so viel arbeiten, dass eine gewisse Summe zusammenkäme«, warf er ihr über die Schulter zu, obwohl er bereits wusste, für sie war das keine Lösung, keine sofortige Hilfe.

Sie hörte ihm auch nicht mehr zu, sondern sprach einfach weiter. »Du hast keine Ahnung vom Leben, weißt du das? Du kommst aus einer reichen Familie, und reiche Leute bekommen immer Geld, nur Arme nicht«, klagte sie. »Wenn dein Vater Oberbürgermeister wird, könnte er sicher einen Kredit für mich aufnehmen.«

Felix schwieg, er wusste um die Unmöglichkeit, seinen Vater darum zu bitten. Trotzdem versuchte er, ruhig zu bleiben und zu überlegen. Er sprach mit dem Rücken zu ihr weiter. »Ich kann dir das Geld nicht geben, und ich kann meine Familie nicht darum bitten. Es tut mir leid. Ich kann versuchen, mit dem Gerichtsvollzieher zu sprechen und einen Aufschub zu erwirken, mehr nicht. Lass mich nachdenken, mir fällt schon was ein.« Da es hinter ihm ruhig blieb, sah er weiter aus dem Fenster, und während er angestrengt nachdachte, betrachtete er die vielen Birnen, die im Gras verfaulten. Irgendwie wollte er die Situation, die sich immer mehr verhärtete, auflockern. »Elke, weißt du was? Ich sammle die überreifen Birnen auf, vielleicht kommt mir dabei eine Idee.« Er drehte sich um und griff sich einen Korb, der auf dem Tisch stand.

Elke wich ihm aus, und er verließ das Haus. Es war heiß, die Sonne brannte von einem blauen Himmel herab, und er sammelte Birnen ein, die noch nicht von Schnecken oder Vögeln angefressen waren. Mit schmerzendem Rücken und vollem Korb ging er ins Haus zurück.

»Elke?« Er verharrte an der Tür, doch als sie nicht antwortete, ging er in die Küche, stellte den Korb ab, horchte in die Stille hinein.

»Hier bin ich.« Der Ruf kam aus dem Schlafzimmer, wo die Tür einen Spalt offen stand.

»Komm«, rief Elke, »komm zu mir, wir wollten doch auch die gemeinsame Zeit genießen, lass uns damit anfangen.«

Befremdet ging er die paar Schritte zum Schlafzimmer, stieß die Tür auf und blieb wie erstarrt dort stehen. Elke hatte sich ausgezogen und lag nun nackt auf dem Bett. »Komm, lass uns einfach den hässlichen Streit vergessen, reden wir morgen weiter.«

Elkes Brüste waren groß, aber straff, und er spürte die eigene Erregung, als sein Blick über ihren sanften Bauch glitt und an dem dunklen Dreieck zwischen ihren Schenkeln hängen blieb. Ihm wurde heiß, doch als er ihr Gesicht sah, erkannte er darin Angst und Verzweiflung. Tief atmete er ein. »Elke, bitte. Du musst dich nicht verkaufen, nicht prostituieren. Zieh dich an. Ich würde dir das Geld geben, aber ich habe es nicht.«

Er merkte, dass er sie mit seinen Worten demütigte, doch er empfand tiefste Enttäuschung. Seit Monaten zog sie sich vor ihm zurück, und jetzt, in dem Moment, da sie Geld brauchte, bot sie sich ihm an.

Er schämte sich für sie und wandte den Blick ab, während Elke sich erhob und in die Kleider schlüpfte.

»Warum bist du überhaupt hier?« Sie richtete sich wieder auf und starrte ihn feindselig an.

»Elke …« Seine Stimme zitterte. »Ich bin gekommen, um mit dir das zu teilen, was dir das Wichtigste in deinem Leben ist. Und das ist ja offensichtlich dieser Hof hier. Ich bin hergekommen, um Zeit mit dir zu verbringen.«

Während Elke hastig die Knöpfe am Kleid schloss, lachte sie auf. »Ich habe es geahnt.« Ihre Stimme wurde lauter, noch gedemütigt von seiner Ablehnung, enttäuscht von seiner Weigerung, ihr zu helfen. »Du bist nichts anderes als ein reiches verwöhntes Bürschchen, das in einer anderen Welt lebt und die Realität nicht kennt. Weißt du«, setzte sie hinzu, »das wird mir erst hier klar, wer du eigentlich bist. Du hast keine Ahnung davon, was während des Kriegs in Ostpreußen passiert ist, wie die Menschen in den Städten vor Hunger und Kälte starben, durch die Blockade der Alliierten, du weißt nichts.«

»Mein Bruder und ich«, unterbrach er sie ruhig, »waren Kinder. »Ja, uns ging es sicher besser als vielen anderen, aber unser Cousin ist an der Westfront gefallen, und auch mein Bruder und ich hatten ein schreckliches Erlebnis. Wir waren bei dem Angriff der Franzosen auf den Zirkus Hagenbeck dabei, wir haben gesehen …« Er hielt inne, da er spürte, dass es sie nicht interessierte. Sie sah nur eines: Er, der Sohn aus reichem Haus, wollte ihr nicht helfen. Felix versuchte, weiterhin ruhig zu bleiben. Er sah Elke schweigend an, die seinem Blick nicht standhielt und sich abrupt abwandte. »Weißt du, Elke«, begann er mit belegter Stimme, »ich verstehe dich nicht mehr. In München warst du so ganz anders … wir konnten uns nächtelang unterhalten, du warst offen, herzlich. Und seit wir hier sind, scheint es, als gibt es keine Verständigung mehr zwischen uns. Du sagst, du weißt erst jetzt, wer ich wirklich bin. So geht es mir auch. Wer bist du wirklich, die Elke aus München oder die Elke von hier, aus diesem Dorf?«

Als Felix ganz offensichtlich auf eine Antwort wartete, wandte sie sich ihm wieder zu. »Ich bin die Elke, die in diesem Dorf aufgewachsen ist und in den letzten Tagen erkannt hat, dass ich hierhergehöre. In München, das war mein anderes Ich, die Frau, die ich vielleicht sein wollte, die zu euch, den Intellektuellen, den Studenten, gehören wollte. Zu denen, die Zeit haben, sich über Literatur und Politik zu unterhalten, während die Menschen hier einfach nur ums Überleben kämpfen. Und jetzt weiß ich es, mein Platz ist hier.«

Er hatte ihr schweigend zugehört, ihre kleine Rede begann emotionslos, doch dann wurde sie lauter, aggressiver, für ihn fast bedrohlich.

Sie starrte ihn an. Erwartete sie immer noch Hilfe von ihm?

»Es tut mir wirklich leid, Elke, aber ich kann meine Meinung nicht ändern, ich würde dir gern helfen, aber ich kann nicht.«

Elke ballte die Fäuste, fast schien es, als wollte sie auf ihn losgehen, sie atmete durch, stellte sich ganz nahe vor ihn. »Weißt du was? Dann sieh zu, dass du ganz schnell wegkommst, und lass dich nie wieder blicken.« Den letzten Satz schrie sie ihm ins Gesicht.

Dieser Ausbruch kam dennoch unerwartet, er verletzte Felix tief. Er sah sie nur wortlos an. Warum verstand sie ihn nicht?

Als er schwieg, atmete sie durch, ihre Stimme zitterte, wurde wieder leise. »Geh, geh einfach und lass dich nie mehr bei mir blicken, hier nicht und auch nicht in München.«

So konnte sein Besuch doch nicht enden, Elke die Beziehung nicht einfach so abbrechen. Sie zitterte, starrte ihn weiter feindselig an, dann machte sie eine scheuchende Geste.

Wortlos drehte er sich um, lief die Treppe hoch, warf seine Sachen in die Reisetasche und kam wieder nach unten. Am Treppenabsatz blieb er stehen. Elke stand in der Küche, die Arme vor der Brust verschränkt. »Hau ab«, sagte sie nur.

Da verließ er das Haus. Draußen aber hielt er inne, wartete, doch Elke kam nicht heraus. Dann steckte sie den Kopf aus dem Fenster. »Du kannst mein Rad nehmen«, schrie sie und warf das Fenster mit einem Krach zu.

Dann blieb es still, doch Felix stand immer noch da, er konnte nicht begreifen, dass es zu Ende sein sollte.

Wieso verstand Elke nicht, dass er nicht helfen konnte, dass ihre Verzweiflung auch ihm tiefen Schmerz bereitete? Wie sollte er helfen, wenn er selbst nichts besaß. Wusste sie denn nicht, dass er alles für sie tun würde, wenn er eine Möglichkeit hätte? Kannte sie ihn so schlecht?

Er nahm das Rad mit dem verrosteten Lenkrad und fuhr zum Bahnhof. Der nächste Zug fuhr erst gegen Abend, und so setzte sich Felix ins Gras und wartete, ob Elke nachkam, doch da sie ihm das Rad überlassen hatte, schien es unwahrscheinlich.

Nach fast zwei Stunden hielt ein Wagen, und der Fahrer nahm ihn mit nach Insterburg. Sein Name war Friedrich von Stetten, ihm gehörte das große Gestüt, das Felix bei seinem Spaziergang aufgefallen war. War er einer der Gutsbesitzer, die der Staat mit hohen Summen subventionierte? Friedrich von Stetten machte höfliche Konversation, warf ihm öfter einen Seitenblick zu, doch als er begriff, dass Felix kein Interesse an einem Gespräch hatte, schwieg auch er. Am Bahnhof in Insterburg stieg er mit aus, reichte Felix die Hand und übergab ihm eine Visitenkarte. »Manchmal sieht man sich auch zweimal«, lächelte er.

Felix nickte stumm, und nachdem das Auto gewendet und abgefahren war, warf er die Karte in den Papierkorb am Bahnsteig, aus dem der Müll fast überquoll.

Vollkommen erschöpft kam er am nächsten Nachmittag wieder in München an. Er wartete vergeblich auf ein Lebenszeichen von Elke. Doch dann entschied er sich, früher als geplant nach Hause zu fahren. Er freute sich jetzt auf seine Eltern, auf Luise und vor allem auf seinen Bruder.

FÜNF

Bad Lichtenberg

Julian holte ihn am Bahnhof ab. Suchend sah er sich um, bis er seinen Zwillingsbruder zwischen den Ankommenden entdeckte und mit ausgebreiteten Armen auf ihn zulief. Gut aussehend, braun gebrannt und im Tennisdress, schien er genau die elitäre Gesellschaft zu verkörpern, die Elke so hasste.

Aber Felix hatte seinen Zwillingsbruder immer schon bewundert. Er selbst war kleiner als Julian, trug eine Brille und blieb in seiner Haltung abwartend, während Julian auf die Menschen zuging und sie sofort für sich einnehmen konnte.

»Luise hat mir die Limousine des Hotels überlassen, damit ich dich abholen kann«, strahlte Julian seinen Bruder an, bevor er ihn umarmte.

Felix nickte nur und folgte ihm zur Limousine. Mit seltsamer Abwehr setzte er sich auf den Beifahrersitz. »Wir hätten auch zu Fuß gehen können«, erklärte er steif, »in der Limousine fahren wirkt so angeberisch.«

Julian warf ihm einen erstaunten Seitenblick zu. »Ich dachte, es macht dir Spaß«, erwiderte er. »Außerdem gehört sie nicht der Familie, sondern wurde dem Hotel von dem Hersteller nur zur Verfügung gestellt.«

»Also alles nur Schein, nichts gehört uns wirklich.«

Julians Erstaunen wuchs sichtlich. »So miesepetrig kenne ich dich gar nicht. Freu dich doch. Luise erwartet uns im Hotel zum Tee, es gibt diesen fantastischen Baumkuchen von unserem Patissier.«

Felix nickte und sah sich um, während sie die Hauptstraße hoch zum Hotel fuhren. Die Straße war gesäumt von Werbeplakaten zur Wahl des Oberbürgermeisters. Für Felix ein seltsamer Anblick, das Foto seines lächelnden Vaters in Übergröße zu sehen. Eines der Plakate aber war übermalt mit greller Schrift: *Hängt den Kapitalisten auf.*

»Das ist ja schrecklich.« Felix erschrak zutiefst.

Doch Julian blieb gelassen. »Wenn du dich exponierst und eine Karriere als Politiker anstrebst, wirst du immer Feinde haben, das ist nun mal so. Wir hoffen nur, dass es am Wahlabend keine Demo gibt wie im vergangenen Juni. Aber die Umfragen zeigen ein fast eindeutiges Ergebnis, unser Vater wird der nächste Bürgermeister werden.«

Als sie vor dem eindrucksvollen Portal des Hotels ausstiegen, kam ihnen Luise entgegen. Sie umarmte Felix und bot ihm ein Zimmer im Hotel an, es sei nicht ganz ausgebucht.

Doch Felix lehnte ab, er wolle doch lieber oben in der Villa bei den Eltern wohnen. War sie enttäuscht darüber? Um ihr etwas Nettes zu sagen, erklärte er, sie sei noch schöner geworden, seit er sie das letzte Mal gesehen habe. Luise trug ein grünes Seidenkleid, das ihr zu den tizianroten Haaren besonders gut stand. Jetzt lächelte sie und zwickte ihn in die Wange, so wie sie es schon getan hatte, als er und Julian noch kleine Jungs gewesen waren. »Und ihr beide«, erklärte sie immer noch lächelnd, »ihr seid inzwischen erwachsener geworden, oder?«

Felix wurde unsicher – machte sie sich über ihn lustig? Aber ihr Blick war so liebevoll, dass er sie rasch umarmte, ein »Wir sehen uns ja bald« murmelte und sich dann schnell umdrehte. Julian hatte Mühe, mit seinen schnellen Schritten mitzuhalten.

Die nächsten Tage verbrachten die Zwillinge oft zusammen, meist kam Felix in den *Deutschen Kaiser*, da Julian dort als

Tennispartner arbeitete und die Brüder in seinen Pausen zusammensaßen und redeten.

Zuerst unterhielten sie sich über allgemeine Ereignisse, über die Folgen des wahrscheinlichen Wahlsiegs ihres Vaters, über die Mutter, die jetzt mit Veranstaltungen beschäftigt war und sich auf privaten Wohltätigkeitsveranstaltungen zeigen musste.

Irgendwann lenkte Felix das Gespräch auf die Themen, die ihn beschäftigten. »Hast du das Gefühl, dass wir im Krieg privilegiert waren oder es immer noch sind?«

Julian zog die Schultern hoch, dachte nach. »Ja, ich denke schon. Aber wir waren Kinder, Felix, ich erinnere mich nur, dass wir immer Hunger hatten, obwohl Tante Irene für uns alle gesorgt hat. Weißt du noch? Sie hat den Park der Villa in ein einziges Gemüsefeld verwandelt, das hat uns über Wasser gehalten.«

»Das stimmt, aber sie hat sich auch viel mit Onkel Johannes gestritten, nicht wahr? Sie ließ die alte Linde fällen, damit wir Holz für den Kamin hatten. Ich weiß auch noch, dass nur das Wohnzimmer beheizt wurde, während die meisten Zimmer abgesperrt blieben. Manchmal haben wir sogar im Wohnzimmer übernachtet.«

Julian nickte. »Wir fanden es lustig, auf dem Boden zu schlafen.«

Sie schwiegen, beide hingen ihren Erinnerungen nach. Nach einer Weile wandte sich Felix an den Bruder, seine Stimme hatte sich verändert.

»Nur … damals, du weißt schon … ich muss so oft daran denken …«

Julian begriff sofort. »Ja, ich auch, Felix. Das war schlimm. Ich sehe heute noch den zerfetzten Körper unseres Freunds neben uns liegen, überall war Blut, auch sein Vater …«

Er sprach nicht weiter. Für die Jungen war es ein traumatisches Erlebnis gewesen, als sie im Juni 1916 in Karlsruhe den

Zirkus Krone besuchten und eine Bombe das Zelt traf. Viele Menschen starben, darunter auch über siebzig Kinder.

»Wir hatten Glück, wir haben überlebt.«

Wieder schwiegen sie. Doch dann stellte Felix seinem Bruder die Frage, die ihn bereits auf der Rückfahrt im Zug beschäftigt hatte. »Julian, ganz etwas anderes, was ich wissen möchte ... sind wir eine privilegierte Familie?«

Julian lachte zuerst, doch als er begriff, wie ernst es Felix mit seiner Frage war, überlegte er kurz. »Natürlich sind wir das in den Augen vieler Menschen. Wir gelten als reich, obwohl wir hoch verschuldet sind«, erklärte Julian mit einem Achselzucken. »Aber man muss das Leben nun mal so nehmen, wie es kommt.«

Felix sah seinen Bruder nachdenklich an, und wie immer beneidete er ihn, der offensichtlich von einem Tag auf den anderen lebte und nicht von Zukunftsängsten gequält wurde. Er hatte nur einen großen Wunsch, wie er Felix einmal anvertraut hatte: nach Rom zu fahren und eine Audienz beim Papst zu erleben. Für Felix war das ein befremdlicher Wunsch. Hatte sich Julian aus diesem Grund im Internat für die italienische Sprache entschieden, während Felix Englisch und Französisch gewählt hatte? Manchmal glaubte Felix seinen Bruder doch nicht so gut zu kennen und dass sich hinter dem strahlenden jungen Mann etwas Ernstes, Dunkles verbarg, das Julian nicht preisgab. Nicht mal ihm gegenüber, dem Zwillingsbruder.

Felix erzählte jetzt von München, dem Jurastudium, von den oft sehr schwierigen Übersetzungen. Nur einmal erwähnte er seine Freundin Elke. Er habe vor, noch am Wahlabend mit dem letzten Zug von Baden-Baden aus nach München zurückzukehren, es gäbe einiges zu klären.

Und irgendwann erzählte Julian zögernd, er habe sich verliebt, und sie sei ein Mädchen, das man vom Fleck weg heiraten sollte.

Dann war der Sonntag da, der 7. September. Am Morgen noch hatte Victoria geschrieben, sie könne leider nicht kommen, sie sei krank.

Die ganze Familie, Luise, ihre Eltern und auch die Zwillinge waren zutiefst enttäuscht, dass Victoria diesem für die Familie so wichtigen Tag fernblieb. Wäre es nicht eine gute Gelegenheit gewesen, sich endlich zu versöhnen?

SECHS

Berlin

Zur gleichen Zeit

VICTORIA

Sechsunddreißig Stunden. Ich habe sechsunddreißig Stunden Zeit, willst du sie mit mir verbringen?«

Das hatte Juri ihr zugeflüstert, als er sich erhoben hatte, sie an sich zog und sie beide die erstaunten Zuhörer vergaßen und zusammen den Saal verließen.

Ohne zu zögern, war Victoria mit Juri in seine Suite im *Adlon* gegangen. Er zog die Tür hinter sich zu, und sie sahen einander schweigend an. Victoria hatte in diesem Moment nichts wissen, nichts fragen wollen, was sie verletzen könnte, sie wollte nur mit ihm zusammen sein, so wie im Sommer 1914.

Als sie sich liebten, war keine Fremdheit zwischen ihnen, ihre Körper fanden ganz selbstverständlich zueinander. Sie waren hungrig aufeinander, konnten sich kaum voneinander lösen. Und irgendwann gegen Morgen schliefen sie eng umschlungen ein. Als Victoria aufwachte, ging ihr erster Blick zum Reisewecker auf Juris Nachttisch. Ein Wettlauf gegen die Zeit begann.

Sie blieben im Bett, dazwischen tranken sie Champagner, aßen ein paar Kleinigkeiten, die Juri auf die Suite bestellte. Er wollte alles wissen: wie sie die Jahre im Krieg verbracht hatte, wieso sie in Berlin lebte.

Und sie erzählte bereitwillig, dann liebten sie sich wieder, hastig, gierig. Wieder ein Blick auf den Wecker, noch zwölf Stunden.

Erst da richtete sich Victoria auf und lehnte sich gegen die Kissen. »Juri, kannst du dir nicht denken, dass ich viele Fragen auch an dich habe und nicht nur über mich reden möchte?«

»Was willst du wissen?«, fragte er ruhig, während auch er sich aufsetzte, den Arm um sie legte und sie an sich zog.

»Wieso nur sechsunddreißig Stunden, und warum bist du in Berlin?«

»Morgen früh um halb sieben holt mich ein Wagen ab und bringt mich in die Charité. Um acht Uhr liege ich auf dem OP-Tisch von Professor Bruckner.«

»Bist du krank, was hast du?« Victoria erschrak zutiefst.

Schweigend hob er seine rechte Hand. »Nach dem Krieg«, begann er, »habe ich meine Ausbildung zum Pianisten im damaligen Petrograd und dann Moskau fortgesetzt. Ich bin ehrgeizig, Victoria, ich habe gespürt, dass ich gut bin, und es gab Leute, die an mich glaubten. Dann gab ich die ersten Konzerte, wurde vom Publikum und den Kritikern bejubelt und als Talent des Jahrhunderts bezeichnet. Aber dann, eines Abends …« Seine Stimme hatte sich verändert, er sprach nicht sofort weiter, sondern wandte sein Gesicht von ihr ab.

Victoria wartete still, bis er seine Erzählung fortsetzte.

»Während eines Konzerts in der Philharmonie von Petrograd, dem jetzigen Leningrad, sprang plötzlich ein Mann auf die Bühne, stand neben mir, griff nach dem Klavierdeckel und knallte ihn auf meine rechte Hand. Er drückte zu und gleich noch ein zweites Mal. Es ging zu schnell, um zu reagieren, aber letztendlich konnte ich die linke Hand gerade noch wegziehen. Ich spürte diesen furchtbaren Schmerz, ich war wie erstarrt und sah nur in das wutverzerrte Gesicht meines Peinigers. Als die Sicherheitsleute den geistig verwirrten Mann überwältigen konnten, war meine Hand längst gebrochen. Ein Trümmerbruch. Der Mann kam in die Psychiatrie, und für mich begann ein langer Leidensweg, eine Operation folgte der nächsten. Endlich, nach zwei Jahren, konnte ich wieder Konzerte geben. Ich war glücklich, dass die Menschen mich nicht vergessen hatten.«

»Und warum dann noch eine weitere Operation?«

»Weil meine Hand nicht mehr die frühere Beweglichkeit besitzt. Ich kann nicht mehr mein Bestes geben, verstehst du?« Seine Stimme war laut geworden, sie klang verzweifelt, fast aggressiv.

Victoria verharrte in stummem Entsetzen und wartete, bis er weitererzählte.

»Professor Bruckner genießt Weltruf als Chirurg, er wird die Hand noch einmal brechen und sie dann wieder zusammensetzen.«

Juris Gesicht verschloss sich, und Victoria fand nicht die richtigen Worte des Trosts, aber was hätte sie auch sagen können? »Wie lange bleibst du im Krankenhaus?«

»Wenn alles gut verläuft, zwei Tage. Dann fliege ich nach New York in ein Rehabilitationszentrum. Dort erwartet mich ein Ärzteteam, weitere Behandlungen folgen, auch Massagen, Bewegungsübungen. Und was das Wichtigste ist: Mir steht dort ein Steinway-Flügel zur Verfügung, ich werde so schnell wie möglich die ersten Übungen machen und mit einem bekannten Musiklehrer arbeiten. Du siehst, man investiert in mich, weil es immer noch Leute gibt, die an mich glauben, Sponsoren, Manager, Veranstalter. Am 18. September nächsten Jahres werde ich mein Comeback geben. Und zwar in der bereits ausverkauften Carnegie Hall in New York. Da wird es sich entscheiden«, fügte er hinzu.

»Was, Juri, was wird sich entscheiden?«

»Ob ich als Pianist arbeiten kann oder aufhören werde.«

»Aufhören, ganz?«

Jetzt drehte er ihr das Gesicht zu. »Ja, denn nichts ist für einen Künstler beschämender als das Mittelmaß. Und ein mittelmäßiger Pianist will ich nicht sein.«

»Und wie lange wirst du dann in New York bleiben?« Endlich die Frage, die für sie entscheidend war.

Juri antwortete nicht sofort, wieder wandte er sich ab, richtete sich auf, setzte sich mit dem Rücken zu ihr auf die Bettkante.

Victoria legte ihren Kopf an seinen Rücken, doch sie umschlang ihn nicht mit den Armen, denn sie spürte, dass er Distanz zu ihr suchte. Da er schwieg, setzte sie wieder an. »Weißt du was?« Sie bedeckte seine Schulter, den Rücken mit kleinen, spielerischen Küssen. »Ich könnte doch mitkommen, Juri, jetzt, da wir uns wiedergefunden haben«, flüsterte sie ihm zärtlich ins Ohr. »Da sollten wir uns nicht wieder verlieren.«

Langsam drehte er sich um. Er sah sie an, und ihr Herz fing unruhig zu schlagen an; in seinen Augen erkannte sie bereits die Antwort, bevor er sie aussprach.

»Nein, Victoria, nein, es tut mir so leid, aber das geht nicht.« Mit dem Zeigefinger fuhr er ihr zärtlich über die Wange und den Hals, dann ließ er die Hand sinken. Eine Geste des Bedauerns, fast der Hilflosigkeit.

»Warum nicht, Juri, warum nicht?«

Wieder wandte er sich ab, wieder saß er mit dem Rücken zu ihr, als er leise sagte, ohne sich umzudrehen: »Es geht nicht, denn ich werde in New York erwartet.«

»Ja, das hast du gesagt, die Ärzte, dein Lehrer, die …«

Jetzt wandte er sich ihr heftig zu. »Bitte, Victoria, hör auf. Es ist anders, als du denkst. Es tut mir so leid, aber meine Frau erwartet mich. Wir werden in New York leben«, setzte er hastig hinzu, um diese verletzende Wahrheit rasch hinter sich zu bringen.

Ihre Hände fielen herab, ihre Hoffnungen, ihre Liebe, ihre Gefühle wurden erbarmungslos in die Realität zurückgestoßen.

Fast automatisch fragte sie, was sie eigentlich gar nicht mehr wissen wollte. »Wie lange bist du schon verheiratet, hast du Kinder?« Es klang sachlich, ohne die Emotionen, die sie empfand.

»Seit fünf Jahren. Mara hat mir in meinen schweren Jahren in Russland sehr geholfen, sie war immer für mich da. Und ja, wir haben einen Sohn. Alexander, er ist vier Jahre alt.«

Ich wäre auch für dich da gewesen, Juri, denn ich habe dich immer geliebt, doch sie sprach es nicht aus. Es war jetzt dunkel geworden, Juri nur noch als Silhouette zu erkennen. Victoria rutschte auf die andere Seite des Betts, stand auf und schlüpfte in ihre Kleider. Sie empfand nichts, nur Leere, keine Gefühle, keine Verzweiflung, einfach gar nichts.

»Wir haben noch die Nacht.« Juris Stimme klang heiser. »Bitte, Victoria, geh nicht, nicht so.«

»Wie denn dann?«, lachte sie auf. Sie kniete sich auf den Boden, tastete nach ihren Schuhen, zog sie an. Dann erhob sie sich, griff nach ihrer Handtasche.

In der Dunkelheit spürte sie, wie Juri sie beobachtete, doch er versuchte nicht, sie zu halten. An der Tür drehte sie sich noch einmal um. »Damals, Juri, warum bist du gegangen, so ganz ohne Abschied, warum?«

Juri blieb sitzen, schemenhaft erkannte sie, dass er die Hände vors Gesicht schlug, doch er schwieg, und Victoria wartete. Sie musste es wissen, so viele Jahre hatte sie sich gefragt, wie er nach diesem Sommer einfach hatte gehen können. »Warum?«

Jetzt stand er auf, blieb aber am Bett stehen. »Vic«, flüsterte er heiser, »ich bin gegangen, weil du es so gewollt hast. Als ich dich gefragt habe, ob ich zurückkommen soll, hast du immer nur *Nein … Nein …* gerufen und die Hände abwehrend gegen mich ausgestreckt. Du hast nicht gewollt, dass ich zurückkomme.«

Stille. Keiner sagte etwas. Draußen auf dem Gang hörte man Stimmen, irgendwo fiel eine Tür zu. Victoria verharrte, konnte sich nicht bewegen, nicht atmen, denn endlich kannte sie die Wahrheit.

»Ich habe *Nein* gerufen«, flüsterte sie kaum hörbar, »weil du russisch gesprochen hast. Ich habe gemeint, *nein*, ich verstehe dich nicht, *nein*, Juri. Es sollte heißen, bitte rede mit mir, aber nicht russisch, ich verstehe es doch nicht.«

Das Schweigen zwischen ihnen wurde unerträglich.

»Ich …« Juris Stimme war fast unhörbar, heiser. »Ich erinnere mich nicht daran, aber ich war aufgeregt, es war ein schicksalhafter Tag. Ich hatte einen Einberufungsbefehl erhalten und musste sofort nach Russland abreisen. Aber ich wollte nach dem Krieg zu dir zurück, zu dir, Victoria, und ich habe dich gefragt, ob du das auch willst.«

Victoria lehnte sich an die Tür, sie hatte das Gefühl, alles um sie herum drehte sich, es konnte nicht sein, nein …

»Vic«, sprach er weiter, »ich wollte zu dir zurück, ich habe gar nicht gemerkt, dass ich in diesem Moment in meine Muttersprache gefallen war. Ich konnte kaum glauben, dass du mich nicht liebst, denn das bedeutete doch dein *Nein … Nein …*« Er lachte hart auf, es klang verzweifelt, fast zynisch, sodass Victoria zutiefst erschrak.

Sie verharrte noch einen Moment an der Tür, warf einen letzten Blick auf den Mann, den sie vor dreißig Stunden wiedergetroffen hatte. Zwischen ihnen hatte es nichts Fremdes gegeben, er war der Mann, den sie immer noch liebte. »Es ist vorbei«, sagte sie, drehte sich um und verließ die Suite, verließ den einen, den sie nie vergessen konnte.

Damals waren sie so jung gewesen, und das Schicksal oder das Leben oder wer auch immer hatte gegen sie entschieden, nur weil es ein sprachliches Missverständnis gegeben hatte.

Tekla hatte sie gefeuert. Sie hatte Victoria angerufen und ihr heftige Vorwürfe gemacht. »Ich muss mein Theater wahrscheinlich schließen«, hatte sie gejammert, »und alle guten Leute entlassen, und nur du bist schuld. Hättest du nicht ein bisschen netter zu Gustav Bohrmann sein können, statt dich diesem Pianisten an den Hals zu werfen? Du kannst dir gar nicht vorstellen, wie verärgert Bohrmann …«

Victoria hatte einfach aufgelegt. Es war wie ein Zeichen gewesen, nach so vielen Jahren die gewohnten Wege zu verlassen, Neues zu versuchen, auch wenn sie im Moment noch nicht wusste, wie ihr Leben aussehen sollte. Und doch hatte sie sich nach der Trennung vom Theater, für das sie jahrelang gearbeitet hatte, frei gefühlt, zum ersten Mal in ihrem Leben frei.

Sie lief an sonnigen Tagen durch die Stadt, sah sich um, setzte sich auf die Terrasse eines Cafés. Keine Künstlercafés, in denen sich tagsüber bekannte Schauspieler, Tänzer oder Transvestiten zeigten und sich bewundern ließen, sondern einfach nur Cafés, in denen Leute saßen, ihren Kaffee tranken, Zeitung lasen oder sich unterhielten. Menschen, die sicher andere Katastrophen in ihrem Leben durchgemacht, einen Ehemann oder Sohn im Krieg verloren hatten, im Alltag um die Existenz kämpften. Es waren Sorgen, vielleicht auch Dramen oder auch Glück, Freude, doch sie waren real, während sie, Victoria, in einer anderen Welt gelebt hatte. Mit Tragödien, die letztendlich keine waren, mit Menschen, die sich ständig umarmten, sich liebten und doch einsam blieben. Menschen, die erfolgreich waren, vom Publikum geliebt, aber auch Künstler, die schnell vergessen wurden und nicht wahrhaben wollten, dass sie längst in Vergessenheit gerieten. Wann war sie jemals tagsüber durch die Stadt geschlendert? Sie kannte sie eigentlich nur nachts im grellen Neonlicht.

So saß sie dann zwischen jungen Müttern, Paaren, Geschäftsleuten, normalen Menschen, wie sie es in Gedanken nannte. Keine Nachtschwärmer, keine lebenshungrigen Menschen auf der Suche nach dem schnellen Glück, dem kurzen Abenteuer, dem schnellen Kick durch Sex oder Drogen, einfach nur normale Menschen.

Sie dachte viel an Juri. Wie war die Operation verlaufen, wie ging es ihm in Amerika und vor allem: Wie konnte er mit seiner Frau weiterleben, wenn er sie, Victoria, in den Armen gehalten, sie leidenschaftlich geliebt und ihr leise Liebesworte zugeflüstert hatte? Und doch fühlte sie diese neue Freiheit, lebte sie, genoss sie auch. Sie schwebte irgendwo im Universum, in einer Zeit des Übergangs, von einem Leben in ein anderes, von dem sie noch nicht wusste, wie es aussehen würde.

Doch dann begann diese schleichende Erschöpfung, die Schweißausbrüche, die morgendliche Übelkeit. Irgendwann würde das aufhören, sie war sich sicher. Sie war nach diesen vielen anstrengenden Jahren einfach nur überarbeitet. Jetzt entspannte sie sich, und der Körper reagierte mit Erschöpfung. Es würde sicher bald aufhören.

Doch diese Hoffnung erfüllte sich nicht.

Aufstehen, anziehen, das Haus verlassen, befahl sie sich, doch sie blieb liegen. *Du musst ins Café belle etage, es geht um deine Zukunft.* Heute um elf Uhr hatte sie dort einen beruflichen Termin, sie war mit dem Chef eines Revue-Theaters verabredet, bei dem sie sich beworben hatte.

Doch ihre Erschöpfung war so groß, die Übelkeit überfiel sie, wenn sie sich nur aufrichtete.

Und dann gab es ja auch noch den Plan im Hinterkopf, vielleicht doch nach Hause zu fahren. In drei Tagen war die Bürgermeisterwahl, und sie sollte dort sein, sie hatte es Luise sogar versprochen, aber es war ihr einfach nicht möglich. Die lange Zugfahrt, das Treffen mit der Familie, sie würde das nicht schaffen.

Es war im Moment auch nicht wichtig, nichts war mehr wichtig, wenn es ihr nur wieder gut gehen würde. Dann griff sie nach dem Telefon, das auf dem Boden neben ihrem Bett stand. Sie ließ sich mit dem *Grand Hotel Deutscher Kaiser* verbinden.

Als sie die Stimme des langjährigen Empfangschefs hörte, freute sie sich. »Es tut mir so leid, Herr Mayer, aber ich bin krank. Ich hatte bis heute gehofft, nach Hause fahren zu können. Bitte richten Sie doch meiner Schwester aus, dass ich nicht kommen kann.«

»Ich werde es ausrichten, aber Fräulein Laverne, passen Sie auf sich auf.«

Victoria versprach es.

Aufstehen, anziehen, das Haus verlassen.

Juri hatte so wenig über sich erzählt, er sei nur kurz an der Front gewesen, während der Revolution habe er sich bei Freunden auf dem Land nahe Moskau verstecken können. Dort habe er sogar mit einem bekannten russischen Pianisten gearbeitet, die Jahre waren Arbeit und üben, üben, üben. »Die Revolution ging an mir vorbei, die Weltpolitik habe ich versäumt.«

Ach, Juri. Wie groß war meine Angst um dich, als bekannt wurde, in Russland herrsche Revolution, der Zar sei geflohen.

Sie hatte es sich angewöhnt, in Gedanken mit ihm zu sprechen, ihre Gefühle in Worte zu fassen, vielleicht auch nur, um sich selbst über ihr Leben klar zu werden.

Aufstehen. Durchatmen. Endlich hatte sie es geschafft. Sie verließ die Wohnung, ging langsam Stufe für Stufe die Treppen hinunter, während ihr bereits wieder schwindlig wurde, nickte trotzdem dem Portier in seiner Loge zu und ging auf die Haustür zu. Da wurde ihr schwarz vor Augen, ihre Hand griff ins Leere, Dunkelheit umfing sie.

Als sie zu sich kam, sah sie sich erstaunt um. Sie lag auf ihrem Bett. »Fräulein Laverne? Ich bin Professor Bernhardt aus dem ersten Stock. Ich habe Ihnen eine Spritze gegeben.«

Victoria fühlte sich noch immer schwindlig und konnte nur schweigend nicken.

»Der Portier Herr Müller hat sofort reagiert, er rief mich an, und dann haben wir sie hinauf in Ihre Wohnung gebracht. Herr Müller hat mit seinem Generalschlüssel geöffnet, das ist Ihnen doch sicher recht?«

Der Arzt sprach artikuliert, ein wenig zu laut, bis Victoria nickte und erklärte, sie verstehe ihn, ja, das sei ihr natürlich recht. Sie kenne ihn und wisse, dass er vor einem halben Jahr in den ersten Stock gezogen sei. Sie wusste auch, dass er ein bekannter Arzt an der Charité gewesen war, bevor er sich in den Ruhestand verabschiedet hatte. Sie seufzte und ließ sich zurück in die Kissen fallen. »Mir geht es im Moment nicht so gut«, murmelte sie, »ich bin überarbeitet und habe Sorgen, Kummer.« Plötzlich schluchzte sie, sie fühlte sich einsam, und ihre körperliche Schwäche trieb sie in diesen Weinkrampf.

Jetzt beugte sich Dr. Bernhardt über sie. »Fräulein Laverne, Sie wissen aber schon, dass Sie schwanger sind?«

Schwanger. Abrupt hörte sie auf zu schluchzen. Sie nickte, dann schüttelte sie den Kopf. Natürlich, wieso hatte sie die Anzeichen übersehen oder einfach nicht wahrhaben wollen? Sich eingeredet, sie sei nur überarbeitet, angespannt durch ihre Liebe zu Juri, die sie so heftig empfand. Dann wieder Bedauern, dass sie sich auf die Nacht mit ihm eingelassen hatte, doch dann wieder glücklich, diese kurze Zeit mit ihm gehabt zu haben. Erinnerungen, die zu kostbar waren, um nicht in Gedanken glücklich zu sein – und dann auch wieder verzweifelt. Wo war er jetzt? Liebte er seine Frau? Von Liebe hatte er nicht gesprochen.

»Darf ich fragen, wo der Vater Ihres Kindes ist?« Der Arzt musste die Frage wiederholen, bevor Victoria sie begriff.

Sie wischte sich die Tränen ab, sah Dr. Bernhardt an. »Er ist nach Amerika gegangen, ich werde ihn nie mehr sehen.« Und wieder flossen Tränen.

»Entschuldigen Sie, Fräulein Laverne«, Dr. Bernhardts Stimme klang vorsichtig und blieb mitfühlend, »aber ich muss Ihnen doch eine Frage stellen: Warum haben Sie sich nicht geschützt und Vorkehrungen getroffen, wenn dieser Mann ganz offensichtlich nur eine Affäre war, eine Geschichte ohne Zukunft?«

Victoria schwieg, doch dann erzählte sie dem Arzt, dass sie schon vor Jahren bei einem Frauenarzt gewesen sei, der ihr zu hundert Prozent versichert hatte, sie könne nicht schwanger werden, die Lage ihrer Gebärmutter lasse eine Schwangerschaft nicht zu. Sie habe einen starken Knick nach hinten.

»So ein Dilettant.« Dr. Bernhardt schüttelte den Kopf. »Ja, das erschwert natürlich eine Schwangerschaft, aber sie schließt sie nicht aus. Da haben Sie bis jetzt offenbar Glück gehabt, wenn man es so sehen will.« Er hustete etwas verlegen.

Ja, das hatte sie, kein Kind von Mario, das wäre für sie unmöglich gewesen. Doch jetzt – schwanger von Juri, hatte da nicht das Schicksal seine Hand im Spiel gehabt?

»Arme kleine Frau.« Der Arzt strich ihr kurz über die Haare, doch es schien ihn nicht zu überraschen, letztendlich wohnten im Haus nur acht Parteien, und jeder wusste ein wenig über die anderen Mitbewohner. Nur von Sergej, der von allen nur »der Russe« genannt wurde, wusste man nichts.

»Sie müssen auf sich aufpassen, sich ruhig verhalten, nicht überanstrengen und nichts Schweres tragen. Versprechen Sie mir das?«

Victoria nickte nur, sie wurde schläfrig und hörte nur noch, wie Dr. Bernhardt erklärte, er habe ihr eine ganz leichte pflanzliche Beruhigungsspritze gegeben, jetzt werde sie gleich einschlafen. Hatte er das nicht schon gesagt?

»Ich lege Ihnen meine Nummer auf den Nachttisch, Sie können mich jederzeit anrufen, auch nachts.«

Wieder nickte sie, lächelte. Das war beruhigend. »Danke«, flüsterte sie. Sie sah noch, wie der Arzt seine Tasche vom Stuhl hochnahm, kurz zögerte und dann die Wohnung verließ. Die Tür fiel ins Schloss.

Sie war *schwanger.* Das Kind, das in ihr wuchs, hatte einen Vater, der nach Amerika gegangen war und bereits ein Kind hatte.

Schwanger. Im Hinterkopf hatte sie es gewusst, es aber einfach verdrängt. Sie wollte nicht schwanger sein. Viele Male hatte sie im Theater die Tragödie unerwünschter Schwangerschaften miterlebt, Tänzerinnen, die das Kind nicht wollten. Sie erklärten, sie müssten eine Erkältung auskurieren, gingen zu einer bestimmten Adresse irgendwo in Moabit, und nach einer Woche kamen sie wieder zurück zur nächsten Probe oder Vorstellung. Es schien so leicht zu sein, ein Kind nicht zu bekommen.

Aber jetzt war sie es, die schwanger war.

Ein Kind wuchs in ihr. Juris Kind.

Alles versank in einem Nebel, die Liebe zu ihm, der Schmerz, verlassen zu sein, die Sorge um die berufliche Existenz, plötzlich auch die Enttäuschung über Teklas Verhalten und die damit verbundenen Sorgen. Die Übelkeit, die Erschöpfung.

Wie lange hätte sie es noch verdrängen können?

Sie war eine Meisterin der Verdrängung, das wusste sie. Langsam verwirrten sich ihre Gedanken, die Spritze wirkte.

Wenn du ein Kind hast, bist du nie mehr allein.

Wer hatte das einmal gesagt, ihre Mutter, nein … Luise, oder …

Ihr Kopf sank zur Seite, Victoria lächelte plötzlich, alles fiel von ihr ab, ihre geheimen Ängste, die Verdrängungsmechanismen, nichts schien wichtig. Endlich konnte sie sich der Realität stellen, ohne Angst.

»Ich werde sie Natalja nennen«, flüsterte sie, bevor sie in einen tiefen Schlaf sank.

SIEBEN

Im Kurort Bad Lichtenberg

FELIX UND JULIAN

Es gibt drei Wahllokale«, erläuterte Julian, während er mit Felix zum Rathaus ging. »Und es gab eine sehr hohe Wahlbeteiligung, obwohl heute das Fußballspiel Deutschland gegen Dänemark stattfindet. Wir dachten schon, dass die Menschen vor den Radioapparaten sitzen würden und die Wahl vergessen oder einfach glauben, die anderen gehen schon, das reicht.«

»Nun ja«, sagte Felix, »man kann doch den ganzen Tag seinen Stimmzettel abgeben.«

»Ja, schon, aber sicher gibt es auch Wähler, die davon ausgehen, dass Vater sowieso Bürgermeister wird, warum also noch wählen?«

Julian lachte. »Luise hat gesagt, die Leute wollen einen Wechsel, es sei Zeit für etwas Neues. Der Gegner von Vater ist schon Jahre vor dem Krieg Bürgermeister gewesen, erinnerst du dich noch?«

»Ja, wir kennen ihn seit Kindertagen, man kann sich kaum mehr den Ort ohne ihn vorstellen.« Jetzt lachte Felix.

»Ob unser Vater hier frischen Wind in das verstaubte Rathaus bringen wird? Immerhin ist er mit seinen zweiundsechzig Jahren auch kein Jüngling mehr, dem man frische Ideen zutraut«, überlegte Julian.

»Wir werden es heute erfahren. Ich bin gespannt.«

Felix hatte seine Reisetasche mitgebracht und sie bei der Garderobenfrau des Rathauses deponiert. Sein Entschluss stand fest, er nahm den letzten Zug. Er war unruhig, denn es drängte ihn nach München zurück. Er musste die Übersetzung fertigstellen, für die er bereits einen Vorschuss erhalten hatte. Außerdem hoffte er, Elke sei auch zurück, arbeite wieder in ihrer Buchhandlung und er könne ganz vernünftig mit ihr reden. Sie würde einsehen, dass er ihr nicht helfen konnte. Vielleicht hatte sie auch erkannt, dass sie sich in ihrem Heimatdorf in eine Idee verrannt hatte, entstanden aus Erinnerungen. Zurück in München, erkannte sie die Unmöglichkeit, den Hof zu retten. Er war jetzt fast überzeugt davon, sie sei wieder die »wahre« Elke, die er in München kennen- und auch schätzen gelernt hatte.

»Schade«, bedauerte Julian, als er von seiner Entscheidung erfuhr, »ich habe gehofft, wir haben ein paar Tage zusammen. Aber um nach der Wahl anzustoßen, bleibst du noch, oder? Und du weißt, ich will dir noch jemanden vorstellen«, fügte er hinzu.

»Natürlich, ich fahre mit dem letzten Zug hier ab und erreiche dann in Baden-Baden den Nachtzug. Und ich bin natürlich sehr gespannt, wen du mir vorstellen willst.«

Vor dem Rathaus drängelten sich die Leute, die meisten hatten schon gewählt und warteten auf das Ergebnis, das um sechs Uhr bekannt gegeben wurde. Die Wahllokale hatten bereits um vier Uhr geschlossen. Die Leute unterhielten sich, begrüßten sich gegenseitig, und immer wieder suchten sie in der Menge den Kandidaten Carl Laverne, umringt von vielen Menschen, deren Fragen er beantwortete.

»Dort drüben stehen unsere Eltern.« Julian wies auf Carl und Elisabeth. Elisabeth trug ein schlichtes dunkelblaues Kleid, dazu eine Perlenkette. »Mutter sieht hinreißend aus, findest du nicht?« Julian stieß bewundernd seinen Bruder an.

Felix nickte. »Sie trägt Schmuck, hat sie ihn damals nicht für uns versteigern lassen?«

Julian warf ihm einen befremdeten Blick zu. »Was ist los mit dir? Ja, das hat sie, aber ein paar Sachen, die ihr viel bedeuten, hat sie behalten. Das ist ja wohl verständlich.«

»Ja, natürlich«, antwortete Felix hastig. Er beobachtete seine Eltern. Carl Laverne war kleiner als seine bildschöne Frau, seine Haare lichteten sich, die Figur konnte man nicht als sportlich bezeichnen, doch er besaß Ausstrahlung und konnte mit seiner wachen Intelligenz, seiner Höflichkeit jeden für sich einnehmen. Er sei charismatisch, so sagte man. Carl war und blieb parteilos, so sollte es bleiben, das hatte er auch im Wahlkampf betont. Er gehöre keiner Partei an, könne sich mit keiner der herrschenden Parteien identifizieren. Viele bewunderten ihn für seine Offenheit und Klarheit.

Felix bewunderte seinen Vater ebenfalls und verstand sich gut mit ihm. Aber Julian betete seine Mutter an – keine Frau sei schöner als sie. Vielleicht noch Luise, die jetzt neben dem Ehepaar stand. Sie trug ein grünes Seidenkleid, das ihr tizianrotes Haar und den zarten Teint wunderbar zur Geltung brachte. »Wo ist eigentlich Victoria?« Suchend sah sich Felix um. »Wollte sie nicht auch hier sein?«

Julian nickte. »Ja, das wollte sie, aber sie ist krank, sie ist in Berlin geblieben und hat abgesagt.«

»Schade, wir haben sie so lange nicht mehr gesehen.«

»Die Wahl sollte der Anlass zu einer Versöhnung sein, ihr Fernbleiben könnte auch bedeuten, dass sie kein Interesse daran hat. Sie führt schon seit Jahren ihr eigenes Leben.« Julian blieb nachdenklich, er machte sich Sorgen um seine Cousine.

Felix blieb stumm, und so gingen sie zu den Eltern, doch Carl wurde sofort wieder von weiteren Anhängern umringt. Unermüdlich beantwortete er Fragen, während Elisabeth neben ihm stand und lächelte, ganz die Frau eines Politikers.

Julian blieb neben seiner Mutter stehen, während Felix sich wieder entfernte und sie beide beobachtete. Er hatte seinem Bruder erzählt, dass man Störungen von Kommunisten befürchte. Daher gab es ein hohes Polizeiaufgebot, und hinter seinem Vater standen Zivilbeamte, um ihn im Fall einer Bedrohung sofort zu schützen, doch die Wahl schien friedlich zu verlaufen.

Julian, der Hübsche, und Felix, der Schlaue, das hatte sein Onkel Johannes einmal schmunzelnd erklärt. Beide Brüder lachten über diesen Ausspruch, ihre Verbundenheit war so tief, nichts konnte sie auseinanderbringen oder irgendwelche Unstimmigkeiten oder Eifersucht aufkommen lassen. Felix wusste, dass Julian der Liebling seiner Mutter war, doch er verstand es sogar. Es spielte keine Rolle, wer wen mehr liebte oder nicht. Er war in diesem Moment glücklich, hier zu stehen, Teil dieser Familie zu sein. Doch dann schoss ihm wieder der Gedanke an Elke durch den Kopf, die verzweifelt versuchte, Geld aufzutreiben. Wenn man arm ist, hatte sie erbittert gesagt, bekommt man kein Geld, aber den Reichen, denen trägt man jede Summe noch hinterher.

Er würde versuchen, ihr zu helfen, auch wenn er noch nicht wusste, wie. Er würde sich bemühen, auch wenn er sich seiner Gefühle für Elke nicht mehr sicher war. Doch jetzt stand er hier und beobachtete die Leute. Wen wollte Julian ihm noch vorstellen? Neugierig sah er sich um, es gab einige junge Mädchen. Welche gefiel seinem Bruder? Es war erst Nachmittag, aber viele Leute tranken Sekt und stießen bereits auf Carl Laverne als ihren neuen Oberbürgermeister an. Oder sie unterhielten sich über das heutige Fußballspiel, über Politik und das *Grand Hotel Deutscher Kaiser*, dessen großer Wiedereröffnung alle gespannt entgegenfieberten. Mit ihm würde der Ort wieder interessant werden, reiche Kurgäste anlocken.

Felix sah sich weiter um, sein Blick fiel auf seine Tante Irene, die verloren etwas abseits stand, wie immer in Schwarz gekleidet, was sie noch dünner erscheinen ließ, fast zerbrechlich. Sie war es gewesen, die während des Kriegs durch ihren unermüdlichen Einsatz die Familie mit ihrem Gemüsegarten ernähren konnte. Hatte man ihr das eigentlich gedankt? Über seine Mutter Elisabeth sprach die Familie mit Respekt, sie hatte für die Söhne ihren Schmuck verkauft, um ihnen eine exzellente Ausbildung zu ermöglichen. Doch was war letztendlich lebenswichtiger? Sicher die Ernährung, auch wenn ihn und Julian die Ausbildung im international orientierten Internat geprägt hatte. Er nahm sich vor, später zu seiner Tante zu gehen, um sich mit ihr zu unterhalten, was schwierig war, denn sie blieb verschlossen, trauerte immer noch um den gefallenen Sohn.

Er blieb stehen, beobachtete die Leute, hörten ihrem Lachen zu und sah immer wieder zu seinen Eltern hinüber. Jetzt fiel ihm auf, dass der Blick seiner Mutter jemanden in der Menge suchte, und so stellte er sich auf die Zehenspitzen, um ihr zu winken. Doch dann begriff er, dass ihr Blick nicht ihm galt. Er sah seine Mutter lächeln, während sie jemandem fast unmerklich zunickte. Felix drehte sich um, und da sah er, dass der Blick seiner Mutter, vertraut und fast zärtlich, seinem Onkel Johannes galt. Der erwiderte das Lächeln.

Nachdenklich sah er seine Mutter an, die sich jetzt wieder ihrem Mann zuwandte. Er blieb noch eine Weile stehen, doch da ihn offenbar niemand beachtete oder suchte, betrat er das Rathaus.

Er nickte der Garderobenfrau zu, und einem Impuls folgend, lief er die breite Treppe hoch, den dunklen Gang mit seiner hohen, gewölbten Decke entlang, vorbei an schweren Holztüren, bis er vor der hintersten stand, der Bibliothek.

Vorsichtig drückte er die Klinke hinunter und schob sich durch den schmalen Spalt der Tür. Es war dämmrig darin, dämmrig und sehr still. Kein Herr Schröder, der vorne am

Eingang saß und jeden aufschrieb, der sich die Bücher auch nur ansehen wollte. Hier hatte Felix in den Ferien viele Stunden verbracht. Dort in der Ecke hatte er gesessen, zusammengekauert auf dem alten Ledersofa, und hungrig Bücher verschlungen. Er ging ein paar Schritte in den Raum hinein, rief mehrmals *hallo* und *Herr Schröder?*. Doch offenbar war niemand hier. So lief er an einem der Bücherschränke aus dunklem Holz vorbei, in dem kostbare Erstausgaben hinter Glas standen; leise und andächtig glitt sein Blick an ihnen vorbei. Das Ledersofa stand immer noch in der hintersten Ecke, noch stärker ausgesessen als vor Jahren. Er überlegte kurz. Wann war er das letzte Mal hier gewesen? Langsam setzte er sich, lehnte sich zurück und schloss die Augen – an nichts denken. Nicht an die schwierige Beziehung mit Elke, in der so plötzlich dieses große Problem aufgebrochen war: Geld. Dazu der Standesunterschied, der ihm nicht klar gewesen war und für sie von großer Bedeutung zu sein schien.

Ein kleines Geräusch ließ ihn die Augen öffnen. In dem Lichtstrahl, der durch das schräge Fenster fiel, stand eine junge Frau, zart, blond, sodass er zuerst dachte, er träume. Doch dann lachte diese Lichtgestalt und setzte sich ganz einfach neben ihn aufs Sofa. Sein Herz begann zu klopfen, er spürte ihren Blick, atmete ihren Duft nach Jugend und Lavendel ein. Wie alt mochte sie sein? Fünfzehn, vielleicht aber auch achtzehn – er konnte es nicht einschätzen.

»Du bist Felix.« Es war keine Frage.

Stumm nickte er.

Da beugte sie sich ganz nahe zu ihm und öffnete leicht die Lippen. Sein Blick wanderte abwärts, zu ihrem Hals, zu dem Ansatz ihres Ausschnitts – konnte es sein, dass sie gerade die Knöpfe geöffnet hatte? Sie lachte leise und aufreizend, und dann nahm sie seine Hand und führte sie in den Ausschnitt ihrer Bluse. Er spürte ihre kühlen kleinen Brüste, er umfasste sie mit seinen Händen, spürte, wie ihre Brustwarzen reagierten und hart wurden. Er stöhnte leise auf, er war bereits willenlos, er dachte an Elke, die ihn seit über einem halben Jahr von sich stieß. Und da saß ein junges Mädchen, nein, eine junge Frau, bereits erfahren, wie er vermutete, neben ihm und ließ ihre Brüste von ihm streicheln. Dann kam ihr Gesicht noch näher, ganz nahe, sie nahm seine andere Hand und führte sie zwischen ihre Schenkel, die sich ihm öffneten.

Es war ein kurzer heftiger Rausch, bis sie sich von ihm löste, ihre Bluse hochzog und nach dem Rock am Boden fischte. Sie erhob sich und stand ohne Scham vor ihm, schmal und zart und unglaublich begehrenswert. Sie zog den Rock hoch, und bevor er sich vom Sofa erhob und seine Kleider richtete, wandte sie sich ab.

»Wer bist du, wann sehen wir uns wieder?«, stammelte er. Seine Stimme klang heiser, belegt, es war das erste Wort, das er sprach, seit sie seine Hände genommen hatte.

Kurz wandte sie sich um, wieder stand sie in diesem einen Lichtstrahl, unwirklich, unnahbar, sodass er sich fast fragte, ob er es geträumt hatte.

Doch dann sah sie ihn an, und der Blick ihrer grauen Augen traf ihn, kühl und abschätzend. »Man sieht sich.« Schon schloss sich die Tür hinter ihr.

Er war im Waschraum gewesen. Ungesehen kam er nach unten zurück und mischte sich unter eine jubelnde Menge. Da stand plötzlich Julian neben ihm. »Es ist noch nicht achtzehn Uhr, aber die Wahl scheint entschieden zu sein, nun, das war ja zu erwarten. Aber wo bist du gewesen? Vater wollte ein Familienbild für die Presse, dort stellen sich unsere Eltern den Fotografen, verschiedene Termine für Interviews stehen schon fest. Jetzt will jeder Vater gratulieren.« Stolz sprach aus der Stimme von Julian.

Felix versuchte immer noch, seinen Atem unter Kontrolle zu bekommen, sich nicht anmerken zu lassen, was eben erst Unglaubliches passiert war. Hatte er Elke betrogen?, schoss es ihm durch den Kopf. Aber war er überhaupt noch mit ihr zusammen? Nein, das war er nicht. Letztendlich hatte sie ihn rausgeworfen.

»Ich habe dir doch gesagt«, hörte er Julian neben sich sagen, »dass es etwas zu erzählen gibt und ich dir jemanden vorstellen will.«

Felix nickte stumm, verfangen in seinen Gedanken.

»Also, pass auf. Ich möchte dir das Mädchen vorstellen, in das ich mich verliebt habe, gestern habe ich es ihr gesagt. Und ich werde mich mit ihr verloben.«

Jetzt endlich lächelte Felix. Es war das erste Mal, dass Julian verliebt war. »Das freut mich für dich, sicher ist sie auch in dich verliebt.«

»Ich weiß es nicht.«

Das war das Unglaubliche an Julian, er war sich seiner Anziehung auf Frauen nicht bewusst.

»Weißt du, sie ist ein junges Mädchen, sehr scheu, sie hat sicher noch nicht … du weißt schon.«

»Du denkst, sie ist noch Jungfrau?«

Julian nickte. »Ja, du musst das nicht so direkt aussprechen. Aber ja. Ich achte sie viel zu sehr, um sie zu verführen, sie ist ein Mädchen zum Heiraten. Aber ich weiß, dass sie die Tochter des Brandstifters ist. Damals war sie noch ein Kind, und für die Tat des Großvaters kann man sie nicht verantwortlich machen, auch nicht für seinen Hass unserer Familie gegenüber …«

Julian sprach hastig, und Felix ahnte, dass er Vorurteile gegen seine Angebetete schon aus dem Weg räumen wollte, bevor sein Bruder sie überhaupt kennenlernte.

»Ach, da drüben steht sie, sie ist so hübsch.« Julian seufzte beglückt auf. »Ich bin so verliebt. Siehst du sie? Da, ganz allein, das ist Olga, das Mädchen, das ich liebe. Ich weiß, das ist neu, aber …«

Felix drehte sich um. Und sah direkt in graue Augen, deren Blick voller Triumph und Verachtung ihn traf. Dann wandte sie sich ab und ging.

»Schade«, bedauerte Julian, »aber sie scheint uns nicht gesehen zu haben.«

Als er sich nach seinem Bruder umsah, war auch er verschwunden. Felix drängelte sich durch die Leute, stolperte ins Rathaus und holte in Panik seine Tasche bei der Garderobenfrau ab. Dann verharrte er kurz, nestelte nervös nach einem Stift und einem Zettel, stellte die Tasche ab und schrieb hastig ein paar Zeilen an Julian.

»Es tut mir leid, ich konnte mich nicht mehr verabschieden, ich habe mich entschlossen, den früheren Zug zu nehmen. Bitte sag allen liebe Grüße von mir.

Eine erste Lüge. Eine von vielen, die noch kommen würden?

Nervös schob er den Zettel in ein Kuvert, setzte Julians Namen darauf und bat die Garderobenfrau, es möglichst bald seinem Bruder Julian zu geben. Kurz horchte er nach draußen auf die laute Unterhaltung, Rufe, Lachen, Glückwünsche an den neuen Bürgermeister.

»Es ist ein guter Tag heute«, meinte die Garderobenfrau, »der Richtige hat gesiegt. Hoffentlich denkt er auch an uns kleine Leute.«

Felix nickte, schob ihr noch rasch einen Geldschein zu, nahm die Tasche hoch und verließ durch einen Nebeneingang das Rathaus.

Er lief, stolperte, er rannte zum Bahnhof und erreichte gerade noch den Abendzug. Er war allein im Abteil. Mit geschlossenen Augen lehnte er sich gegen die Polster, sein Atem ging schnell, und da spürte er, wie ihm die Tränen über die Wangen liefen. *Julian, was habe ich dir angetan …*

In Baden-Baden stieg er in den Nachtzug nach München. Er saß allein im Abteil, starrte hinaus in die Dunkelheit, nur unterbrochen von dem Aufglimmen der Lichter in den Orten, an denen der Zug vorbeidonnerte.

Und da ließ er die Wahrheit zu, die er jetzt klar erkannte. Es war Olga, die ihn verführt hatte. Wusste sie von der engen Verbundenheit zwischen ihm und seinem Bruder, wollte sie einen Keil zwischen sie treiben, sie gegeneinander ausspielen? Aber warum? Felix kannte die Geschichte des verrückten alten Mannes, der seelenruhig auf die Polizeiwache kam und erklärte, er habe gerade das *Grand Hotel Deutscher Kaiser* in Brand gesteckt, aus Hass und Wut gegen die Reichen, gegen die Livernes, die man zerstören müsse.

Und sie, Olga? Wollte auch sie Rache, Rache für den Großvater, Rache an der Familie Laverne, die sie vielleicht sogar schuldig sprach am Tod ihres Großvaters, der im Gefängnis gestorben war? Wollte auch sie diese Rache fortsetzen, die Familie zerstören? Wenn das die Wahrheit war, dann hatte sie bei dem Verführbarsten, dem Schwächsten angefangen, und das war er, Felix.

ACHT

Bad Lichtenberg

LUISE

»Meinen herzlichen Glückwunsch zur Wahl Ihres Onkels zum Oberbürgermeister.«

»Danke.« Luise sah kaum von den Skizzen hoch, die der Architekt Simon Roth auf dem Tisch im Wintergarten des Hotels ausgebreitet hatte. Simon Roth war ein international anerkannter Innenarchitekt, und Luise hatte sich sehr gefreut, war sogar überrascht gewesen, dass es ihrem Vater ohne große Verhandlungen gelungen war, ihn für die gesamte Innenausstattung des Westflügels zu gewinnen. Jetzt endlich sah sie von den Skizzen hoch und lächelte ihn an. Er hatte sich mit den Entwürfen vor zwei Stunden bei ihr vorgestellt, und sie war so begierig gewesen, sie als Erste zu sehen, dass es ihr erst jetzt auffiel, wie gut er aussah. Er war groß, schlank, dunkle Haare, dunkle Augen.

»Gab es keine neuen Demonstrationen gegen Ihre Familie? Ich habe damals im Juni in einer Münchner Zeitung darüber gelesen«, setzte er noch erklärend hinzu.

»Nein, es blieb ruhig. Eigentlich waren wir darauf vorbereitet, auch die Polizei hielt sich in Bereitschaft, aber die Wahl lief ohne Unterbrechung ab und brachte für meinen Onkel eine Mehrheit von zweiundneunzig Prozent.«

»Das ist ja unglaublich.«

»Ja, die Demonstration Anfang Juni hat mein Onkel geschickt als Wahlveranstaltung benutzt, und ich denke, das war der Auslöser zu seinem Sieg. In gewisser Weise«, sprach Luise weiter, »habe ich die Demonstranten verstanden. Viele sind durch den Krieg unverschuldet in die Armut gestoßen worden, aus der es für sie keinen Weg hinaus gab. Sie sind voller Hass, vor allem gegen die Nationen, die Deutschland besiegt und uns die Versailler Verträge aufgezwungen haben. Deshalb wehren sie sich gegen ausländische Investoren. Aber letztendlich konnte mein Onkel sie durch sein Wahlprogramm überzeugen. Wichtig ist jetzt nur, dass wir den *Deutschen Kaiser* so schnell wie möglich eröffnen.«

Simon Roth hatte ihr konzentriert zugehört. Luise gab sich selbstsicher, doch spürte er ihre Unsicherheit? Die Angst, eine neue Katastrophe könne alle Pläne zunichtemachen? Sie hatte den Anblick des abgebrannten, vollkommen zerstörten Westflügels nie wirklich vergessen können. Wenn sie die Augen schloss, sah sie sich manchmal wieder im prasselnden Regen stehen und hoch zu der schwarzen Ruine starren. Sie spürte die Kälte wieder, die in ihr hochkroch, und die tiefe damalige Verzweiflung.

»Wissen Sie was?«

Simon Roth riss sie mit seiner Frage aus ihren Gedanken. »Ja?«

»Morgen fahre ich nach Paris und von dort aufs Land, und zwar in die Werkstatt, die noch an den restlichen Möbeln arbeitet. Kommen Sie doch mit. Lernen Sie Paris kennen, im September ist diese Stadt am schönsten.«

»Das müssen Sie mir nicht sagen, in diesem Monat ist das Licht ganz besonders«, erzählte sie. »Ich habe sieben Jahre in Paris gelebt«, setzte sie hinzu, »und es ist wirklich die schönste Stadt der Welt.«

»Das wusste ich gar nicht. Ich meine«, fuhr er rasch fort, »dass Sie lange dort gelebt haben.«

Aber was wusste Simon Roth schon von ihr, von ihrem Leben in Paris, von François, ihrer großen Liebe, die Jahre mit ihm.

Luise hob die Schultern und ließ sie wieder fallen. Simon Roth und sie hatten bis jetzt kaum ein persönliches Wort gewechselt. Wenn er hier war, drehten sich ihre Gespräche hauptsächlich um die Ausstattung der Suiten und um Verhandlungen mit den Handwerkern.

»Kommen Sie mit, Fräulein Laverne, wir könnten uns in Paris auch Hotels ansehen, Anregungen holen. Zum Beispiel soll es im Restaurant des *Le Bristol* eine außergewöhnliche Speisekarte geben. Wir wollen doch mit unserem geplanten Restaurant im Westflügel mit internationaler Qualität mithalten können.«

Sie lächelte. »Ja, das könnten wir.« Sie sah hoch und direkt in seine dunklen Augen, sah die Erwartung darin, auch die Vorfreude, mit ihr ein paar Tage zu verbringen. Oder täuschte sie sich?

Außerdem würde sie die Möbel in ihrer Endfertigung sehen, eventuell noch Änderungswünsche äußern können, auch das war interessant. »Ja«, sagte sie spontan, »ja, ich komme mit.« Eine Entscheidung, die sie selbst in Erstaunen versetzte. War es der leichte Weißwein, den sie während der Besprechung getrunken hatten, oder war es das schöne Wetter? Oder die Neugierde auf ein Paris nach dem Krieg? Wie würde sie sich dort fühlen, in der Stadt, die für sie so viele Erinnerungen barg?

Simon sah sie überrascht an. »Das hätte ich jetzt nicht erwartet«, bekannte er freimütig.

»Ich auch nicht«, lachte Luise, »so spontan bin ich eigentlich sonst nicht.«

Luise fühlte sich frei und ungezwungen. Warum denn nicht nach Paris fahren?

»Ich freue mich sehr, dass Sie so kurz entschlossen sind. Dann werde ich alles vorbereiten und in der Werkstatt Bescheid geben, dass Sie mitkommen.« Er erhob sich, sammelte die Unterlagen auf dem Tisch ein, steckte sie in seine Zeichenmappe zurück. »Der Zug nach Baden-Baden geht morgen früh bereits um sechs Uhr, mit direktem Anschluss von dort nach Paris.«

»Dann schlage ich vor, ich lasse uns im *Le Bristol* Zimmer bestellen.« Sie nickten sich zu, lächelten und verabschiedeten sich beide in überraschter Freude.

Es war ein Abenteuer, dem Luise spontan zugestimmt hatte. Sie fuhr nach Paris, für sie die Stadt ihrer Liebe zu François. Sie dachte an die Jahre mit ihm, das Glück, ihn zu lieben, doch auch das Unglück, in dieser Liebe gescheitert zu sein.

Die Erinnerungen verbanden sich auch mit dem kleinen Menschen, den sie am meisten geliebt hatte, Heloise, ihrer Tochter, die auf die Welt kam, nur um zu sterben. 1. April bis 4. April 1914.

Jetzt nicht daran denken, sondern sich freuen auf drei Tage mit Simon, Paris neu erleben, die Vergangenheit loslassen.

Sie musste sich beeilen, rasch packen, noch Anweisungen für die Tage ihrer Abwesenheit geben. Sie lief hoch in die Suite, die sie seit Jahren bewohnte, eilte ins Schlafzimmer und holte den Koffer.

Während sie noch überlegte, was sie mitnehmen sollte, klingelte es, und ein Page überreichte ihr einen Expressbrief. Er war von Felix. Jeder in der Familie war überrascht gewesen, als er am Wahlsonntag so plötzlich ohne Abschied den früheren Zug genommen hatte. Erstaunt nahm sie ihn entgegen und öffnete ihn.

Liebe Luise,

am Nachmittag der Wahl habe ich einen großen, kaum wiedergutzumachenden Fehler begangen, den ich zutiefst bereue, darum bin ich so schnell verschwunden.

Mein geliebter Bruder Julian hat sich in die Idee verrannt, zu heiraten, und zwar Olga, die Enkelin des Brandlegers.

Vielleicht erinnerst Du Dich daran, dass sie vor zwölf Jahren ihrem Großvater weggenommen und in ein Heim gebracht wurde und dass dies offenbar der Auslöser zur Wahnsinnstat ihres Großvaters gewesen war.
Olga. Sie ist nicht das zarte unschuldige Mädchen, für das mein Bruder sie hält und für die er romantische Gefühle hegt, glaube mir. Und hier nun meine große Bitte: Ich vertraue Dir, dass Du ihn von dieser absurden Idee abbringen und ein Auge auf ihn haben wirst. Du bist die Einzige, die das kann. Für Julian und mich warst Du immer unsere »große« Cousine, die wir liebten und die immer für uns da gewesen ist, egal, was wir angestellt hatten. Auch als wir dieses traumatische Erlebnis im Juni 1916 hatten, warst Du es, die uns den Trost gab, den wir brauchten.
Und bitte, sei auch jetzt für uns da, nicht nur für mich und Julian, sondern für die ganze Familie. Diese Olga hat die Absicht, die Lavernes zu zerstören. Davon bin ich überzeugt. Und sie fängt bei uns, Julian und mir, an. Du musst verhindern, dass er sie heiratet.
Ich verlasse mich auf Dich, geliebte Cousine.
In ganzer Liebe
Felix

Langsam ließ Luise den Brief sinken.

Was war passiert, warum drückte sich Felix so unklar aus? Er schien verzweifelt, das konnte sie in jeder Zeile spüren. Aber warum? Felix gab die Verantwortung an sie ab, in dem Glauben, sie mache das Richtige.

Aber was war das Richtige?

Sie erinnerte sich an Olga, dieses entzückende kleine vierjährige Mädchen, das liebenswert und auch ein wenig vorlaut war. Gerade das hatte Luise gefallen, sie war geradezu verliebt in dieses Kind gewesen. Sie war unerzogen, ließ sich nichts vorschreiben, aber irgendwie hatte das Luise damals gefallen. Sie fragte Luise, ob ihr und ihrer Familie der ganze Ort gehöre. Sie wisse das von ihrem Großvater, und der habe immer recht. Sie liebte ihn, das hatte Luise aus jedem Wort des Mädchens herausgehört, sie glaubte ihm, hatte ihm vertraut. Und dann wurde sie durch das Reichsjugendamt rücksichtslos vom Großvater weggeholt und in ein Heim gebracht. Mehr wusste Luise nicht von ihr. Jahrelang hatte man sie nicht gesehen, und jetzt war sie offenbar zurückgekommen. Aber wenn Felix, der Vernünftige, der sich nicht von Gefühlen leiten ließ, sich jetzt so besorgt zeigte, hatte er sicher einen triftigen Grund. Das war Luise klar. Julian war der Träumer, der in jedem Menschen das Gute sah, doch Felix war pragmatisch, ein Realist. Es war nichts Ungewöhnliches, dass sich Julian in sie verliebt hatte, aber sicher galt das auch für sie, denn welches Mädchen wäre das nicht? Aber was konnte sie schon dagegen tun, wie sollte sie Gefühle steuern, wie Julian von seiner ersten Verliebtheit abbringen?

Und wieso glaubte Felix, sie habe den Hass ihres Großvaters übernommen und wolle die Familie zerstören, sie, ein sechzehnjähriges Mädchen? Lange stand Luise noch an der Tür, den Brief in der Hand. Der Brief war voller Andeutungen, aber es musste etwas Gravierendes passiert sein, über das er nicht sprechen wollte. Deshalb sollte sie seine Bitte ernst nehmen.

Sie gab sich einen Ruck, atmete durch, verließ ihre Suite und ging hinunter in den ersten Stock zu Simon Roths Zimmer. Auf ihr Klopfen hin öffnete er sofort und ließ sie eintreten. Er sah sie nur an. »Sie kommen nicht mit, ist es so?«

Stumm nickte Luise. Sie sah die Enttäuschung in seinen Augen, seinem Gesicht. »Es tut mir so leid, aber meine Familie braucht mich jetzt.«

Sie blieb einfach stehen, sah Simon nur an. Und da zog er sie an sich. Sie verharrte in der Umarmung und legte für einen kurzen Moment den Kopf an seine Schulter.

»Die Familie«, flüsterte er an ihrem Ohr, »hat immer Vorrang. Wenn Sie mich brauchen, werde ich für Sie da sein, Luise.« Damit gab er ihr einen leichten, zarten Kuss. »À bientôt.«

Ja, bis bald … aber was bedeutete dieses *»bald«?* Daran dachte Luise, während sie sich in dieser Nacht schlaflos in ihrem Bett wälzte. Es wurde Morgen, und genau jetzt hätte sie unten am Empfang stehen und auf Simon warten sollen, um mit ihm ein paar wunderbare Tage in Paris zu verbringen. Bedauerte sie es? Ja, das tat sie. Konnte sie Julian von seinen Gefühlen zu Olga abbringen? Nein, beantwortete sie sich die Frage selbst. Das schien ihr unmöglich zu sein.

Dann griff sie noch einmal nach dem Brief von Felix, ein Satz stach ihr ins Auge.

Ich bin abgereist, da ich einen großen, kaum wiedergutzumachenden Fehler …

Luise ließ den Brief sinken. Welchen Fehler hatte Felix, dieser pragmatisch denkende und stets vernünftig handelnde Mann, gemacht?

Am nächsten Morgen sah sie am Empfang Julians Plan durch, er war jeden Tag als Tennispartner ausgebucht. Während sie noch die Liste durchging, schnappte sie ein Gerücht auf, über das sich zwei Gäste unterhielten: Am Wahlsonntag sei ein junges Mädchen vergewaltigt worden.

Luise erschrak zutiefst. Konnte es sein, dass Felix mit seinem »Fehler« verschleiern wollte, dass er ein Mädchen vergewaltigt hatte?

NEUN

München

FELIX

Er habe einen Fehler begangen, hatte er in seinem Brief an Luise geschrieben, doch dieses Wort war zu banal, um seine Empfindungen auszudrücken: Felix bereute es zutiefst, Olga gegenüber so schwach gewesen zu sein.

Doch die Tage vergingen, und Luise hatte auf seine Bitte nicht reagiert. Ahnte sie, was vorgefallen war, fühlte sie sich überfordert?

Als am 14. September die Reichstagswahl stattfand, ging Felix nicht zur Wahl. Sein Vater war stets parteilos geblieben, und Felix, der seinen Vater sehr bewunderte, wollte sich dieser Haltung anschließen. Während er sich in seinem Zimmer bei seiner Wirtin verschanzte, bekam er nur am Rande mit, dass die NSDAP einen großen Sieg eingefahren hatte und die SPD ihre Stimmen an diese Partei verlor. Nur Hitler sei es zu verdanken, dass die Wirtschaft blühe und es so gut wie keine Arbeitslosen mehr gäbe, erklärte ihm seine Wirtin. Und das habe viele Menschen in Deutschland überzeugt, die NSDAP zu wählen. Außerdem sei doch Joseph Goebbels, der Mann an Hitlers Seite, ein so idealistischer und mitreißender Mann, man müsse diese Partei doch wählen. Das sage doch jeder in Deutschland. Zuerst war Felix entsetzt. Dachten wirklich viele Deutsche so wie seine Wirtin? Doch dann ließ er sich nicht auf eine Diskussion mit ihr ein, überging ihre Meinung und schwieg. Auch bei seinen Kommilitonen blieb er einsilbig … Hatte er nicht selbst genug Probleme? Er musste sich jetzt auf sich konzentrieren, erst dann kam die Weltpolitik. In Berlin und auch in München zogen Anhänger der NSDAP singend durch die Straßen, schwenkten ihre Fahnen, und in der Hauptstadt pöbelten sie Leute mit jüdischem Aussehen an. Adolf Hitler wurde frenetisch gefeiert, wo auch immer er auftrat. Doch Berlin war weit weg, im Moment wollte Felix sich nicht damit auseinandersetzen. Es ging ihn nichts an.

Seine Kommilitonen konnten seine politische Gleichgültigkeit nicht verstehen, sie gingen auf die Straße, demonstrierten gegen Adolf Hitler, diskutierten in ihrer Lieblingskneipe bis in die Morgenstunden, doch Felix verkroch sich in seinem Zimmer und arbeitete. Er bereitete sich auf das nächste Semester vor und wollte einfach nur ganz schnell in sein früheres Leben zurück. Er wollte das Erlebnis mit Olga auslöschen. Und er wollte sich mit Elke versöhnen, mit ihr in Ruhe ihre Situation besprechen. Vielleicht war noch nicht alles verloren. Von ihrer Freundin Sabine, bei der sie wohnte, hörte er nur, Elke sei noch in Ostpreußen, das aber sei nichts Ungewöhnliches, sie habe ja durchblicken lassen, sie bliebe eine Weile.

Er gab seine Übersetzung ab, ging noch einmal zu Sabine, doch allmählich wurde er unruhig. Sabine erklärte vorwurfsvoll, die Miete sei jetzt am 1. Oktober fällig. »Ich kann sie nicht allein bezahlen. Kannst du nicht für sie einspringen und ihren Teil übernehmen? Elke hat immer gesagt, du bist aus einem sehr reichen Haus.«

Es war wie ein Stichwort; plötzlich fiel seine erzwungene Ruhe in sich zusammen. Wieder erwachte die Wut, immer und immer wieder als Sohn reicher Eltern abgestempelt zu werden. Wieder ergriff ihn Unruhe, Elke ginge es nicht gut. Sie hatte sich nicht bei ihm gemeldet – hieß das, sie betrachtete ihre

Beziehung als beendet? Er musste zu ihr fahren, um Klarheit zu erlangen, er brauchte Tatsachen, nicht Vermutungen und irreale Ängste.

Während der Zugfahrt nach Insterburg wuchs seine Unruhe, und er machte sich Vorwürfe, erst jetzt zu erscheinen. Felix war ein strukturierter junger Mann, dem alles, was nicht kontrollierbar war, Angst einjagte. Warum nur hatte er so lange abgewartet?

Doch im Hinterkopf kannte er die Wahrheit, die er nicht zulassen wollte: Es war Olga, diese kurze Leidenschaft mit ihr in der Bibliothek, mit ihr, dem Mädchen, das sein Bruder liebte und sogar heiraten wollte. Er hatte sich nicht korrekt verhalten, um es milde auszudrücken. Er war ein Feigling, sogar ein Betrüger, ein junger Mann, der sich von einer Sechzehnjährigen hatte manipulieren lassen. Er brauchte Klarheit, jetzt und für die Zukunft.

Wenn er mit Elke gesprochen und einen Schlussstrich gezogen hatte, wollte er nach Hause, um mit Julian reden. Es war feige von ihm gewesen, Luise die Bürde aufzuladen, damit hatte er sich aus der Verantwortung stehlen wollen. Doch jetzt war er bereit, sein Leben neu zu ordnen. Eine Olga durfte keine Macht über ihn oder Julian haben und dadurch auch die Familie entzweien. Man sollte auch hier die Lage klar sehen und sich nicht durch falsche Emotionen leiten lassen.

Als er diese Entscheidung getroffen hatte, fühlte er sich wie befreit. Alles würde gut werden.

In Insterburg stieg er um und war sehr erleichtert, dass der Personenzug noch verkehrte.

Schon während der Fahrt verhüllten tief hängende, schwere Wolken Wiesen und Felder. Und als der Zug hielt und er wieder als Einziger ausstieg, prasselte Regen auf ihn herunter. Nass hing das letzte Laub an den Bäumen, und auf der Straße bildeten sich tiefe Pfützen. Damit hatte er nicht gerechnet, er, der glaubte, jeder Situation gewachsen zu sein, musste zugeben, er hatte nicht an schlechtes Wetter gedacht. In seiner Vorstellung strahlte eine warme Herbstsonne vom blauen Himmel, und er konnte die fünf Kilometer ins Dorf zu Fuß laufen und die Gegend genießen. Ratlos sah er sich um, während der Regen nicht nachließ. Er hatte keinen Regenmantel und auch keinen Schirm dabei. Da entdeckte er Elkes Fahrrad. Es stand immer noch angelehnt am Bahnhofshäuschen, genau an der Stelle, an der er es sechs Wochen zuvor abgestellt hatte. Er erkannte es sofort an seinem verrosteten Lenkrad und dem verbogenen Gepäckträger. Es war auch nicht abgesperrt, er hatte es damals vergessen. So stieg er auf, betätigte die schweren Pedale, während der Schweiß ihm übers Gesicht lief und sich mit dem Regen vermischte.

Endlich tauchte das Dorf vor ihm auf. Heute liefen nicht einmal mehr Hühner oder ein Hund über die leere Straße. Er sah sich um – niemand war zu sehen, obwohl doch heute, bei diesem Regen, die Bauern nicht auf dem Feld sein konnten. Als er abstieg, blieb das Rad im Schlamm stecken, fast wäre er gestürzt. Ratlos schob er es an den Häusern entlang, suchend sah er sich um. Waren sie damals wirklich so weit gegangen? Er drehte um, ging ein paar Schritte zurück, bis er den großen Birnbaum entdeckte. Das musste er sein, der kurze Stamm, die tiefen Äste, an denen letzte Birnen schwer herabhingen. Er ging darauf zu, seine Schritte wurden immer langsamer. Er ließ das Rad ins nasse Gras fallen und sah sich um. Dann bückte er sich, kroch durch die tief hängenden Zweige hindurch, trat auf faulige Birnen und nasses Laub. Als er sich wieder aufrichtete, blieb Felix wie erstarrt stehen. Es gab kein Haus mehr. Nur eine verkohlte Ruine, rußig schwarz, deren Fenster aus zersplittertem

Glas bestanden und aussahen wie leere tote Augen. Er wusste nicht, wie lange er da stand und nur auf die Ruine starrte. Dann drehte er sich um, sah zu dem Stall, dem alten, zerfallenen Haus, in dem einstmals die Familie gewohnt hatte. Der Regen hörte langsam auf, nur einzelne Tropfen fielen noch. Er spürte sie kaum.

»Wenn Sie Elke Hofer suchen, ich kann Sie zu ihr bringen.«

Erschrocken fuhr Felix herum. Eine alte Frau stand gegenüber am Zaun und starrte neugierig zu ihm herüber. Er nickte nur stumm, wartete, bis sie zu ihm über die Straße kam. »Hat es einen Brand gegeben? Was ist … was ist passiert?«

»Elke Hofer hat das Haus angezündet, und zwar in der Nacht, bevor sie es hätte räumen müssen. Der Gerichtsvollzieher fuhr am nächsten Morgen mit dem Möbelwagen vor, doch er stand vor verkohlten Ruinen.«

Tief erschrocken spürte er, wie Schwindel ihn packte. War Elke so verzweifelt gewesen, dass sie ihr Eigentum lieber angezündet hatte, als mit anzusehen, wie es ihr weggenommen wurde?

Herausfordernd und schweigend sah die Bauersfrau ihn an. »Also wenn Sie wollen, bringe ich Sie zu ihr.«

Er nickte stumm, hob das Rad auf, und schweigend gingen beide die schlammige Straße entlang. Im Nacken spürte er die verstohlenen Blicke, die ihnen aus den Fenstern der Häuser folgten.

Er musste mit Elke reden, es musste eine Möglichkeit geben, das Haus aufzubauen, es bei der Bank und den restlichen Gläubigern auszulösen, er würde ihr helfen, bevor er die Beziehung löste, an der auch Elke sicher nicht mehr festhielt.

Sie hatten das Dorf bereits hinter sich gelassen, und Felix sah sich unruhig um. »Wo wohnt Elke denn jetzt? Hier ist ja gar kein Haus mehr.«

»Warten Sie es ab.«

Die alte Frau warf ihm einen tückischen Seitenblick zu, so jedenfalls schien es Felix. Ein paar Schritte noch, dann standen sie vor einem verwahrlosten Gittertor, das in seinen Scharnieren hing.

»Kommen Sie, kommen Sie nur«, forderte die Alte ihn auf.

»Aber … aber das ist doch der Friedhof …«, stammelte Felix.

Die Frau grinste, ging ihm voraus und stieß das Tor auf. Sie gingen einen Kiesweg entlang, bis sie vor einem frischen Grab standen. Nur ein paar Blumen, teilweise schon verwelkt und vom Wind weggeweht, lagen darauf. »Hier liegt sie, Ihre Elke, sie hat Selbstmord begangen, sich Tabletten besorgt. Sie starb in der Nacht, nachdem sie ihr Haus angezündet hat. Das ist Ihre Schuld, weil Sie ihr nicht helfen wollten.«

Da rannte Felix den Weg zurück, lief durch das Tor, weiter den Weg zum Dorf, bis zur Stelle, an dem er das Rad hingeworfen hatte. Er hob es hoch, stieg schwankend auf und fuhr los.

Weg, nur weg. Weg von diesem Ort der Verzweiflung, der Armut, des Elends – mit dem Gefühl tiefer Schuld.

ZEHN

Berlin

Oktober 1930

VICTORIA

Als Victoria das Haus verließ, war das Wetter wolkig mit ein wenig Sonne dazwischen. Endlich war die morgendliche Übelkeit vorbei, aber die Erschöpfung hielt noch an. Mit letzter Energie nahm sie sich vor, sich heute mit dem bekannten Transvestiten Hugo Maria Schmidt zu treffen, dessen Künstlername Maria La Diva war. Er trat als Zarah Leander in einem Kabarett auf, und Victoria hatte ihm die Kostüme dazu entworfen. Jetzt wollte er das Programm erweitern und brauchte dazu noch zwei neue Entwürfe. Als Treffpunkt hatte er ein kleines Café am Leipziger Platz vorgeschlagen, denn Hugo war scheu, extrem schüchtern und wollte nicht erkannt werden. Doch das schien Victoria unwahrscheinlich – wer würde schon in diesem schmalen jungen Mann den Transvestiten mit seiner schrillen Aufmachung und dem anzüglichen Bühnenprogramm erkennen? Eigentlich wollte Victoria durch die Stadt laufen, doch sie fühlte sich wieder so erschöpft, dass sie sich vom Portier ein Taxi rufen ließ. Mit geschlossenen Augen saß sie auf dem Rücksitz.

»Haben Sie's gehört?« Der Taxifahrer drehte sich nach ihr um.

»Was meinen Sie?« Victoria fühlte sich schwach und wollte ihre letzte Kraft für das Gespräch mit dem sehr schwierigen Hugo aufsparen, sich nur darauf konzentrieren.

»Heute war die Eröffnung des neuen Reichstags, und die Abgeordneten der NSDAP kamen in brauner Uniform in den Saal.« Als Victoria nicht reagierte, setzte er hinzu: »Das ist verboten. Es gab einen riesigen Skandal.«

Als Victoria nur desinteressiert nickte, sah er sie durch den Spiegel hindurch an. »Ist Ihnen nicht gut?«

»Doch, doch«, schwindelte Victoria, atmete immer wieder tief durch, bis er vor dem kleinen Café am Leipziger Platz hielt. Er war höflich, ging um den Wagen herum und öffnete ihr die Tür. Doch dann erstarrte er, drehte sich um, und Victoria, die ihre Beine aus dem Wagen schwang, hielt inne. Klirren von Glasscheiben, Entsetzensschreie, Rufe nach der Polizei. Langsam stieg Victoria aus, blieb aber direkt neben dem Taxi und seinem Fahrer stehen. Der lief ein paar Schritte vor, und während er zurückkam, rief er ihr schon zu: »Beim Kaufhaus Wertheim schlagen sie die Scheiben ein, ein Massentumult.«

Victoria sah mit Entsetzen eine Gruppe singender Randalierer die Hakenkreuzfahnen schwenken, sah, wie sie Leute anrempelten, sie stießen, bis sie hinfielen. »Ein Tollhaus«, rief jemand im Vorbeirennen, »schauen Sie nur, dass Sie wegkommen.«

Victoria erschrak, Panik ergriff sie, sie versuchte, sich am Wagen abzustützen, denn von überallher kamen sie auf sie zu: Menschen, die Parolen grölten, die Fahnen schwenkten, die sie frösteln ließen.

Da hetzte eine Frau auf das Taxi zu, stieß Victoria zur Seite, die taumelte und wollte schon in den Wagen springen, doch da spürte Victoria den Schmerz im Unterleib, spürte, wie sie blutete. Sie krümmte sich, glitt an der glatten Fläche des Taxis zu Boden. »Hilfe, Hilfe«, schrie sie, doch es wurde nur ein Flüstern daraus. Sie spürte noch, wie der Taxifahrer sie hochzog, dann gab es um sie herum nur noch Dunkelheit.

»Fräulein Laverne, hören Sie mich?«

Jemand gab ihr einen leichten Klaps auf die Wange. Langsam kam sie zu sich, sie richtete sich auf und sah erstaunt, dass sie auf einem Sofa in einem großen Wohnzimmer lag, direkt gegenüber einer Kommode, auf der kleine Porzellanfiguren standen, graziöse Ballerinen in unterschiedlichen Posen. Langsam ließ sie sich wieder zurückfallen.

»Wo bin ich, habe ich …«, flüsterte sie entsetzt. »Ich habe geblutet … mein Kind, mein Kind …«

»Nein, Sie haben Ihr Kind nicht verloren, aber Sie hatten großes Glück.«

Es war Professor Bernhardt, der sich über sie beugte. »Sie sind jetzt in meiner Wohnung. Der Taxifahrer hat sehr schnell und überlegt reagiert, er brachte sie an unsere Adresse, an der er sie abgeholt hatte. An ein Durchkommen zum nächsten Krankenhaus war nicht zu denken, also hat er sich entschieden und fuhr wie der Teufel direkt zu uns zurück. Mich kannte er auch als Kunden, wusste, dass ich Arzt bin. Und zusammen mit dem Portier hat er sie zu mir in die Wohnung gebracht.«

»Aber ich hatte solche Schmerzen und auch eine Blutung, habe ich das Kind wirklich behalten?« Victoria fing an zu schluchzen, vielleicht wollte Dr. Bernhardt sie nur beruhigen, um einen Zusammenbruch zu vermeiden, während sie das Kind längst verloren hatte.

»Alles gut, alles gut.« Beruhigend strich der Arzt ihr über die Wange. »Noch mal gut gegangen. Sie hatten großes Glück, wie schon gesagt. Ich habe Ihnen sofort ein wehenhemmendes Mittel und gleich auch noch ein Beruhigungsmittel gespritzt. Bitte regen Sie sich nicht mehr auf. Am besten bleiben Sie noch ein paar Stunden hier liegen, dann bringen wir Sie hoch in Ihre Wohnung. Wir müssen dann reden«, fügte er noch hinzu.

Doch da schlief Victoria bereits.

Am nächsten Tag brachte Dr. Bernhardt mit seiner Frau Victoria hoch in ihre Wohnung. Dort halfen sie ihr ins Bett, und der Arzt schob ihr ein Kissen in die Kniekehle, sodass ihre Beine hoch lagen. Dann zog er sich einen Stuhl heran, während seine Frau an der Tür stehen blieb.

»Also, Fräulein Laverne, Sie haben Glück gehabt, wie gesagt, aber wenn Sie das Kind austragen wollen, müssen Sie ihr Leben komplett umstellen. Die nächsten Monate bis zur Geburt müssen Sie streng liegen bleiben, die Beine ein wenig hochgelegt, und nur aufstehen, wenn sie ins Bad gehen. Und das nur ganz vorsichtig und kurz. Keinen Beruf, kein Putzen oder Kochen, nur still liegen, sonst kann ich nicht garantieren, dass Sie das Kind behalten. Wenn Sie wollen, könnte ich Sie auch ins Krankenhaus überweisen.«

Victoria musste nicht lang nachdenken, sie schüttelte den Kopf. »Ich bleibe hier.« Sie konnte an nichts anderes denken als daran, dass sie das Kind nicht verloren hatte.

Liegen bleiben, nicht aufstehen, und das für die nächsten Monate. Noch mal wurde ihr das eingeschärft. Sie schloss die Augen und hörte noch, wie Dr. Bernhardt ihr versprach, jeden Tag nach ihr zu sehen. »Wer versorgt sie, haben Sie jemanden, der sich um sie kümmert?«

Jetzt erschrak Victoria, an diese Konsequenzen hatte sie nicht gedacht.

»Das kann ich doch machen«, meldete sich die Frau des Arztes von der Tür her. »Ich werde mich um Sie kümmern, für Sie kochen und nach Ihnen sehen. Du weißt doch, Schatz«, wandte sie sich an ihren Mann, »wie gern ich das übernehme.« Jetzt kam auch sie zum Bett, griff beruhigend nach Victorias Hand, drückte sie herzlich. »Wissen Sie, Fräulein Laverne, seit meine Kinder aus dem Haus und noch keine Enkel da sind, langweile ich mich zu Tode, ich freue mich, wenn ich Ihnen helfen darf. Wir alle im Haus bewundern Sie, da Sie doch so eine berühmte Kostümbildnerin sind.«

Da lächelte Victoria, während ihr die Tränen über die Wangen liefen, aus Schwäche, auch aus Glück, dass ihr so viel Zuneigung und Hilfe angeboten wurde, die sie nicht erwartet hatte.

Sie würde es schaffen, sie würde das Kind austragen und die Monate überstehen.

ELF

Berlin

Zur gleichen Zeit

CLARA

»Ihr Kollege Benno Rüdiger ist krank, Fräulein Weinberg, Sie können den Auftrag übernehmen.«

Das war am Vormittag um zehn Uhr gewesen, und jetzt lief Clara mit dem Redakteur Rolf Reger zum Kaufhaus Wertheim. Jeder in der Agentur wusste, Benno Rüdiger war Anhänger der NSDAP und hatte sich geweigert, das Kaufhaus eines Juden zu fotografieren und es auch noch großartig in Szene zu setzen. Es war kein Auftrag, der Priorität besaß, nur ein paar Fotos der Springbrunnen, der breiten Treppe, als Ergänzung zu dem großen Prospekt, den die Familie Wertheim plante. Schweigend liefen sie nebeneinanderher, bis Rolf ein wenig verächtlich auf ihre Kamera zeigte. »Das ist ja wohl ein Vorkriegsmodell. Und damit wollen Sie noch Fotos machen?«

Seine Überheblichkeit traf Clara. Wie geringschätzig er klang! Aber wahrscheinlich wusste er, dass sie Jüdin war. Bereits seit einigen Jahren reagierte sie überempfindlich auf jede Form von Ablehnung, auch wenn es einfach nur Gleichgültigkeit war.

»Diese Kamera hat mir schon gute Dienste geleistet, und meine Fotos, die ich damit gemacht hatte, haben mir Preise eingebracht.«

»Na ja. Das war auch vor dem Krieg, oder?«

Er grinste, provozierte sie, doch sie versuchte, freundlich zu bleiben. Sie erzählte ihm nicht, wie sehr sie diese Kamera liebte, die im Jahr 1914 das allerneueste und modernste Modell gewesen war. Erst ganz kurz auf dem Markt, hatte Franz ihr damals den großen Wunsch erfüllt und sie ihr geschenkt. Auch die Fotos von ihm an der Front hatte sie mit dieser Leica gemacht. »Ihr Jungen«, sagte sie und blieb freundlich, »glaubt immer, das Neueste ist auch das Beste, genauso wie ihr auch glaubt, ihr Jungen seid besser als wir Älteren.«

Rolf lachte, ging darauf aber nicht weiter ein. »Heute scheint ja allerhand los zu sein«, meinte er, während er sich interessiert umsah.

»Ich denke, es hat mit der heutigen Eröffnung des Reichstags zu tun. Es kam zu einer großen Provokation, da die Abgeordneten der NSDAP in brauner Uniform dort erschienen sind«, mutmaßte Clara.

»Na und? Warum denn auch nicht? Die haben den verkrusteten Reichstag endlich mal aufgemischt.« Er warf ihr einen Seitenblick zu.

Doch Clara schwieg, sie brauchte den Auftrag; irgendwie würde sie die Zeit im Wertheim mit Rolf überstehen. Auf keinen Fall wollte sie ihn provozieren.

»Waren Sie schon einmal im Wertheim?«

Clara nickte. »Ja, natürlich, es ist ein wunderschönes Kaufhaus, aufwendig ausgestattet und mit dem größten Angebot. Es gilt als das schönste Kaufhaus Europas. Ich freue mich, diesen Auftrag zu übernehmen.«

Rolf schwieg und warf ihr nur einen kurzen Blick zu. Jeder in der Agentur wusste, man schickte sie nur hin, da auch sie Jüdin war.

Als sie jetzt näher kamen, mussten sie sich durch eine Menschenmenge drängeln, bis sie endlich vor dem Kaufhaus standen. Neben Clara flog ein Stein direkt in eines der Schaufenster.

Clara schrie auf und wich zur Seite. Das Glas zerbrach, Splitter flogen durch die Luft. Ein Ehepaar, das stehen blieb, wurde unter Johlen und Beschimpfungen niedergeschlagen. Clara sah in die angstvollen Gesichter der beiden, sah sie bluten, sah, wie einer der Randalierer sie trat. Andere schwenkten die Hakenkreuzfahne, riefen *Juden raus*. Wieder traf ein Stein das Schaufenster, vor dem Clara und Rolf standen. Und plötzlich verharrte ein Mann vor ihr, riss ihr die Kamera aus den Händen, warf sie zu Boden und trat darauf. Ein anderer lachte. »Jüdin, was?«, fragte er höhnisch, während er ihr bereits einen Stoß versetzte. »Wir wollen keine Juden«, schrie er sie an.

Der erste Schlag traf sie ins Gesicht, sie spürte, wie ihr warmes Blut aus der Nase lief, spürte den Schmerz des zweiten Schlags am Kopf. Jetzt waren es mehrere Männer, die Clara johlend umringten. *Judenhure,* schrie der eine, und die anderen stimmten lachend mit ein. Clara sah noch, wie Leute stehen blieben und sie anstarrten. Sie taumelte, wieder ein Stoß, wieder ein Schmerz. Jetzt lag sie am Boden, sie krümmte sich, stöhnte, tiefe Panik ergriff sie. *Maxim … Maxim,* schoss es ihr durch den Kopf, *Maxim …*

Doch da plötzlich trat Rolf vor sie, schützte sie mit seinem Körper und schrie die beiden Männer an, das sei seine Tante, eine Deutsche. Dann holte er plötzlich aus, und ein Faustschlag traf ihren Peiniger. Während Rolf Clara verteidigte, krümmte sie sich vor Schmerzen, versuchte hochzukommen und fiel wieder zurück.

Irgendwann spürte sie, dass sie vorsichtig hochgezogen wurde. Ein Arm legte sich schützend um sie, und sie hörte Rolf nach ihrer Adresse fragen. Er brachte sie nach Hause, stützte sie während der vielen Stufen hoch in den sechsten Stock, und da öffnete Maxim und warf sich weinend seiner Mutter in die Arme.

»Sie sollten einen Arzt holen«, hörte sie Rolf wie aus weiter Ferne sagen, bevor ihr die Beine versagten und sie langsam zusammensackte.

Dieser Angriff auf sie als Jüdin traf sie mehr als die körperlichen Schmerzen. »Wieso konnten diese Männer wissen, dass ich Jüdin bin?« Die Frage fiel ihr nicht leicht.

Rolf sah zur Seite, auf die Hände, doch dann blickte er sie direkt an. »Sie sehen jüdisch aus, jedenfalls wie man sich … nun …« Er wurde verlegen. »Wie viele Leute sich eine Jüdin vorstellen, schwarze Haare …« Seine Verlegenheit wuchs. Er blieb vorsichtig, wollte sie nicht verletzen, denn er wusste, dass dieser Angriff für Clara ein Angriff auf die Menschlichkeit, auf ihre Identität als Deutsche war.

»Nun, ich habe verstanden.« Ihre Antwort kam hastig, sie wollte ihn nicht weiter in Verlegenheit bringen.

Am nächsten Tag wurde ein Blumenstrauß für sie abgegeben, daran steckte ein kleiner Brief. Er war von Rolf Reger.

Liebe Clara Weinberg,
ich hoffe, es geht Ihnen wieder besser. Ich entschuldige mich zutiefst dafür, wie dumm und arrogant ich mich gegen Sie verhalten habe. Und ich schäme mich für mein Land, das Ihnen, einer Deutschen, das angetan hat.
Erst gestern wurde mir klar, was durch die NSDAP auf uns zukommt. Welche Gewalt, Ausgrenzung und welchen Machtanspruch wir erleben werden, wenn wir uns nicht gegen sie wehren.
Ich habe mit unserem Chefredakteur gesprochen, Sie werden in den nächsten Tagen eine neue Kamera erhalten.
Ich kann nur noch einmal betonen, wie beschämt ich bin. Das gestern war nicht das Deutschland, das ich liebe und als dessen Teil ich mich immer empfunden habe.

Ich wünsche Ihnen alles Gute und hoffe, Sie können sich von den Schmerzen erholen. Vergessen können Sie sicher nicht. Meine Gedanken sind bei Ihnen.
Rolf Reger

Als sie den Brief las, schossen ihr die Tränen in die Augen. Seit dem Überfall war es das erste Mal, dass sie weinte. Doch dann dachte sie, dass sie heute vielleicht sogar einen wahren Freund gefunden hatte.

Ein paar Tage später Clara holte Maxim von der Schule ab. »Komm«, sagte sie, »ich will dir einiges zeigen.«

Sie ging langsam, versuchte ihre Schmerzen vor Maxim zu verbergen. Doch seine Sorge um sie trieb ihr wieder sofort die Tränen in die Augen. Sie war durch die Ereignisse der letzten Jahre sensibilisiert.

Endlich standen sie in der Pariser Straße, in der sie seit Jahren nicht mehr gewesen war. »Da oben, in diesem Haus, hat dein Vater gewohnt.« Sie zeigte nach oben auf das dritte Stockwerk.

Staunend sah Maxim an dem mit Stuck verzierten Haus hoch, sah sich auf der Straße um und schwieg. Dann fragte er, ob sie wisse, wer jetzt in der Wohnung lebe.

Sie schüttelte den Kopf, nein, sie sei nie wieder hierhergekommen. Soweit sie sich erinnere, gäbe es keine Namensschilder.

Maxim ging neugierig auf die Haustür zu. »Du hast recht, keine Namen, nur für jedes Stockwerk ein Messingschild mit einer Klingel und Initialen. Im dritten Stock steht …« Er trat ganz nahe an die Schilder, beugte sich vor, drehte sich dann um. »V. L. Weißt du, wer das ist?«

Ich weiß es nicht«, antwortete sie rasch, obwohl sie es ahnte. V. L., Victoria Laverne, schoss es ihr durch den Kopf.

»Vielleicht wohnt jemand aus Vaters Familie hier, können wir nicht einfach klingeln?« Schon hob er die Hand, doch mit einer heftigen Bewegung stieß Clara sie weg.

»Ich möchte es nicht«, erklärte sie. Als sie in das Gesicht ihres Sohns sah, auf dem sich Erstaunen und Verletztheit zeigte, zog sie ihn von dem Hauseingang auf den Gehsteig zurück. »Weißt du, Maxim«, versuchte sie ihm vorsichtig zu erklären, »damals, als ich mit dir schwanger und dein Vater bereits gefallen war, da habe ich der Familie Fotos geschickt. Die gleichen, die auch wir haben, aber dein Großvater hat sich nur mit ein paar höflichen, nichtssagenden Worten bedankt. Da wurde mir klar, dass die Familie nichts von mir wusste, natürlich auch nicht von dem Kind, das ich erwartete. Das hatte auch Franz nicht mehr erfahren, bevor er fiel. Ich wollte es ihm sagen, wenn er nach Berlin zurückkommt.«

»Warum nicht, warum hast du es ihm nicht geschrieben?« Clara sah die Enttäuschung im Gesicht ihres Sohns.

»Warum?« Clara zuckte mit den Schultern. »Ich denke …«, antwortete sie langsam, suchte nach Erklärungen, die ihren Sohn nicht verletzen würden. »Du weißt doch, er hat mir noch einen Heiratsantrag gemacht, aber dann ist er gefallen, bevor er der Familie Bescheid geben konnte. So ist es gewesen.«

Maxim zog die Stirn kraus und dachte nach. »Na gut«, meinte er, »dann klingeln wir nicht, aber ich verstehe nicht, warum du dann nicht nach Vaters Tod …« Er sprach nicht weiter, und Clara begriff, dass er sie nicht verstand. Er war gekränkt, dass sie nicht den Kontakt zur Familie seines Vaters gesucht hatte.

»Komm«, sagte sie dann, »gehen wir noch in die Mommsenstraße.«

»Ich erinnere mich!« Maxim wurde lebhafter. »Wir haben da gewohnt, bis ich sechs Jahre alt war.«

Jetzt standen sie vor einem dreistöckigen Haus am Ende der Straße. »Es ist schön«, Maxim war beeindruckt, »das ist mir damals gar nicht aufgefallen. Wir haben im zweiten Stock bei einer Witwe gewohnt, und du hast im Erdgeschoss in der Redaktion gearbeitet, daran erinnere ich mich noch.«

Clara hängte sich bei ihrem Sohn ein, der sie inzwischen fast überragte.

»Warum mussten wir damals ausziehen?«, fragte er dann.

»Weil Frau Schickinger, bei der wir gewohnt haben, nach Wien zurückging, aber letztendlich hat sie uns während des Kriegs und auch danach das Leben gerettet.«

»Ihr Neffe war der König des Schwarzmarkts.« Maxim sah seine Mutter an, und beide lachten.

»Wir alle in der Redaktion haben so getan, als glaubten wir, dass ihr herzensguter Neffe, wie sie ihn nannte, die Sachen von einem Bauern auf dem Land bekam. Sie hat nämlich auch die Redaktion der Zeitung mit Lebensmitteln versorgt. Das hat uns alle vor dem größten Hunger gerettet, für uns alle war der *herzensgute Neffe* ein wahrer Held.«

»Ein Held des Schwarzmarkts.« Wieder lachte Maxim, und Clara fiel mit ein. »Deine Zeitung hatte so einen komischen Namen«, erinnerte er sich.

»*Weitblick*«, sagte Clara, »der Name der Zeitung war *Weitblick*. Der Mann, der sie gegründet hatte, gab ihr den Namen, und er hatte wirklich diesen politischen Weitblick. Ben Ehrlich«, flüsterte sie. »Ben, das war sein Name.«

»Wo ist er jetzt?«

»Er ist nach Amerika gegangen, ich habe ihn das letzte Mal vor dem Reichstag gesehen, als die deutsche Demokratie ausgerufen wurde. Du warst auch schon dabei.« Clara legte die Hand auf ihren Bauch und gab vor, guter Dinge zu sein. Wieder lachte sie, auch wenn die Schmerzen des brutalen Angriffs sie quälten und sie voller Furcht war. Sie war heute hierhergekommen, um ihrem Sohn die Wohnung zu zeigen, in der er die ersten Jahre seines Lebens verbracht hatte. Und sie wollte ihm den Ort zeigen, der ihr zum liebsten in ganz Berlin geworden war, die Wohnung von Franz in der Pariser Straße. Hier hatten sie sich geliebt, von der Zukunft gesprochen, doch ihre Eifersucht auf diese Gerda von Bitten hatte damals die Beziehung zerstört. Darum war sie gegangen. Und erst am Ende des Kriegs hatten sie sich wiedergesehen, kurz bevor Franz gefallen war. Wie sehr hatte sie ihre dumme Eifersucht und den falschen Stolz bereut. Erst als sie Franz an der Front besuchte, hatte sie erkannt, dass er sie geliebt hatte. Aber wie konnte sie ihrem elfjährigen Sohn erklären, dass sein Vater vor ihr eine Affäre mit dieser Gerda gehabt, sich dann von ihr getrennt hatte, sie ihn aber verfolgte und sich in die Familie Laverne einschlich? Maxim war noch zu jung. Er konnte diese komplizierten Verstrickungen noch nicht verstehen.

Heute wollte sie Maxim die Orte der Vergangenheit zeigen und danach nur an die Zukunft denken. Doch das verschwieg sie ihrem Sohn, denn Clara hatte einen Plan, von dem sie wusste, dass er schwer umzusetzen war, vielleicht sogar nur aus einer Illusion bestand. Und doch würde sie es versuchen: Amerika.

Sie musste Ben Ehrlich ausfindig machen, sie wusste, man brauchte einen Bürgen, wenn man in das Land einreisen wollte. Und sie brauchte Geld. Aber sie musste es schaffen, sie und Maxim mussten raus aus diesem neuen Deutschland.

Für Maxim, für seine Zukunft. Wenn es nicht schon zu spät war.

»Komm, lass uns gehen.«

Ihre Stimme klang belegt, während sie den Arm um Maxims Schultern legte und sie zurück zum Kurfürstendamm liefen. Clara erschrak bei jedem Schritt, den sie hinter sich hörte, zuckte bei jedem Blick zusammen, der ihr galt.

Sie gingen trotzdem ins *Kranzler* und setzen sich direkt ans Fenster. »Warum hast du mir das alles erst heute gezeigt?«

Clara sah ihn lange an. »Weil ich erst gestern begriffen habe, wie wichtig das für dich ist. Jeder muss seine Vergangenheit kennen, um in die Zukunft blicken zu können. Bis jetzt habe ich immer noch Schmerz empfunden, darum wollte ich nicht an diese Orte gehen, aber ich habe nicht an dich gedacht und wie wichtig es für dich ist. Für deine Zukunft.«

Sehr viel später, als sie wieder zu Hause waren und eine Kartoffelsuppe gegessen hatten, ging Maxim in sein Zimmer. Er lag mit offenen Augen auf dem Bett und starrte hoch zur Decke. Viele Risse durchzogen sie, und ihm wurde klar, wie viel Kraft es seine Mutter kostete, sie beide in all den Jahren durchzubringen.

Eines Tages, nahm er sich vor, *bin ich reich, und du musst nicht mehr arbeiten.*

Als er am nächsten Tag von der Schule nach Hause kam und Brot und Eier mitbrachte, hob seine Mutter den Kopf. »Ich denke«, sagte sie, »du solltest anfangen, Englisch zu lernen.«

Stumm sahen sie sich an, und Maxim spürte ihre Angst.

»Wir sollen weg, nicht wahr?« Sie lebten so eng zusammen, jeder kannte die Gedanken des anderen, und Maxim hatte gestern gespürt, ihr Weg in ihre Vergangenheit war ein Schritt in die Zukunft. Sie wollte abschließen.

Clara nickte. »Ja, ich versuche die Adresse des früheren Chefredakteurs vom *Weitblick* herauszufinden. Aber ich weiß nicht …« Sie beendete den Satz nicht. Clara, die immer wieder zu ihrem Optimismus fand, wirkte fast, als würde sie aufgeben.

Dann erhob sie sich. »Komm«, sagte sie und führte ihn in das Wohnzimmer, in dem sie seit Jahren auf dem Sofa schlief. »Hier.« Sie zog die Schublade der Biedermeierkommode auf. »Dahinten in diesem Fach, siehst du es? Da liegt ein versiegelter Brief. Den wirst du herausholen und dir alles genau einprägen. Aber jetzt noch nicht.«

»Aber wann … wann soll das sein?« Maxim erschrak zutiefst.

»Wenn … in einem Notfall«, sagte sie leichthin und lächelte ihn an.

Doch Maxim spürte, sie hatte aufgegeben, sie traf Vorkehrungen für die Zukunft. Für seine Zukunft.

ZWÖLF

Bad Lichtenberg

Anfang Dezember

IRENE

Leichte Schneeflocken fielen still auf Gräber, vertrocknete Blumen und Grabsteine. Irene fröstelte in ihrem dünnen Mantel, sie hatte ihren Pelzkragen vergessen, wie sie so vieles in letzter Zeit vergaß. Seit zwölf Jahren kam sie nun hierher, um zu trauern. Es war nur eine symbolische Grabstätte der Trauer. Franz selbst lag irgendwo in Frankreichs Erde.

Sie kam fast täglich hierher, legte Blumen an den Grabstein. Immer wieder las sie den Spruch, doch sie konnte ihm nichts abgewinnen, er gab ihr weder Kraft noch Trost.

Weine nicht, dass es vorbei ist, sondern freue dich, dass es so schön gewesen ist. Franz war tot, und nichts konnte ihre Trauer mildern. Auch jetzt nicht, nach so vielen Jahren.

Wie würde es sein, hier zu sitzen und einfach so viele Tabletten zu schlucken, bis sie zwischen Blumen und Tannen taumelte und langsam das Bewusstsein verlor? Tot sein, einfach schlafen.

»Was bleibt mir noch«, hatte sie heute ihren Hausarzt Dr. Berger gefragt. »Mein Mann arbeitet als Anwalt viel, meine Kinder sind gegangen. Von Victoria höre ich so gut wie gar nichts mehr. Eigentlich hatten wir an Weihnachten eine Familienzusammenführung, eine Versöhnung geplant, wollten endlich diesen Streit vergessen, der Victoria damals nach Berlin getrieben hat. Sie war egoistisch gewesen, die Trauer um Franz noch ganz frisch, die Brandkatastrophe, der finanzielle Ruin. Das alles sollte doch eigentlich die Familie zusammenführen, aber … Victoria ging. Jetzt hat sie für das Fest abgesagt, wie sie bereits zur Wahl meines Schwagers nicht gekommen ist. Immer nur Ausreden. Sie will einfach nicht, die Familie ist ihr egal geworden. Und Luise? Sie lebt nur für das Hotel. Wissen Sie«, hatte sie weiter geklagt, »ich habe mir das Alter anders vorgestellt. Ein gemeinsames Leben mit meinem Mann, gemeinsam alt sein, ein Leben in Heiterkeit und Ruhe, umgeben von Enkeln. So beneidenswert lebt meine Freundin Ella. Doch meine Töchter sind inzwischen zu alt für Kinder, im Grunde weiß ich nichts von ihnen, was sie denken, sich wünschen. Sie verschließen sich vor mir. Vielleicht liegt es daran, dass sie nie den richtigen Mann gefunden haben, aber wieso? Ich kann es Ihnen gleich sagen«, hatte sie Dr. Berger erklärt, bevor er etwas erwidern konnte, »weil sie zu selbstständig sind und ehrgeizig in ihren Berufen. Welcher Mann mag das schon?«

»Das ist doch Unsinn, Frau Laverne«, hatte Dr. Berger geantwortet. »Die Zeiten ändern sich, und das ist gut so. Ihre Töchter treffen selbst die Entscheidungen für ihr Leben, und das müssen Sie akzeptieren. Heute warten die Frauen nicht mehr darauf, geheiratet zu werden. Und Kinder sind nicht dafür da, um das Alter ihrer Eltern so zu gestalten, wie die es sich vorstellen.« Dr. Berger war ungeduldig geworden, das hatte Irene ganz deutlich gespürt.

»Liebe Frau Laverne«, hatte er noch gesagt, als er sich bereits erhob, um sich zu verabschieden. »Ich habe Ihnen schon so oft erklärt, dass Ihr Sohn Franz es nicht gewollt hätte, dass sie noch nach zwölf Jahren um ihn trauern.«

»Wenn ich nicht trauere, wird er vergessen werden, niemand sonst denkt an ihn«, klagte sie.

»So ein Unsinn, Frau Laverne. Leben Sie Ihr eigenes Leben. Auch Ihr Ehemann und die Töchter werden immer noch Trauer empfinden, aber sie alle haben das Recht auf ein eigenes Leben. Und auch Sie, Frau Laverne. Selbst als liebende Mutter. Und Victoria wird sicher irgendwann zurückkommen. Jeder besinnt sich letztendlich auf seine Familie.«

Sie war aufgestanden, Dr. Berger hatte sie ganz deutlich spüren lassen, wie unsinnig er dieses ewige Lamentieren fand, wie er es einmal ausgedrückt hatte. Aber bei irgendjemandem musste sie sich doch aussprechen. Wenn nicht bei ihrem Arzt, bei wem dann? Dr. Berger wollte sie einfach nicht verstehen. Sie sollte sich einen anderen Arzt suchen. Er begriff nicht, wie deprimierend ihr Leben war, wie groß ihre Einsamkeit. Sie dachte an Johannes, der immer noch als Anwalt arbeitete, um die Hypotheken, mit denen die Villa belastet war, abzuzahlen. Er würde sicher kein geruhsames Leben haben wollen wie sie. Er war ein Arbeitstier, betonte gern, er stehe voll im Leben. Bei der Erinnerung an seine Aussage quälte sie sofort wieder die Eifersucht auf Elisabeth. Sie, die zwanzig Jahre jüngere Schwägerin, schien mit Johannes so vertraut zu sein. Mit ihr führte Johannes Gespräche, wie er sie mit ihr nie geführt hatte. Über jedes Thema konnte er sich mit Elisabeth austauschen. Egal, ob Kultur, Literatur oder Politik. Irene zog jetzt den Mantel noch enger um sich und presste die Lippen fest zusammen, um nicht zu schreien. Nahm die schöne Schwägerin ihr noch den Mann? Jetzt im Alter? Und war Johannes so skrupellos, seinem Bruder die Frau zu nehmen? Elisabeth, die Schöne, die zwei gesunde Söhne hatte, die niemals die Schrecken eines Kriegs erleben würden. Das hatte Johannes gesagt: Es werde nie wieder Krieg geben. Diese beiden, Felix und Julian, hatten ihr Leben vor sich. Sie würden nicht wie ihr Franz im Schützengraben, im Dreck ausharren, in Kälte, Hunger und Angst. Sie würden nie dem Tod direkt ins Auge sehen wie ihr Franz, der an dem letzten Tag vor dem Waffenstillstand noch erschossen wurde.

Elisabeth konnte ihr Leben genießen, ohne Angst, ohne Furcht.

Als sie sich darüber bei Johannes beklagt hatte, zitierte er einen Dichter, Marcel Proust.

Die Stunde des Todes ist ungewiss, aber wir denken nicht daran, dass er bereits an diesem Tag kommen könnte, oder so ähnlich hatte Johannes ihn zitiert.

Ein Schluchzen stieg in ihrer Kehle hoch und ließ sie nach Luft ringen. Das Leben war nicht gerecht. Elisabeth besaß Schönheit, einen Mann, der sie anbetete, zwei Söhne, die die Mutter liebten. Und die schön und noch jung war …

Und sie, Irene? Sie war alt geworden, und das an der Seite eines immer noch so gut aussehenden Mannes.

»Sie haben zwei gesunde erfolgreiche und auch sehr hübsche Töchter, vergessen Sie das nicht. Wenn man Ihnen zuhört, geht es immer nur um Ihren Sohn.« Wie oft schon war Dr. Berger ungeduldig und ungehalten geworden.

Sie schwieg dann jedes Mal, denn er würde es nicht verstehen. Ein Sohn ist eben ein Sohn. Und Söhne lieben ihre Mütter mehr als eine Tochter. Das sagten auch ihre beiden Freundinnen.

»So ein Unsinn.« Dr. Berger hatte nur ungeduldig den Kopf geschüttelt. »Sie sehen das Gute in Ihrem Leben nicht, Sie ziehen ein ewiges Lamentieren und Selbstmitleid dem wirklichen Leben vor. Überdenken Sie Ihre Einstellung und freuen Sie sich auf Weihnachten im Kreise der Familie.«

Und genau das war der Punkt. Weihnachten.

Victoria kam nicht, sie blieb in Berlin. Sie hatte sich längst aus der Familie herausgelöst, und wenn sie ihre Mutter lieben würde, dann käme sie. Doch das sagte sie dem Arzt nicht mehr. Er verstand sie eben nicht.

Die leichten Schneeflocken verdichteten sich, Füße und Hände wurden kalt, und so wandte sie sich mit einem Seufzen von der Grabstätte ab. Als sie auf den Ausgang des Friedhofs zulief, blieb sie stehen. Das konnte nicht sein, oder doch? Da stand Gerda von Bitten. Irene beobachtete die junge Frau, die Silberdisteln auf das Grab ihres Vaters legte. Silberdisteln, auch Irene liebte sie. Gerda und sie waren so gleich in ihren Gefühlen, im Denken, im Geschmack. Manchmal hatte Irene geglaubt, Gerda lieber zu mögen als die eigenen Töchter. Denn Gerda war immer so aufmerksam, so höflich, und sie hatte Franz so sehr geliebt. Außerdem war sie es, die den Ring besaß, den Franz nur der Frau an den Finger stecken wollte, die er heiraten würde. Und das war eben nun einmal Gerda, egal, was die Familie behauptete oder vermutete.

Gerda wäre ihre Schwiegertochter geworden und damit für sie den eigenen Töchtern gleichgestellt.

So viele Jahre war Gerda weg gewesen. Doch bevor sich Irene in dem immer stärker werdenden Schneegestöber bemerkbar machen konnte, war Gerda gegangen.

DREIZEHN

Bad Lichtenberg

GERDA VON BITTENS TAGEBUCH

Ich bin Gerda von Bitten. Heute beginne ich mit einem Tagebuch.

Vielleicht wird es einmal veröffentlicht, wenn ich es erreicht habe, eine große autobiografische Autorin zu werden.

Die letzten Jahre lebte ich in Berlin, aber jetzt bin ich hier in Bad Lichtenberg. Wie geht es weiter? Ich langweile mich, hier ist nichts los. Ich bin das Nachtleben der Hauptstadt gewohnt, wo Männer mich umschwirren, aber hier? Heute tat ich meiner Mutter den Gefallen und ging ans Grab meines Vaters auf den Friedhof. Und da habe ich Irene Laverne gesehen, doch ich wollte sie nicht sprechen. Vielleicht irgendwann einmal. Sie ist die Mutter von Franz, dem Mann, dessen einzig wahre Liebe ich gewesen bin. Ich bin im Besitz des Familienrings, dem so viel Bedeutung beigemessen wurde. Franz sollte ihn nur der Frau an den Finger stecken, die er heiraten wollte. Und das bin ich. Ja, es ist richtig, ich habe den Ring heimlich genommen, als ich in seiner Berliner Wohnung war. Ich habe ihn mit meinem Besuch überrascht, und so nahm ich es ihm nicht übel, dass er mich hinausgeworfen hat. Er war sehr nervös, da er an diesem Vormittag an die Front abreiste. Der Ring lag in einem Kästchen auf seinem Schreibtisch, bereit für die Frau, die er liebte. Und das war eindeutig ich, er hat es nur an diesem Vormittag vergessen, ihn mir zu geben, aus genannten Gründen.

Seine Mutter Irene sah in mir all die Jahre bereits ihre Schwiegertochter, sie hatte ein gutes Gespür, dass ihr einziger Sohn mich liebte. Egal, was der Rest der Familie sagte. Damals aber, im November 1918, ich erinnere mich genau, als der Ort das Ende des Kriegs feierte, die Kirchenglocken läuteten, die Menschen auf den Straßen tanzten, da lief ich zu ihr, doch sie wies mich ab. Sie wolle in diesem Moment bei ihrer Familie sein. Aber hatte sie nicht bis dahin immer erklärt, ich gehöre dazu? Ich war verletzt, tief verletzt. Darum ging ich anschließend nach Berlin. Habe ich es denn nötig, mich bei den Savernes anzubiedern? Nein, also ging ich so weit weg, wie ich konnte, und das war Berlin.

Denn dort hatte ich die Möglichkeit, bei Susanne, der Cousine meiner Mutter, zu wohnen. Die war so beschäftigt mit Wohltätigkeitsarbeit und ihren Kaffeekränzchen, bei denen sie sich und ihre Freundinnen mit Likör regelmäßig betranken, und so hatte ich meine Freiheit. Meine Mutter schickte mir regelmäßig Geld, und es ging mir die Jahre über gut. Auch als ich eine Stelle bei einem Russen annahm, ihm gehören die meisten Bars und Nachtlokale in Berlin, ohne Leibwächter geht er nicht aus dem Haus, wo auch immer er lebt. Zum ersten Mal habe ich dort das Wort MAFIA gehört, was genau das bedeutet, weiß ich nicht, es ist mir auch egal. Ich weiß nur, dass er irgendwo an einem See in der Nähe von Berlin einen Palast für sich gebaut hat. Alles Gold, schwarzer Marmor, Möbel aus der Hinterlassenschaft des letzten Zaren. Behauptet man. Und dann besitzt er eine Gemäldesammlung von Rubens bis Renoir. Er hat auch in Berlin eine kleine Wohnung von circa 800 Quadratmeter, doch niemand weiß, wo sie sich genau befindet. Egal, also Sergej (jeder nennt ihn nur beim Vornamen) hat mich als Empfangsdame in seinem Restaurant am Kurfürstendamm engagiert. Beziehungsweise ich kenne ihn gar nicht, sein Personalchef hat mich eingestellt. Ich stehe also vorn am Eingang zu seinem Club, begrüße die Gäste, alle sehr prominent. Ich trage ein schwarzes Kleid mit weißem Kragen, habe die Haare hochgesteckt, und dann gebe ich die Gäste weiter an den Empfangschef, der sie alle mit Vornamen anredet und sie die Treppe hinunter ins Restaurant führt, in dem die Gäste ausschließlich Kaviar essen und Champagner trinken. Am Ende des Gangs gibt es noch einen Raum, dort wird gepokert, und das mit hohen Einsätzen. Ich war noch nie dort, obwohl ich bereits einige Jahre im Club arbeite. Es ist mir verboten, wer weiß, was da alles vor sich geht. Aber es ist mir egal, ich bekomme ein gutes Gehalt, und Sergej lässt mich morgens um drei durch einen Chauffeur in einer seiner Limousinen heimfahren. Ich bin also für ihn unverzichtbar. Es geht mir gut. Ja, und dort am Eingang habe ich meine neue große Liebe kennengelernt. Er ist Politiker, ich will jetzt nicht seinen Namen nennen, nur seinen Vornamen, Adolf. Er kam zum ersten Mal ins Restaurant, nachdem die NSDAP in den Reichstag eingezogen ist. In ganz Berlin war der Teufel los. Also es war so: Er kam in Begleitung von einigen Männern in den Club, lächelte mich an und sagte – ich weiß es auswendig: Fräulein, Sie sind genau das Idealbild der deutschen Frau, groß, blond, gesund und sehr hübsch. Gratulation.

Dann wurde er von den Männern nach unten gedrängt, er scheint dann später durch den Nebeneingang den Club verlassen zu haben.

Seit diesem Moment bin ich in ihn verliebt, und ich weiß, er ist es auch in mich. Ich gehe zu jeder Veranstaltung, auf der er spricht, ich winke ihm, stehe, wenn er den Saal betritt, ganz vorne, und jedes Mal lächelt er mir zu. Er ist so bekannt, und ich verstehe, dass er nicht einfach auf mich zukommen kann, um mich einzuladen. Ich denke auch, er ist schüchtern, diesen Eindruck jedenfalls habe ich von ihm.

Ich habe gehört, er hat eine Wohnung in München, ich werde versuchen, dort hinzufahren und so lange vor seinem Haus am Prinzregentenplatz auf und ab zu gehen, bis er herauskommt. Dann werde ich ihn ansprechen, ich werde auch genau beobachten, wie er lebt, was er gern isst, man sagt, er sei Vegetarier, ich weiß es nicht, noch nicht. Ich will alles über ihn wissen, in Erfahrung bringen.

Aber jetzt bin ich noch im Kurort. Mein Vater ist vor zwei Monaten gestorben, deshalb war ich auf dem Friedhof an seinem Grab. Es hat mir nicht viel ausgemacht, als mir Mama geschrieben hat, er sei gestorben. Er hat getrunken und uns, mich und Mama, terrorisiert, ihre ganze Mitgift verprasst. Ich bin stolz auf meine Mama, ja, ich weiß, das war nicht immer so. Wie sehr habe ich mich im Jahr 1914 (mein Gott, wie lange das her ist!) geschämt, als meine Mutter die Stelle als Leiterin der hiesigen Post angenommen hat. Damals, als die Männer an der Front waren und Frauen ihre Stelle einnehmen mussten, hat Mutter das genutzt und wurde auch eingestellt. Sie trug eine Uniform und verkaufte hinter dem Tresen in dem kleinen hiesigen Postamt Briefmarken etc. Doch ein paar Jahre später übernahm sie die Leitung, und noch während des Kriegs ließ sie sich scheiden, das war hier im Ort *die* Sensation, das hatte es noch nie gegeben: Eine Frau reichte die Scheidung ein. Damals zog sie auch aus und übernahm die Wohnung im ersten Stock des Postamts. Und welcher Anwalt hat sie in dem Verfahren vertreten? Genau. Es war Johannes Laverne.

Also sie hat das Haus, in dem mein Vater bis zu seinem Tod gelebt hat, sanieren lassen, und es gehört jetzt mir. Nach ihrer Pensionierung hat sich Mama eine neue Wohnung angemietet und … sie hat einen FREUND. Einen Witwer. Ist das nicht irre? Meine Mutter ist alt, über sechzig Jahre, und es gibt einen Mann, der in sie VERLIEBT ist, das sagt sie jedenfalls. Er hat ihr sogar einen Heiratsantrag gemacht, doch Mama will nie wieder heiraten, hat sie erklärt. Kann man das glauben? Meine Mutter! Und bitte, wo bleibe ich?? Ich, die Hübsche, die

Attraktive, nach der sich die Männer auf der Straße umdrehen, habe noch nie einen Heiratsantrag bekommen? Nicht dass ich einen angenommen hätte, doch … ja, Franz, der wollte mich natürlich heiraten.

Wenn nur diese Hexe nicht dazwischengefunkt hätte, die Schwarzhaarige. Was fand Franz nur an ihr? Ich habe sie damals verfolgt, und als sie im Kranzler oben an der Treppe stand, gab ich ihr einen leichten, ganz leichten Schubs, nachdem sie sich mit einer Frau unterhielt, dass sie SCHWANGER sei. Sie fiel die Treppe hinunter und verlor das Kind. Aber wieso musste sie sich auch in meine Beziehung mit Franz drängen? Ich war einfach so wütend. Wenn das Schicksal auf ihrer Seite gewesen wäre, hätte sie das Kind behalten, oder nicht? Das Schicksal also hat gegen sie und für mich entschieden.

Nun ja, das ist lange her. Aber neulich, als ich in Erinnerung an Franz im *Kranzler* war, da sah ich sie. Und als sie aufstand (sie trug immer noch das Streifenkleid, kann sie sich denn nichts Neues leisten?), war sie in Begleitung eines Jungen. Ich habe nachgerechnet, kann das wirklich sein, dass sie noch einmal schwanger wurde? Aber wann? Ich sah den Jungen nur von hinten, also konnte ich nicht sehen, wie er aussieht. Ist es möglich, dass er der Sohn von Franz ist? Dieses unvorhergesehene Treffen hat so viele Erinnerungen in mir wachgerufen.

Irgendwie hatte ich Lust, in die Pariser Straße zu dem Haus zu gehen, in dem Franz gewohnt hat. Die Haustür stand offen, und so ging ich hinein und fragte, wer von der Familie meines ehemaligen Verlobten dort wohne, doch ich hatte Pech. Der alte Portier von damals erkannte mich noch. Es war peinlich gewesen, als er mich damals aus der Wohnung holte, in die ich mich heimlich geschlichen hatte. Auch jetzt behandelte er mich von oben herab. Wer ist er denn? Nur ein Portier. Er erklärte, es sei vertraulich, und er glaube nicht, dass ich es wissen sollte, und begleitete mich zur Eingangstür und wartete, bis ich gegangen war. Er beobachtete mich sogar noch, bis ich auf die andere Straßenseite wechselte und wegging. Ich bekomme schon noch heraus, wer von der Familie dort jetzt lebt.

Aber ein Positives hatte mein kleines Erlebnis: Der Portier erinnerte sich an mich, also habe ich großen Eindruck auf ihn gemacht. Letztendlich gefalle ich doch jedem Mann, ich bin eine Frau, die man nicht vergisst. Adolf Hitler wird es auch nicht können.

Aber, wie gesagt, Berlin ist jetzt bereits Vergangenheit, denn ich bin wieder hier. Und Irene? Die mich vor Jahren doch als ihre Tochter bezeichnet hat, die mich zur Familie zählte, und nun? Franz ist tot. Die Familie will von mir nichts wissen, sie sind so … so arrogant, so hochgestochen, sind sie denn etwas Besseres? Nur weil Luise das *Grand Hotel Deutscher Kaiser* leitet und die Familie immer noch in dieser großartigen Villa wohnt. Ach ja, der Palmengarten gehört ihnen auch.

Und Onkel Carl – ich nenne ihn so – ist Oberbürgermeister geworden, obwohl er keiner Partei angehört. Das wird ihm noch Probleme machen, sicher werden alle bald die Partei meines Adolfs wählen, und was ist dann, bitte? Er wird abgesetzt werden, da bin ich mir sicher.

Diese Familie ist sehr angesehen, obwohl es Gerüchte gibt, sie seien hoch verschuldet, aber wenn man zur Gesellschaft gehört, ist das keine Schande.

Aber ich bleibe noch über Weihnachten bei meiner Mutter, die mich immer noch Miezchen nennt, das ist so süß. Und ich möchte eine Karte für Silvester zur Eröffnung des luxuriösen Teils des Hotels. Des Westflügels. Die ganze Bevölkerung fiebert diesem großen Ereignis entgegen. Jeder erhofft sich dadurch wieder mehr Gäste im gesamten Ort, Carl Laverne hat das angekündigt, und die Leute glauben ihm blind. Der Ort soll wieder so reich werden wir vor dem Krieg.

Gestern war ich im Palmengarten, ich habe gesehen, dass Irene sich wieder mit ihren beiden Freundinnen dort trifft. Das Restaurant ist noch geöffnet, aber ab Anfang Januar schließt es, da eine große Renovierung geplant ist. Vor vielen Jahren saß ich mit den Frauen dort, als ich Teil der Familie Laverne war. Ich habe sie gestern belauscht, heimlich. Ich stand hinter einer Palme. Irene hat erzählt, dass Victoria wieder nicht an Weihnachten nach Hause kommt. Sie habe wohl die Mutter vergessen, Franz würde ihr das nie antun.

Und da wurde mir klar, wer von der Familie in der Wohnung von Franz wohnt. Es ist Victoria, obwohl ich es doch sein sollte, die dort lebt. Denn wie schon gesagt, ich war die große Liebe von Franz.

VIERZEHN

Bad Lichtenberg

Dezember

JULIAN

Nach der Tennissaison war Julian durch Zufall zum Schachpartner vieler männlicher Gäste geworden, er wurde sehr gern gebucht. Julian war höflich, angenehm im Umgang, und er spielte exzellent Schach. So verbrachte er weiterhin den größten Teil seiner Zeit im *Deutschen Kaiser* und wartete auf Olga. Inzwischen kannte er jeden Vogel, jeden Papagei mit Namen, Herkunft und Alter. Er hatte sich mit dem jungen Ornithologen unterhalten, der sich freute, dass sich jemand so sehr für »seine« Vögel interessierte.

Unruhig sah er sich um, er verstand nicht, warum Olga nicht mehr kam. Sie hatten sich am Abend der Bürgermeisterwahl kurz gesehen, er hatte ihr gesagt, er wolle sie seinem Bruder vorstellen, doch Felix war ja so plötzlich verschwunden, und auch Olga war nirgends zu entdecken gewesen. Doch dann hatte er durch den Ornithologen erfahren, dass Olga mit den Schwestern Mayrhofer, bei denen sie lebte, nach Bad Wörishofen gefahren sei. »An Weihnachten sind wir zurück«, hatte sie ihm erzählt.

Und so verbrachte Julian seine freie Zeit bei dem gläsernen Pavillon, vor dem er jetzt unruhig auf und ab lief. Einmal hatte er sie ganz kurz getroffen, sie hatte ihm nur hastig erzählt, am Wahlabend sei es ihr nicht gut gegangen, es sei etwas passiert, aber darüber könne sie nicht sprechen, noch nicht. Aber sie hatte sich rasch auf die Zehenspitzen gestellt und ihn zart auf die Lippen geküsst, dann war sie weggerannt. Ein unschuldiger Kuss, der Julian zeigte, dass sie unerfahren war, so wie im Grunde auch er. Er wollte das erste Mal mit einem Mädchen erleben, das er liebte und das ihn liebte.

In Gedanken versunken, starrte er hoch zu dem Papagei, als er sie plötzlich spürte. Sie stand neben ihm, griff nach seiner Hand und sah ihn an. Er wandte sich ihr zu, sog den leichten Duft nach Lavendel ein, den ihr Haar verströmte, und dann zog er sie heftig an sich. Es war eine Umarmung, die zeigte, wie sehr er sich nach ihr gesehnt hatte und wie groß seine Angst war, sie zu verlieren.

»Komm«, sagte sie und zog ihn auf eine der weißen Bänke. Sie waren fast allein im Raum, man hörte nichts außer dem Schreien und Zwitschern der Vögel.

Ihr Gesicht näherte sich ihm, wieder sog er den Duft nach Lavendel ein, der ihn betörte, ihn lächeln ließ. »Du darfst mich nie wieder so lange allein lassen, hast du verstanden? Du hättest mir doch wenigstens schreiben können.«

Sie seufzte, hob in einer Geste der Hilflosigkeit beide Hände und ließ sie wieder sinken. »Es tut mir so leid, aber diese schrecklichen Schwestern Mayrhofer haben mich ständig kontrolliert, es ging einfach nicht. Und …« Jetzt hob sie den Blick und sah ihn mit ihren grauen Augen an. »Ich wusste ja auch nicht, ob du mich sehen willst.« Fast versagte ihre Stimme. »Ich war so durcheinander nach dem Wahlabend. Aber jetzt«, fuhr sie rasch fort, »sind wir zurückgekommen. Die Schwestern Mayrhofer möchten Weihnachten zu Hause verbringen. Außerdem hoffen sie auf eine Einladung zur großen Eröffnung.«

Julian wusste, dass zur Eröffnung des neuen *Grand Hotels Deutscher Kaiser* nur Prominenz aus Politik und Kultur, dazu Stars der UFA eingeladen waren. »Aber es kommen auch Gäste aus Frankreich, die unser Hotel schon vor dem Krieg sehr geschätzt haben. Und natürlich Amerikaner, allen voran die Gruppe der Investoren mit Familie.« Das hatte ihm Luise erzählt. »Ich muss sofort wieder weg, wie gesagt, die Schwestern kontrollieren mich, ich fühle mich wie im Gefängnis«, klagte Olga.

Bereits im Aufstehen, fragte sie Julian ganz nebenbei nach seinem Zwillingsbruder.

»Kommt Felix an Weihnachten nach Hause?«

»Warum willst du das wissen?« Voller Eifersucht und Argwohn sah er sie an, während auch er sich erhob.

»Nur so. Ich gehe dann, man sieht sich.«

Schon hatte sie sich abgewandt.

»Wann?«, rief er ihr nach.

Sie wandte sich noch einmal um, zuckte die Achseln. »Irgendwann ... bald ...«

Dann war sie weg.

Enttäuscht blieb er stehen. Morgen, am 10. Dezember, hatten er und Felix Geburtstag. Doch Felix kam nicht. Olga war zwar zurück, aber sie entzog sich ihm, so konnte er die Hoffnung aufgeben, mit ihr zu feiern. Aber was war nur los mit ihr, er verstand sie mit ihren eigenartigen Anspielungen und der Frage nach Felix nicht. War es nur Höflichkeit, war ihr nichts anderes eingefallen? War sie einfach nur schüchtern? Aber sie hatte ihn geküsst, und mehr durfte er im Moment von einem scheuen Mädchen auch nicht erwarten.

Als er den Raum verließ, stieß er mit Luise zusammen. »Ich habe gesehen, dass du dieses Mädchen getroffen hast.«

»Dieses Mädchen heißt Olga«, erwiderte er heftig. »Und ich liebe sie, wenn du das wissen willst. Auch wenn sie drei Monate weg gewesen ist. Meine Liebe wurde dadurch nur stärker.«

Luise sah ihn voller Sorge an. Sie wusste inzwischen, dass die Schwestern Mayrhofer Olga Ende August bei sich aufgenommen hatten, und sie war erleichtert gewesen, als sie von deren Abreise nach Bad Wörishofen im September erfuhr. Die Mayrhofer-Schwestern waren bekannt für ihr soziales Engagement – vor allem gaben sie Mädchen aus dem Heim eine Chance auf ein gutes Leben, sei es als Erzieherin oder Kindermädchen. Hinter vorgehaltener Hand erzählte man sich jedoch von Olga. Sie habe sich im Waisenhaus aufsässig verhalten, sei frech gewesen, mehrmals ausgerissen. Als Olga vor Jahren erfahren hatte, dass ihr Großvater im Gefängnis gestorben war, habe sie einen Wutanfall bekommen, andere Mädchen angegriffen, Möbel zertrümmert, Nahrung verweigert. Damals war sie zehn Jahre alt gewesen. Doch erst nach ihrem sechzehnten Geburtstag im vergangenen Mai nahmen die Schwestern das freche, unerziehbare Mädchen zu sich. Sie verboten Olga, jedem zu erzählen, man habe ihren Großvater im Gefängnis ermordet. Und dass sie wisse, wer diesen Mord in Auftrag gegeben hatte – eine wohlhabende, einflussreiche Familie. Doch in letzter Zeit war es still um Olga geworden, sie schien »zur Vernunft« gekommen zu sein. Das alles hatte Luise von Ella, der Freundin ihrer Mutter, erfahren, die immer »am Puls des örtlichen Geschehens« war.

»Morgen gibt es für dich ein schönes Geburtstagsessen im Wintergarten, weißt du das schon?«, erzählte sie Julian, als sie jetzt zusammen zum Hotel gingen. Sie wollte ihn ablenken.

Julian nickte. »Ja, ja«, antwortete er zerstreut, »nur schade, dass mein Bruder nicht dabei sein wird.«

»Das finde ich auch. Er hat mir geschrieben, dass er aber auf alle Fälle an Weihnachten kommt.«

Überrascht blieb Julian stehen. »Er hat dir geschrieben? Wieso dir? Auf meine Briefe hat er nicht geantwortet.«

»Nur ein paar Zeilen, mehr nicht. Wir sollen uns keine Sorgen machen.« Hatte sie sich verplappert? Luise biss sich nervös auf die Lippen.

»Wie geht es ihm? Was heißt das, wir sollen uns keine Sorgen machen?«, fragte Julian heftig.

»Dein Bruder setzt mit dem Studium ein Semester aus und lebt seit Oktober irgendwo in Ostpreußen, ich glaube, in Insterburg.«

Sie blieb vage, auf Wunsch von Felix sollte sie verhindern, dass Julian ihn besuchen kam. Er brauche Zeit, aber er wollte an Weihnachten unbedingt mit seinem Bruder sprechen, die Sache klären. *Aber bitte, pass weiterhin auf Julian auf.*

Auf diesen Brief hatte Luise gereizt reagiert. »*Ich bin nicht das Kindermädchen Deines Bruders. Ihr seid erwachsen, bitte verhaltet euch auch so. Ich werde versuchen, ein Auge auf Julian zu haben, mehr geht nicht. Du darfst nicht vergessen, dass ich in den Vorbereitungen zur Eröffnung stecke. Und welche Sache willst Du mit ihm klären? Wenn Du mich schon zu Deiner Verbündeten machst, muss ich auch wissen, um was es genau geht.*«

Daraufhin herrschte Schweigen seitens Felix, und Luise musste insgeheim zugeben, dass sie darüber erleichtert war.

»Nun, wir werden morgen deinen Geburtstag feiern, und dann ist ja schon fast Weihnachten«, wandte sie sich noch rasch an ihren Cousin, als sie bereits das Hotel betraten. Julian nickte ihr nur abwesend zu, bevor er weiter zu einem der eleganten Aufenthaltsräume lief, in dem mehrere kleine Tische standen, auf denen jeweils ein Schachbrett mit Figuren aufgestellt war. *Bitte Ruhe,* stand an der Tür. Zigarrenrauch empfing Julian, denn einige der leidenschaftlichen Schachspieler konnten sich nur konzentrieren, wenn sie dazu Zigarren rauchten. Für Julian, der weder rauchte noch Alkohol trank, war es jedes Mal ein Schock, wenn er diesen Raum betrat. Aber er liebte das Schachspiel, das er meisterlich beherrschte. Er war an diesem Nachmittag für zwei Partien gebucht.

Beim Spiel würde er Olga ein wenig vergessen, doch er dachte an den Kuss. Hatte er sie damit erschreckt? Hätte er sie nicht küssen dürfen? Wusste sie überhaupt über die Liebe und die Sexualität Bescheid? Er war sich sicher, sie war unschuldig im Handeln und Denken.

Luise sah ihm nach. Wieder und immer wieder fragte sie sich, ob Felix nicht überreagiert hatte.

Olga war ein Mädchen von sechzehn Jahren. Wie schlimm musste es gewesen sein, als man sie mit vier Jahren abholte und in ein Heim brachte und sie irgendwann erfahren musste, ihr geliebter Großvater sei im Gefängnis gestorben. Waren ihre Reaktionen bei der Todesnachricht nicht nachvollziehbar? Manchmal erinnerte sie sich an die Zeit, als Olga erst vier Jahre alt und sie, Luise, so von ihr entzückt gewesen war.

Hatte Olga als kleines Kind zu sehr den Hass des Großvaters auf die reiche Familie Laverne in sich aufgesogen, ihn sogar übernommen, ohne nachzudenken, ohne objektiv zu sein? Aber sicher war das zu viel erwartet von einem so jungen Mädchen.

Was ließ Felix geradezu panisch auf Olga reagieren, in ihr die große Gefahr für die Familie sehen? Wieso steigerte er, der vernünftig und rational denkende Mann, sich in diffuse Emotionen hinein? Und wieso kam er am Geburtstag nicht nach Hause, mied sogar die Familie?

Sosehr Luise auch darüber nachdachte, sie fand keine Erklärung.

FÜNFZEHN

Bad Lichtenberg

JOHANNES UND LUISE

Wo auch immer Johannes Laverne erschien, folgten ihm viele Blicke. Johannes wusste das, und er genoss es. Er tat viel dafür, immer noch gut auszusehen, auch wenn er bereits auf die siebzig zuging. Er spielte Tennis und ließ sich seine eleganten Anzüge in Baden-Baden von einem englischen Schneider anfertigen. Die Schuhe bezog er direkt aus London aus dem Hause *John Lobb, dem Schuhmacher der Könige.*

Er steuerte direkt auf den Wintergarten zu, in dem Luise auf ihn wartete. Er küsste sie zur Begrüßung kurz auf die Wange und schlug vor, in die Bar zu gehen, die um diese Nachmittagsstunde noch leer sei.

Er bestellte sich einen Riesling, verzog das Gesicht und stellte das Glas auf die Bartheke zurück. »Wir sollten das Weingut zurückkaufen«, schlug er vor, »es war ein Fehler, es nach dem Krieg so billig zu verschleudern. Unter unserem guten Namen wird schlechter Riesling verkauft.«

»Wir mussten es verkaufen, erinnere dich.«

»Ja, ja …« Er machte eine wegwerfende Geste.

Doch Luise sprach weiter. »Die Kredite wachsen uns über den Kopf – glaubst du nicht, wir sollten bei Neuinvestitionen zurückhaltend sein?«

Johannes griff nach seinem Lederetui und holte eine seiner kubanischen Zigarren heraus, eine seltene Kostbarkeit. »Die hat mir ein dankbarer Klient geschenkt«, verteidigte er sich sofort bei Luises fragendem Blick. Jetzt lachte sie. »Ich habe dich nicht verurteilt.«

Jetzt lachte auch Johannes. Es war so gut, mit seiner geliebten Tochter zusammenzusitzen und zu reden. Es waren kostbare Momente. »Der damalige Käufer des Weinguts hat es in den Ruin getrieben und will es möglichst schnell wieder abstoßen.«

»Ach, Papa«, seufzte Luise »das wäre schön, doch wer sollte es wieder zu Erfolg führen? Wir haben weder Geld noch Leute, die dafür geeignet sind.«

Johannes winkte ab. »Das war nur so eine Überlegung, aber erzähl, wie läuft es so? Du bist enttäuscht, weil Simon Roth nicht gekommen ist?«

»Ja, natürlich. Aber er hat seinen besten Assistenten geschickt.«

»Warum kommt er nicht selbst?«

»Er ist noch in Berlin, richtet dort eine private Villa ein. Aber sein Assistent, Michael Braun, ist ein sehr fähiger Mann.«

»Na siehst du, alles wird gut gehen, glaube mir«, sagte Johannes leichthin, doch er sah seine Tochter voller Sorge an.

Sie wirkte müde, und im Grunde war sie mit der Führung des Hotels überlastet. Was würde erst sein, wenn der Westflügel mit den Suiten in Betrieb genommen wurde? Da sie nicht geantwortet hatte, fragte er sie, ob es neue Probleme gäbe.

»Die Kosten laufen uns davon, als unser Anwalt weißt du das doch sicher.«

»Luise, mach dir nicht so viele Gedanken, die Amerikaner wissen, dass es sich hier um ein Risiko-Investment handelt, sie wollen nicht auf halbem Weg stehen bleiben. Sie möchten Gewinne machen, und sie wissen, das funktioniert nur, wenn der *Deutsche Kaiser* in einer Reihe steht mit dem Ritz in Paris, also zur absoluten europäischen Elite der Luxushotels gehört. Und sie sehen ein, dass vielleicht auch noch weitere Investitionen nötig sind.«

Trotz der beruhigenden Worte seufzte Luise. »Ich mache mir Sorgen, die Möbel für die *Marie-Antoinette-Suite* sind noch nicht da, in der französischen Werkstatt wird auf Hochtouren gearbeitet, aber sie liefern erst kurz vor Weihnachten.«

»Siehst du, das passt zeitlich doch ganz wunderbar.«

Johannes wollte seine Tochter trösten, sie endlich wieder lächeln sehen. Als sie schwieg, sprach er tröstend weiter: »Im Übrigen sind alle restlos begeistert von deiner Idee einer Luxusmeile.«

Luise hatte kleine, sehr exklusive Geschäfte in dem breiten Übergang zum Westflügel einbauen lassen. Es wurden nur Luxusartikel angeboten. Schuhe, Hüte, Haute Couture, Luxuswäsche und ein Salon de Beauté, und natürlich war hier auch die hauseigene Patisserie zu finden. »Das war eine grandiose Idee, bringt das Hotel wieder einen Schritt weiter in die Spitze.«

Jetzt strahlte Luise ihren Vater an. Sie merkte, dass er sie trösten wollte, dennoch bedeutete seine Anerkennung Luise sehr viel. »Wie geht es Onkel Carl? Seit er Oberbürgermeister ist, sehe ich ihn kaum noch.«

»Sehr gut, sehr gut. Er arbeitet zu viel, aber für uns Laverne-Männer sind Arbeit und Erfolg unser Lebenselixier.«

»Nicht nur für die Männer«, lächelte Luise.

Doch ihr Vater lächelte nicht zurück. Er hob eine Hand und strich ihr besorgt über die Wange. »Luise, du sollst dich nicht überarbeiten, du musst an dich denken, du hast auch noch ein Privatleben.«

»Ach wirklich? Habe ich das?« Es sollte amüsiert klingen, klang aber ein wenig verzweifelt.

»Du bist traurig, weil Simon Roth nicht gekommen ist?«

Sofort entzog sie sich seiner Hand und richtete sich auf. »Traurig? O nein, vielleicht ein wenig enttäuscht, weil nur sein Assistent die letzten wichtigen Wochen die Arbeiten und Anlieferungen überwachen wird. Aber ich bin auch verärgert, weil Simon Roth seinen Vertrag nicht einhält. Seine Präsenz in den letzten Wochen vor Eröffnung war Teil der Vereinbarungen.«

Johannes sah seine Tochter nachdenklich an. Er spürte ihre Verletzlichkeit hinter den kühlen Worten. »Nein, da muss ich dir widersprechen, Luise, er hat in seinem Vertrag nicht nur eine Ausstiegsklausel, sondern auch keine Anwesenheitspflicht. Er kann sich jederzeit durch seine Assistenten vertreten lassen.«

»Was? Das wusste ich ja gar nicht. Da hast du aber schlecht verhandelt«, fuhr Luise ihren Vater an.

Johannes beherrschte sich, biss sich auf die Lippen. Er war nicht gut darin, Kritik anzunehmen. Vor allem nicht von der eigenen Tochter. »Ich habe ganz im Sinne des Unternehmens *Deutscher Kaiser* verhandelt, glaube mir. Und Simon Roth ist nun einmal ein international gefragter Innenarchitekt, der hauptsächlich in Paris arbeitet. In deinem Sinne war ich sehr froh, ihn für uns gewinnen zu können.« Er drückte seine Zigarre aus und erhob sich. »Ich muss leider gehen, ich habe einen Termin mit einem wichtigen Mandanten.«

Auch Luise erhob sich. Sie sahen sich an, und die kurze Spannung zwischen ihnen löste sich auf. Schweigend zog Johannes seine Tochter an sich.

»Ach Papa«, flüsterte sie an seiner Schulter. Sie benutzte die seltene Anrede, die nur den ganz nahen Momenten zwischen Vater und Tochter vorbehalten war. »Du hast ja recht, ich bin traurig und einsam«, gestand sie. »Und ich verstehe nicht, dass Vic an Weihnachten wieder nicht nach Hause kommt. Will sie nicht mehr zu uns gehören? Hat sie sich so sehr von der Familie gelöst?« Plötzlich flossen ihre Tränen. Es war eine Seltenheit, dass Luise Schwäche zeigte.

Der Mann hinter der Bar gab vor, nicht zu bemerken, dass die Direktorin des Hotels sich an der Schulter ihres Vaters ausweinte. Auch die ersten Gäste, die jetzt hereinkamen, um ihren Aperitif zu trinken, sahen diskret zur Seite.

»Luise, weißt du was? Willst du mit mir nach Hause kommen? Berta soll was Nettes kochen, und wir essen alle zusammen. Carl wird auch da sein. Und Julian und Mutter und … Elisabeth.«

Luise hatte ein feines Gehör, hatte ihr Vater vor dem Namen seiner Schwägerin ganz kurz gezögert? Prüfend sah sie ihn an.

Johannes war mehrmals in der Woche in seiner florierenden Kanzlei in Baden-Baden. Und wenn er in der hiesigen Kanzlei arbeitete, blieb er oft bis spät in die Nacht dort. Er müsse Unterlagen durchsehen, und das könne er am besten in den stillen Nachtstunden, sagte er dann. Es wäre leicht für ihn, eine Frau dort zu … Nein, sie sollte diese Gedanken nicht weiterverfolgen. Aber eine gewisse Neugier oder auch Misstrauen blieb.

»Ja, ich komme dann gern, lass mich hier noch einiges erledigen.«

»Deine Mutter wird sich freuen, wenn wir zusammen essen, und das nicht nur an unseren Familiensonntagen.«

Sie nickten sich zu, beide in dem Bemühen, Irene eine Freude zu machen, doch konnten sie das? Freute sich Irene überhaupt noch, wenn die Familie zusammenkam? Letztendlich fehlten Victoria und … Franz.

Jeder wusste, wie sehr Irene Elisabeth um ihre Söhne beneidete, wie eine Anspielung zur Anklage wurde. *Wieso musste mein Sohn einen so schrecklichen Tod an der Front erleiden, während die Zwillinge einem Leben ohne Krieg entgegensehen?*

»Ach, übrigens.« Johannes drehte sich noch einmal zu seiner Tochter um. »Dieses Gerücht ist nicht totzukriegen, es entsteht immer wieder, weißt du etwas darüber?«

»Was meinst du?«

»Es wird getuschelt, dass während der Bürgermeisterwahl ein Mädchen vergewaltigt wurde, und jedes Mal wird unser Name damit in Zusammenhang gebracht.«

»Ja, aber sicher doch nur, weil es Onkel Carls Abend gewesen ist.«

»Ja, natürlich. Ich habe mich auch bereits an den Polizeichef gewandt, es gab keine Anzeige.«

»Na siehst du, da ist nichts Wahres dran. Also, bis später dann.«

Luise hatte keine Zeit, darüber nachzudenken, denn jetzt kam schon der Assistent von Simon Roth auf sie zu, und gemeinsam gingen sie durch die Luxuspassage hinüber in den Westflügel, wo in den Suiten immer noch gehämmert und gebaut wurde.

»Hoffen wir, dass wir rechtzeitig fertig werden. Die Suiten sind alle komplett ausgebucht, wir können es uns nicht leisten, nicht fertig zu werden.«

»Es wird alles gut gehen«, beruhigte sie Michael Braun.

Doch Luise war einfach nur enttäuscht, weil Simon Roth nicht selbst gekommen war, und sie war auch enttäuscht, weil Victoria wieder nicht den Weg nach Hause fand.

SECHZEHN

Berlin

Zur gleichen Zeit

VICTORIA

Frau Laverne, ich gehe dann.«

Victoria lag im Bett, den Kopf in den Kissen, die Beine höhergelegt. »Danke, Frau Welser, und bis Freitag.«

Sie nickte der Hebamme zu, die zweimal in der Woche kam und nach ihr sah.

Genauso wie Professor Bernhardt, der sein Versprechen hielt und täglich Victoria besuchte und sie ermahnte, ruhig liegen zu bleiben und durchzuhalten.

»Ja, ja«, sagte sie dann, halb lachend, halb seufzend. »Als sie mir im Oktober Bettruhe verpassten, dachte ich nicht, dass ich monatelang liegen muss.«

»Die Gefahr einer Fehlgeburt ist groß, Sie sind eine Spätgebärende. Sie können erst wieder aufstehen, wenn das Kind lebensfähig ist. Ich sage Ihnen aber gleich, besser ist es, sie halten die ganze Zeit der Schwangerschaft bis zum Geburtstermin Ende März aus.«

Nachdem er gegangen war und die Stille der Wohnung Victoria überfiel, seufzte sie tief auf. »Glaub ja nicht, du kannst früher kommen«, schärfte sie ihrem Kind ein und legte beide Hände auf ihren Bauch. »Jeder bemüht sich um dich«, erzählte sie weiter, »die Frau des Professors kommt täglich und bringt mir Essen, ihre Haushälterin macht die

Wohnung sauber, und die Hebamme sorgt für unser beider Wohl.«

Die Hebamme wartete, wenn Victoria ins Bad ging, dann kam sie, wusch ihr die Haare und überwachte streng, ob Vitoria auch ihre Vitaminpillen nahm. Außerdem nahm sie ihre Nachthemden und Bettwäsche mit, brachte sie in die Wäscherei und holte sie wieder ab. »Wir haben so viel Hilfe«, erzählte Victoria weiter, »und ich bin sehr froh, dass ich Geld gespart habe. Weißt du«, erzählte sie ihrem Kind im Bauch, »eine Zeit lang kostete ein Brot 14 Millionen, am nächsten Morgen dann noch einige Millionen mehr, und vier Wochen später dann sogar Milliarden. Aber nach der Inflation fing ich mit dem Sparen an. Ich habe das Geld hier im Schreibtisch von Franz deponiert, ich traue nach der Inflation keiner Bank mehr. So kommen wir einigermaßen zurecht. Und wenn du erst auf der Welt bist … was werden Luise und Mutter dazu sagen, wenn ich mit dir nach Hause komme? Es gab so schöne Weihnachten in unserer Familie, ich vermisse das. Obwohl ich es ja war, die damals gegangen ist.«

Tränen stiegen Victoria in die Augen. Sie weinte sowieso sehr oft. Keine Aufregungen, hatte der Professor ihr eingeschärft. Aber wie sollte das funktionieren, wenn sie so oft an Juri dachte? Wie ging es ihm wohl, machte er Fortschritte, würde er der Pianist werden, der er sein wollte? Hatte er seiner Frau von ihr erzählt? Denn konnte er wirklich mit ihr diese Liebe empfunden haben und zu seiner Frau zurückkehren, es verschweigen, als habe er keine andere Frau leidenschaftlich geliebt? Wirst du ihm ähnlich sehen? Die blonden Haare, diese blauen Augen, der Mund. »Der Mund ist neben den Händen das Schönste an ihm«, murmelte sie. Ach Juri …

Nicht an ihn denken. Sie hatte das Kind, und wenn es sein musste, würde sie eben bis zur Geburt hier liegen.

»Es wird schon werden« – das wurde jetzt ihr Motto.

Victoria wandte das Gesicht zur Seite und sah durchs Fenster hinaus auf die Zweige der Linde. Als sie schwanger geworden war, blühte sie, und der Duft hatte die ganze Wohnung erfüllt. Jetzt war Winter, die kahlen Äste bewegten sich, klopften an die Fensterscheibe, an die der Wind die Schneeflocken trieb, die kurz hängen blieben und dann zitternd an der Scheibe hinunterglitten.

Es war still in der Wohnung, und die Einsamkeit überfiel sie, auch die Angst, plötzlich könnten die Wehen einsetzen und sie verlöre vielleicht das Kind, bevor es lebensfähig war. So war sie froh, wenn wieder ein Tag zu Ende ging. Victoria freute sich, wenn die Hebamme kam, sie unterhielten sich dann, und Frau Welsers Neugierde schien unersättlich zu sein. Begierig hörte sie zu, wenn Victoria über ihre Zeit beim Theater erzählte, einer Welt, die Frau Welser vollkommen fremd war und von deren Geschichten sie nie genug bekam. Manchmal erzählte Victoria von Ereignissen oder kleinen Skandalen, die sie selbst nur vom Hörensagen kannte, nur um Frau Welser noch ein wenig länger in der Wohnung zu halten.

Frau Welser hatte Victoria einen Adventskranz mitgebracht, dessen Kerzen sie aber nur anzündete, wenn sie sich in der Wohnung aufhielt. Heute war der vierte Advent, der 22. Dezember. Die Villa war sicher geschmückt, ein großer Baum würde in der Halle stehen, und es duftete nach Zimtsternen, die Berta immer noch backte, obwohl sie bereits achtzig Jahre alt war.

Victoria setzte sich vorsichtig auf und schaltete das Radio ein, das auf ihrem Nachttisch stand. Draußen fiel die Dämmerung über die Stadt, der ganze Tag war dunkel und wolkig gewesen, und aus dem Radio erklangen Weihnachtslieder. *Leise rieselt der Schnee …*

Es war ihr Lieblingslied gewesen, als sie ein Kind war.

Still und starr liegt der See …

Sie war mit Luise immer zu dem kleinen Weiher gegangen, doch der Kurort war berühmt für sein mildes, fast südländisches Klima, und Schnee gab es sehr selten. Nur einmal, als Victoria noch ein kleines Kind war, gingen sie zu dritt in der Dämmerung zum See. Ein Augenblick, den Victoria nie vergessen hatte.

Ihnen war so feierlich zumute gewesen. Sicher hatten Franz und Luise nicht mehr ans Christkind geglaubt, doch Victoria hatte immer noch einen Brief ans Christkind auf das Fensterbrett ihres Zimmers gelegt. *Liebes Christkind, ich wünsche mir …*

Es war schön, daran zu glauben und den kleinen Schauer zu empfinden, wenn der Brief dann nicht mehr an Ort und Stelle lag. Das Christkind hatte ihn geholt … ein feierlicher Moment für das Kind, das Victoria einmal gewesen war.

SIEBZEHN

Insterburg Ostpreußen

Zur gleichen Zeit

FELIX

Respekt, Herr Laverne, in den paar Monaten, seit Sie für mich arbeiten, haben Sie einiges bewirkt.«

Felix sah hoch, er war gerade dabei, Unterlagen in eine Aktentasche zu schieben, um sie im Zug nach Hause durchzugehen. »Erst in die Wege geleitet«, berichtigte er lächelnd. Er freute sich über das Lob von Dr. Maurer, dem Anwalt, in dessen Kanzlei er seit zwei Monaten angestellt war.

»Sie sind der geborene Jurist. Ich kann Ihnen nur das Angebot machen, studieren Sie weiter und arbeiten Sie gleichzeitig hier bei mir. Ich bin überzeugt, Sie schaffen das.«

Felix hatte sein Studium in München ausgesetzt und war nach Ostpreußen zurückgekehrt. Er hatte sich im Dorf von Elke umgehört und erfahren, dass ein Dr. Maurer in Insterburg sich für die Belange der Bauern einsetzte, mit den Banken verhandelte, versuchte, staatliche Beihilfen für sie zu bekommen. Daraufhin war er sofort in die Kanzlei gefahren und hatte sich Dr. Maurer vorgestellt. Er arbeitete für ein kleines Gehalt, wohnte bei einer Kriegerwitwe in Untermiete, fuhr ein altes Auto, aber die Arbeit erfüllte ihn, auch wenn er nächtelang durcharbeitete, Verhandlungen führte und niemals aufgab. Bei den Bauern hatte sich herumgesprochen, dass sich die Kanzlei Dr. Maurer, vorrangig ein junger Anwalt, für sie starkmachte.

»Meine Frau und ich hätten Sie sehr gern zu unserem traditionellen Weihnachtsessen eingeladen, aber natürlich verstehen wir, dass Sie das Fest bei Ihrer Familie feiern wollen.«

Felix bedankte sich höflich, auch die Witwe hatte ihn eingeladen, falls er an Weihnachten einsam sein sollte. »Ich mache Ihnen meine Königsberger Klopse«, hatte sie angekündigt, denn sie wusste, wie gern Felix sie aß.

Er verabschiedete sich von Dr. Maurer, murmelte, er wolle sich das mit dem Studium noch überlegen, bat die Sekretärin, während seiner Abwesenheit seine Kakteensammlung zu gießen. Ein letzter Blick durch den kleinen Raum mit den vielen Akten, die aus einem Regal quollen und sich auf dem Boden stapelten, dann schloss er die Tür. In diesem Zimmer hatte er in den vergangenen zwei Monaten Ruhe und sein inneres Gleichgewicht wiedergefunden. Vielleicht sogar seinen neuen Lebensmittelpunkt?

Ein letzter kurzer Abschied, Wünsche für ein schönes Fest und das neue Jahr, dann verließ er die Kanzlei. Er stieg in sein Auto und fuhr zum Bahnhof. Als er den Wagen dort abstellte, ausstieg und seinen Koffer herausholte, hupte neben ihm ein Wagen, ein brandneuer Mercedes, aus dem eine junge Frau ausstieg. Sie lächelte ihn an, fragte, ob sie zu nahe an seinem Auto parke, doch er verneinte, verwundert, dass diese junge Frau ihn überhaupt fragte. »Sie sind Felix Laverne«, erklärte sie, »wir alle in Insterburg wissen, dass Sie bei Dr. Maurer arbeiten und dafür Ihr Studium in München unterbrochen haben.«

Vollkommen erstaunt sah er sie an.

»Ich bin Jette, Jette von Stetten«, stellte sie sich vor. Von Stetten, die Eigentümer des großen Guts, die in Elkes Augen Hass und Ablehnung verdienten, da sie sich mit staatlichen Unterstützungsprogrammen bereicherten. Leute, denen man das Geld noch nachwarf.

»Mein Vater hat Sie einmal mitgenommen«, half sie ihm auf die Sprünge. »Hierher zum Bahnhof, er hat erzählt, dass da ein junger Mann wie ein nasser begossener Pudel im Gras gesessen hat. Im wahrsten Sinne des Wortes.« Jetzt lachte sie ihn an.

Und Felix erinnerte sich, ja, natürlich. Als Elke noch lebte und er nach dem folgenschweren Streit geflohen war. Anders konnte man seine Abreise nicht nennen. Jette war hübsch, hatte blonde Haare und zeigte beim Lächeln eine Reihe weißer gerader Zähne, sie wirkte gesund und sportlich. »Mein Zug geht gleich«, entschuldigte er sich hölzern und wandte sich zum Gehen.

»Wir machen an Silvester ein großes Fest, hätten Sie nicht Lust, zu kommen? Wir würden uns freuen, Herr Laverne.«

Liebend gern wäre er hiergeblieben, nicht nur an Weihnachten, auch zu diesem Fest bei den von Stettens. Neue Leute kennenlernen, sich langsam hier, in der Stadt Hindenburgs, heimisch fühlen, eine neue Heimat finden. Doch … »Ich muss nach Hause, ich muss einiges regeln«, erklärte er bedauernd.

»Ja, Familie geht vor. Aber vielleicht kommen Sie dann im Januar einmal zu uns.«

Felix versprach es und fragte sich verwundert, wieso sie ihn einlud. Er hatte sich inzwischen einen Bart wachsen lassen, trug einen alten langen Lodenmantel und sah sicher nicht wirklich anziehend aus.

Und doch lächelte sie ihm zu, winkte noch, als er die Treppe hinunter und auf der anderen Seite auf dem nächsten Bahnsteig erschien, gerade in dem Moment, als der Zug einfuhr.

Während der langen Zugfahrt mit mehrmaligem Umsteigen ließ er endlich die Gedanken an zu Hause und vor allem an Julian zu.

Jetzt war er sich sicher, dass Julian ihn verstand. Felix würde ihn überzeugen können, wie dumm er gewesen war, sich von diesem Mädchen verführen zu lassen. Dann würden sie sich umarmen, und alles würde wie früher sein. Sie waren doch Brüder, Zwillinge. Julian würde ihn verstehen, immer wieder sagte sich Felix das. Natürlich, alles war gut.

Mit einem Lächeln lehnte er den Kopf gegen das Polster und atmete durch. Der ständige Albtraum, in den Elke und auch Olga ihn gestürzt hatten, würde jetzt an Weihnachten ein Ende finden.

ACHTZEHN

Bad Lichtenberg

Julian saß mit Olga im Café Blum. Schüchtern griff er nach ihrer Hand, die auf dem Tisch neben ihrem Teller lag, auf dem ihr Stück Weihnachtskuchen unberührt blieb.

Sie habe nur kurz Zeit, schließlich sei morgen Heiliger Abend, sagte sie fast ungeduldig. Doch dann lächelte sie plötzlich und beugte sich zu Julian, sodass ihr Gesicht seinem ganz nahe war.

Nur ein paar ältere Frauen saßen an diesem Nachmittag im Café und fingen an, sich über die Tische hinweg über ihre im Großen Krieg gefallenen Männer zu unterhalten. Schließlich standen sie sogar auf, rückten die Stühle um einen runden Tisch zurecht und setzten sich zusammen. Julian, der diese Szene beobachtet hatte, lächelte. Sie wirkten erleichtert, dass sie an diesem Nachmittag, einen Tag vor Weihnachten, nicht mehr einsam schienen.

Olga aß jetzt doch von dem Weihnachtskuchen, gewürzt mit Ingwer, Kardamom und Zimt.

»Schmeckt er dir?« Julians Stimme klang zärtlich, er freute sich, sie heute zu sehen. Es war für ihn das schönste Weihnachtsgeschenk.

Olga nickte nur, aß ein paar Bissen und schob dann den Teller in die Mitte des kleinen Tisches.

Julian fühlte sich in ihrer Gegenwart glücklich, zugleich aber machte er sich Sorgen um sie, denn Olga war blass und blieb schweigsam. »Wir haben uns länger nicht gesehen, Olga, durftest du nicht weg?«

»Soll das ein Vorwurf sein?«

Julian erschrak. Das Rendezvous, von dem er sich so viel erhofft hatte, nahm keine gute Wendung.

»Nein, Olga, nein.«

»Ich hatte zu tun, und die Schwestern ließen mich nicht weg.« Sie spielte mit ihrer Tasse, hob sie hoch, stellte sie ab, was den Eindruck einer gewissen Verlorenheit vermittelte. »Weißt du, Olga, ich …«

»Ja?«

Ihre klaren grauen Augen sahen ihn an. Plötzlich veränderte sich ihr Blick, und Julian glaubte, darin Zärtlichkeit zu erkennen.

»Ich möchte, dass wir uns jetzt öfter sehen«, fing er ungeschickt an.

Olgas Lächeln war wie das einer Sphinx.

Julian wurde nervös. »Oder fährst du mit diesen Schwestern schon wieder weg? Also, ich bin hier, bleibe auch hier«, betonte er. »Wir könnten Silvester zusammen bei der Eröffnung des Hotels feiern. Unsere ganze Familie wird da sein, nein, das ist nicht die Wahrheit. Jemand fehlt.«

»Dein Bruder?«, fragte sie wie beiläufig.

»Nein, meine Cousine Victoria. Mein Bruder wird hier sein, er kommt heute an.«

Eine Gesprächspause entstand. Da beugte sie sich plötzlich vor, und ihr Gesicht war so nahe, dass er nicht anders konnte, er küsste sie. Bereitwillig öffneten sich ihre Lippen. Während des langen Kusses ergriff sie seine Hand und legte sie auf ihr Herz. Julian spürte nicht nur ihren Herzschlag, sondern durch den dünnen Stoff hindurch auch ihre kleinen festen Brüste.

Ihm wurde heiß, er zog sie noch näher zu sich heran, er vergaß die Witwen, die im lebhaften Gespräch verstummten und sie beobachteten. Er konnte nicht aufhören, sie zu küssen, sie zu spüren, ihren Duft nach Lavendel einzuatmen, die Welt in ihrer Umarmung zu vergessen. Doch dann entzog sie sich ihm.

»Es tut mir leid«, stammelte er, »ich wollte dich nicht erschrecken.«

»Das hast du nicht.« Ihre Stimme klang ruhig, und in ihren grauen Augen konnte er keine Zärtlichkeit mehr entdecken, auch keine Liebe.

»Es tut mir leid«, entschuldigte er sich noch einmal, »aber weißt du, meine Gefühle gingen mit mir durch. Ich achte dich, und ich liebe dich, und ja, ich denke, du empfindest ebenso wie ich. Sich zu verschenken an jemanden, den man liebt, den man auch heiratet und …« Er verhaspelte sich, empfand sein Gestammel als dumm, denn es drückte nicht aus, was er wirklich empfand: Er wollte sich mit ihr verloben.

»Du meinst«, ihre Stimme klang sachlich, »wir sollten *das erste Mal* miteinander erleben?«

Er nickte, befremdet über ihre Kühle, mit dem sie so etwas Kostbares wie das erste Zusammensein aussprach.

Sie sah ihn lange an, abschätzend. »Weißt du, Julian, auch ich wollte mein *erstes Mal* mit einem Mann erleben, den ich liebe. Aber das kann ich gar nicht mehr, denn …« Ihre Stimme brach.

Julian verstand sofort. Für ihn war Olga ein unberührtes Mädchen gewesen, das in seinen Träumen das *erste Mal* mit ihm erlebte. Er war sich dessen so sicher gewesen.

Enttäuscht sah er sie an. Da sie schwieg, brachte er nur mühsam heraus: »Mit wem? Du bist doch erst …«

»Ich …«, fiel sie ihm ins Wort. »Ich wurde verführt, er hat mir sogar Gewalt angetan.« Ihre Stimme brach, war nur noch ein Flüstern. Es klang qualvoll, und sie holte ein Taschentuch aus ihrer Tasche und drückte es sich vors Gesicht.

Julian war vollkommen sprachlos, wie betäubt, verzweifelt.

Dann sprach sie weiter: »Es war am Abend der Bürgermeisterwahl, weißt du …« Sie schwieg.

Julian kannte das Gerücht, das immer wieder kursierte. »Du bist doch nicht das Mädchen, das …«

Sie zuckte nur die Schultern, ihr Blick blieb kühl, aber schnell senkte sie die Augen, während es ihr offenbar zu schwerfiel, auf diese Frage zu antworten.

»Wer«, brach es aus ihm heraus. »Wer hat dir das angetan?«

Sie wandte das Gesicht ab, presste die Lippen zusammen. »Ich sollte es dir nicht sagen, ich …«

Heftig umfasste er mit beiden Händen ihre Schultern und drehte sie zu sich, sodass sie ihn ansehen musste. »Sag es mir … ich muss es wissen, ich …«

»Es war dein Bruder«, unterbrach sie ihn heftig.

Julian brauchte eine Weile, bis er begriff. Abrupt ließ er sie los, seine Hände fielen herab. Felix, der an jenem Abend so plötzlich verschwunden war, der nicht sagte, wo er sich aufhielt, der sich monatelang nicht bei ihm gemeldet hatte.

Eines schien sich zum anderen zu fügen.

»Das kann nicht sein, das glaube ich nicht.« Nein, nicht sein Bruder, nicht Felix.

»Du unterstellst mir, dass ich lüge?« Olgas Stimme bebte, sie war blass, hilflos, unglücklich.

Julian erwachte aus seiner Erstarrung. Er warf einen Geldschein auf den Tisch und rannte aus dem Café. Er war wie von Sinnen und rannte noch, als er bereits auf der Birkenallee war. Es regnete, stürmte ein wenig, der Regen presste das Laub auf den Boden und machte den Weg glatt, doch Julian rannte weiter, bis er keuchend das schmiedeeiserne Tor zur Villa aufstieß, über den Kiesweg zur Haustür lief, mit zitternden Händen aufschloss und in der Halle nach seinem Bruder rief. »Felix, komm her, zeig dich, du Feigling.«

Stille folgte seinem Rufen, er sah sich um, dann lief er weiter und stieß die Tür zum großen Salon auf. Hier stand der Weihnachtsbaum, und die Flügeltür zum kleinen Salon war weit offen. Dort saß die Familie beim nachmittäglichen Tee und Weihnachtsgebäck. Felix hatte sich langsam erhoben, ging um den Tisch herum zu seinem Bruder, der blass und mit geballten Fäusten vor ihm stand. »Schön, dich zu sehen, ich dachte, du holst mich ab.«

Felix' Stimme klang unsicher, fragend.

Julian sah ihn an, sah die Szene vor sich, Felix, der Olga, *seiner* Olga, Gewalt antat.

»Julian, was ist denn los?« Elisabeth erhob sich.

»Bitte, Julian, lass uns reden.« Felix ging mit ausgestreckter Hand auf seinen Bruder zu.

»Reden?« Julian lachte auf und schlug die Hand weg, die sich ihm entgegenstreckte. »Mit Reden kannst du gar nichts gutmachen. Olga hat mir alles erzählt, es war er … er war es.« Julian drehte sich zur Familie. »Er war es, mein eigener Bruder hat Olga Reimann vergewaltigt.«

»Hör auf, das ist nicht wahr«, schrie Felix und hielt sich die Ohren zu. »Bitte, Julian, bitte, lass es mich erklären, es ist nicht wahr …« Ganz nahe stand er vor ihm. »Bitte, nein, wenn sie das sagt, hat sie gelogen. Sie war es, die mich verführt hat, und ja, ich habe es die vergangenen Monate zutiefst bereut. Und Julian, bitte, ich habe nicht gewusst, wer sie ist …«

Doch Julian war wie von Sinnen, er hörte die Worte nicht, hob die Faust und schlug seinem Bruder ins Gesicht. Der nächste Schlag traf ihn am Kopf, dann in den Magen und dann wieder gegen den Kopf. Felix krümmte sich, ein weiterer Schlag traf ihn, und dann brach er stöhnend zusammen, versuchte, sich am Tisch festzuhalten. Die Tischdecke rutschte ab, und das Geschirr landete in Scherben auf dem Boden. Reglos blieb er liegen.

»Julian, was hast du getan?«, schrie seine Mutter und fiel neben ihrem Sohn auf die Knie. »Felix«, flüsterte sie, »Felix, bitte, wach auf, alles wird gut …« Vorsichtig umschlossen ihre Hände den Kopf ihres Sohns. »Bitte, wach doch auf … bitte.«

Doch ihr Sohn hörte sie nicht, er hatte das Bewusstsein verloren.

Die Familie wartete im Krankenhaus, in das man Felix gebracht hatte. Er lag im Koma, und wann er aufwachen würde, war noch unklar. Auch bestand die Möglichkeit, dass er durch den Schlag auf die Seite blind werden könne, erklärten die Ärzte, aber noch sei alles offen, auch die Möglichkeit seines Todes. »Sie sollten alle nach Hause gehen«, erklärte der Chefarzt. »Wir können nur abwarten.«

Am nächsten Abend, dem Heiligen Abend, saßen sie alle im Salon der Villa. Sie hatten sich im Krankenhaus abgewechselt, einer aus der Familie saß immer dort im Wartebereich. Vor einer Stunde hatte der Chefarzt auch Elisabeth nach Hause geschickt. Alle hatten sie abwechselnd gewacht. Nur Julian nicht.

Jetzt hatten sie vergessen, die Kerzen am Baum anzuzünden, sie wollten nichts essen und die Geschenke nicht ansehen. Irene blieb stehen, während Johannes, Carl und Luise sich setzten. Irene dachte mit Scham an ihren Neid auf Elisabeth, die zwei gesunde Söhne hatte, während ihr einziger Sohn Franz gefallen war. Und jetzt konnte es sein, dass Felix starb und Julian der Mörder seines Bruders war.

»Wo ist Julian?«, fragte Luise ihren Vater.

Johannes hob die Schultern. »Ich denke, er ist in der Kirche.«

»In der Kirche?«

»Ja, außer Elisabeth wussten wir nicht, dass Julian ein enges Verhältnis zur katholischen Kirche hat. Auch ich als Vater nicht«, antwortete Carl. »Du weißt ja, Luise, die Zwillinge sind auf Wunsch meiner Frau katholisch getauft worden. Und seit sie als Kinder dieses traumatische Erlebnis hatten, geht Julian in die katholische Kirche. Habt ihr das alle nicht gewusst?« Carl sah in die Runde.

»Doch, ja, ich erinnere mich vage«, erklärte Luise, »aber dass er offenbar mit der Kirche so verbunden ist, war mir nicht wirklich klar.«

»Was ist mit dieser Olga, waren beide in sie verliebt? Hat Julian Felix aus diesem Grund angegriffen?« Carl schien vollkommen überfordert bei dem Gedanken, aus einer jugendlichen hitzigen Rivalität sei bitterer Ernst geworden.

Elisabeth sprang auf, sie unterdrückte ein Schluchzen. »Es kann nicht sein, wieso bezichtigt Julian seinen Bruder der Vergewaltigung?«

Doch ihr Mann schwieg. Er erhob sich, ging ans Fenster und starrte in die Dunkelheit hinaus.

»Wir können jetzt nur beten, dass er nicht stirbt oder blind wird. Alles andere wird sich dann aufklären lassen.« Johannes drehte sich um und sah Elisabeth an.

Doch Elisabeth hatte sich abgewandt. Schweigend warteten alle auf einen Anruf, auf eine erlösende Nachricht, gab es vielleicht sogar ein Weihnachtswunder? Irgendwann erhob sich Irene, verließ das Wohnzimmer, ließ die Tür weit offen stehen.

Die Familie verharrte still, bis sie hörten, wie sich Irene im Musikzimmer an den Flügel setzte und zu spielen anfing.

Stille Nacht, heilige Nacht …

Da erhob sich die Familie schweigend, sie nahmen sich an den Händen und drückten sie fest.

Alles wird gut.

Stille Nacht, heilige Nacht …

Johannes entschloss sich, der Sache auf den Grund zu gehen. Wer hatte dieses Gerücht über eine Vergewaltigung in Umlauf gebracht, und wieso konnte Julian das glauben und seinen Bruder zusammenschlagen – Julian, der die Sanftheit in Person war? Oder entsprach es der Wahrheit, dass sich sein Neffe Felix wirklich der Vergewaltigung oder zumindest der Verführung einer Minderjährigen schuldig gemacht hatte? Ausgerechnet Felix, der an Recht und Ordnung glaubte, kein Gesetz infrage stellte, er, der so rational dachte? Und wenn nicht, warum hatte diese Olga dann gelogen?

Er musste etwas tun, er konnte nicht einfach herumsitzen und warten. So entschloss er sich, mit den beiden Schwestern Mayrhofer zu sprechen. Am 26. Dezember rief er sie an, entschuldigte sich höflich, dass er sie am Feiertag stören müsse, aber die Angelegenheit dulde keinen Aufschub. So bat er sie in den Wintergarten des *Deutschen Kaisers* zu einem Gespräch. »Ach ja, und bitte bringen Sie doch das Fräulein Olga mit.«

Zuerst zögerten sie, Johannes hörte, wie sie sich flüsternd berieten, dann aber sagten sie zu. Johannes wusste, dass die Schwestern fünfundsechzig und achtundsechzig Jahre alt waren und dass Christa, die ältere, viele Jahre die heimliche Geliebte eines verheirateten Mannes gewesen war. Und auch die jüngere, Gertrude, war »kein Kind von Traurigkeit« gewesen, wie man so sagte. Sie kamen aus einem reichen Elternhaus und konnten ohne finanzielle Sorgen ihrem Leben der Wohltätigkeit widmen. Auch waren sie nie gezwungen gewesen, aus finanziellen Gründen zu heiraten.

Mehrere Mädchen hatten sie bereits aus dem Heim geholt und ihnen erfolgreich die Chance gegeben, innerhalb der Gesellschaft ein Leben zu führen, indem sie einen Beruf erlernten. Jetzt hatten die Schwestern einem Gespräch zugestimmt, und so kamen sie pünktlich am Nachmittag in den Wintergarten.

Beide trugen ein graues Kostüm und dazu einen kleinen Persianerhut. Johannes wartete bereits auf sie, erhob sich und bestellte auf ihren Wunsch hin Tee und Baumkuchen. Sie lächelten Johannes kokett an und erklärten, es sei wirklich eine große Ehre, von einem so beeindruckenden Mann eingeladen zu werden. Den Grund aber könnten sie sich nicht erklären, betonten sie und wechselten einen schnellen Blick. »Ach ja, und Olga wollte nicht mitkommen. Wir können da nichts machen, sie hat ihren ganz eigenen Kopf.«

Johannes wartete ab, bis der Kellner den Tee in einer silbernen Kanne und auf einer Etagere den hauchdünn geschnittenen Baumkuchen serviert hatte. Er sprach über das Wetter, das Hotel und wartete auch noch ab, bis die Schwestern den ersten Schluck Tee getrunken und ein kleines Stück Baumkuchen auf dem Teller graziös zerteilt hatten. Erst dann begann er das Gespräch. »Also …« Johannes lehnte sich in dem Sofa zurück und schlug lässig die Beine übereinander. Er wollte eine gelockerte Atmosphäre schaffen, um Vertrauen zu wecken und die Schwestern nicht gleich zu verschrecken. »Wie ich am Telefon schon andeutete, geht es um eine Anschuldigung«, begann er in freundlichem Ton, »von der ich denke, dass wir sie heute aus der Welt schaffen können.«

Beiden Schwestern schoss das Blut in die Wangen, und sie beschäftigten sie mit Tee und Kuchen. Unverändert freundlich sprach Johannes weiter. »Sie haben vor ein paar Monaten diese Olga aus dem Heim zu sich geholt, um ihr eine Chance zu geben, was sehr zu bewundern ist.«

»Ach, ja, Olga, sie ist so ein armes Ding, die Welt war sehr ungerecht zu ihr. Sie wuchs bei ihrem Großvater auf, bis das Reichsjugendamt sie von ihm wegholte und in ein Heim steckte. Wie wir wissen, hat sich das arme Kind gewehrt, um sich geschlagen, gebissen und geschrien. Aber es half nichts, sie wurde ins Heim gebracht.«

»Nun ja«, meinte Gertrude, »der alte Mann war ja vollkommen überfordert mit der Erziehung, sie war schon ein freches kleines Ding, das anfing, zu verwahrlosen. Das Heim war die richtige Entscheidung vom Reichsjugendamt.«

»Und dann?«

»Der Großvater schwor damals Rache.« Christas Stimme wurde unsicher.

»Ich weiß.« Johannes blieb ruhig. »Er schwor Rache, weil er unsere Familie dafür verantwortlich machte.«

Beide nickten gleichzeitig.

»Aber wie geht es Olga jetzt? Sie wissen, dass es seit der Bürgermeisterwahl dieses Gerücht einer Vergewaltigung gibt und unser Name im gleichen Atemzug genannt wird. Und wie ich jetzt weiß, stammt dieses Gerücht von Olga Reimann. Sie beschuldigt meinen Neffen der Vergewaltigung. Was wissen Sie darüber?« Johannes blieb ruhig, obwohl er spürte, dass die beiden Schwestern mehr wussten, als sie sagen wollten.

»Ach, Herr Dr. Laverne.« Gertrude richtete sich kerzengerade auf. »Olga ist ein liebes Mädchen, aber leider verfügt sie über eine große Fantasie. Oft kann sie die Realität von ihren Traum- und sogar auch Albtraumvorstellungen nicht auseinanderhalten.«

»Das bestätigt unser Hausarzt, Dr. Faber, der über eine ausgezeichnete Menschenkenntnis verfügt«, fiel Christa ihrer Schwester ins Wort. Wieder wechselten sie einen Blick.

»Und weiter?« Johannes beugte sich gespannt über den Tisch. Er witterte sofort eine Wahrheit, die sie verschwiegen.

»Nun, es war so ... an diesem Nachmittag der Bürgermeisterwahl hatte Olga Hausarrest, ist aber aus dem Fenster geklettert. Wir hatten ihr als Strafe angedroht, sie ins Heim zurückzuschicken, wenn sie wieder ausreißt. Das Dumme war nur, dass wir an diesem Nachmittag unsere Bridgerunde bei uns hatten. Und als Olga nach Hause kam, da ...«

Jetzt war es Gertrude, die ihre Schwester unterbrach. »Als wir sie erwischten, wie sie durchs Fenster wieder ins Haus einstieg, wusste sie, dass es uns ernst damit war, sie zurückzuschicken. So fing sie verzweifelt zu weinen an, und nach langem Schluchzen erzählte sie uns, sie sei in der Bibliothek des Rathauses vergewaltigt worden.«

»Und da sind Sie doch sicher sofort mit ihr zur Polizei gegangen, nehme ich an.«

Johannes wusste, dass keine Anzeige eingegangen war, er war gespannt, wie sie darauf reagieren würden.

»Aber nein, Herr Dr. Laverne, wir haben doch sofort erkannt, dass es eine Ausrede war. Das Fatale war nur, dass unsere Freundinnen alles mit angehört hatten. Wir baten sie, darüber zu schweigen, und sie haben es versprochen.«

»Meine Damen, ich bitte Sie. Ein sechzehnjähriges Mädchen, das Ihnen von der Behörde anvertraut wurde, erzählt, sie sei vergewaltigt worden, und Sie sind nicht zur Polizei gegangen?«

Beiden Schwestern schoss wieder das Blut in die Wangen. »Nein, wieso sollten wir, sie hatte doch gestanden, dass sie uns angelogen hat. Und das eben nur, weil sie nicht zurück ins Heim wollte. Sie hat es auf die Bibel geschworen.«

»Also ich glaube«, fügte Gertrude hastig hinzu, »Olga hat es darauf abgesehen, dass unsere Freundinnen alles mit anhörten. Es ging sicher nicht nur um das Heim, sie wollte, dass unsere Freundinnen es weitererzählten.«

»Warum meinen Sie das?«

»Nur so ein Gefühl, mehr nicht.«

»Also meine Damen, bitte noch einmal. Ihnen wurde eine Minderjährige vom Reichsjugendamt anvertraut, die aus dem Nichts heraus behauptet, vergewaltigt worden zu sein. Und sie reagieren ganz gelassen? Haben Sie nicht daran gedacht, dass sie vielleicht aus Angst dementiert hat, aus Angst, zur Polizei und zu einem Arzt gezerrt zu werden?«

Jetzt lachte Christa hellauf, schüttelte den Kopf. »Nein, nein, sie ist ein gerissenes kleines Ding. Ich denke, wir konnten sehr gut beurteilen, dass sie uns angelogen hat. Auch den Namen, den sie nannte, nun …«

»Sie war kein unschuldiges Mädchen mehr«, platzte Christa heraus. »Da gab es im Heim bereits einen Skandal, der vertuscht worden war. Man wollte die Geldgeber nicht beunruhigen. Durch ihr Tagebuch kam heraus, dass sie sich bereits im Alter von vierzehn Jahren heimlich mit dem Sohn eines Wohltäters getroffen hat. Die Geschichte dauerte über ein Jahr, doch dann flog sie auf, als sie, nun ja, als sie beide sich …«

»Ist schon gut, ich habe verstanden.« Johannes erhob sich und versuchte, sich zu beherrschen. »Wie Sie wissen, bin ich Anwalt, und meine Familie ist in dieses Lügenkonstrukt auf geradezu tragische Weise verwickelt. Ich werde mir überlegen, welche Konsequenzen sich für Sie daraus ergeben.«

»Ach, Herr Anwalt, es ist doch längst Gras über die Sache gewachsen. Deswegen waren wir doch drei Monate mit Olga verreist«, klagte Christa mit Tränen in den Augen. »Und Olga hat doch erklärt, es sei nichts passiert, sie habe alles nur erfunden. Sie hat es doch auf die Bibel geschworen.«

»Also keine Vergewaltigung, und sie wurde auch nicht verführt?«

»Nein, nein …«, beeilten sich beide Schwestern, Johannes zu bestätigen.

»Ganz ehrlich, wir wissen nicht mehr, wie wir mit Olga umgehen sollen, die Sache mit diesem Mädchen wächst uns über den Kopf«, seufzte Gertrude.

»Ich könnte als Anwalt gegen Sie vorgehen, dass Sie Ihrer Aufsichtspflicht nicht nachgekommen sind, aber … ich schlage Ihnen vor, dass Sie eine schriftliche Erklärung abgeben, auch unterschrieben von Olga Reimann, dass keine Vergewaltigung und auch keine Verführung durch meinen Neffen am Tag der

Bürgermeisterwahl stattgefunden hat. Und ich verlange, dass Sie diese Erklärung auch dem Jugendamt übergeben.«

Die Schwestern waren einverstanden, erklärten noch, Schuld träfe sie selbst auf keinen Fall, sie hätten alles versucht, um Olga Reimann einen guten Start ins Leben zu ermöglichen.

Nachdem sich die Schwestern Mayrhofer verabschiedet hatten, dachte Johannes lange über Olga nach. Was hatte dieses Mädchen an sich, dass sich seine beiden Neffen in sie verliebt hatten? Hätte sie eiskalt hingenommen, dass Felix wegen Vergewaltigung oder Verführung einer Minderjährigen vor Gericht gelandet wäre? Hätte sie das sogar beeidet?

Aber je mehr er darüber nachdachte, verstand er es so, dass ihr diese Konsequenz nicht wirklich klar war, sondern dass sie die beiden jungen Männer gegeneinander ausspielen wollte. Und das war ihr auch auf verhängnisvolle Weise gelungen. War Hass ihr Motiv? Hass, den sie als Kind von ihrem Großvater übernommen hatte? Wollte sie sich für den Tod des Großvaters rächen?

Warum auch hatte dieser alte Mann die Familie Laverne so sehr gehasst, um das *Grand Hotel* in Brand zu stecken, sogar zu riskieren, dass Menschen dabei ums Leben kamen? Seine Enkelin, die ihn abgöttisch geliebt hatte, übernahm diesen Hass. Hatte sie ganz bewusst eine familiäre Tragödie heraufbeschwören wollen, oder war sie einfach nur ein Mädchen, das sich mit Lügen und Intrigen durchs Leben lavierte?

Er fand keine Antwort darauf.

NEUNZEHN

Silvesternacht 1930/31

Luise hatte sich aus dem Tanzsaal zurückgezogen und stand nun allein in der schwülen Wärme des Wintergartens zwischen exotischen Blumen, Palmen und blühenden Kakteen. Sie horchte auf die Musik, die aus dem Tanzsaal des Westflügels herüberwehte, zart, leise, ein wenig wehmütig. Ein letzter Walzer.

»Wollen wir tanzen?«

Sie musste sich nicht umdrehen, um zu wissen, dass Simon Roth hinter ihr stand. Mit einem Lächeln lehnte sie sich ganz kurz an ihn, dann nahm er sie in die Arme, und sie tanzten, schweigend, ganz dem Wunsch hingegeben, den anderen zu spüren.

Als wollte die Kapelle immer noch nicht das Ende der rauschenden Silvesternacht akzeptieren, spielte sie weiter. Luise legte den Kopf an die Schulter von Simon, und so bewegten sie sich weiter, im Klang der fernen Musik.

Sie wusste, Simon hatte sich für drei Uhr ein Taxi bestellt, das ihn nach Baden-Baden fuhr. Dort wollte er den Frühzug nach Paris nehmen.

Die Musik sollte nie zu Ende gehen, dieser Augenblick für immer bleiben. Simon zog sie ein wenig fester zu sich heran, da spürte sie seine Lippen auf ihrem Mund. Sie ließ den Kuss zu, er wurde drängender, bis Simon sich löste, ihren Hals mit kleinen Küssen bedeckte und sie ihn an ihrem Ohr leise sagen hörte: »Komm mit, heute, jetzt. Einmal schon hast du abgesagt, doch jetzt, komm …«

Mit Simon in Paris, mit ihm die Stadt erleben, wieder die Liebe in ihr Leben lassen. »Die Eröffnung ist doch wunderbar gelaufen, komm mit mir …«

»Ja«, flüsterte sie, und ihre Arme legten sich um seinen Hals, während sie die Augen öffnete. »Ja … ja …«

»Dann musst du dich beeilen, pack einfach nur die wichtigsten Sachen ein, und komm an den Eingang …«

Er ließ sie los, sah ihr nach, wie sie den Wintergarten verließ und weiterhastete, durch die Halle und die Treppe nach oben.

Sie würde alles hinter sich lassen, vergessen, wie die Monate, die Wochen vor der Eröffnung gewesen waren, die Sorgen, die Angst, das Hotel sei nicht ausgebucht, die Suiten nicht fertig, das neue Personal nicht geeignet. Die falsche PR in Auftrag gegeben.

Und dann … Felix und Julian.

Sie verharrte. Felix lag im Koma, es könne Wochen dauern, länger noch, man wisse noch nichts. Ein paar Tage nur, Zeit für sich selbst, nur ein paar Tage, beschwor sie sich selbst.

Während sie in fiebriger Hast ein paar Sachen in ihre Reisetasche warf, klingelte das Telefon. Ihr Vater war am Apparat.

»Luise, komm schnell ins Krankenhaus, wir sind alle schon vor Ort. Die Ärzte befürchten das Schlimmste, es kann sein, dass Felix die Nacht nicht überleben wird.«

Doch Felix überlebte diese Nacht, denn sein Herz wollte nicht aufgeben.

»Solange er atmet, besteht Hoffnung«, lautete das Credo von Johannes.

Aber Felix wachte auch nicht auf, und Luise kehrte zurück ins *Grand Hotel* und arbeitete die nächsten Tage konzentriert weiter. »Nur nicht nachdenken«, befahl sie sich. Nicht nachdenken, was passieren könnte oder würde. Auch nicht nachdenken, dass sie wieder nicht mit Simon nach Paris gefahren war. Die Familie braucht mich, das hatte sie ihm erklärt. Er hatte verhalten reagiert, und an seiner Reaktion konnte sie nicht erkennen, wie sehr ihn ihre Absage getroffen hatte.

Johannes blieb die Tage in seiner Kanzlei am Ort und widmete sich weiterhin der »Akte Olga«, wie er es nannte. Er sprach mit dem Reichsjugendamt, das ihm erklärte, die Schwestern Mayrhofer fühlten sich komplett überfordert durch die Verantwortung für dieses Mädchen, räumten auch Fehler im Umgang mit Olga ein. Die Beamtin vom Jugendamt bestätigte, die unterschriebene Erklärung erhalten zu haben.

Doch Johannes schien das nicht genug. Er erinnerte sich an einen früheren Mandanten in Bremen, einen sehr bekannten Ornithologen, der auf seinem großen Grundstück eine kleine Station mit exotischen Vögeln eingerichtet hatte. Ob er Hilfe brauchen könnte, ein junges Mädchen, sehr interessiert an der Vogelkunde?

Und so verließ auf die Initiative von Johannes hin Olga Reimann den Kurort und wurde vom Jugendamt nach Bremen gebracht und diesem alten Ehepaar übergeben. In der Funktion als Hilfskraft der Vogelstation konnte sie auch bei der Betreuung des kleinen Vogelzoos mitarbeiten. Johannes schien das die beste Lösung zu sein.

Würde sie ihre Rache vergessen, den Wunsch aufgeben, die Familie Laverne zu zerstören? Sie war noch so jung, und man sollte auch hier die Hoffnung nicht aufgeben. In kurzer Zeit hatte sie ihr Ziel erreicht: Die beiden Brüder waren im Hass aufeinander losgegangen, einer konnte sterben, der andere verschwand. Die Familie war uneins, jeder vertrat einen anderen Standpunkt. Luise machte sich Vorwürfe, den Brief von Felix nicht so ganz ernst genommen zu haben, Elisabeth stand auf der Seite Julians, Carl verteidigte Felix, Irene versank weiterhin in Depressionen, und wenn sie zusammenkamen, herrschte Unfrieden. Olga hatte also in ein paar Monaten ihr Ziel erreicht. Aber sie hatte durch Johannes auch eine Chance bekommen, sich zu ändern, ihren Hass aufzugeben und vielleicht das Leben eines normalen jungen Mädchens zu führen. Vielleicht erkannte sie diese Chance und konnte sie sogar nutzen, um ein anderer Mensch zu werden. Und die Ornithologie interessierte sie wirklich.

Auch das Gerücht einer Vergewaltigung verstummte, es ging ins Leere, da es keine Fakten gab und bei der Polizei keine Anzeige eingegangen war. Als Gerücht wurde es sogar in der Rubrik »*Neues aus dem Polizeipräsidium*« besprochen und mit einem kleinen Artikel im *Regionalblatt* veröffentlicht.

So konnte Johannes für den Moment aufatmen. Er hatte getan, was in seiner Macht stand, jetzt musste das Schicksal entscheiden.

Johannes erhob sich, holte aus seinem Schrank ein Glas und die Flasche Portwein heraus. Nachdenklich schenkte er sich ein. Seine Sekretärin verabschiedete sich in den Feierabend, wünschte ihm ein schönes Wochenende, und dann herrschte Stille in den Räumen der Kanzlei.

Da aber ging leise die Tür auf, und als er von seinem Glas aufsah, stand Elisabeth dort.

Stumm sahen sie sich an, bis Johannes das Schweigen brach und ihr einen Portwein anbot. Sie nickte, er holte ein weiteres Glas aus dem Schrank, füllte es und hielt es ihr entgegen. Während sie danach griff, berührte ihre Hand kurz die seine.

»Was meinst du, Johannes, wird Felix wieder gesund?«

»Diese Frage kann ich dir nicht beantworten, Elisabeth, uns bleibt nur die Hoffnung.«

Elisabeth wandte sich ab, um ihre Tränen zu verbergen. »Meine beiden Jungs hätten sich vorher aussprechen müssen, ich denke, es reicht nicht, dass diese Olga jetzt nicht mehr hier ist. Irgendwann taucht sie auf und stiftet wieder Unfrieden.«

»Das denke ich nicht.« Johannes trat hinter sie.

»Julian hat mir geschrieben.« Elisabeth drehte sich wieder zu ihm um und holte aus ihrer Handtasche einen Brief, den sie ihm reichte.

Liebste Mutter, schrieb Julian.

Ich bin gegangen, da ich es nicht ertrage, jetzt inmitten der Familie zu sein, denn verurteilt Ihr mich nicht bereits als Mörder meines Bruders? Aber warum ist Felix damals nach der Wahlveranstaltung so schnell abgereist, geradezu geflohen? Doch wohl aus schlechtem Gewissen, auch aus Feigheit vor einem Gespräch, weil er mit dem Mädchen intim war, das ich liebte. Warum hat er nicht mit mir geredet?

Ich wurde von zwei Menschen belogen, die ich liebte oder zu lieben glaubte. Olga hat mich vom ersten Moment an belogen. Und ich habe ihr bedingungslos geglaubt, mehr als meinem Bruder.

Felix und ich sind nicht mehr eine Seele in zwei Körpern, wir wurden auf brutale Weise auseinandergerissen. War es Olgas Schuld? Oder meine, als ich besinnungslos vor Wut auf ihn einschlug?

Werde ich der Mörder meines geliebten Bruders sein, habe ich ein Verbrechen begangen, nur weil Olga mich belogen und Felix mich betrogen hat? Die ganze Wahrheit kenne ich erst, seit Onkel Johannes mit den Schwestern Mayrhofer geredet hat. Eine Frage stelle ich mir immer und immer wieder: Warum nur hat Felix damals nicht mit mir geredet? Alles wäre anders gekommen, wenn wir geredet hätten.

Ich habe mich entschlossen, Abstand zu nehmen, ich habe Eure Ablehnung gegen mich gespürt, und sicher wird Felix,

wenn er aufwacht – und davon gehe ich aus –, mich nicht sehen wollen. Darum habe ich mich zurückgezogen, ich bin nicht weit weg von Euch in einem katholischen Kloster. Ich lege die Telefonnummer bei. Die Verbindung zu meinem jetzigen Aufenthaltsort hat der Pfarrer unserer katholischen Gemeinde hergestellt.
Und ich bitte Dich, geliebte Mutter, mach Dir auch nicht noch Sorgen um mich, hier finde ich Ruhe und kann versuchen, mir selbst zu verzeihen, auch wenn Ihr es vielleicht nicht könnt.
In Liebe, Dein Sohn Julian

Johannes sah hoch. »Er ist in einem *Kloster?* Und du hast es nicht gewusst?«

Elisabeth schüttelte den Kopf. »Nein, wir alle haben uns immer gefragt, wo er ist, was er macht.«

»Nun ja, jetzt wissen wir es. Er ist feige, Elisabeth, er scheut die Verantwortung und zieht sich aus Feigheit in ein Kloster zurück.« Johannes reagierte mit ungewohnter Schärfe. »Er lässt seinen Bruder und die ganze Familie im Stich. Er ist ein weicher Kerl ohne Gefühl für Verantwortung.«

»Nein, das ist er nicht«, verteidigte Elisabeth sofort ihren Sohn. »Er braucht jetzt Ruhe, und er sucht sie an einem Ort, der für ihn offenbar der richtige ist. Wir wussten alle nicht, dass er gläubig ist. Aber er ist kein Mörder, bitte, Johannes, glaub mir, glaub an ihn. Und Felix wird wieder aufwachen, Julian wird zurückkommen, und alles wird wieder gut werden.«

Schweigend gab Johannes ihr den Brief zurück. »In gewisser Weise sind sie beide nicht gerade mutig und haben in einem wichtigen Moment ihres Lebens versagt. Aber sie sind jung, sie kennen das Leben noch nicht. Und jetzt müssen sie erwachsen werden.«

»Du hast sicher recht. Julian ist ein Hitzkopf, bestimmt auch verwöhnt, das gebe ich zu. Aber er hat seinen Bruder doch nicht absichtlich verletzt, es war ein Unfall.«

Johannes lächelte Elisabeth nachdenklich zu, er wollte ihr nicht die Illusion einer Mutter nehmen. Jedem außer Elisabeth war klar, dass Julian aus grenzenloser Wut vorsätzlich gehandelt hatte, um seinem Bruder körperliche Schmerzen zuzufügen, wie er selbst seelische Qualen litt.

Elisabeth trat ganz nahe zu Johannes und legte den Kopf an seine Schulter. »Johannes, bitte, ich brauche dich«, flüsterte sie, und sie hob ihm ihr Gesicht entgegen und schloss die Augen.

Und Johannes konnte nicht widerstehen, er küsste sie. Doch bevor sein Kuss drängender wurde, wich er zurück. »Nein«, seine Stimme klang heiser, »nein, Elisabeth, wir dürfen das nicht tun, wir können die Familie, die sich jetzt so fragil zeigt, nicht weiter zerstören. Und du weißt, wie sehr ich meinem Bruder Carl verbunden bin, ich kann ihm nicht die Frau wegnehmen.«

Er wandte sich ab, da er den Anblick ihrer Schönheit, den zärtlichen Ausdruck ihrer Augen nicht ertragen konnte.

»Du weißt, was ich für dich empfinde. Und zwar seit du mit Carl vor vielen Jahren zu uns in die Familie gekommen bist, vom ersten Moment an … da … da … habe ich dich …«

Doch als er sich umwandte, war Elisabeth gegangen. Nur ein Hauch ihres Parfüms war geblieben.

Wieder war eine Woche bangen Wartens vorbeigegangen, als Felix endlich aufwachte.

Doch für die Familie war es ein Schock, als ihnen der Chefarzt erklärte, er werde sofort mit einem Krankentransport in ein Sanatorium gebracht, um möglichst schnell mit einer Behandlung der Nachwirkungen der Verletzungen und des Komas zu beginnen.

»Was für Folgen?«

»So genau wissen wir es noch nicht. Gedächtnisverlust, aber auch Störungen im Bewegungsablauf. Und«, setzte Professor Lachner noch hinzu, »es tut mir sehr leid, dass ich der Überbringer dieser Nachricht sein muss, aber Felix Laverne will niemanden aus der Familie sehen, auch seine Mutter nicht«, wandte er sich an Elisabeth.

»Aber warum nicht?« Nicht nur Elisabeth war zutiefst entsetzt.

»Nun«, hier räusperte sich der Professor etwas verlegen, »ich soll Ihnen ausrichten, er fühlt sich von Ihnen allen im Stich gelassen. Daher rührt seine Entscheidung, die kommende schwere Zeit allein durchzustehen.«

»Aber wieso denn, wie hätten wir ihm helfen können, es ging alles zu schnell«, rief Carl aus. »Wir hatten keine Chance, in die Schlägerei einzugreifen. Julian war so voller Aggressivität und Wut. Das Einzige, was wir tun konnten, war, ihn schnellstens ärztlich versorgen zu lassen.«

»Es tut mir wirklich sehr leid, aber ich denke, es ist besser, wenn Sie seinem Wunsch Folge leisten. Warten Sie ein paar Wochen ab, dann sieht er die Sache sicher von einer anderen Perspektive aus, glauben Sie mir.«

»Nun, Hauptsache, er ist wieder aufgewacht«, meinte Johannes. »Und wie stehen die Chancen, dass er wieder ganz gesund wird?«

»Die Chancen sind gut, aber die Genesung kann sehr lange dauern, Monate, und er muss bereit sein, mitzuarbeiten.«

»Wo wird er hingebracht, in welches Sanatorium?«

»In die Nähe von Bad Mergentheim, und seien Sie versichert, es ist das Beste für seine Rehabilitation. Aber ich rate Ihnen, bedrängen Sie ihn nicht, geben Sie ihm Zeit, warten Sie, bis er auf Sie zukommt. Auch das ist Teil seiner Genesung.«

»Haben wir beide Söhne verloren?«, klagte Elisabeth leise, als sie zusammen das Krankenhaus verließen.

»So ein Unsinn«, rief Irene mit ungewohnter Energie in die Runde. »Wie froh wäre ich, wenn Franz leben würde, egal, ob er in ein Kloster ging oder behindert wäre. Sei nicht so undankbar. Deine Söhne leben, aber mein Franz ist tot.« Fast schrie Irene die Schwägerin an.

»Beruhig dich bitte.« Johannes nahm sie am Arm. Doch Irene fing den Blick auf, den er dabei seiner Schwägerin zuwarf.

Sie lieben sich, sie lieben sich … und sicher ist sie schon lange seine Geliebte, und sie lachen über mich. Mit einer heftigen Bewegung riss sie sich von Johannes los, wandte sich ab und rannte weg, rannte immer weiter, bis sie oben in der Villa ankam, lange vor den anderen, die ihr schweigend gefolgt waren.

Erst vor dem Tor wandte sich Carl seiner Familie zu.

»Es gibt keine Kollektivschuld. Wir haben nicht versagt, es ist eine fatale Dreiecksgeschichte zwischen zwei jungen, unerfahrenen Männern, die sich von einer raffinierten jungen Frau für ihre eigene Rache benutzen ließen. Auf uns wirkt es im Moment noch wie eine große Tragödie, aber wir vertrauen auf das Schicksal. Wir werden das durchstehen und den beiden Jungs helfen. Wir tun alles, was in unserer Macht steht. Das können wir nur, wenn wir als Familie zusammenhalten.«

Doch Luise dachte an ihre Schwester Victoria, die auch dieses Mal nicht den Weg nach Hause gefunden hatte.

ZWEITER TEIL

ZWANZIG

Berlin

Januar 1933

VICTORIA

Victoria saß mit ihrem Freund, dem Transvestiten Hugo Maria, im Café *Belle Epoque*, ein Szenecafé, in dem sich viele Berliner Künstler trafen. »Hörst du den Lärm? Das kommt von der Straße vorn.« Beunruhigt wandte Victoria den Kopf zur Tür und lauschte angespannt.

Hugo Maria lachte kurz auf, wurde aber sofort ernst. »Weißt du es nicht? Die Menschen auf den Straßen feiern unseren neuen Reichskanzler. Adolf Hitler, heute hat Hindenburg ihn zum Reichskanzler gemacht. Überall wehen die Hakenkreuzfahnen.« Jetzt sah Victoria ihn an, sah auch die Angst im schmalen, zarten Gesicht von Hugo. Sie wusste, dass schon zweimal Anhänger der NSDAP vor dem Kabarett, in dem Hugo auftrat, gewartet und die Transvestiten nach ihrer Show zusammengeschlagen hatten. »Willst du nicht besser weggehen? Du weißt, viele Künstler haben Deutschland verlassen. Bert Brecht …«

»Hör auf, bitte, Victoria. Ich gehöre nicht zu den Großen der Kulturszene, die es sich leisten können, zu gehen. Mein Freund meint, ich solle eben nicht mehr als Zarah Leander auftreten, da sie von der Partei so verehrt wird.«

»Ja, so hat jeder seine Sorgen«, seufzte Victoria. »Weißt du, Hugo, oft glaube ich, dass ich eine schlechte Mutter bin.«

»Wieso das denn? Ich bitte dich, nur weil du berufstätig und sehr erfolgreich bist? Außerdem hast du für Natalja doch diese russische Kinderfrau.«

»Ja, ja, schon.« Victoria blieb einsilbig, trank ihren Kaffee aus und horchte wieder nach draußen. »Das klingt unheimlich, findest du nicht?«

Auch Hugo nickte beunruhigt. »Ich warte auf meinen Freund, er will mich hier abholen.«

»Gut, aber ich gehe dann.« Victoria erhob sich und verabschiedete sich von Hugo, für den sie seit drei Jahren seine Kostüme entwarf.

»Lass dir ein Taxi rufen«, schlug er ihr vor.

»Ich warte draußen, ich winke einfach.« Sie drängelte sich durch die Tische im voll besetzten Café, grüßte ein paar Leute im Hinausgehen und blieb draußen stehen. Adolf Hitler war auch im Café das große Diskussionsthema gewesen. Doch Victoria fühlte sich nur noch müde. Es stimmte, sie hatte das Gefühl, eine schlechte Mutter zu sein. Wann hatten die so viel bewunderten Muttergefühle bei ihr überhaupt eingesetzt? Nach der Geburt sicher nicht, denn die hatte über achtunddreißig Stunden gedauert. Sie war so erschöpft gewesen, dass sich kein Glücksgefühl einstellen wollte, als man ihr die Tochter auf die Brust legte. Die Kleine schrie erbärmlich und war krebsrot im Gesicht. Victoria war so geschwächt gewesen, dass sie das Baby kaum stillen konnte. Was wäre damals gewesen, wenn …

Victoria lehnte sich gegen die Mauer des Cafés, fröstelte, sog aber gierig die kalte klare Luft ein, nachdem sie drei Stunden in dem rauchigen Café verbracht hatte.

Was, wenn es damals fünf Tage nach der Geburt nicht an der Tür geläutet hätte? Denn da hatte ihre »Retterin« gestanden, eine nicht mehr ganz junge Frau. Sie grüßte, und schon war sie in der Wohnung und nahm Victoria vorsichtig das schreiende, hungrige kleine Bündel aus dem Arm. Bei ihr, der fremden

Frau aber geschah das Wunder: Das Baby hörte auf zu schreien, und das Schluchzen ging in ein kleines Schniefen über, bis sie sich beruhigt hatte.

»Ich bin Ludmilla«, hatte die Frau sich vorgestellt, »eine Cousine von Sergej. Ich bin vorgestern aus Sankt Petersburg gekommen, und er meint, ich solle mich bei Ihnen als Kinderfrau bewerben. Er ist ja selten drüben in seiner Wohnung, aber das nächtelange Schreien dieses armen kleinen Würmchens könne er nicht ertragen, es täte ihm so leid.«

Und so engagierte Victoria diese wunderbare Ludmilla als Kinderfrau ihrer kleinen Tochter, der sie den Namen Natalja gegeben hatte. »Der liebe Gott hat sie geschickt«, hatte sie aufgeseufzt. »Nicht Gott, Sergej.«

Ludmillas leichter russischer Akzent erinnerte Victoria an Juri, und war es nicht irgendwie eine Fügung, dass Juris Tochter von einer Russin betreut wurde? Ludmilla besorgte die richtige Milch, dann kochte sie Brei und ging mit Natalja spazieren. Und Natalja erholte sich und war jetzt mit fast zwei Jahren ein gesundes Kind. Victoria arbeitete. Tagelang stand sie in den zugigen Hallen der UFA und entwarf Kostüme für Musikfilme, für Marika Rökk und auch Zarah Leander. Sie kam spät nach Hause und ging früh. Und Ludmilla war da, manchmal nahm sie Natalja mit hinüber in Sergejs Wohnung, wenn er nicht in Berlin war. Natalja liebte Ludmilla, und wie oft war es schon passiert, dass Victoria nach Hause kam und ihre kleine Tochter auf den Arm nehmen wollte, und Natalja schrie und klammerte sich an Ludmilla.

Diese zwei Jahre waren eine schnelllebige Zeit der Arbeit, der Karriere, der Ruhelosigkeit. Nur nicht nachdenken. Sich nicht schuldig fühlen müssen, weil sie dem eigenen Kind nicht die Liebe geben konnte, die es doch brauchte, schuldig auch, weil sie endgültig mit der Familie gebrochen hatte. Als sie schwanger gewesen war, hatte sie nichts erzählt, aus Aberglauben, das

Kind zu verlieren. Und nach der Geburt war da diese furchtbare Erschöpfung, die Unlust, sich erklären zu müssen. Auch das schlechte Gewissen, das Kind nicht so zu lieben, wie es sein sollte, obwohl sie doch so vieles auf sich genommen hatte, damit es zur Welt kommen konnte. So war die Zeit vergangen. Mit Luise blieb sie in losem Briefkontakt. Victoria wusste Bescheid über Felix und Julian, doch sie fuhr nicht nach Hause. Aber auch Luise oder ihre Mutter hatten den Weg nicht nach Berlin gefunden. Es war besser so. Irene würde ihr Vorwürfe machen, das Kind von einer Fremden versorgen zu lassen, und natürlich, dass die Familie überhaupt nichts von einem Kind wusste.

Sie war nun mal nicht die Übermutter, sie arbeitete und bezahlte Ludmilla sehr gut, damit sie Natalja rund um die Uhr betreute. Sie sollte nicht immer dieses schlechte Gewissen haben.

Jetzt löste sie sich von der Wand, bog von der Seitenstraße ab und in die Hauptstraße. Doch sie hatte die Situation unterschätzt, war in Gedanken versunken gewesen. Menschen rannten die Straße entlang, Autos kamen nicht mehr durch, und als sich Victoria gegen die vielen Leute wehrte, kam sie nicht an gegen die Menschen, die alle in eine Richtung drängten. Jetzt wurde sie bereits mitgerissen, bis sie merkte, dass die Menschen in Richtung Reichstag stürmten.

Heil … Heil … Ein einziger Schrei der Begeisterung. Auch wenn Victoria versuchte, sich durchzuboxen, sie kam gegen die entfesselte Menge nicht an, musste aufpassen, nicht zu stürzen. Panik ergriff sie, und so rannte sie inmitten der Masse mit, die auf den Reichstag zustürmte. Überall wehten die Hakenkreuzfahnen, und die Leute rissen die Arme hoch. Heil … Heil …

Und dort stand er bewegungslos am offenen Fenster, den Arm zum Gruß ausgestreckt. Adolf Hitler, der neue Reichskanzler.

Victoria wurde weiterhin mitgedrängt, sie versuchte, sich mit Gewalt einen Weg durch die Menge zu schaffen, raus, nur weg aus dieser Masse, die sie immer weiter trieb.

Heil … Heil …

Immer wieder dieser Schrei, emporgerissene Arme, verzückte Gesichter …

Und da sah auch sie die Fackelträger, die sich in Form eines Hakenkreuzes vor dem Fenster des neuen Kanzlers formiert hatten und an ihrem Adolf Hitler vorbeimarschierten.

»Das ist seine SA«, hörte sie einen Mann sagen, der sich auch auf die Zehenspitzen gestellt hatte und jetzt Victoria zuwandte. »Ein historischer Moment, davon werden noch ganze Generationen erzählen«, schrie er dicht an Victorias Ohr.

Da fiel Victoria plötzlich ein, dass Ludmilla mit Natalja unterwegs war, irgendwo – aber wo genau? Sie wusste es nicht einmal, irgendwo in diesem entfesselten Berlin, um eine andere Cousine von Sergej zu besuchen, die gerade in der Stadt eingetroffen war. Ganz Berlin steht Kopf … ganz Berlin ist auf den Füßen …

Heil … Heil …

Endlich hatte sie es geschafft, mit Ellenbogen und Fußtritten hatte sie es geschafft, außer Reichweite der Massen zum Stehen zu kommen, die immer noch auf den Reichstag zuströmten. Sie stolperte, wurde angerempelt, fast niedergetrampelt, als sie weiterhastete. Nur weg vom Reichstag, immer weiterlaufen, rennen. Wo war Ludmilla, war sie auch mit Natalja in diese Massen geraten? Wo genau wohnte diese Cousine überhaupt, was war, wenn Ludmilla mit Natalja nicht nach Hause kam und auch Sergej nicht da war?

Natalja … Über Victorias Gesicht liefen Tränen. Warum hatte sie nicht zugehört, als Ludmilla ihr die Adresse von der Cousine genannt hatte? Wo waren sie hingegangen, was würde sein, wenn sie nicht zu Hause waren?

Nur weiter, nur nach Hause. Endlich da! Keuchend stolperte sie in die Halle des Wohnhauses, rannte am Portier vorbei, wartete nicht auf den Aufzug, rannte mit letzter Kraft die Treppen hoch. Es war still hier oben, kein Laut drang aus beiden Wohnungen auf dieser Etage. Mit zittriger Hand öffnete sie mit ihrem Schlüssel die Tür, es brannte Licht, das Radio lief, immer noch Jubel, als würde man ein Fußballspiel übertragen, doch dann wieder und immer wieder: Heil ... Heil ...

Aber Natalja? Ludmilla?

Ein Krächzen nur.

»Wir sind im Bad ...«

Ludmilla öffnete die Tür, Hitze und Dampf quollen heraus.

Victoria stürmte an ihr vorbei, und da saß Natalja, ihre geliebte kleine Natalja, in der Wanne und umgeben von ihren Quietscheenten und einem Schiffchen, die rötlichen Locken nass, das Gesicht gerötet vom warmen Wasser.

Mit einem Aufschluchzen kniete sich Victoria vor die Wanne. Natalja, mein Schatz, mein Schatz.

Mama?

Ein Moment des vollkommenen Glücks. Wie oft hatte Victoria das Gefühl, ihre Tochter liebe nur Ludmilla und sie selbst sei für Natalja einfach nur eine Frau, die hier wohnte. Und dieses Kind, ihr Kind sagte zum ersten Mal *Mama*.

»Ich bin hiergeblieben«, erklärte Ludmilla, die mit Rührung diese Szene beobachtete. »Sergej hat mich gewarnt, aus dem Haus zu gehen. Also haben wir es uns hier gemütlich gemacht, nicht wahr, mein Täubchen?«, erklärte Ludmilla und wandte sich bei dem letzten Satz an das Kind in der Wanne.

Und Natalja nickte ernst, nuckelte am Daumen und hielt mit der anderen Hand Victoria ihre Lieblingsente entgegen.

EINUNDZWANZIG

Berlin

Anfang April 1933

CLARA

Schon seit acht Uhr am Morgen saßen die Redakteure im Konferenzraum zusammen. Auch Clara war dazugebeten worden. Sie wusste, dass sie es nur Rolf Reger verdankte, dass sie überhaupt noch ihre Stelle bei der Zeitung behalten hatte. Sie hatte nicht gewusst, dass er der Neffe des Herausgebers war.

»Die NSDAP wird in kürzester Zeit die Grundmauern unserer Demokratie zerstören«, erklärte Rolf Reger gerade zutiefst besorgt, kaute an einem Stift und kippelte mit seinem Stuhl vor und zurück. Clara wusste inzwischen, dass er gern provozierte. Sie lächelte ihm zu, während die elf Redakteure der Zeitung aufs Heftigste dementierten.

»Und Sie, Frau Weinberg, was ist Ihre Meinung?« Schlagartig wurde es still, alle Köpfe fuhren in Claras Richtung. Sie wusste, dass sie nicht beliebt war und man sie nur behielt, da sich der Neffe des Herausgebers auf ihre Seite gestellt hatte. Clara wandte sich Rolf Reger zu, der ausgeschaukelt hatte und ihre Meinung ebenfalls gespannt erwartete. Es war stickig im Raum, die Redakteure rauchten eine Zigarette nach der anderen, und die Rauchschwaden verursachten ihr Kopfschmerzen. Es herrschte eine angespannte und gereizte Stimmung. Seit sieben Stunden beratschlagten die Redakteure bereits, was man am nächsten Tag als Schlagzeile setzen sollte. »Ich weiß nicht«, fing sie zögernd an und bemerkte die Blicke, die sich die anderen zuwarfen. Doch dann richtete sie sich kerzengerade auf, denn die Müdigkeit hatte sie zusammensinken lassen. »Meiner Meinung nach wird Adolf Hitler uns in den nächsten Krieg treiben.« Auch sie konnte provozieren.

Erstauntes Schweigen, dann aber brach Tumult zwischen den Redakteuren aus, die Müdigkeit aller war verflogen.

»Auf welcher Tatsache begründen sich Ihre, entschuldigen Sie, absurde Meinung?« Die Stimme des Chefredakteurs klang unfreundlich und scharf. »Haben Sie im Reichstagsgebäude einen Spion sitzen, der unter dem Stuhl von Herrn Hitler sitzt?«

Verhaltenes Gelächter.

Clara schoss hoch, sie war dünnhäutig und empfindlich geworden. Auch wenn sie unter dem Schutz von Rolf Reger stand, konnte sie oft die Spitzen, die Verächtlichkeit und Überheblichkeit der Kollegen nicht mehr ertragen.

»Ich denke es mir, es ist nur die richtige Folge der Ereignisse der vergangenen Monate. Wenn man die Reden von Hitler genau verfolgt, scheint mir, dass er Deutschland in einen Krieg treiben wird. Aber beruhigen Sie sich, meine Herren, das ist nur meine ganz persönliche Meinung. Ich muss mich jetzt leider verabschieden, ich fühle mich nicht gut. Ich habe eine Migräne.« Damit ging sie. Sie nahm sich manche Freiheit heraus und wusste, dass sie sich dadurch noch mehr Feinde schuf. Trotzdem verließ sie die Sitzung vorzeitig. Als sie fast schon zu Hause war, hielt ein Auto neben ihr am Gehsteig, und Rolf Reger sprang heraus.

Sie blieb stehen und sah ihm entgegen. »Es tut mir furchtbar leid«, entschuldigte sie sich, »aber den ganzen Tag in dem stickigen Besprechungsraum sitzen, wo geraucht wird – mir war richtig schlecht.«

»Das macht nichts, wir sind alle gegangen, die Schlagzeile wird unser Chefredakteur dann heute noch verfassen.«

»Bitte, stellen Sie mir jetzt keine Fragen, natürlich kann ich die Pläne von Herrn Hitler nicht wirklich einschätzen. Es war einfach nur so ein Gefühl.«

»Frau Weinberg, das ist nicht der Grund, warum ich hier stehe – ich wollte Sie sprechen. Es ist wichtig. Für Sie«, fügte er hinzu, als er ihr Zögern spürte. »Laden Sie mich vielleicht zu einem Tee ein? Kaffee haben wir ja heute genug getrunken.«

»Ja, natürlich, kommen Sie doch mit hoch.« Clara hoffte, dass Maxim noch in der Schule war, denn ihr Sohn sah es nicht gern, wenn Rolf Reger bei ihnen ein und aus ging. Einmal hatte Clara lachend gefragt, er sei doch hoffentlich nicht eifersüchtig? Da war er rot geworden, wütend in sein Zimmer gestürmt und hatte die Tür zugeknallt. Doch dann kam er noch einmal zurück. »Ich bin nicht eifersüchtig«, hatte er erklärt, »aber vielleicht ist er weiterhin unser Feind, und du hast es nicht erkannt. Er spioniert uns aus.«

»Das ist Unsinn«, hatte sie dementiert. »Maxim, wir brauchen einen Freund.«

Als sie jetzt oben in ihrer Wohnung saßen, die Tassen mit Tee vor sich auf dem kleinen Küchentisch, sah sie ihm voller Spannung entgegen. Er lächelte, kramte ein Blatt Papier aus seiner Aktentasche, das er jetzt noch einmal sorgfältig mit einer Hand glättete. Und dann erfuhr Clara, dass es Rolf Reger gelungen war, Ben Ehrlich in Amerika ausfindig zu machen. »Er lebt in Philadelphia als freiberuflicher Journalist und Buchautor. Er hat einen ausgezeichneten Ruf, und ich denke, er wird für Sie und Maxim bei der Einreise bürgen können, sodass Ihnen der Weg nach Amerika offen steht.«

Clara kamen die Tränen. Sie weinte viel zu oft, wie ihr durch den Kopf schoss. »Danke, danke, aber es ist doch nur eine Vermutung von Ihnen, ich müsste ja erst …«

»Nein«, unterbrach er sie, »das ist meine große Überraschung für Sie, ich habe mit ihm bereits Kontakt aufgenommen.« Jetzt grinste er und wirkte unglaublich jung. »Hier.« Rolf zog ein Kuvert aus der Tasche. »Dieser Brief ist von seinem Anwalt, einem David Begley. Es ist eine Beglaubigung, dass Ben Ehrlich die Bürgschaft für Sie und auch für Ihren Sohn übernimmt. Sie brauchen jetzt nur noch ein Visum und eine Schiffspassage für die Überfahrt nach New York. Ich denke, Sie können schon mal packen.« Jetzt lachte er sie an, strahlend, voller Freude, dass es ihm gelungen war, sein Versprechen, dass er ihr gegeben hatte, einzuhalten. Im entscheidenden Moment ihres Lebens hatte er geholfen.

Langsam las Clara den Brief, dann sah sie hoch. »Warum?«, fragte sie.

»Warum was?«

»Warum tun Sie das für mich?«

Clara sah ihn an, sah, wie jung er war, wie engagiert, wie glücklich, ihr zu helfen. Sein Lächeln verschwand, wich einem nachdenklichen Ausdruck. »Weil ich Deutscher bin und weil ich nicht zu denen gehören will, die jetzt an die Macht kommen. Ich möchte das andere Deutschland vertreten, das Land der Dichter und Denker, nicht das der Gewalt und des Rassismus. Ich habe miterlebt, wie Sie geschlagen und gedemütigt wurden. Was ich jetzt tue, Clara, würde ich für jedes Opfer dieser Gewalt tun, und ich tue es auch für mich. Also bitte, fühlen Sie sich mir gegenüber nicht persönlich verpflichtet.«

Als Maxim nach Hause kam, umarmte seine Mutter ihn glücklich. »Maxim, alles wird gut, wir werden in einem freien Land leben.«

Doch Maxim entwand sich der mütterlichen Umarmung. »Ich will nicht gehen, das habe ich dir doch schon gesagt. Ich bleibe.« Dann drehte er sich um und verschwand in seinem Zimmer.

Es war das erste Mal gewesen, dass Maxim sich gegen seine Mutter gestellt hatte, ihre Entscheidungen nicht akzeptierte. Für Clara, die an dem Abend der Machtergreifung, der *Machtübernahme,* wie Joseph Goebbels es nannte, in ganzer Klarheit erkannte, dass sie Deutschland verlassen mussten, für sie war es ein Schock, dass gerade jetzt ihr Sohn die mögliche Chance ablehnte. »Du kannst allein gehen«, hatte er noch trotzig hinzugefügt. Und irgendwann kam heraus, dass er in Heidi verliebt war. »Wir wollen uns verloben«, erklärte er mit dem Trotz des Vierzehnjährigen.

Fast musste Clara lachen, doch dann wurde sie traurig. Nicht nur weil er sich diesem wichtigen Schritt der Auswanderung widersetzte, sondern auch weil er nicht mehr ganz ihr gehörte. Er entwickelte sich von ihr weg, war nicht mehr ihr Junge, der so eng mit der Mutter zusammenlebte, dessen wichtigster Mensch sie bis jetzt doch gewesen war. Und trotzdem trieb sie ihre Pläne voran. Denn Clara hatte nur noch einen Wunsch: weg, raus aus Deutschland. Diese Inszenierung am Abend des 30. Januars durch Adolf Hitler und seine SA war furchterregend gewesen, und die Angst wurde zu ihrem ständigen Begleiter.

Während der Wartezeit beobachtete sie ihren Sohn, der sich immer mehr von ihr zurückzog. Er blieb nach der Schule weg, erklärte, er treffe sich mit Freunden zum Lernen. »Du hast keine Freunde«, antwortete Clara ruhig, »und bitte lüg mich nicht an. Ich bin doch deine Mutter, ich liebe dich, ich bin nicht deine Feindin.« Er schwieg, zögerte, aber dann erzählte er stockend, er gehe mit Heidi spazieren.

»Willst du sie mir nicht vorstellen?«

Doch da schüttelte er heftig den Kopf, und endlich berichtete er, dass Heidis Eltern den Kontakt ihrer Tochter zu dem unehelich geborenen Sohn einer Jüdin verboten hatten, also mussten sie sich heimlich treffen.

Das versetzte Clara einen Stich ins Herz. Voller Mitleid sah sie ihren Sohn an, jede Eifersucht auf dieses Mädchen, jede Enttäuschung, dass er sich vor ihr zurückgezogen hatte, war verschwunden. Sie spürte nur seinen Kummer und empfand mit ihm die Demütigung der Ablehnung durch die Eltern dieses Mädchens.

»Bitte«, bat sie ihn, »erzähl mir, wenn du sie triffst und wo ihr hingeht. Es ist für mich beruhigend, wenn ich das weiß. Jetzt, wo alles …« Sie sprach nicht weiter, denn Maxim umarmte sie, erleichtert und glücklich, dass keine Lügen mehr zwischen ihm und seiner Mutter stehen würden.

»Wir wollen uns verloben, ganz im Ernst«, murmelte er noch rasch, bevor er sich aus der Umarmung löste und rasch in seinem Zimmer verschwand.

Am nächsten Tag ging Clara zur Schifffahrtsgesellschaft und musste sich in einer langen Schlange anstellen, doch als sie an der Reihe war, erfuhr sie, dass es keine Passagen mehr vor Anfang März gab.

Als sie in der Redaktion Rolf Reger davon erzählte, beruhigte er sie. »Ich habe Ihnen doch versichert, dass mein Onkel seine Beziehungen spielen lässt, und wenn alles schieflaufen sollte, könnten Sie noch von Frankreich oder einem englischen Hafen aus Europa verlassen.«

Doch die Erleichterung wich einer großen Sorge. Noch mehr Kosten durch eine zusätzliche Reise nach England oder Frankreich, die sie mit ihren Ersparnissen kaum bezahlen konnte – und was war nach der Ankunft in New York? Die Sprache beherrschte sie nicht besonders gut, und was passierte, wenn sie keine Stelle fand? In welche Schule sollte Maxim dann gehen? Wovon sollte sie das Schulgeld bezahlen? Und Maxim würde sich dagegen wehren, jetzt wegzugehen. Wie konnte sie ihn überhaupt dazu bringen? Außerdem hatte sie eine gute Stelle, und solange Rolf Reger hinter ihr stand, würde man sie nicht entlassen. Sie war unauffällig geworden, unsichtbar. Sie spürte dadurch eine große Anspannung, die stets anhielt. Und sie war so erschöpft. Diese ganzen Formulare, die Anträge für eine Auswanderung, dazu kamen noch die Geldsorgen, auch die Probleme, die auf sie zukamen, wenn sie in New York ankämen. Fingen da nicht die Sorgen erst an? Weggehen, wirklich auswandern? Es war ein Abenteuer, vor dem sie sich plötzlich fürchtete. Wenn sie sich hier weiterhin unauffällig verhielt, ihre Arbeit in der Redaktion gut machte, konnte sie doch bleiben. Und weggehen, auch gegen den Wunsch ihres Sohns?

Als sie nach Hause kam, schlüpfte sie aus Überschuhen und Mantel und ging zum Fenster, um die Vorhänge zuzuziehen. Ihr Blick ging direkt auf die graue abblätternde Wand des nächsten Hauses.

Juden raus, stand da in großen gemalten Buchstaben. Es war neu, gestern war es noch nicht da gewesen.

Juden raus.

Lange starrte sie darauf, dann atmete sie durch. Sie musste kämpfen, sich nicht von der scheinbaren Bequemlichkeit ihres derzeitigen Lebens verführen lassen, auch sollte sie die Angst vor dem Neuen nicht aufhalten, nicht die erste Verliebtheit ihres Sohns. Sie mussten gehen. Diese Schrift dort drüben an der Wand war wie ein Zeichen.

Deutschland wollte sie nicht mehr, und sie wollte hier in diesem Land auch nicht mehr leben. »Wir müssen gehen, Maxim«, flüsterte sie. »Wir haben schon viel zu lange gezögert, und wir werden gehen, und zwar ohne Tränen, ohne Trauer.«

ZWEIUNDZWANZIG

Bad Lichtenberg

GERDA VON BITTENS TAGEBUCH

Was war das für ein Triumph für meinen Adolf. Ich stand ganz nahe am Reichstag und konnte hochsehen, wie er am Fenster stand. Ein Mächtiger, ein Führer. In den letzten zwei Jahren bin ich ihm überallhin gefolgt, sei es auf Großveranstaltungen in Berlin, auf denen er umjubelt wurde, oder auch in München. Überallhin bin ich ihm nachgereist. Irgendwann wird er merken, dass ich die Frau bin, die für ihn bestimmt ist. Ich begleitete ihn auf seinen häufigen Wahlkampfreisen in ganz Deutschland, nun ja, ich gestehe, dass ich ihm nachreise, wo auch immer er auf Veranstaltungen spricht. Es heißt, er habe eine heimliche Geliebte, die einen Selbstmordversuch inszeniert hatte, aber ich weiß, warum diese Frau das tat. Sie wollte Aufmerksamkeit von Adolf. Das hat die Beziehung der beiden enger werden lassen. Du machst einen Selbstmordversuch, und schon kümmert sich der Mann, in den du verliebt bist, um dich? Ja, wahrscheinlich hat er ein schlechtes Gewissen, mehr nicht. Er habe keine Beziehung, wird betont, denn damit fängt man alle Wählerinnen, das ist doch klar, oder etwa nicht? Adolf Hitler hat eine unglaubliche Ausstrahlung als Mann, wer könnte das besser wissen als ich. Ja, gut, ich habe ihn nicht wirklich kennengelernt, außer ein paar Worte am Rande einer Wahlveranstaltung mit ihm gewechselt, aber es ist doch offensichtlich. Er darf sich nicht für mich interessieren, denn er wird als einsamer alleinstehender

Mann beschrieben. Heirat sei nichts für ihn, wird er zitiert. Warte ab, bis wir uns näher kennenlernen, dann sagst Du das nicht mehr, lieber Adolf.

Ja, aber jetzt muss ich leider berichten, dass ich meine Stelle in Sergejs Bar verloren habe. Ich sei zu oft ausgefallen, einfach weggeblieben, Sergej habe die Geduld mit mir verloren und hat mir durch den Personalchef kündigen lassen. Fristlos.

Ich konnte Adolfs unglaublichen Triumph am Abend des 30. Januars noch miterleben, doch dann wurde ich auch aus der Wohnung geworfen, die ja Sergej gehört, und seine Männer setzten mich einfach vor die Tür. Weg und aus dem Sinn. Und das war es dann. So geht man offenbar in Russland mit den Frauen um. Das hat mich sehr enttäuscht.

Da ich noch einen Monat Gehalt bekam, hatte ich mir einen wirklich sehr schönen Pelzmantel gekauft, den ich tragen werde, wenn ich Adolf Hitler bei der nächsten Veranstaltung gegenübertrete. Und dann hatte ich kein Geld mehr. Mutter schickte mir die Fahrkarte nach Hause, und so bin ich wieder im Kurort gelandet. Vorübergehend, bitte sehr. Ich wohne in dem kleinen Haus, das ich von Vater geerbt und das Mutter wirklich schön hat renovieren lassen. Sie bot mir eine Stelle bei der Post an. Ich meine, wer bin ich denn, dass ich hier am Schalter der Post stehe und Briefmarken verkaufe? Aber seit gestern gibt es etwas Neues.

Am 12. Juni soll es hier ein großes Fest, eine Feier für den Helden der Schlacht an der Somme geben, und das ist natürlich Franz Laverne. Eine kleine Statue, nur der Kopf in Bronze, soll in der Eingangshalle des Rathauses aufgestellt werden. Das hat Carl Laverne angeordnet. Ich wurde bis jetzt noch nicht eingeladen, aber wer bin ich denn? Ich war die große Liebe von Franz, bin im Besitz seines Rings und werde nicht eingeladen? Ich werde zu Irene gehen. Jetzt muss ich mich erst einmal hier zurechtfinden. Der Ort hat sich verändert, das *Grand Hotel*

Deutscher Kaiser beherrscht wieder die Szenerie. Es kommen elegante Leute aus Frankreich, aber auch Politiker aus Berlin. Es habe sich herumgesprochen, erklärt Mama. Viele hohe Persönlichkeiten der NSDAP kämen, um hier eine Kur zu machen, mit ihren Frauen und Töchtern. Bad Lichtenberg wird offenbar wieder der Heiratsmarkt, der er einmal gewesen war. Sagt Mama. Dann hat sie noch erzählt, dass die Familie Laverne es nicht gern sieht, wenn so viele Parteimitglieder der NSDAP hier erscheinen, denn die Familie Laverne ist gegen diese Partei und damit auch gegen Adolf Hitler.

Ja, und mir stellt sich die Frage: Kann ich überhaupt dann zum Fest gehen, wenn ich doch Adolf Hitler liebe?

Nun ja, es ist noch Zeit.

Aber ich werde mir bei *Madame de …* ein paar Kleider anfertigen lassen, vor allem aber ein sensationelles Kleid für das Fest für Franz. Und ich werde zu Irene gehen, sie weiß ja, dass ich die große Liebe ihres Sohns gewesen bin. Ich, jetzt eine elegante Frau, die aus Berlin angereist ist, um bei der Ehrung ihres ehemaligen Verlobten dabei zu sein. Ich könnte mir sogar vorstellen, eine kleine Rede zu halten, über Franz und mich zu sprechen, darüber, wie sehr wir uns geliebt haben.

DREIUNDZWANZIG

Bad Lichtenberg

IRENE

Seit Jahren empfand Irene endlich wieder so etwas wie Freude. Mit Ungeduld sah sie dem 12. Juni entgegen, wenn ihr geliebter gefallener Sohn durch einen großen Festakt geehrt werden sollte. Franz, *ihr* Franz, berühmt für den Bau seines unterirdischen Schachts, der jetzt sogar nach ihm benannt wurde. In vielen Archiven und Berichten über den Krieg an der Westfront wurde er genannt. *Laverne-Schacht.* Das hatte Carl in seiner Funktion als Bürgermeister zum Anlass für diesen großen Festakt genommen. War es nicht an der Zeit, ihn auch in seiner Heimatstadt gebührend zu feiern? Sein Vorschlag wurde vom Stadtrat einstimmig angenommen, und so wurde eine Büste nach Vorlage von Fotos in Bronze von einem bekannten hiesigen Künstler angefertigt. Sie sollte in der Eingangshalle des Rathauses auf einer zwei Meter hohen Säule aufgestellt werden.

Endlich gab man ihrem geliebten Sohn Franz das, was längst fällig gewesen war: die posthume Ehrung. Der Ablauf für den Festakt stand auch bereits fest. Ein Gottesdienst, dann auf dem Rathausplatz (hoffentlich bei schönem Wetter) die Eröffnungsrede des Oberbürgermeisters für das Fest, das den ganzen Tag dauern sollte.

»Es ist nicht nur die Ehrung für unseren Franz«, hatte Carl der Familie beim Sonntagsessen erklärt, »es soll auch ein Fest für die ganze Bevölkerung werden, für die Geschäfte, für alle Betriebe. Auch ein kleines Dankeschön an alle Bewohner des

Orts, die nach dem Großen Krieg nicht resigniert haben, sondern mit Mut und Elan den Kurort wieder in die Spur, wie Carl es nannte, gebracht hatten. Die Kurgäste kamen wieder, auch die reichen Franzosen, die Geld mitbrachten und es großzügig ausgaben. Carl hatte auch angeregt, in der Halle des Rathauses eine Marmorplatte an der Wand anzubringen, auf der die Namen sämtlicher Gefallener eingraviert wurden. Auch ihnen und ihren Angehörigen galt dieser Festakt.

Aber für Irene war es das Fest für »ihren« Sohn. Und ihre Gedanken liefen der Zeit voraus, Ideen schwirrten ihr durch den Kopf, wie man Franz noch eine größere Ehre erweisen könnte. Sie fing an, sich wieder zurechtzumachen, sich bei Frau Kessler von *Madame de …* ein Kleid für diesen Tag anfertigen zu lassen. Schließlich war sie die Mutter des Kriegshelden.

Bei der Kleiderauswahl verstand es die Besitzerin, Irene noch weitere Kleider, Seidenblusen und Röcke zu verkaufen. Ein neuer Stil, ganz anders als ihre einfachen Kleider in Schwarz oder Dunkelblau. Sie war verlegen, als ihr die Sachen nach Hause gebracht wurden, und sie bat nur Luise, bei der Anprobe der neuen Garderobe anwesend zu sein. »Ich will wissen, was du davon hältst«, bat sie Luise am Telefon. »Du weißt ja, ich habe mir seit Jahren nichts Neues geleistet.«

Und Luise kam bereitwillig, glücklich darüber, dass ihre Mutter sich endlich wieder dem Leben zuwandte und nicht nur in Trauer um Franz versank. Sie dankte Carl in Gedanken für seine Initiative für das Fest, das Irene diese unglaubliche neue Energie verlieh. Luise war begeistert von den Kleidern. »Du siehst sehr schön aus, nur die Haare …«

»Die lasse ich mir nicht färben«, fiel Irene der Tochter ins Wort, »das ist so unsolide.«

Luise verkniff sich ein Lächeln, brachte sie aber dazu, sich bei dem Coiffeur in den Luxuspassagen des Hotels ihre Haare nach der neuesten Mode schneiden zu lassen. Irene erinnerte jetzt wieder an die Frau, die sie einmal gewesen war, älter zwar, schmal geworden, doch man sah in ihr noch die hübsche Frau, die sie gewesen war, als ein Maler die Familie auf dem Gemälde verewigt hatte. Es hing immer noch an dem Treppenaufgang zu den oberen Stockwerken. Und Johannes sah großzügig über die astronomisch hohe Rechnung von Frau Kessler hinweg und bezahlte.

Er begriff, dass seine Frau am Tag der großen Ehrung für Franz gut aussehen wollte. So war es letztendlich Carl, der erreicht hatte, dass sich Irene nach Jahren wieder dem Leben zuwandte. »Meinst du, Victoria kommt zum Fest?«, fragte Irene jeden aus der Familie. Carl und Elisabeth erklärten, sie hätten doch keinen Kontakt mit ihr, und Luise und Johannes bezweifelten, dass Victoria endlich nach Hause fand.

Als Irene eines Nachmittags unangemeldet im Hotel erschien, um mit ihrer Tochter Kaffee zu trinken, war Luise überrascht. Wann war ihre Mutter jemals zu ihr ins Hotel gekommen? Sie trug das schwarze neue Kostüm mit einer weißen Seidenbluse mit schwarzen Tupfen dazu. »Meinst du, das soll ich am 12. Juni in den Gottesdienst anziehen? Oder doch lieber das dunkelblaue?«

Luise freute sich für ihre Mutter, die wieder Lebensfreude und Energie ausstrahlte. »Ich finde dieses Kostüm sehr passend, und es steht dir wirklich gut.«

Endlich sah sie wieder schick und elegant aus.

»Hat Vater deine neuen Kleider schon gesehen?«

»Sagte ich das nicht bereits? Dein Vater interessiert sich nicht mehr dafür, wie ich aussehe, er würdigt mich keines Blickes mehr. Auch die neue Frisur hat er nicht bemerkt.« Bevor ihre Tochter es kommentieren konnte, sprach sie schon weiter. »Du hast mir noch nicht gesagt, ob Victoria kommen wird? Sollten wir ihr eine offizielle Einladung schicken?«

»Das hat Carl als Oberbürgermeister bereits veranlasst. Und auch ich habe ihr ein paar Zeilen geschrieben, dass wir uns freuen würden, wenn sie käme.«

Als sie die Enttäuschung im Gesicht ihrer Mutter sah, erklärte sie rasch, noch sei es ja nicht entschieden. »Wir sollten abwarten, ich denke, wenn es für sie der richtige Zeitpunkt ist, zurückzukehren, wird sie kommen.«

»Und wann bitte wird das endlich sein?«

»Ach Mutter, ich weiß es wirklich nicht, wir sollten einfach abwarten.«

Irene seufzte. Sie zog den kleinen Hut ab, fuhr sich durch die ungewohnt kurzen Haare und setzte ihn wieder auf. »Die neue Frisur ist noch so fremd«, erklärte sie ihrer Tochter.

»Wollen wir in den Wintergarten?«, schlug Luise vor. »Ich habe eine halbe Stunde Zeit vor meinem nächsten Termin.«

»Nein, nein«, wehrte Irene ab. »Ich wollte nur schnell deinen Rat wegen des Kostüms. Ich muss dann auch wieder gehen, ich treffe mich mit den anderen Müttern gefallener Söhne. Und danke dir für deine Geduld.«

Als Luise am Sonntag in die Villa kam, saß Irene bereits als Erste im kleinen Speisesalon am gedeckten Tisch. Sie trug die Tupfenbluse und die kleinen Brillantohrringe, die Johannes ihr zum zehnten Hochzeitstag geschenkt hatte. Luise begrüßte ihre Mutter und setzte sich neben sie. Da flüsterte Irene: »Dein Vater hat endlich meine neue Frisur bemerkt und sich die Kleider angesehen, die ich gekauft habe.«

»Und?«

»Er sagte, die Frisur stehe mir und die neuen Kleider auch. Aber weißt du was, Luise?«

»Nein?«

»Das ist mir egal, wirklich ganz egal«, trumpfte Irene auf. »Dr. Berger hat recht, ich bin zwar bereits über sechzig, aber ich will jetzt so leben, wie ich das will. Es interessiert mich nicht mehr, was deinem Vater gefällt. Ich werde mein eigenes Leben leben.«

Luise war so vollkommen überrascht, dass ihr jedes Wort fehlte. Sie wusste nicht, was sie darauf erwidern sollte, dann aber bestärkte sie ihre Mutter in deren Vorsatz. »Mach, was du für richtig hältst, du bist noch jung.« Hier lachte Irene kurz auf, doch Luise ließ sich nicht beirren. »Du weißt, du hast in allem meine Unterstützung«, erklärte sie ihrer Mutter.

Da glitt ein ungläubiger Ausdruck über Irenes Gesicht, doch dann lächelte sie. »Danke, Luise, danke. Es ist schön, dich auf meiner Seite zu wissen.«

»So habe ich das nicht gemeint«, wollte Luise noch hinzufügen. Sie würde ihre Mutter unterstützen, wenn sie Pläne schmiedete und nach Jahren langsam aus ihrer Passivität herauskam. Sie wollte ihre Mutter glücklich oder wenigstens zufrieden sehen, aber sie würde nicht »auf der Seite der Mutter« sein und sich gegen den Vater stellen, so wie sich Irene das offenbar vorstellte.

Elisabeth und Carl kamen jetzt in den Salon und als Letzter Johannes. Er legte eine Zeitung in die Mitte des Tisches und schob dafür den Korb mit dem Weißbrot und die Blumenvase zur Seite. »Das ist vor einigen Tagen in Berlin und offenbar in allen großen Städten Deutschlands passiert.« Neugierig beugten sich alle über den Tisch, um zu lesen.

KAUFT NICHT BEI JUDEN!

Darunter ein großes Foto des Kaufhauses Wertheim, vor dessen Türen sich breitbeinig Angehörige der SA postiert hatten.

»Das ist doch schon im Oktober passiert.« Carl sah hoch und

nahm die Brille, die er sich zum Lesen aufgesetzt hatte, wieder ab.

»Die Berichte hier sind ganz aktuell«, erklärte ihm sein Bruder. Er wies auf andere Fotos, Bilder von Kanzleien jüdischer Anwälte, die geschlossen worden waren. »Und hier, ich weiß nicht, ob du davon erfahren hast …« Johannes wandte sich an Luise. »Die SA hat auch das Architekturbüro von Simon Roth geschlossen, mit Plakaten beklebt und damit Warnungen ausgesprochen, nicht mit diesem Juden zusammenzuarbeiten.«

»Ich wusste gar nicht«, Carl war erstaunt, »dass unser Innenarchitekt in Berlin ein Büro hat. Und dass er Jude ist.«

»Das spielt wohl keine Rolle«, antwortete Luise heftig, zutiefst blass geworden. »Ich meine, dass er Jude ist, aber ich wusste, dass er vor Kurzem in Berlin dieses Büro eröffnet hat. Geführt wird es aber von einem seiner Assistenten.«

»Aber es ist sein Büro, sein Atelier, und das ist es, was offenbar zählt.«

»Hast du dir nicht gerade Pläne für eine große Renovierung des Palmengartens von ihm schicken lassen?«, wandte sich Carl an seine Nichte, während Berta und das neue Küchenmädchen die Suppe servierten.

»Ja, das ist richtig. Ich hatte vor, euch damit zu überraschen. Ich wollte bis zu unserem großen Fest für Franz von Simon Roth den Palmengarten umbauen und neu gestalten lassen. Das Restaurant wirkt einfach so verstaubt, so altmodisch. Es sollte für euch und vor allem für dich, Mutter, eine Überraschung werden. Ich hoffe, du triffst dich dann wieder öfter dort mit deinen Freundinnen.«

»Ja, es gibt doch schon so lange das Gerücht, dass der Palmengarten für eine Renovierung geschlossen werde.«

»Das ist jetzt der Fall, aber er wird nicht lange geschlossen bleiben, die Renovierung wird zügig durchgezogen.«

»Ich wusste gar nicht, dass du mit Simon Roth Kontakt hast«, wandte sich Johannes jetzt erstaunt an seine Tochter. »Und meinst du nicht, dass die Zeit für eine große Renovierung nicht zu kurz ist? Bis du da nicht zu optimistisch? Immerhin haben wir bereits April.«

»Nein, seiner Meinung nach würde es zeitlich passen. Wie gesagt, es sollte eine Überraschung werden, der Entwurf des Vertrags mit ihm und seinem Team liegt mir bereits vor, und die Arbeiten sollten so schnell wie möglich beginnen.« Luise versuchte, ruhig zu bleiben. Sie hatte bereits in einer Berliner Zeitung gelesen, in der von Tumulten, Angriffen, Verhaftungen von Juden berichtet wurde. Dann aber fiel ihr ein, dass Simon sich in Amsterdam aufhielt, um dort ein Museum zu konzipieren. »Bitte«, sie wandte sich an ihren Vater, »kannst du den Vertrag möglichst schnell durcharbeiten? Herr Roth wollte nächste Woche bereits sein Team vorausschicken. Wie gesagt, ich möchte, dass der Palmengarten bis zum Fest wieder eröffnet werden kann.«

»Ich werde mich heute noch dransetzen«, versprach Johannes. »Ich finde die Idee auch sehr gut, eine Renovierung für den Palmengarten ist eigentlich schon lange fällig.« Nachdenklich sah er seine Tochter an. Ihre Stimme hatte sich verändert, als sie von Simon Roth sprach. Plante sie die Renovierung des Palmengartens nur, um den Architekten wiederzusehen? Während des Hauptgangs, der aus frischem Spargel, einem Braten und Kartoffeln bestand, warf jeder immer wieder besorgte Blicke auf Luise, die blass und schweigend zwischen ihnen saß. Die Vermutung lag nahe, dass es zwischen Simon Roth und ihr etwas gegeben hatte, das sie verschwieg. Sollte sie sich bereits wieder in eine hochschwierige Beziehung gestürzt haben, sie, die offenbar das Unglück in der Liebe anzog? Luise spürte die Anteilnahme der Familie nicht. In Gedanken versunken, goss sie sich Sauce hollandaise auf ihre Spargel und dachte an

Simon. Sie erinnerte sich an die Silvesternacht des Jahres 1930/31, als Simon sie geküsst hatte und sie mit ihm am nächsten Morgen nach Paris fahren wollte. Ein zweiter Versuch, doch auch der war gescheitert. Es sei die Familie, hatte sie sich entschuldigt und war ins Krankenhaus gehetzt, da ihr Cousin in akuter Lebensgefahr schwebte.

Sie hatte die Wochen darauf auf einen Brief, eine Karte oder einen Anruf gewartet, doch Simon hatte sich nicht mehr gemeldet. Erst auf ihr jetziges Angebot, das sie an das Berliner Büro gerichtet hatte, reagierte er sofort. Er habe Zeit, schrieb er. Den Palmengarten zu gestalten, würde ihm große Freude bereiten. Er werde Pläne vorausschicken, und sein Assistent sollte die ersten Arbeiten vor Ort übernehmen. In jedem Fall käme er dann am 25. Mai, um bis zum 12. Juni zu bleiben.

Freute er sich über ihr Angebot? Über zwei Jahre waren inzwischen vergangen. Vielleicht war er längst verheiratet, hatte ein Kind oder war in einer festen Beziehung. Die Annahme des Auftrags für den Palmengarten war für ihn ein gutes Projekt, das ihm Freude machte und viel Geld einbringen würde.

»Ich setze den Vertrag dann heute noch auf«, schlug ihr Vater vor, als bereits der Nachtisch, Erdbeeren mit Sahne, serviert wurde.

»Hoffentlich kann er unter den neuen Schwierigkeiten den Auftrag überhaupt annehmen«, gab Carl zu bedenken. »Was ist nur aus unserer Demokratie geworden.«

»Unsere Demokratie ist längst am Ende, Carl, und zwar seit dem Tag, an dem Heinrich Himmler die Errichtung eines Konzentrationslagers bekannt gegeben hat. Oder«, überlegte Johannes weiter, »seit dem Zeitpunkt, als das Ermächtigungsgesetz in Kraft trat.«

»Was bedeutet das?«, wollte Elisabeth wissen und sah ihn mit ihren großen grauen Augen an. »Das Parlament gibt jede

Macht an die Regierung ab, und die kann tun und lassen, was sie will.«

»Das klingt furchtbar.«

»Gibt es bei uns jüdische Geschäfte?«, griff Irene ins Gespräch ein und schnitt damit Elisabeth das Wort ab.

»Ich weiß nicht genau, ich glaube, der Weinhändler und dann noch …« Carl überlegte. »Die neue Privatbank, ich glaube, der Gründer ist Jude, ansonsten der Obsthändler, bei dem Irene immer kauft, oder?«

»Ja, aber im Rathaus haben wir keine Anhänger der NSDAP sitzen. Wir sind eine sozialdemokratische Regierung. Außer mir natürlich, ich werde auch weiterhin parteilos bleiben.«

»Hoffentlich schaffst du das auch.« Johannes war skeptisch.

Schon wieder sieht er nur Elisabeth an, schoss es Irene durch den Kopf. Sie presste die Lippen zusammen und sah zu Luise hinüber, ob auch sie diesen fast unmerklichen Kontakt zwischen ihrem Vater und Elisabeth bemerkte. Doch Luise schien gedanklich weit weg zu sein.

»Bei uns wird eine solche Verfolgung und Diskriminierung nicht stattfinden, dafür werde ich als Oberbürgermeister sorgen.«

Das Gespräch war beendet, denn nun räumten Berta und das neue Dienstmädchen den Tisch ab und brachten den abschließenden Kaffee und Likör.

VIERUNDZWANZIG

Ostpreußen

Zur gleichen Zeit

FELIX

Felix liebte Ostpreußen mit seinen wogenden Feldern, dem blühenden Raps, seinen Wiesen und weidenden Pferden. Die Weite dieser Landschaft zog ihn besonders in den Bann. Aber noch mehr als die heißen Sommer liebte er die Winter mit ihrer eisigen Kälte. Wo man hinsah, nur Stille und lautloser Schnee, der auf die Erde fiel. Schnee, der unter den Schuhen knirschte. Er hatte angefangen, Schlittschuh auf einem kleinen Weiher zu laufen. Wenn er auf Kufen über die Eisfläche glitt, spürte er keine Einschränkungen im Ablauf der Bewegungen mehr. Er fühlte sich frei, während der eiskalte Wind auf seinem Gesicht brannte. Wenn er sich erinnerte, hatte ihn diese Liebe zu Ostpreußen vom ersten Moment an gepackt. Hatte er hier sogar seine Heimat gefunden? Er hatte sich nach Julians Angriff ins Leben zurückgekämpft, und er war glücklich, als er nach seinem langen Aufenthalt im Sanatorium hierher zurückkam. Nicht zu seiner Familie. Er wollte auch nicht zurück nach München, nach diesem gravierenden Einschnitt war er bereit für einen Neuanfang in seinem Leben, wie auch immer er aussehen würde. Voller Neugier war er hierher zurückgekommen, bereit auch, den Wunsch nach Veränderung zuzulassen. Und zwar hier in Insterburg. Ein Studium war für ihn durch die Schwächen des Gedächtnisses nicht mehr möglich. Felix hatte sogar

Glück gehabt, denn Dr. Maurer bot ihm seine frühere Stelle wieder an, die er ein Jahr zuvor verlassen hatte. Er hatte sich eine kleine Wohnung gemietet, in der er sich frei fühlte und sein eigener Herr sein konnte. Er vermisste weder seine Familie noch die Wohngemeinschaft in München. Er fing an, dieses Gefühl von Freiheit zu genießen. Alles schien möglich, neue Wege offen.

Meist ging er in eine kleine Kneipe, in der regional gekocht wurde und die Wirtin ihm jeden Morgen Rühreier mit Speck zubereitete. Die Arbeit machte ihm Freude. Dr. Maurer hatte Felix erzählt, er sei überfallen und niedergeschlagen worden, aber er verschwieg, dass es sein Bruder gewesen war.

Julian.

Manchmal antwortete er auf einen Brief seines Vaters, und so wusste er, dass Julian nach Rom gegangen war, aber am 12. Juni höchstwahrscheinlich zum großen Festakt nach Hause kam. Wäre das nicht der richtige Anlass, um Euch zu versöhnen?, fragte Carl.

Darauf hatte Felix nur kurz geantwortet, er wisse es noch nicht, sein Lebensmittelpunkt sei jetzt hier. Er könne nicht vergessen, was Julian ihm angetan hatte, und er vergaß auch nicht, dass die Familie hinter Julian und nicht hinter ihm stand. Auch wenn seine Eltern heftig dementierten und zutiefst enttäuscht über sein Empfinden waren, das so nicht richtig sei. Aber war er im Grunde nicht immer ein Außenseiter gewesen, während Julian im Mittelpunkt gestanden hatte? Egal, ob er im Internat erst beim dritten Anlauf das Abitur mit Ach und Krach geschafft hatte, er war eben *Julian*. Der Bruder, der ihn niederschlug, Julian, dem die ganze Liebe seiner Mutter gehörte. Das hatte er schon als kleiner Junge begriffen. Sein Bruder hatte einen Krüppel aus ihm gemacht, der nicht mehr imstande sein würde, zu studieren, auch nicht wirklich Sport zu treiben, nie mehr Skifahren zu können. Durch die

Motorik seiner Beine, auf die er sich nicht mehr verlassen könne, sei auch für ihn sein Lieblingssport zur Unmöglichkeit geworden. Das schrieb er Carl, doch sein Vater schwieg dazu. Vielleicht war es unfair – er hätte schreiben können, dass er Schlittschuh lief und es ihm erstaunlich gut gelang, sich auf Kufen über die Eisfläche zu bewegen, ohne hinzufallen, ohne zu schwanken.

Felix war nicht verbittert, er hatte sich nur zurückgezogen. Er lebte allein, fühlte sich aber nicht einsam. Er las viel und machte lange Spaziergänge in der Natur, die er lieben gelernt hatte und in der er langsam zu sich selbst fand.

Er war ins Dorf gekommen und den Weg entlanggegangen, bis er vor dem Birnbaum mit den tiefen Ästen stand, durchschlüpfte, an den Ruinen des kleinen Hauses von Elke und weiter bis zu ihrem früheren Elternhaus ging. Vorsichtig stieß er die heraushängende Tür auf, zog den Kopf vor den Spinnweben ein und bewegte sich Schritt um Schritt durch den Gang, die Zimmer, die Küche, in der sogar noch ein alter Ofen und ein schöner Holzschrank mit Schnitzereien stand.

»Das Haus hat eine sehr gute Bausubstanz.«

Überrascht drehte sich Felix um. Hinter ihm stand ein Bauer, der an seiner Pfeife zog und ihn neugierig beobachtete. »Sie sind doch der … der mit Elke …«

»Ja«, antwortete Felix rasch, »ja, ich bin der ehemalige Freund von Elke, aber wir hatten uns schon getrennt, bevor …« Er sprach nicht weiter. Er wollte nicht beleidigt werden, er habe das Fräulein Elke im Stich gelassen. Er, der Reiche, und sie, die Arme, die verzweifelt versucht hatte, ihr Elternhaus zu retten. »Ich bin auch nicht schuld an ihrem Selbstmord«, fügte er jetzt hastig hinzu. Er war so dünnhäutig geworden, dass er nicht den leisesten Hauch von Kritik oder einer Anfeindung verkraftet hätte.

Der Bauer zog an seiner Pfeife und sah ihn an. Er wirkte nicht unfreundlich, sodass Felix sich ein wenig entspannte. »Ich kenne Leute, die könnten das wieder aufbauen. Nicht das kleine Haus vorn, sondern das hier.« Er überging Felix' hastige Rechtfertigung.

»Ich denke, es gehört der Deutschen Reichsbank, oder etwa nicht?«

Der Bauer schüttelte den Kopf. »Ich habe es der Bank damals abgekauft, will es weiterverkaufen, wenn Sie Interesse haben …«

»Ich … muss es mir überlegen.« Felix' Antwort kam rasch, plötzlich erschien ihm nichts so begehrenswert, wie dieses Haus zu besitzen. Er sah es fast schon vor sich, mit einem großen Garten voller Obstbäume darum. Das musste herrlich sein. Hier leben, da, wo die weiten Felder mit goldenem Weizen, dem Raps direkt vor der Haustür lagen …

»Das wäre schön«, murmelte er, »aber ich muss es mir durchrechnen.«

»Gehen Sie zur Bank in Insterburg«, schlug der Bauer vor, »dort liegen die Pläne für einen Aufbau. Überlegen Sie es sich. Mein Name ist übrigens Meller, Joseph Meller, ich lebe hier erst seit zwei Jahren und komme von der Landschaft hier nicht mehr los.«

Da lächelte Felix ihn befreit an, also auch ein Neuankömmling, der sich in diese Landschaft verliebt hatte. »Mir gehört da drüben das kleine Gut.« Er ging ein paar Schritte, Felix folgte ihm, blieb neben ihm stehen. Meller zeigte auf das letzte Haus im Dorf, das einen guten, gepflegten Eindruck machte. »Hinter dem Haus liegt der Pferdestall, ich reite jeden Tag. Wenn Sie Lust haben, dann …«

»Danke«, fiel ihm Felix ins Wort, er würde niemals auf ein Pferd steigen, niemals durch diese Landschaft reiten können. »Es tut mir leid«, erklärte er dann noch, »ich hatte Sie für einen Bauern gehalten.«

Jetzt lachte Meller. »Das bin ich hier auch geworden, mir gehören einige der Felder, aber eigentlich bin ich Schriftsteller, Reiseschriftsteller.«

»Dann kennen Sie sicher die ganze Welt und sind stets unterwegs?«

Wieder lachte Meller. »Nein, nein, ich reise praktisch mit dem Atlas. Aber ich kenne viele Länder, doch ich reise nicht mehr gern, von hier bringen mich keine zehn Pferde mehr weg.«

Sie hatten sich unterhalten, bis Meller ihn in sein Haus zum Tee einlud. Sie saßen mehrere Stunden zusammen und redeten, und als Felix sich endlich verabschiedet hatte, war er sich eines ganz sicher: Dieses alte Haus von Elke wollte er besitzen, hier wollte er leben. Im Sommer unter Obstbäumen sitzen, im Winter vor dem Kamin, an seiner Seite ein Hund, und draußen fiel leise der Schnee und türmte sich auf Wiesen, Feldern und Zäunen.

Der Direktor der Reichsbank begrüßte ihn liebenswürdig, bot ihm einen hohen Kredit sogar mit einem soliden Zinssatz an. »Haben Sie etwas Eigenkapital? Oder vielleicht könnte jemand aus Ihrer Familie für diesen Kredit bürgen?« Felix begriff, dass sich die Bank längst über ihn, den einzigen Interessenten des alten Hauses, erkundigt hatte. »Nein«, erklärte Felix, »nein, das möchte ich nicht.« Da bedauerte der Direktor es außerordentlich, dann könne er bei seinem geringen Einkommen leider nicht mit einem so hohen Kredit rechnen. So platzte letztendlich der Traum vom eigenen Haus. Zumindest für diesen Moment, denn dieses Haus wollte Felix besitzen – irgendwie musste es ihm gelingen, Geld aufzubringen.

Als er draußen vor der Bank stand, hielt ein Auto, Jette von Stetten sprang heraus und lief auf ihn zu. Wie schon beim ersten Mal stellte er sich Jette als kleines Mädchen vor, wie sie mit fliegenden Zöpfen durch die Wiesen rannte. Bei dieser Vorstellung musste er lächeln, und mit einem Lächeln begrüßte sie ihn. Sie habe schon gehört, er habe einen Unfall gehabt, deswegen sei er so lange weg gewesen.

»Ich bin schon länger wieder in Insterburg«, erklärte er steif.

»Ich habe angefangen, in Königsberg zu studieren. Psychologie«, erzählte sie, doch am Abend der Bücherverbrennung habe sie die politische Einstellung der meisten Studenten und Professoren erkannt, darum habe sie die dortige Universität verlassen.

Die Bücherverbrennung, natürlich, er hatte vergessen, was in allen Universitätsstädten passiert war.

»Man sieht sich, hoffentlich«, lachte sie ihn an, ging zu ihrem Mercedes zurück, stieg ein und brauste davon. Das Herz schlug ihm bis zum Hals – nicht weil er vergessen hatte, was in ganz Deutschland passiert war, sondern weil sie einen Satz gesagt hatte, der für ihn Hoffnung barg: Man sieht sich …

Olga. Olga, die ihn verführt, ihn in einen sexuellen Rausch versetzt, ihn der Vergewaltigung beschuldigt hatte und letztendlich auch die Schuld daran trug, dass sein eigener Bruder ihn zum Krüppel geschlagen hatte.

Er konnte nicht vergessen – hatte er da das Recht, sich mit Jette zu treffen?

Man sieht sich …

FÜNFUNDZWANZIG

Berlin

Mai 1933

Clara war mit Rolf am Abend des 10. Mais auf dem Opernplatz gewesen, um über die groß angekündigte Bücherverbrennung zu berichten. Eine öffentliche Inszenierung wider den undeutschen Geist, ausgeführt von Professoren und Studenten nationalsozialistischer Gesinnung und Parteizugehörigkeit.

Sie standen im Regen, es schüttete, bis die Feuerwehr mit Benzinkanistern aushalf. Im grellen Scheinwerferlicht erlebten die Zuschauer, wie die Bücher von vielen Schriftstellern und Psychologen in Flammen aufgingen. *Der Jude kann nur jüdisch denken – wenn er deutsch denkt, dann lügt er.*

Rolf brachte Clara nach Hause. Beide schwiegen sie. Clara lud ihn noch auf einen Tee mit Rum oder ein Bier ein, doch Rolf sagte allzu hastig Nein. Sie sah ihm noch nach, wie er davoneilte, irgendeine Ausrede zu schnell parat. Längst ahnte sie, dass sein Onkel ihr nicht helfen wollte, Rolf hatte es nur geglaubt. Langsam drehte sie sich um und steckte den Schlüssel in die Haustür. Dort erwartete sie der Hausbesitzer. »Ich muss Ihnen kündigen«, erklärte er. »Mein Onkel wird die Wohnung übernehmen. Am 1. Juni sind sie draußen.«

Es klang nicht einmal schroff, nicht gehässig, einfach nur sachlich. Sie müsse eben raus, egal, ob sie etwas anderes fand.

Sie nickte nur, stieg müde die vielen Stufen hoch zu ihrer Wohnung.

»Maxim?« Ihr Sohn war nicht zu Hause. Sie zog ihren Mantel aus, setzte sich an den Küchentisch und schrieb. Dann erhob sie sich wieder und holte einen Karton aus dem Schrank, der die wenigen Fotos von Franz enthielt. Darunter auch eines, das ein Straßenfotograf von ihnen beiden gemacht hatte. Es war ein wenig verschwommen, doch man konnte zumindest Franz gut darauf erkennen. *In Liebe für meine Liebste,* hatte er auf die Rückseite des Fotos geschrieben. Ein Foto, das Maxim so besonders gefiel, immer wieder hatte er es ansehen wollen. Sie steckte das Foto zu dem Brief, nahm einen Bierdeckel, den ihr Franz einmal in einem Lokal zugeschoben hatte und auf dem stand, er möchte sie sofort küssen. Als sie ihn jetzt betrachtete, ihn wendete, sich erinnerte, kamen ihr die Tränen. Warum hatte er am letzten Tag der Schlacht sterben müssen, warum … *Warum du, warum du …*

Unter Schluchzen legte sie auch den Bierdeckel dazu. Dann ergänzte sie die Adresse der Lavernes und noch ein Kuvert mit Geld, das sie gespart hatte. Alles kam in einen dicken Umschlag.

Für Maxim, schrieb sie leserlich darauf. Dann ging sie in ihr Zimmer und schob es in ihr Nachtkästchen.

Sie ließ sich auf ihr Bett fallen und barg das Gesicht in beiden Händen. Sie hatte den Kampf verloren. Morgen Abend würde sie mit Maxim sprechen, ihm das Kuvert übergeben und ihn anweisen, was er zu tun hatte, falls …

Doch am nächsten Abend war sie zu müde, und Maxim schien so glücklich, da er Heidi getroffen hatte, sodass sie beschloss, ihr Gespräch noch zu verschieben. Ein paar Tage hin oder her, was spielte das für eine Rolle?

Zwei Tage später hatte Clara ihren Tiefpunkt überwunden. Sie sollte kämpfen, nicht aufgeben. Letztendlich hatte sie noch ihre

Stelle und verdiente Geld, auch Maxim schien es in der Schule ganz gut zu gehen, und er war verliebt.

Clara ging am späten Nachmittag in ein nahe gelegenes kleines Kaufhaus. Dort gab es Nähzubehör, Sofakissenbezüge, Stoffe und Knöpfe. Hutnadeln, falsche Zöpfe. Es gab nichts, was man hier nicht finden konnte. Die Besitzer waren ein jüdisches Ehepaar, und manchmal schon hatte Clara sie hier getroffen und ein paar Worte mit ihnen gewechselt.

Im Eingangsbereich gab es eine große Pinnwand, an dem man kleine Zettel anhängen konnte: Angebote für Wohngemeinschaften, Zimmer zu vermieten, Hunde abzugeben, gebrauchte Kleider zu verkaufen. Hier hängte Clara einen Zettel auf. *Kriegerwitwe, Redakteurin in fester Anstellung mit vierzehnjährigem Sohn, sucht kleine Wohnung.* Warum sollte sie kein Glück haben? Doch plötzlich wurde es hell, ein greller Blitz, Trümmer rauschten herab, ein heißer Wind schlug Clara entgegen und schleuderte sie gegen die einstürzende Eingangstür. Dann nur noch Schreie, Staub und krachende Steine. Sie trafen Clara, die noch den Zettel fest in der Hand hielt.

Es war ein Bombenanschlag auf das kleine jüdische Kaufhaus und forderte 51 Todesopfer.

Unter ihnen Clara Weinberg.

MAXIM

Maxim wartete. Er wurde unruhig, noch nie war seine Mutter nach Redaktionsschluss so spät nach Hause gekommen, ohne ihm eine Nachricht auf den Küchentisch zu legen. Hatte sie es einfach nur vergessen und war noch einkaufen gegangen? Doch es fehlte nichts, alles war da: Kartoffeln, Gemüse, Obst, frischer Salat, auch Butter, sein Brot, das er so gern aß. Was also hätte sie einkaufen sollen? Wahrscheinlich arbeiteten sie in der Redaktion noch länger, und alles war in Ordnung. Doch seine Unruhe steigerte sich, er lief durch die Wohnung, ging in sein Zimmer. Dort setzte er sich aufs Bett und holte aus seinem Geldbeutel ein kleines Foto heraus, es zeigte Heidi bei ihrer Konfirmation. Es sei das Einzige, was sie heimlich aus dem Album hatte nehmen können, ihre Mutter sei eine wahre Hüterin der Erinnerungen. Es klang so süß, wie sie sich ausdrückte. Er hob das Foto und legte seine Lippen genau auf die Stelle ihres lachenden Munds. Ihre Eltern wollten nicht, dass sie sich weiterhin heimlich mit einem Juden traf. So hatte Heidi es ihm heute erzählt. Einem Juden.

»Ich bin Deutscher, und mein Vater und auch meine Mutter sind Deutsche.«

Sie hatte ihn nachdenklich angesehen. »Mein Vater sagt, du bist unehelich geboren, du hast keinen Vater, sondern nur eine jüdische Mutter. Und dass deine Mutter eine Kriegerwitwe ist, glaubt mein Vater nicht. Er meint, das sagen alle leichtfertigen Frauen, die von einem Liebhaber ein Kind bekamen, während er sich davonmachte.«

Hatte Heidi nicht gespürt, wie sie ihn damit verletzt hatte? Und dann sagte sie auch noch, sie könnten sich nicht mehr treffen und sie wolle das Foto zurückhaben. Ihre Mutter habe entdeckt, dass es im Album fehle. Doch er gab vor, es verloren zu haben. Auch er wollte sie damit kränken, etwas zurückgeben, was sie ihm angetan hatte. Er steckte das Foto wieder weg.

Er sprang auf, war da nicht die Tür gegangen? Doch er hatte sich getäuscht, es war die Tür zur Wohnung gegenüber. Die Stille lähmte ihn, barg so viele Möglichkeiten. »Wo steckst du denn?«, flüsterte er, er wollte nicht auf die Uhr sehen, nicht merken, wie lange er schon auf sie wartete. Draußen wurde es dunkel, er machte kein Licht, er saß in der Küche und wartete, den Blick durch die offene Tür auf den Eingang gerichtet. Dann sprang er auf, hörte Schritte auf der Treppe. Er lief hinaus, öffnete strahlend die Tür, sie kam, sie hatte sich einfach nur verspätet, sie würde ihm erzählen, was sie aufgehalten hatte, dann würden sie zusammen in der Küche Käsebrote essen und glücklich sein. Glücklich, dass sie sich hatten, und solange das so blieb, konnte ihm nichts passieren. Aber es war die Nachbarin, die ihm mürrisch zunickte. Zitternd schloss er die Eingangstür, Hoffnungslosigkeit überfiel ihn. Wo aber konnte sie sein, wo war sie noch hingegangen, war sie wirklich noch in der Redaktion?

Die Stunden verrannen, jetzt sah er doch auf die Uhr, die in der Küche stand und so erbarmungslos tickte. Es war elf Uhr abends.

Tödliche Kälte breitete sich in seiner Brust aus. *Mama, wo bist du denn?* Er musste sie suchen, unten die Straße entlanglaufen, doch wo … Die Geschäfte hatten längst geschlossen, sie konnte nur noch in der Redaktion sein. Manchmal, wenn es sehr lange dauerte, rief sie unten bei der Hausmeisterin an und bat sie dann, ihm auszurichten, wann sie kam. Die Hausmeisterin war nicht sehr freundlich und hatte schon mehrmals gesagt, sie wolle diese Anrufe nicht. Deshalb würde seine Mutter jetzt nicht anrufen, wahrscheinlich hängte diese Hexe einfach ein. Ja, so musste es gewesen sein.

Er verließ die Wohnung, rannte stolpernd die Treppen nach unten und läutete bei der Hausmeisterin. Bei ihr brannte noch Licht, er sah es durch das Milchglasfenster in der Tür. Er läutete noch einmal, es war egal, wenn sie schimpfte. Endlich öffnete sie.

»Was willst du?«, murrte sie.

»Ich … Hat meine Mutter angerufen, sie ist schon so lange weg?« Er konnte nicht anders, jetzt, da er seine Angst aussprach, rannen ihm die Tränen über die Wangen.

»Nein, hat sie nicht, tut mir leid.« Die Stimme der Hausmeisterin klang nicht mehr so unfreundlich wie sonst. Sie zögerte, dann forderte sie ihn auf, hereinzukommen. »Ist es wieder dieser Judenbengel?«

»Seine Mutter ist nicht nach Hause gekommen«, rief die Hausmeisterin in den hinteren Teil der Wohnung, in dem das Radio lief. »Da ist was passiert.« Jetzt kam der Mann der Hausmeisterin an die Tür und sah Maxim neugierig an. »Es gab einen Anschlag, das kleine jüdische Kaufhaus Mayer, dieser Schandfleck ist in die Luft gejagt worden.«

Das Kaufhaus. Maxim spürte nur die Kälte, die langsam in ihm hochkroch und alle Gefühle lähmte. Sie kaufte dort oft ein, Knöpfe, Strümpfe …

Stumm drehte er sich um und rannte aus der Hausmeisterwohnung, rannte aus dem Haus, bog ab und lief weiter, bis er vor dem Kaufhaus stand, das nur noch in Trümmern vor ihm lag, helle Scheinwerfer, die Feuerwehr, viele Leute, Leichenwagen, die im Turnus ankamen und abfuhren, dazwischen Polizei, die die Zuschauer abdrängte, einige befragte.

Maxim lief durch die Absperrung, hielt nicht an, bis ihn jemand energisch am Arm packte. »Meine Mutter …«, stammelte er.

Da ließ ihn der Polizist los, winkte einer Frau, die zu ihm kam und ihn nach dem Namen seiner Mutter fragte, dann mitnahm zu einem langen Tisch, vor dem einige Leute standen. »Hier, das sind Taschen oder auch Schuhe, Hüte, was die Feuerwehr bis jetzt aus den Trümmern herausholen konnte.«

Maxim erkannte die rote Handtasche seiner Mutter, Claras Lieblingstasche.

»Erkennst du etwas von deiner Mutter?«

Stumm nickte er, stumm griff er danach. Die Frau rief einen Polizisten herbei, er stellte Fragen, öffnete die Handtasche. Er holte den Ausweis heraus und machte sich Notizen. »Wir brauchen die Tasche noch zu einer weiteren Identifizierung. Wo ist dein Vater?«

Als Maxim nur stumm die Schultern zuckte und »Im Krieg gefallen« herausbrachte, wechselten die Frau und der Polizist einen raschen Blick.

»Und hast du Geschwister, Verwandte?«

Ein stummes Kopfschütteln war Maxims Antwort.

»Wir melden uns bei dir, wir haben ja deine Adresse. Es tut uns so leid, offenbar ist deine Mutter unter den …« Sie zögerte. »Todesopfern.«

»Kann ich sie sehen?«

Mitleidig schüttelte die Frau den Kopf, wechselte wieder einen Blick mit dem Polizisten.

Und da erkannte Maxim die furchtbare Wahrheit. Seine Mutter war tot, nicht nur verletzt, sondern tot. Tot. Ein einziger Augenblick hatte genügt, um sie zu töten. Der Körper, der so warm und weich war und ihm noch oft dieses Gefühl von Geborgenheit gab. Obwohl er sich inzwischen gegen jede Umarmung gewehrt hatte, er sei doch schon fast erwachsen.

Überall Scheinwerfer, bleiche Gesichter in ihrem grellen Licht, das kleine Kaufhaus ein einziges Trümmerfeld. Da rannte Maxim los, stolperte, fiel hin, rappelte sich hoch, rannte nach Hause, vielleicht gab es ein Wunder. Sie hatte nur die Tasche verloren und war nicht tot, war zu Hause, erwartete ihn und zog ihn an sich, an den warmen Körper einer sorgenden Mutter.

Doch als er nach Hause kam, herrschte in der Wohnung Dunkelheit und Stille. Er musste die Wahrheit zulassen, sie war gegangen. Und er war allein.

Am nächsten Tag klingelte es an der Tür. Als Maxim nur zögernd öffnete, standen ein Mann und eine Frau davor. Sie zeigten einen Ausweis vor, und schon standen sie in der Wohnung. Sie kämen vom Reichsjugendamt, um nach ihm zu sehen.

Nachdem Maxim keine direkten Verwandten habe, hätten sie den Auftrag, ihn abzuholen und in ein Heim zu bringen. Maxim erstarrte, er brachte kein Wort heraus, doch in diesem Moment kam Rolf Reger durch die offen stehende Wohnungstür und bot sich an, bis nach der Beerdigung von Clara Weinberg die Verantwortung für ihren Sohn zu übernehmen. »Na gut, aber anschließend müssen wir dich abholen, Vorschrift ist Vorschrift. Aber keine Angst, wir haben für dich einen guten Platz in einem Heim gefunden.«

Als sie gegangen waren, schloss Rolf Reger die Tür hinter ihnen. Er stand Maxim befangen gegenüber, erklärte dann, er werde sich um die Beerdigung kümmern, die Formalitäten erledigen und auch die Kosten übernehmen. »Aber vor dem Heim kann ich dich leider nicht bewahren.«

Maxim nickte stumm und wartete, bis Rolf Reger, der keine richtigen Worte mehr fand, gegangen war.

Die nächsten Tage verharrte Maxim in vollkommener Reglosigkeit. Er war dankbar für jedes freundliche Wort der Hausmeisterin, die kam und ihm etwas zu essen brachte und sogar einen Blumenstrauß auf den Tisch in eine Vase stellte. »Den kannst du deiner Mutter aufs Grab legen«, war ihr Vorschlag.

Und dann war er da, der gefürchtete Abend, bevor man seine Mutter in einem Sarg in ein Grab hinunterlassen würde und sie endgültig gegangen war. Bei diesem Gedanken bekam Maxim Schüttelfrost, seine Hände zitterten, und er konnte sich kaum bewegen. Übermorgen dann würde man ihn also abholen und in ein Heim bringen. Er fing an, durch die Wohnung zu laufen, die Schränke durchzusehen, alle Schubladen zu öffnen. Seine Mutter musste ihm doch etwas hinterlassen haben, irgendetwas als Erinnerung für ihn … aber sie konnte ja nicht wissen, dass sie durch ein Attentat sterben würde. Irgendwann ging er doch mit großer Scheu in ihr Schlafzimmer, verharrte lange vor ihrem Bett. Hob das Foto hoch, das auf dem Nachtkästchen in einem Rahmen stand, ein Bild von ihnen beiden, gemacht von Rolf vor einem Monat. »Damit du einmal eine Erinnerung hast.« Als er jetzt daran dachte, überkam ihn ein Frösteln, hatte sie geahnt, dass sie sterben würde? Er ließ sich vorsichtig auf ihr Bett fallen, sah sich um, sah auf den Schrank, sah ihre Hausschuhe vor dem Bett stehen, sah das Glas Wasser, das neben dem Foto von ihnen beiden stand. Wieder kamen ihm die Tränen. Jeden Abend nahm seine Mutter ein Glas mit in ihr Schlafzimmer, sie bekam nachts immer so großen Durst. Nur zögernd zog er die Schublade ihres Nachtkästchens auf und starrte hinein. Hier lag ein dickes Kuvert, und darauf stand mit großen Buchstaben sein Name. *Für Maxim.*

Vorsichtig griff er danach, es war nicht verschlossen. Er sah Fotos darin, und so leerte er das Kuvert auf dem Bett aus. Ein Brief war an ihn gerichtet.

Mein liebster Sohn,
wenn Du diesen Brief liest, werde ich gegangen sein, ich weiß es nicht, wann das sein wird, vielleicht noch lange nicht, vielleicht werden wir doch zusammen nach Amerika gehen, und dann werde ich diesen Brief vernichten. Aber jetzt musst Du Dich ganz genau daran halten. Anbei schicke ich Dir die Adresse der Familie Deines Vaters, also Deiner Familie. Wie ich Dir schon einmal erzählt habe, besitzen Sie ein Grand Hotel mit dem Namen Deutscher Kaiser, das von Deiner Tante Luise geführt wird. Ich habe mich erkundigt, sie ist auch heute noch die Direktorin dort. Franz sprach oft von ihr, sie waren beiden sehr miteinander verbunden. Du kannst Dich also auch an sie wenden, wenn Du nach Bad Lichtenberg kommst. Anbei lege ich einen Brief an Deinen Großvater dazu, Johannes Laverne, bitte gib diesen Brief nur ihm, denk daran. Dann lege ich noch ein paar Fotos und ein paar Notizen von Franz in das

Kuvert, um der Familie zu beweisen, dass Du der Sohn ihres Franz bist. Du musst schnell handeln, denn Du bist jetzt allein, und so lass es nicht zu, dass das Jugendamt Dich abholt und Dich in ein Heim bringt und Dir dadurch vielleicht sogar der Weg zu den Lavernes verbaut wird. Anbei lege ich Dir Geld für die Fahrkarte nach Lichtenberg bei. Ich liebe Dich über alles, und der Gedanke schmerzt mich, dass ich Dich nicht weiterhin auf Deinem Lebensweg begleiten darf.
Es umarmt Dich in großer Liebe Deine Mutter

Als Maxim den Brief gelesen hatte, fiel seine Hand hinab, und er spürte, wie ihm die Tränen über die Wangen liefen. Schluchzend warf er sich aufs Bett und vergrub das Gesicht in den Kissen seiner Mutter, die nach dem zarten Rosenduft ihres Parfüms rochen.

Irgendwann richtete er sich wieder auf und sah die Sachen durch, die er aus dem Kuvert geschüttelt hatte. Ein verschlossener Brief an *Herrn Rechtsanwalt Johannes Laverne*. Das also war sein Großvater – würde er den Brief überhaupt lesen wollen? Dann griff er neugierig nach einem abgerissenen Blatt Papier, auf dem stand: *Clara … Clara … ich liebe Dich so sehr, komme heute zu mir …*, und dann gab es noch den Bierdeckel eines bekannten Wirtshauses in Berlin, auf den Franz gekritzelt hatte, dass er sie sofort küssen wolle. Maxim drehte und wendete den Bierdeckel in der Hand, er konnte es sich bildlich vorstellen, wie seine Eltern im Wirtshaus saßen und sich voll unbeschwerter Verliebtheit anlächelten. Er sah langsam die Fotos durch, die dabei lagen und die seine Mutter an der Front im Jahr 1918 von Franz und seinen Kameraden vor dem Schacht gemacht hatte. Bilder, die Maxim kannte. Und dann gab es noch das Foto, das Franz und Clara Arm in Arm zeigte, wie sie auf dem Kurfürstendamm entlanggingen, im Hintergrund das *Kranzler*.

Ein Straßenfotograf hatte es einmal gemacht, hatte seine Mutter ihm voller Sehnsucht und Traurigkeit erzählt. Und Maxim hatte dieses Foto immer geliebt, seine Eltern zusammen, ein Paar, das in seiner Liebe so unzertrennlich schien. Vorsichtig steckte er alles zurück in das Kuvert und blieb noch auf dem Bett liegen, den Brief seiner Mutter fest an sich gepresst, während er immer noch weinte. Als er den Brief noch einmal durchlas, blieb sein Blick hängen an der Bemerkung *Du musst schnell handeln.* Das hatte seine Mutter dick unterstrichen. *Denn Du bist jetzt allein.*

Da richtete er sich kerzengerade auf, sprang vom Bett, nahm den Brief an sich und das Geld und lief in sein Zimmer. Das Geld steckte er in die Innentasche seiner Jacke, wie auch den Brief seiner Mutter an ihn. Er holte aus der kleinen Kammer an der Küche den einzigen Koffer, den sie besaßen, und packte. Nervös riss er einige Sachen von sich aus dem Schrank, warf sie in den Koffer, dann ging er noch einmal ins Zimmer seiner Mutter. Er nahm das gerahmte Bild, lief zurück, griff ein paar seiner Bücher und warf sie ebenfalls in den Koffer. Auf der Stuhllehne in der Küche hing die blaue Strickjacke seiner Mutter, es war Claras Lieblingsjacke. Auch die stopfte er noch rasch zu den anderen Sachen. Wenn er sie an sein Gesicht drückte, würde er die kurze Illusion ihrer Gegenwart haben.

In dem Moment des Packens klingelte es, und eine unbekannte Stimme rief seinen Namen. Dann klopfte es noch einmal, dann wurde geklingelt, lang gezogen, wieder geklopft, nach ihm gerufen. Vollkommen erstarrt blieb Maxim regungslos im Gang stehen, wagte nicht, sich zu bewegen oder zu atmen. Kam das Jugendamt bereits jetzt, um ihn schon vor dem Tag der Beerdigung abzuholen? Mit Herzklopfen verharrte er, verhielt sich mucksmäuschenstill. Dann hörte er Schritte auf der Treppe, jemand unterhielt sich mit der Hausmeisterin, die offenbar hochgekommen war. Dann verloren sich die Stimmen und die Schritte. Dann wieder Stille.

Langsam wich seine Erstarrung, aber er wagte nicht, das Licht anzumachen. Er wartete in der dunklen Wohnung, schlich sich vorsichtig noch einmal in sein Zimmer, um seine Jacke zu holen. Er wartete und wartete, bis es von der nahe gelegenen Kirche neunmal schlug. Erst dann atmete er auf, keine Behörde würde um diese Zeit noch versuchen, einen einsamen Jungen, der gerade seine Mutter auf tragische Weise verloren hatte, abzuholen. Oder doch? Vielleicht hatten sie den Plan, ihn in ein besonders strenges, düsteres Heim zu stecken, vielleicht weil er ein jüdischer Junge war?

Es tut mir leid, Mama, dass ich morgen nicht bei der Beerdigung dabei sein werde, aber ich weiß, du hättest gewollt, dass ich aus Berlin verschwinde, flüsterte er in die Dunkelheit.

Noch einmal setzte er sich in ihrem Zimmer auf ihr Bett, streckte sich aus, sein Gesicht fest in ihre Kissen gedrückt. Und als er die Augen schloss, hatte er das Gefühl, jemand sei bei ihm, ganz nahe, und wolle ihn trösten. Lange verharrte er, wagte nicht zu atmen, wollte dieses Gefühl einer Nähe, des plötzlichen Wissens, nicht allein zu sein, noch ganz in sich aufnehmen.

Endlich löste er sich. Er musste an seine Zukunft denken, das hatte seine Mutter gewollt. Er erhob sich, nahm den Koffer, lauschte nach unten. Alles war still. Dann drehte er sich noch einmal um, nahm in dem Licht, das von der Straßenlaterne aus durch die Fenster hereinschien, die Wohnung ein letztes Mal in sich auf. Hier hatte er mit seiner Mutter gelebt, und sie hatte ihm Geborgenheit und Liebe gegeben. Und jetzt würde er gehen, denn das war ihr Wunsch gewesen.

Leise schlich er sich mit dem Koffer die Treppe hinunter, verharrte kurz vor der Wohnung der Hausmeisterin, in der das

Radio auf Lautstärke gestellt war und sie sich mit ihrem Mann so laut stritt, dass ihre Stimmen die Tanzmusik im Radio übertönten. Sie würden also nicht bemerken, dass sich Maxim aus dem Haus geschlichen hatte. Er fuhr mit der Straßenbahn zum Hauptbahnhof, studierte lange den Fahrplan und kaufte sich dann eine Fahrkarte am Schalter. Er war nervös, sein Herz klopfte und ließ sich nicht mehr beruhigen.

Doch der Mann am Schalter sah nicht einmal hoch, als er die Fahrkarte kaufte, auch kein Bahnpolizist wurde auf ihn aufmerksam, nahm ihn am Arm und brachte ihn auf die Wache, von der aus er direkt ins Heim kam. Alles ging gut.

Mit mehrmaligem Umsteigen in der Nacht kam er endlich am späten Vormittag des nächsten Tages in Bad Lichtenberg an. Im letzten Abschnitt der Strecke im Personenzug war er in der dritten Klasse allein. Als er ausstieg und sich ratlos auf dem Bahnsteig umsah, war er erstaunt, wie viele Reisende aus der ersten Klasse von Trägern des *Hotels Deutscher Kaiser* abgeholt wurden. Er wartete, bis er nur noch allein auf dem Bahnsteig stand, dann ging er los, doch seine Schritte wurden immer langsamer, je näher er dem imposanten Gebäude des *Grand Hotel Deutscher Kaiser* kam, auf dessen Dach die deutsche und die Fahne des Hotels wehten.

Übermüdet, hungrig und durstig und auch voller Angst schob er sich hastig zwischen Ankommenden am Portier vorbei und stand in der Halle. Seinen verbeulten Koffer stellte er ab und sah sich staunend um. Noch niemals hatte er einen solchen Luxus gesehen.

»Kann ich dir helfen?«

Maxim erschrak über die plötzliche Anrede, er sah sich einem Mann in Uniform gegenüber.

»Ich bin der Empfangschef, also Junge, was können wir für dich tun?«

»Ich will zu Luise Laverne.« Mit letzter Mühe brachte er die Worte über die Lippen.

»Erwartet sie dich?«

Die Stimme war freundlich und der Blick auch nicht verletzend, obwohl sich Maxim bewusst wurde, wie er wirken musste. Der alte Koffer, der abgetragene, zerknitterte Anzug, die alten Stiefel.

»Also noch einmal, erwartet dich Frau Laverne? Oder bist du der neue Küchenjunge? Dann hättest du durch den Dienstboteneingang in den Küchentrakt gehen müssen.«

Der Empfangschef lächelte so nett, dass die Anspannung von Maxim abfiel und ihm schwindlig wurde. »Nein, ich bin nicht der neue Küchenjunge, und ich möchte zu Luise Laverne«, stotterte er.

»Ich weiß nicht, ob die gnädige Frau Zeit hat, kann ich ihr etwas ausrichten?«

»Ich bin ihr Neffe«, brachte Maxim mühsam und leise heraus, bevor sich alles um ihn drehte, er Halt suchte, den er nicht fand, er einfach umfiel und über seinen Koffer stolperte, der sich öffnete und dessen Inhalt sich auf dem Boden ausbreitete. Doch im Sturz hielt er dem Empfangschef das dicke Kuvert hin, bevor er auf dem Boden landete.

Als Luise ihn anrief, brach Johannes sein Gespräch mit einem Mandanten ab, entschuldigte sich und hastete aus der Kanzlei. Angekommen im Hotel, erwartete ihn der Empfangschef, um ihn zu informieren, dass seine Tochter den angeblichen Neffen mit hinauf in ihre Suite genommen habe. »Sie hat ihm geglaubt.«

Er begleitete Johannes noch bis zum Aufzug, und er fuhr nach oben, lief den Gang entlang bis zu Luises Suite 201. Schon nach dem ersten Klopfen öffnete Luise.

»Wo ist er?«

»Er ist eingeschlafen, er war hungrig, aber das Wiener Schnitzel, das er sich gewünscht hat, konnte er nicht mehr essen. Er ist vorher eingeschlafen. Jetzt liegt er in meinem Gästezimmer. Sei bitte leise«, flüsterte Luise ihm zu. »Er ist es, er ist wirklich der Sohn von Franz.«

Die Tür zu dem Gästeapartment, das zur Suite gehörte, war nur angelehnt. Vorsichtig stieß Johannes sie auf, blieb an der Tür stehen und griff nach der Hand seiner Tochter. Er versuchte gar nicht, seine Tränen vor Luise zu verbergen. »Du hast recht, er sieht aus wie Franz, er kann nur sein Sohn sein, mein Gott, warum, warum erst heute, erst nach so vielen Jahren …«

»Wir wollen ihn schlafen lassen«, flüsterte Luise. »Stell dir vor, Vater, seine Mutter ist heute beerdigt worden.«

»Das ist ja entsetzlich. Wenn wir gewusst hätten, dass Franz einen Sohn hat und der auch noch in Berlin lebt, dann hätte doch Victoria sich …«

»Papa, es ist, wie es ist. Komm, ich gebe dir den Brief, den seine Mutter an dich geschrieben hat.«

Während Johannes das Kuvert aufriss, setzte er sich auf Sofa, seine Hand zitterte, als er ihn auseinanderfaltete. Schweigend las er ihn und übergab ihn dann Luise. Und Luise las, was Clara Weinberg geschrieben hatte.

Sehr geehrter Herr Dr. Laverne,
ich weiß nicht, wie ich Sie anreden darf, aber für mich sind Sie vor allem der Vater meines geliebten Franz; oft hat er von Ihnen gesprochen. Von Ihnen und seinen Schwestern Luise und Victoria. Ich konnte mir so bildlich vorstellen, wie sie als Jugendliche zu dritt in den Pavillon gingen, die Jüngste in der Mitte. Sie liefen zu den Papageien, und Franz nannte sich und die Schwestern die drei Musketiere. Ich

nahm jedes Wort, jeden Satz in mich auf, so als habe ich geahnt, dass es uns nicht vergönnt sein würde, zusammen zu leben, dass es für uns keine Zukunft geben kann.
Ich habe Franz geliebt, und auch er liebte mich, doch ich vertraute ihm nicht und glaubte ihm nicht, dass Gerda von Bitten ihm nichts mehr bedeute. Nichts in meinem Leben habe ich so sehr bereut. Warum nur habe ich ihm nicht vertraut? Diese quälende Frage stelle ich mir auch heute noch.
Ich habe Ihnen, Herr Laverne, im Jahr 1918 Fotos geschickt, die ich von ihm und seinen Kameraden an der Front vor seinem Schacht gemacht habe, ein Auftrag des Kriegsministeriums. In diesen beiden Tagen erkannten Franz und ich unsere unlösbare Liebe. Er sprach damals davon, mir den Ring seiner Großmutter Eugenia an den Finger zu stecken, doch dazu kam es nicht mehr. Aber ich bekam seinen Sohn, der mir half, zu überleben. Franz war es nicht mehr vergönnt, ihn kennenzulernen.
Ich weiß nicht, wann Sie diesen Brief erhalten werden, denn ich kenne mein Schicksal und die Stunde meines Todes nicht. Sie verstehen sicher nicht, warum ich nicht früher gekommen bin, gleich nach der Geburt von Maxim, seinem Sohn. Ich konnte es nicht. Ich hatte Angst, dass mir das Liebste genommen wird, dass Sie, eine mächtige Familie, ihn mir wegnehmen würden. War das egoistisch? Heute denke ich, ja, das war es. Ich wollte ihn, den Sohn von Franz, ganz für mich haben, mich nicht Fragen oder auch Demütigungen aussetzen müssen, und ich wollte, dass er zu mir gehört.
Aber wenn er jetzt zu Ihnen kommt, werde ich tot sein, und ich weiß heute, es ist das einzig Richtige, dass er zu Ihnen, zu seiner Familie gehört. Mein ganz großes Anliegen, meine Bitte ist: Ich bin Jüdin, er trägt meinen Namen, WEIN-

BERG. Adoptieren Sie ihn, damit er den Namen seines Vaters bekommt und als Halbjude nicht irgendwann rassistischen Demütigungen oder sogar Gewalt ausgesetzt sein wird.

Mai 1933

PS: Anbei schicke ich Ihnen noch die Geburtsurkunde von Maxim …

»Warum ist sie mit Maxim nicht vor Jahren schon hierhergekommen, nach seiner Geburt oder sogar noch während sie schwanger war? Verstehst du das?«, wandte sich Johannes an seine Tochter.

»Ja«, antwortete Luise zu seinem Erstaunen. »Das schreibt sie doch, sie hatte Angst, dass wir, in ihren Augen eine mächtige und reiche Familie, ihn ihr wegnehmen würden.«

»Das hätten wir doch nie getan.«

»Bist du dir da so sicher?«, fragte Luise, und Johannes schwieg darauf.

Dann sahen sie sich die kleine Notiz an, den Bierdeckel und die vielen Fotos, die Clara von Franz und seinen Kameraden an der Front gemacht hatte.

»Mein Gott«, stöhnte Johannes auf, »das werde ich mir nie verzeihen. Sicher war das ein Zeichen, eine Bitte von ihr an mich, sich mit ihr in Verbindung zu setzen. Ich erinnere mich, einige dieser Fotos haben wir ja, aber ich habe mich nur kurz dafür bedankt. Und vielleicht haben wir deswegen Jahre verpasst, Jahre mit der Frau, die Franz geliebt hat, und Jahre mit seinem Sohn.«

»Vater, das konntest du nicht wissen. Sie hat nur Fotos geschickt, keine einzige Andeutung gemacht. Ich denke, ihr Stolz hat sie zurückgehalten.«

»Stolz, Stolz.« Johannes barg das Gesicht in den Händen, er wollte nicht, dass seine Tochter ihn so schwach sah, sah, wie ihm Tränen über die Wangen liefen.

»Verfluchter Stolz«, wiederholte er.

»Du sollst dich nicht quälen.« Luises Stimme war ruhig und bestimmt, als sie die Hand auf die ihres Vaters legte. »Wir sollten dankbar sein, dass Maxim den Weg zu uns gefunden hat. Den Weg, den seine Mutter für ihn gewollt hat. Nur hat sie wahrscheinlich nicht geahnt, wie schnell er ihn gehen muss.«

»Ja, aber warum hat sie …«

»Sie hatte Angst, du nimmst ihr den Sohn weg. Das schreibt sie doch, und ich verstehe sie. Und da gab es ja noch Gerda, die sich vordrängte und uns glauben ließ, sie sei die Liebe von Franz gewesen. Erinnerst du dich? Bei unserer Trauerfeier kurz nach dem Tod von Franz ist sie bei uns aufgetaucht und hat uns Großmutter Eugenias Ring unter die Nase gehalten, Mutter hat ihr damals geglaubt. Wir haben vermutet, sie hat ihn gestohlen.«

»Ja, so wird es auch gewesen sein, und ja, du hast recht, Clara Weinberg hatte Angst. Und die war sicher nicht ganz unberechtigt.«

Es fiel Johannes schwer, dieses Zugeständnis zu machen.

Dann erzählte Luise ihrem Vater noch, wie Empfangschef Mayer sie in ihrer Suite angerufen hatte und sie in die Halle lief. »Maxim war so schrecklich verlegen, aber Mayer hat die Situation sehr gut gemeistert.«

Johannes nickte nur, war in Gedanken woanders.

»Weißt du, an was seine Mutter gestorben ist?« – »Ja, Maxim hat es mir erzählt, bevor er eingeschlafen ist. Sie ist bei dem Attentat auf ein kleines jüdisches Kaufhaus ums Leben gekommen.«

»Wie schrecklich, was für eine Tragödie. Lassen wir ihn schlafen, aber wenn er aufwacht, dann rufst du mich bitte, ja?«

Luise schüttelte den Kopf. »Nein, lass ihm noch Zeit, außerdem denke ich, er wird bis morgen durchschlafen. Aber ich bleibe natürlich bei ihm, sollte er aufwachen, und wenn etwas ist, melde ich mich.«

Plötzlich sprang Johannes voller Energie vom Sofa auf. »Wir müssen uns auf die Gegenwart konzentrieren. Ich werde morgen früh sofort das Jugendamt in Berlin verständigen, nicht dass es noch eine Vermisstenanzeige gibt und er polizeilich gesucht wird. Und die Adoption werde ich auch sofort in die Wege leiten, so wie es Claras Wunsch gewesen ist.«

»Zuerst aber solltest du Mutter darauf vorbereiten, dass sie einen Enkel hat und er auch noch der Sohn von Franz ist.« Sie lächelten sich in dem Wissen zu, dass ein Sohn von Franz mehr galt, als wenn eine ihrer Töchter einen Sohn bekommen hätte.

»Ich fahre jetzt nach Hause und werde mit deiner Mutter reden. Ich aber denke, Maxim soll sich erst einmal ausschlafen. Du hast recht, eines nach dem anderen. Vorerst braucht er Ruhe. Der Junge muss ganz langsam in sein neues Leben geführt werden. Aber heute bleibst du doch bei ihm?«

»Natürlich, Vater, das sagte ich doch schon.«

Er küsste sie kurz auf die Wange, schlich sich noch einmal zu dem Gästezimmer der Suite, an dem die Tür einen Spalt offen stand, und sah hinein. Mit einem Lächeln wandte er sich wieder ab. »Ich gehe dann«, flüsterte er, »und wenn etwas ist, ruf an.«

Luise nickte. »Ja, ja, natürlich.«

Nachdem Johannes gegangen war, ging auch Luise an Maxims Bett und sah auf ihn hinunter. Ihr Neffe, dieser Junge war ihr Neffe. Sie beugte sich über ihn und strich ihm zart durch die dichten Haare und über das Gesicht, gerötet im Schlaf und doch so voller Kummer und Traurigkeit. »Wir werden dich glücklich machen, wir werden alles dafür tun«, flüsterte sie, während ihr die Tränen über die Wangen liefen. »Ich bin bei dir, dir kann nichts passieren.«

Sie ging wieder zurück und setzte sich auf das breite Sofa. Sie sollte hier schlafen, so würde er sie sofort finden, wenn er aufwachen würde, damit er nicht in Panik geriet. Dann ging sie zu ihrem Schreibtisch und wählte die Nummer der Suite 101. Heute war Simon Roth eingetroffen, und er wartete auf sie. »Simon, es tut mir leid, aber ich kann heute nicht zu dir kommen.«

»Die Familie, ist es nicht so?«

War er verärgert, oder verstand er sie? Sie konnte es nicht heraushören, als sie bestätigte, ja, es sei etwas passiert, aber etwas ganz Außergewöhnliches, ein kleines Wunder.

Dann fiel sie auf den Stuhl und weinte, sie weinte, weil sie glücklich war, und sie weinte, weil sie und Simon es nicht schafften, zusammen zu sein, sosehr sie es sich auch wünschten.

Gegen Mittag am nächsten Tag holte Johannes seinen Enkel ab. Maxim erwartete ihn bereits, machte eine Verbeugung und wurde vor Verlegenheit rot, als Johannes ihm vorschlug, ihn doch bitte Großvater oder auch Opa zu nennen. Dann aber griff Maxim nach der Hand von Luise. »Du kommst doch mit?«

Da zögerte Luise nicht lange. Sie spürte, wie schwer es für den Jungen war, sich jetzt der ganzen Familie Laverne zu stellen, zu der er so plötzlich gehörte.

Und dann gingen sie zu dem roten Mercedes des Hotels, der Chauffeur hielt ihnen die Wagentür auf, und Luise und Maxim setzten sich in den Fond, während Johannes neben dem Fahrer Platz nahm.

»Das ist Charles«, stellte Johannes den Chauffeur seinem Enkel vor. »Und das hier ist mein Enkel Maxim Laverne.«

Der Chauffeur griff sich an die Mütze, lächelte und drehte sich kurz nach Maxim um.

Luises Hand umschloss die von Maxim. »Du brauchst keine Angst zu haben, alle werden dich lieben, vor allem deine Großmutter.« Beruhigend drückte sie die Hand des Jungen.

Es war ein warmer Frühlingstag, und Maxim beugte sich weit aus dem Fenster und sah durch die Blätter der Birken hindurch die Umrisse der Villa, die ab sofort sein Zuhause sein würde. Und er dachte, wie schön wäre es doch, wenn seine Mutter mit ihm dieses große Abenteuer seines neuen Lebens miterleben dürfte.

SECHSUNDZWANZIG

Ostpreußen

Ende Mai

FELIX

Du willst wirklich dieses alte Haus kaufen?«

Felix saß mit Jette im Gras, weit außerhalb des Orts. Sie kaute an einem Zittergrashalm und legte plötzlich den Kopf in seinen Schoß und sah hoch in den strahlend blauen Himmel. »Ja, das möchte ich, aber dazu brauche ich Geld. Es muss ja komplett aufgebaut werden.«

Felix war erneut bei der Filiale der Reichsbank gewesen, man würde seine Unterlagen prüfen. Wohlwollend, hatte der Direktor erklärt. Felix wurde erst später bewusst, was damit gemeint war. Wohlwollend bedeutete, jeder wusste, dass er mit der Tochter des reichen Gutsbesitzers Friedrich von Stetten so gut wie verlobt war. Außerdem stammte er aus der berühmten Hotel-Dynastie der Lavernes. Auch das wusste die Bank längst. Manchmal war sich Felix nicht sicher, ob das auch der Grund gewesen war, dass Dr. Maurer ihn nach seiner Rückkehr im Sommer 31 wieder eingestellt und dafür seinem Ersatzmann gekündigt hatte. Aber vielleicht hatte er begriffen, dass es das Verdienst von Felix gewesen war, der sich mit zäher Energie für die kleinen Bauern bei der Bank einsetzte und für manchen auch eine staatliche Hilfe aushandeln konnte. Vier Bauern im Dorf von Elke hatten durch ihn Zuschüsse erhalten, das hatte ihn dort in der Gegend beliebt gemacht. Aber für sein eigenes

Projekt konnte er keinen Kredit oder staatliche Zuschüsse erwarten. Er wollte das Elternhaus von Elke wieder aufbauen, die Rapsfelder zurückkaufen, Öl herstellen und Obst anbauen. Außerdem wäre es interessant, in enger Nachbarschaft mit einem Schriftsteller, einem Freidenker zu leben.

»Hörst du mir überhaupt zu?« Jette riss ihn aus seinen Gedanken. »Vater wird dir jeden Kredit geben, das weißt du. Ich verstehe allerdings nicht, wieso du ein Haus in diesem abgelegenen Kaff aufbauen willst. Du kannst hierbleiben, vielleicht macht Vater dir das Angebot, Gutsverwalter zu werden.« Sie hob den Kopf und richtete sich auf.

Felix lächelte. »Ich denke, er knüpft es an eine Bedingung. Dein Vater macht nichts umsonst.«

»Das zeichnet doch einen guten Kaufmann aus, oder etwa nicht?«

Manchmal fragte er sich, wie er Jette überhaupt verdiente. Sie, die Tochter eines reichen Gutsbesitzers, hatte sich ausgerechnet mit ihm eingelassen. Die Sonne blendete, und er hob die Hand gegen das grelle Licht und sah, wie Jette langsam ihre Bluse aufknöpfte, sich in der Sonne dehnte und streckte und ihm ungeniert ihre schönen vollen Brüste anbot.

»Warum, Jette, warum ich?«, murmelte er, während auch er sich aufrichtete und ihre Brüste umfasste und die eigene Erregung ihn willenlos werden ließ. Er wusste, dass es in Jettes Leben einige Männer vor ihm gegeben hatte, letztendlich sei sie bereits fünfundzwanzig, hatte sie erklärt und gelacht. Ja, Männer gab es in ihrem Leben, seit sie fünfzehn war. Ob ihn das schockiere?

Felix hatte nur gelacht, nein, nein, wieso denn? Damals, als sie ihm dieses Geständnis machte, hatte es ihm auch nichts ausgemacht. Doch jetzt wurde er immer unsicherer. Gab es vielleicht einen Mann darunter, der ihr besser gefallen hatte? Vielleicht gab es sogar jetzt einen, groß und gesund, der ihr besser gefiel? War er vielleicht nur ein Ersatzmann oder eine vorübergehende Notlösung, da sich im Moment nichts Besseres fand? »Warum ich?«, murmelte er zwischen zwei Küssen, während sie den Gürtel seiner Hose öffnete.

Jette zeigte stets unverblümt, wenn sie Sex haben wollte. »Ich mag dich«, murmelte sie ganz nahe bei ihm, »weil du gescheit bist, gescheiter als jeder Mann, den ich kenne. Du weißt alles, das sagt auch Papa«, flüsterte sie noch, bevor sie sich auf den Rücken legte, ihren Rock hochschob, unter dem sie nichts trug. Sie wusste, er konnte ihr nicht widerstehen, sie besaß Macht über ihn. Ihre Sinnlichkeit, ihre Vitalität zogen Felix in ihren Bann. Doch während sie sich liebten, schob sich ein anderes Bild in sein Gedächtnis. Ein schmales blasses Mädchen, das ihre Bluse öffnete und ihm ihre kleinen Brüste zeigte mit den zarten rosa Brustwarzen, seine Hand nahm und sie zwischen ihre Schenkel schob, während ihre großen grauen Augen ihn ansahen.

Als sie sich jetzt voneinander lösten und er nach seiner Hose griff, nahm sie seine Hand. »Komm, lass uns nackt hier liegen in der Sonne, im Gras, das ist aufregend.«

»Ein Spaziergänger könnte vorbeikommen und uns sehen«, murmelte er, bereits wieder schwach geworden. Er legte sich neben sie, stützte sich aber auf dem Ellenbogen ab, um sie in ihrer Nacktheit anzusehen.

Sie lächelte, blinzelte ihn an. »Weißt du schon, ob du zu diesem Festakt nach Hause fährst?«

Er nahm einen Grashalm und kitzelte damit ihre Brüste. »Ich weiß es noch nicht«, antwortete er, »vielleicht.«

»Das ist bereits in einer Woche, es ist doch wichtig, dass du dich mit deinem Bruder aussöhnst. Wichtig für ihn, doch auch wichtig für dich, vielleicht sogar vor allem für dich.«

»Ich denke«, sagte er in plötzlichem Entschluss, »dass ich fahren werde. Meine Mutter hat mir geschrieben, dass Julian kommen wird.«

»Na siehst du. Es ist doch auch schön, deine Eltern wiederzusehen und deinen neuen kleinen Cousin, wie ist sein Name?«

»Maxim, der Sohn meines gefallenen Cousins Franz, für den der große Festakt veranstaltet wird. Für den Helden der Schlacht an der Somme.«

»Bei deinem Besuch zu Hause musst du mit ihnen ins Reine kommen. Das ist wichtig für dein weiteres Leben.« Felix konnte nicht mehr nachdenken, Jette schaffte es bereits wieder, jede Vernunft außer Acht zu lassen, nur im Moment zu leben, mit der ständigen Grübelei aufzuhören. Am liebsten hätte er sich ganz in die Liebe zu ihr fallen lassen.

Schwer atmend lösten sie sich. »Weißt du«, sagte Jette, »es ist nicht nur deine Intelligenz, warum ich mich in dich verliebt habe …«

Felix war vollkommen erstaunt. Es war das erste Mal, dass Jette von Liebe oder zumindest von Verliebtheit sprach.

»Du bist ein guter Liebhaber, du bist anders als alle, die ich hatte. Du bist einfühlsam, zärtlich, und du hast einen so schönen, zarten Körper.«

Felix war so verlegen, dass ihm die Röte ins Gesicht schoss. »Oh«, sagte er mit großer Ehrlichkeit, »das hat mir noch keine Frau gesagt.«

Jetzt lachte Jette und kitzelte ihn mit einem Grashalm an der Nase. »Ich denke, so viele Frauen gab es in deinem Leben noch nicht, oder?«

Felix schüttelte den Kopf, auch er lachte jetzt. Wie immer erreichte Jette es, das Leben leicht zu nehmen.

Doch plötzlich wurde sie ernst. »Ich habe mich in dich verliebt, Felix.« Sie richtete sich auf, sah ihn mit tiefem Ernst an. »Felix. Willst du mich heiraten?«

Felix konnte in der folgenden Nacht keinen Schlaf finden. Er stand auf, lief in seiner Wohnung auf und ab, bis die Mieterin der Erdgeschosswohnung, Frau Benzinger, energisch gegen die Decke klopfte. Er wusste, jetzt stand sie mit erhobenem Besenstiel auf einem Stuhl, um ihm zu zeigen, er solle endlich aufhören mit dem Auf-und-ab-Laufen. Da setzte er sich wieder auf sein Bett, fand jedoch keinen Schlaf. Er schloss die Augen und sah Jette vor sich, wie sie sich wieder anzog, ihre blonden Haare zu einem dichten Zopf geflochten, und wie sie ihn ansah, nachdem sie ihm diese Frage gestellt hatte. Sie hatte ihn damit vollkommen überrumpelt. Jette war es gewesen, die ihm half, wieder zurück ins Leben zu finden. Ihre Vitalität tat ihm gut, zog ihn aus der Depression, die ihn immer wieder in die Dunkelheit zurückholte. Sie war so einfach seine Geliebte geworden, er hatte es nicht begreifen können, sie, die Tochter eines reichen Gutsbesitzers, hübsch und voller Energie, und er, nur ein Kanzleiangestellter und gesundheitlich stark eingeschränkt.

Sie sah das nicht so. »Du hast mit ein paar Folgeerscheinungen zu kämpfen, weil du niedergeschlagen wurdest. Das ist alles.«

»Ach Jette«, flüsterte er jetzt. Was wäre gewesen, wenn sie ihn damals nicht vor dem Bahnhof angesprochen hätte? Er hatte sich das oft gefragt und schließlich auch sie.

»Da habe ich schon gewusst, dass ich dich haben wollte«, hatte sie freiheraus zugegeben.

»Wieso? Gut, das war noch vor meinem … du weißt schon …«

»Sprich es aus, das ist wichtig für dich«, hatte sie erklärt. »Nachdem dein Bruder dich halb tot schlug, weil ihr euch wegen eines halbwüchsigen Kinds gestritten habt.«

Er hatte gelacht, etwas gezwungen, aber er hatte gelacht. Er hatte ihr von Olga erzählt, aber nicht, wie viel Macht sie über ihn gehabt hatte.

»Weißt du, ich habe gleich erkannt, dass du ein guter Liebhaber bist.«

»Wieso?« Felix hatte an Elke gedacht, die sich ihm oft wochenlang verweigerte, es sei die geistige Bindung, die zähle.

»Man muss nicht mit einem Mann schlafen, um zu wissen, dass er gut ist.«

Auch da hatte er gelacht, etwas gezwungen, weil er verlegen wurde, dass diese vitale hübsche junge Frau ihn für einen guten Liebhaber hielt. Was war denn so Besonderes an ihm, was machte er, was andere Männer nicht taten?

Und sie waren noch so jung, würde Jette jemals treu sein können?

Jetzt streckte sich Felix auf seinem Bett aus und starrte an die Decke. »Also«, hatte Jette beim Abschied gesagt, »fahr du jetzt erst einmal nach Hause. Und wenn du zurück bist, gib mir eine Antwort.« Sie hatte ihn schnell auf den Mund geküsst, sich umgedreht und war davongelaufen. Aber sie hatte ihre Frage ernst gemeint, das war ihm in diesem Moment, als sie so hastig davonlief, klar geworden.

SIEBENUNDZWANZIG

Rom zur gleichen Zeit

JULIAN

Signori … Signore … Ladys and Gentlemen, meine Damen und Herren …

Seit dem dreizehnten Mai 609 dient es als römisch-katholische Kirche. Die Kuppel symbolisiert den Himmel und die Öffnung die Sonne.

Bruchstücke der Führung erreichten Julians Ohr, als er an der Gruppe der Touristen vorbeilief, in der schattigen Vorhalle des Pantheons stehen blieb und durch die Säulen auf die sonnendurchglühte Piazza della Rotonda sah. Er liebte es, durch Rom zu schlendern, die Hitze machte ihm nichts aus. Er lief auf die Piazza und setzte sich in ein Café, das im Schatten lag, um einen Espresso zu trinken. Julian trug eine schwarze Hose und ein weißes Hemd, und er übersah die vielen Blicke weiblicher Passantinnen, die ihn anlächelten oder mehrmals an seinem Tisch vorbeiliefen. Er unterhielt sich ein wenig mit dem Kellner, der sich über die Hitze und die vielen Touristen beklagte, und wie immer freute sich Julian, dass er die Sprache inzwischen beherrschte und er sich damals im Internat für Italienisch und gegen Französisch entschieden hatte. Die Ewige Stadt war für ihn zur Heimat geworden. Die Erinnerungen an Olga waren verblasst, nur das Gefühl der Schuld blieb. Er konnte sich nicht verzeihen, dass er mit dieser brutalen Wut auf den geliebten Bruder eingeschlagen hatte, sinnlos, immer wieder, obwohl Felix längst am Boden gelegen hatte.

Und das wegen eines blassen sechzehnjährigen Mädchens, das ihn belogen hatte. Es ließ ihn nicht los, und es beunruhigte ihn, dass er zu einer solchen Brutalität fähig war. Was wäre gewesen, wenn Felix nicht überlebt hätte und er zum Mörder des geliebten Bruders geworden wäre?

Langsam erhob er sich jetzt, zahlte und schlenderte weiter. Die päpstliche Universität, an der er Theologie studierte, lag zwischen der Fontana di Trevi und der Piazza Venezia. Doch heute hatte er keine Vorlesungen mehr, und so schlenderte er weiter nach Hause. Er teilte sich eine Wohnung mit Klaus, einem Deutschen aus einer Hamburger Reederfamilie, der an der päpstlichen Universität Philosophie studierte. Es war später Nachmittag, Klaus war zu Hause, und sie setzten sich zusammen auf die Dachterrasse. Ein angenehmer leichter Wind ließ die Blätter der Blumen leicht erzittern, die in großen Töpfen auf der Terrasse standen. Oleander, Hibiskus in allen Farben. Julian hatte sie ausgesucht, wie er auch die Inneneinrichtung der Wohnung gestaltet hatte. Carl war großzügig und bezahlte, und auch Klaus erhielt von seinem Vater Schecks in jeder Höhe, um die er ihn bat.

Sie saßen in den Korbsesseln, unterhielten sich über die Fußballmannschaft der päpstlichen Universität, deren Kapitän Julian war. Auch spielte er in der Tennismannschaft, und durch ihn gewann sein Verein mehr als einmal eine Trophäe. Klaus öffnete eine Flasche Chianti, den besten von Rom, wie er erklärte, und schenkte ihnen beiden ein.

»Hast du dich schon entschieden? Wirst du nach Hause fahren?«, fragte er seinen Freund nach dem ersten Schluck. »Ich denke, ja«, antwortete Julian. »Meine Mutter schrieb mir, Felix habe sein Kommen zugesagt.«

»Also scheint dein Bruder doch bereit für eine Versöhnung zu sein.«

»Ich weiß es nicht, ich kann es nur hoffen. Aber selbst wenn er mir verzeiht, meine Schuldgefühle bleiben. Ich habe ihn ins

Koma geprügelt, er hätte sterben können. Und wie ich weiß, hat er Folgeerscheinungen, kann deshalb nicht mehr studieren.«

Julian und Klaus hatten sich in der Kantine der Universität bereits am ersten Tag des Semesters kennengelernt. Sie fingen ihr Studium gleichzeitig an. Sein Freund wusste, wie Julian gelitten hatte, als sein Bruder im Koma lag und eine lange Zeit im Sanatorium verbracht und den Kontakt zu seiner Familie strikt abgelehnt hatte. Julian hatte sich ihm geöffnet, ihm erzählt, dass er einige Monate in dem kleinen Kloster verbracht hatte, dessen Abt ein Schulfreund des Kardinals Kemper gewesen war, der Julian den Zugang zur päpstlichen Universität ermöglicht hatte.

Julian trank schweigend den Wein. Er dachte an den Abt, der ihm ein väterlicher Freund geworden war. »Die Wege des Herrn sind unergründlich«, hatte er ihm beim Abschied mitgegeben. »Eines Tages wirst du dich selbst von Schuld freigesprochen haben.«

Doch das war nicht der Fall. Julian konnte nicht begreifen, dass es eine Seite in ihm gab, die er selbst nicht kannte und die plötzlich ausbrechen konnte, etwas, das für ihn nicht kontrollierbar war. »Dieses kleine Biest ist schuld«, hatte Klaus erklärt, als er sich dem Freund anvertraut hatte.

Jetzt erhob sich Julian und sah über die Stadt, die er bereits liebte, hinüber zu den Dächern des Vatikans. Klaus stellte sich neben ihn, schweigend sahen sie auf den kleinen Platz hinunter. Klaus warf seinem Freund einen Seitenblick zu. Seit sie zusammenwohnten, gab es keine Frau in Julians Leben. Während er selbst öfter eine junge Frau mit nach Hause brachte, lebte Julian bereits wie im Zölibat. Klaus vermied es, dass eine seiner Freundinnen oder Affären Julian begegnete, denn Julian hatte eine starke Ausstrahlung, der kaum eine Frau widerstehen konnte. Lernte Julian eine seiner Freundinnen kennen, interessierte sie sich mehr für Julian und nicht mehr für ihn. Doch das nahm er seinem Freund nicht übel.

»Wird das Heimkommen etwas an deinen Plänen für dein Studium ändern?«, fragte Klaus seinen Freund vorsichtig.

»Nein, natürlich nicht. Ich werde weiterhin Theologie studieren, es ist meine Berufung«, erwiderte Julian.

»Aber wie sehen deine Ziele aus, willst du wirklich Geistlicher werden und in irgendeinem kleinen Ort die Frühmesse für alte Frauen abhalten?«

»Dein geringschätziger Ton gefällt mir nicht, Klaus.« Julian reagierte ungehalten. »Es sind Frauen, die einmal jung gewesen sind, mit einem gelebten Leben, das hinter ihnen liegt. Sie kommen in die Kirche, vielleicht weil sie Angst vor dem Tod haben, Angst vor der Einsamkeit, in der Kirche fühlen sie sich angenommen, zu Hause.«

Klaus schwieg. Er war überrascht über die Heftigkeit Julians, mit der er ihm widersprach. »Es tut mir leid«, murmelte er. »Ich bin eben ein Mann, für den nur schöne Frauen zählen, werden sie älter, dann sind sie doch für Männer uninteressant.«

Julian schwieg. Dann aber legte er den Arm um die Schulter seines Freundes. »Du bist wie viele Männer, denkst und handelst wie die meisten von ihnen, und das schmerzt mich. Aber trotzdem bin ich dein Freund und hoffe, du änderst einmal deine Meinung. Doch ich bitte dich, denk mehr nach, sei nicht so oberflächlich. Für dich existieren nur schöne junge Frauen, das ist nicht richtig.«

»Jaja, schon gut, du hast recht. Um darauf zurückzukommen, ich kann dich mir nicht vorstellen, wie du Geistlicher in einer kleinen Pfarrei wirst. Die jungen Frauen werden vor dem Beichtstuhl Schlange stehen, um dir ihre kleinen Geheimnisse ins Ohr zu flüstern«, lachte Klaus.

Julians Falte auf der Stirn vertiefte sich. »Lass das bitte, Klaus. Werd nicht geschmacklos.«

Sie tranken schweigend, bis sich Klaus weit über die Balustrade der Terrasse beugte. »Schau, da unten hält eine schwarze Limousine«, lenkte Klaus ab. Die Vorhaltungen seines Freunds ärgerten ihn.

»Sie trägt sogar das Nummernschild des Vatikans.« Er drehte sich Julian zu. »Siehst du?«

Julian beugte sich ebenfalls weit über die Balustrade und nickte. Auf dem Nummernschild der Limousine stand: CV mit einer fünfstelligen Nummer. Das Zeichen, dass es ein Wagen des Vatikanstaates war. Città del Vaticano. Ein dunkel gekleideter Chauffeur stieg aus, sah an dem Haus hoch, ging auf den Eingang zu und verschwand. »Unten steht wie immer die Tür offen«, ärgerte sich Klaus. »Komm, wir lauschen nach unten, dann hören wir, wohin er geht.«

Julian lachte über seinen Freund, schüttelte den Kopf und blieb stehen, doch Klaus trieb seine Neugierde hinaus, und er öffnete die Wohnungstür, hörte den Aufzug hochkommen, anhalten und sich öffnen.

Julian sah hinüber zu den Dächern des Vatikans. Seit er studierte, hatte er erkannt, dass er ehrgeizig war. Wenn er in der Schulzeit noch keine Vorstellung hatte, wie seine Zukunft aussehen sollte, jetzt wusste er es. Wenn er bei seinem Freund auch indirekt die kleinen Pfarreien verteidigt hatte, besaß er andere Pläne.

Klaus kam zurück auf die Terrasse. Schweigend hielt er seinem Freund ein großes weißes Kuvert hin, feinstes Büttenpapier mit einem Siegel des Vatikans und adressiert an Julian Laverne.

Erstaunt nahm Julian das Kuvert entgegen und öffnete es ganz vorsichtig, um möglichst das Siegel nicht zu verletzen. Er las, und Klaus sah ihn voll schweigender Erwartung an.

Dann hob Julian den Kopf. »Eine Einladung des Vatikans, zu einer kleinen inoffiziellen Privataudienz des Papstes für zehn ausgewählte Studenten der päpstlichen Universität, ausgestellt vom Kardinalstaatssekretär Eugenio Pacelli.«

Klaus nahm es fast den Atem, er griff nach der Einladung, sah sie durch und dann seinen Freund an.

»Diese Audienz ist am 12. Juni, ist da nicht das …?«

»Ja«, unterbrach Julian ihn. »Es ist der Tag des Festakts bei uns zu Hause.«

Julian ging an die Balustrade und sah hinüber zu den Dächern des Vatikans, wie er es so oft in letzter Zeit tat.

»Was wirst du machen? Wie entscheidest du dich? Das ist jetzt doch sehr schwierig für dich«, fragte Klaus.

Ohne sich umzudrehen, antwortete Julian. »Ich muss nicht nachdenken, ich habe mich bereits entschieden.«

ACHTUNDZWANZIG

Bad Lichtenberg

LUISE

Luise schlenderte durch den neuen Palmengarten. Sie bewunderte Simons Arbeit, denn jetzt erinnerte nichts mehr an das Flair des Kolonialreichs, das untergegangen war. Palmen gab es immer noch, aber die hohen Spiegel hatte Simon abnehmen lassen, die Möbel waren puristisch und doch bequem. Das müsse so sein, hatte Simon ihr erklärt, ein Restaurant, in dem man nicht bequem sitzen kann, sei nicht überlebensfähig. Fotos waren gemacht worden, Zeitungen hatten ihre Redakteure geschickt, um über das neue Meisterstück des Stararchitekten Simon Roth zu schreiben und Fotos zu machen. Der Umbau hatte Unsummen verschlungen, denn wenn Simon arbeitete, dachte er nicht an die Kosten. Das sei Kleinkrämerei, behauptete er. Man will einen neuen, modernen Palmengarten, aber wenn das zu teuer ist, streicht man nur die Wände und legt neue Kissen auf die Korbsessel, und das war es dann. Johannes hatte sich mit dem Anwalt der amerikanischen Investoren besprochen, und Simon Roth bekam vollkommen freie Hand für eine Umgestaltung. Es hatte sich gelohnt. Staunend blieb Luise am Eingang stehen und sah sich um. Am hintersten Tisch saß ihre Mutter Irene mit ihren beiden Freundinnen und winkte ihr strahlend zu. Es war ein *Déjà-vu*, ihre Mutter hatte bereits vor dem großen Krieg dort mit ihren Freundinnen jeden Donnerstag gesessen. Der ganze Ort hatte sich hinter vorgehaltener Hand zugeflüstert, dass Irene Laverne, die Frau von Johannes

Laverne, sich hier regelmäßig einen Schwips angetrunken hatte. Jetzt saßen sie also wieder hier, doch die Zeit hatte sie verändert. Damals waren sie alle Mitte vierzig gewesen, heute ältere Frauen von Mitte sechzig, die viel erlebt, auch durchgestanden hatten. Irene aber trug heute ihr gelbes neues Kleid, und sie wirkte jünger und lebendiger. Das war Maxims Werk, sie wollte eine hübsche Großmutter sein, auf die Maxim stolz war. Mit einem kleinen Lächeln wandte sich Luise ab, als Maxim plötzlich vor ihr stand. Er gab ihr förmlich die Hand und machte einen Diener dazu. Er trug eine weiße kurze Tennishose, einen dunkelblauen Pullunder und ein weißes Polohemd darunter. »Du kommst vom Tennisspielen?«

Er nickte, dann sah er zu dem Tisch von Irene hinüber. »Großmutter will mich heute ihren Freundinnen vorstellen«, sagte er ein wenig hilflos.

Luise aber lachte, erklärte, er müsse das locker sehen, die Frauen wüssten bereits alles über ihn, er müsse sicher nicht mehr viel erzählen.

Maxim schien erleichtert. »Heute kamen meine Schulbücher an, Großvater hat sie für mich in der Buchhandlung bestellt.«

»Und hast du deinen Lehrer schon kennengelernt?«

Maxim nickte auf Luises Frage. »Er scheint nett zu sein.«

Johannes hatte entschieden, dass sein Enkel durch einen Privatlehrer Unterricht über die Sommerferien erhalten sollte, bis die wichtige Entscheidung fiel, ob er ins Internat in die Schweiz kam, wie alle Lavernes, oder das örtliche Gymnasium besuchen sollte.

»Ich will übrigens hier in die Schule gehen«, erklärte Maxim jetzt und sah Luise fest an. »Ich will hierbleiben, euch besser kennenlernen, mich auch zu Hause fühlen können.«

Luise fuhr ihm zärtlich durch seine dichten Haare. »Ich freue mich, und ich denke, deine Entscheidung ist richtig«, erklärte sie. »Bleib dabei. Wir freuen uns alle, wenn du nach den

Sommerferien hier auf die Schule gehen wirst. Und das Schweizer Internat läuft dir nicht davon.«

Maxim nickte, senkte den Blick, und Luise spürte, er wollte ihr etwas sagen. »Was ist los?« Wieder fuhr sie ihm durch die Haare. Sie spürte, er mochte diese burschikose Geste der Zärtlichkeit, mehr als Umarmungen und Küsse seiner Großmutter.

»Ja, weißt du«, jetzt zögerte er, »ich trage den Namen meiner Mutter, und nun soll ich ihn ablegen. Das kommt mir wie Verrat vor.«

Nachdenklich sah Luise ihn an. Maxim, erst vierzehn Jahre alt, konnte präzise seine Gefühle definieren, war hochsensibel. Das war ungewöhnlich, kam das aus der engen Beziehung zu seiner Mutter? Dann schüttelte sie den Kopf. »Nein, Maxim, das ist kein Verrat. Deine Mutter hat gewollt, dass du adoptiert und dadurch ein Laverne wirst. Und das sollte doch auch passieren, bevor du in die Schule gehst. Das war der sehnlichste Wunsch deiner Mutter, denk immer daran. Du musst kein schlechtes Gewissen haben. Du erfüllst nur ihren Wunsch. Und«, setzte sie hinzu, »alle mögen dich hier, vergiss das nicht. Deine Mutter würde das glücklich machen. Du wirst das Leben führen, das sie sich für dich gewünscht hat. Als Sohn von Franz, den sie sehr geliebt hat.«

»Meinst du?« Die Unsicherheit in Maxims Gesicht verflog.

»Natürlich, Maxim. Für jeden hier bist du bereits ein Laverne, aber im Herzen gehörst du zu deiner Mutter, ein Name bedeutet im Grunde nicht viel. Nur in deinem Fall gibt dir der Name Laverne in dieser Zeit Sicherheit, und genau das war der Wunsch deiner Mutter.«

Maxim senkte den Kopf, er wollte nicht, dass Luise seine Tränen sah. Aber dann hob er ihn doch und sah sie an. »Danke, Luise. Du hast recht, Mama wäre glücklich.«

»Pass auf.« Luise zwinkerte ihm zu. »Siehst du die Freundin, die blonde, die neben deiner Großmutter sitzt?«

Maxim nickte.

»Sie wird dich fragen, ob du einen Kakao magst. Das hat sie vor vielen Jahren deine Tante Victoria gefragt, und sie war empört, sie war sechzehn, sie hat erklärt, sie sei doch kein Baby mehr.«

Sie lächelten sich zu, und dann lief Maxim durch die voll besetzten Tische zu dem letzten, an dem seine Großmutter mit ihren Freundinnen ihn ungeduldig erwartete. Er gab jeder die Hand, machte dazu eine kleine Verbeugung, und dann sah er sich um und nickte mehrmals. Es war eine nette Geste der Verschwörung, also hatte Ella ihn gefragt, ob er einen Kakao wolle. Luise lachte ihm zu und wandte sich dann ab. Simon hatte eine Besprechung mit seinem Assistenten im Hotel, sie betraf sein nächstes Projekt in Amsterdam. Aber in einer halben Stunde würde er in ihrer Suite auf sie warten. Nur wann würden sie sich nach diesen Tagen dann wiedersehen? Sie spürte bereits den Abschiedsschmerz. Am ersten Abend nach seiner Ankunft war sie in ihrer Suite bei Maxim geblieben. Erst am nächsten Abend, als Maxim bereits in der Villa schlief, ging sie zu Simon. In dieser Nacht hatten sie sich geliebt, hastig, gierig, zu lange hatten beide diesen Moment herbeigesehnt. Nach der Liebe, als er sie zärtlich küsste, sagte Simon, er habe schon Angst gehabt, dass ihr Telefon läuten würde, während sie sich liebten, und irgendwer aus der Familie sie brauche. In Gedanken daran lächelte Luise jetzt, er hatte Humor, und sie konnten miteinander lachen. Sie war glücklich mit ihm, glücklich, von Simon geliebt zu werden, glücklich, ihn lieben zu dürfen.

Seine Abreise hatte er auf den 13. Juni gelegt, einen Tag nach dem Festakt. Aber er würde zurückkommen, gleich nachdem er seinen Auftrag, in Amsterdam die Innenarchitektur für ein Museum zu gestalten, ausgeführt hatte. Das hatte er versprochen. Luise warf noch einen kurzen Blick in den Festsaal, in dem am Abend des 12. Junis eine Kapelle spielen würde und man tanzen konnte. Alle Plätze an den Tischen entlang den Wänden waren bereits ausgebucht.

Sie lief weiter zum Saal mit der gewölbten Glaskuppel und dem ebenfalls gläsernen Pavillon. Simon Roth war begeistert über diese außergewöhnliche Architektur gewesen, hier müsse man gar nichts verändern, und die Vögel, meinte er, fühlten sich hier sichtlich wohl.

»Es ist immer noch ein großer Anziehungspunkt für die Kurgäste«, hatte Luise ihm erzählt. »Jeder kommt hierher, um die Papageien und die anderen Exoten zu bewundern. Sie kommen, bevor sie in die Wandelhalle gehen, um ihr Wasser gegen das Altern zu trinken.« Luise blieb jetzt stehen und sah hoch zu den Papageien. Einer von ihnen hatte hier schon gelebt, als sie mit Franz hergekommen war. Und Victoria war zwischen ihnen getrippelt, und sie nahmen sie bei den Händen und ließen sie fliegen. Victoria jauchzte, es konnte ihr nicht hoch genug sein. Und dann standen sie hier vor dem Pavillon, und sie warteten und lachten, wenn der alte Papagei von einem Ast aus zu den Zuschauern hinunterblickte und plötzlich sein *Seemann ahoi* krächzte. Victoria konnte sich nicht sattsehen und jubelte, wenn er den Schnabel aufmachte, was nicht sehr oft passiert war. Franz war tot, und Vic kam nicht mehr nach Hause. Luise hatte die Hoffnung aufgegeben, dass ihre Schwester zurückfand, denn wäre sie dann nicht zum Fest endlich nach Hause gekommen? Ach Vic, warum nur? Warum?

Vielleicht sollte sie doch einfach nach Berlin fahren und bei ihrer Schwester vor der Tür stehen. Was gab es, das Victoria geradezu zwang, nicht zurückzukommen, nicht einmal für einen Besuch? Oder galt für sie nur Entweder-oder, dazwischen lag nichts? Entweder sie kam für immer zurück oder gar nicht – ein Besuch schien ihr nicht richtig zu sein. Aber hatte sie sich wirklich so vollständig von der Familie gelöst? Luise erinnerte sich, am Morgen des großen Brands war sie nicht bei der

Familie geblieben. Sie war allein nach Hause gegangen, und allein hatte sie zwei Tage später fast kommentarlos den Ort verlassen, um nie mehr zurückzukommen.

Nachdenklich wandte sich Luise ab, da spürte sie, dass sie beobachtet wurde. Als sie sich umdrehte, sah sie in graue Augen, die sie durch die Leute hindurch anstarrten. Es war Olga, die dort stand und zu ihr herübersah.

NEUNUNDZWANZIG

Berlin

Zur gleichen Zeit

VICTORIA

»Victoria, das sollen aufregende Kostüme sein? Das ist Schrott … Das ist nichts …« Der Choreograf René Lemaire riss einer Tänzerin das Kostüm aus der Hand und schleuderte es auf den Boden. »Da musst du noch mal ran, bis übermorgen will ich neue Kostüme sehen. Das ist tiefste Provinz, aber nicht die berühmte *Haller Revue.* Hierher kommt ein internationales Publikum, und dann das?« Er riss der zweiten Tänzerin den perlenbesetzten Büstenhalter aus der Hand, und sie stand halb nackt im Kreis sämtlicher Kollegen.

»Wir haben keine Zeit mehr«, wagte einer von Renés Assistenten sanften Widerspruch.

»Das ist mir egal«, schrie Lemaire, während seine Stirnader gefährlich anschwoll.

»Wir haben auch keinen Etat mehr, « Victoria versuchte, ruhig zu bleiben, »und in sechs Tagen ist Premiere, es ist unmöglich, neue …«

»Unmöglich? Dieses Wort passt nicht, gibt's nicht.«

Victoria hatte das Gefühl, verspottet zu werden.

»Victorias Kind ist krank«, meldete sich die Direktrice. »Und die Schneiderei schafft das auch nicht mehr.«

»Das ist mir egal, übermorgen will ich neue Kostüme sehen.«

Er rannte aus der Anprobe und warf die Tür krachend hinter sich zu.

»Ein richtiges …«, setzte einer der Assistenten an, schwieg dann aber. Jeder wusste, was er meinte.

Victoria fühlte sich nur noch müde und ausgelaugt. Seit der Geburt von Natalja vor zwei Jahren arbeitete sie durch, ohne Urlaub, ohne sich nur ein paar freie Tage zu gönnen. Jetzt hatte ihre Tochter auch noch Masern bekommen, und Victoria hatte in der vergangenen Nacht kein Auge zugetan. Sie sah in die Runde. »Erst einmal muss abgeklärt werden, ob noch ein Etat zur Verfügung steht, dann werde ich im Fundus nachsehen, was wir gebrauchen können.«

»Er kritisiert doch nur wieder, er ist unsicher, weil seine Choreografie uninspiriert ist, das ist es doch«, meinte die Direktrice seelenruhig. »Wir sollten zum Direktor gehen, der wird ihm schon den Kopf zurechtrücken.«

»Ich weiß nicht«, seufzte Victoria. »Vielleicht bin ich ja diejenige, die ausgebrannt ist, ich kann einfach nicht mehr.«

»Herzchen«, meinte die Direktrice gutmütig, »geh nach Hause zu deinem kranken Kind, wir suchen mal den Fundus ab. Was meinst du?« Sie wandte sich an Renés zweiten Assistenten, der bis jetzt wortlos in der Ecke saß.

Sofort sprang er auf. »Ja, ich denke, das ist ein guter Plan.« Er war ein schüchterner junger Mann, verliebt in einen der Solotänzer. Und gerade seine Schüchternheit reizte René, an ihm oft seine Launen auszulassen.

Victoria nickte ihm dankbar zu und hastete aus dem stickigen Anproberaum, in dem es nach Staub und Schweiß roch.

Sie atmete tief durch, und als sie den langen dunklen Gang zur Treppe ging, stand René plötzlich vor ihr, wie aus dem Nichts war er aufgetaucht.

»Hallo, warte mal, Schätzchen.« Schon drängte er sie gegen die Wand, presste ihren Kopf dagegen und öffnete mit seinen

Lippen ihren Mund. Sie spürte seine Zunge und versuchte angeekelt, sich aus seinem Griff zu befreien. Doch René war kräftig, kleiner als Victoria, aber stämmig, und während sie versuchte, sich loszureißen, spürte sie seine Hand zwischen ihren Schenkeln, während er brutal die Knöpfe an ihrem Kleid auseinanderriss und den Ansatz ihrer Brüste küsste. »Wenn du lieb zu mir bist«, flüsterte er ganz nahe an ihrem Gesicht, »dann können wir darüber reden, was wir mit den Kostümen machen. Ich schlage vor, komm später zu mir ins Hotel, es lohnt sich«, flüsterte er ihr zu.

Doch da hörten sie, wie eine Tür ging. René sah sich um, und Victoria ergriff die Chance und schlüpfte durch seinen Arm durch und rannte die Treppe hinunter.

»Heute Abend also«, rief René ihr nach. »Denk dran, es wird sich für dich lohnen.«

Auf der Straße strich sie sich die Haare aus dem Gesicht, fuhr sich mit ihrem Taschentuch angeekelt über den Mund, spuckte auf die Straße und versuchte, das zerrissene Kleid zuzuhalten. Dann winkte sie einem Taxi und fuhr nach Hause.

Als sie die Wohnung betrat, atmete sie erleichtert auf. Ludmilla kam aus dem kleinen Kinderzimmer und sah sie scharf an. »Was ist passiert?«

»Wie geht es ihr?«, fragte Victoria zurück, und schon lief sie an Ludmilla vorbei ins Schlafzimmer, schlich sich ans Bett von Natalja und beugte sich über sie.

»Dr. Bernhardt sieht später noch einmal nach ihr.« Es sollte beruhigend klingen, doch als Victoria ihre Tochter ansah, erschrak sie zutiefst. Natalja jammerte leise im Schlaf.

»Sie hat hohes Fieber, aber Dr. Bernhardt hat ihr eine Spritze dagegen verabreicht. Wir sollen ihr kühle Umschläge um die Beine machen und ihr noch ein Zäpfchen geben.«

Victoria wurde schwindlig, sie hatte nichts gegessen, die

Nacht vorher nicht geschlafen, sie war beruflich am Ende, und da war heute noch dieses abstoßende Erlebnis. Und Natalja ging es ganz offensichtlich schlechter. Sie brach in leises Schluchzen aus, und Ludmilla nahm sie am Arm und ging mit ihr ins Wohnzimmer, drückte sie aufs Sofa und erklärte, sie mache ihr einen Tee.

Doch Victoria murmelte, sie müsse ins Bad, und dann erzählte sie ihr stockend das Erlebnis mit René Lemaire. »Es war so widerwärtig, wie er mich an meiner intimsten Stelle begrabschte und mir seine Zunge in den Hals gesteckt hat, dann hat er noch mein Kleid zerrissen und meine Brüste geküsst.« Victoria wurde bei der Erzählung übel, sie kämpfte ihren Brechreiz hinunter, sprang auf und lief ins Badezimmer. »Ich muss unter die Dusche, ich fühle mich so beschmutzt, so …« Der letzte Teil des Satzes ging in einem weiteren Würgen unter.

»Wie heißt er noch mal?«, rief Ludmilla ihr nach.

»René Lemaire, ist das wichtig? Aber sicher bin ich schuld, ich habe ihn offensichtlich ermuntert, ohne es zu wollen.« Sie schluchzte hemmungslos.

»Unsinn, Schätzchen«, rief Ludmilla durch die geschlossene Badezimmertür. »Pass auf, ich muss einfach rüber, ich habe schon zu lange auf dich gewartet. Aber wenn was ist und du mich brauchst, dann rufst du mich, ja? Und vergiss das Zäpfchen für unsere Süße nicht.«

Victoria versprach es, kam zurück, sah kurz nach Natalja und setzte sich dann in die Küche und trank mit zittriger Hand den Tee, den Ludmilla für sie hingestellt und mit einem kräftigen Schluck Wodka angereichert hatte.

Während sie trank, schluchzte sie weiter. Sie war übermüdet, die Proben waren nervenaufreibend gewesen, sie hatte überhaupt zu viel gearbeitet. Dann dachte sie wieder an René. Hatte sie irgendetwas gesagt oder getan, wodurch er sich das Recht herausnahm, sie fast zu vergewaltigen? Sie sogar noch aufforderte, zu ihm ins Hotel zu kommen. Sicher war sie schuld, doch wie sie sich auch ihr Gehirn zermarterte, sie war immer ruhig und auch höflich geblieben, auch wenn er sie provoziert hatte. Dann dachte sie an zu Hause, an Luise, an ihre Eltern, an die Villa. Sie war neugierig auf den Sohn ihres Bruders, und halb und halb hatte sie bereits zugesagt, zum Festakt für Franz nach Hause zu fahren. Es war eine große Sache, aber wie so oft, wenn sie fahren wollte, hielt sie etwas zurück. Der Beruf, die Arbeit, damals die Schwangerschaft … oder einfach nur die Scheu vor der Konfrontation. Seht her, ich habe ein Kind, aber ich hatte nicht die Zeit, nach Hause zu kommen und euch meine Tochter vorzustellen. Oder nicht den Mut gehabt. Sie wächst ohne Vater auf, der mich verlassen hat und im Übrigen verheiratet und ein berühmter Pianist ist. Natalja ist also ein uneheliches Kind.

War sie wirklich zu feige, sich der Verachtung ihrer Mutter auszusetzen? Sie wusste, wie Irene junge Frauen mit unehelichen Kindern beurteilte. Doch das war im Moment so unwichtig, ihr Zuhause so weit weg. Victoria hatte gehört, dass viele Kinder an Masern starben. Aber doch nicht Natalja, nein, das durfte das Schicksal nicht zulassen. Nein, nicht ihre Tochter.

Als Dr. Bernhardt später klingelte, lief er sofort an ihr vorbei ins Schlafzimmer und beugte sich über Natalja. Er untersuchte sie, dann sah er hoch zu Victoria, die ihm gefolgt war. »Es tut mir leid«, voller Bedauern hob er die Hände und ließ sie wieder fallen. »Ich weiß nicht mehr weiter, ich habe alles getan, was in der Macht eines Arztes steht.«

»Was heißt das?« Victoria spürte, wie alles Blut aus ihrem Gesicht wich, wie ihr Herz dumpf schlug, wie eine Leere in ihr entstand, eine Abwehrhaltung gegen das, was Dr. Bernhardt ihr sagen wollte.

»Vielleicht …« Er sprach nicht weiter, doch sie erkannte in seinen Augen das Mitleid.

»Wird sie sterben, meinen Sie das?« Die Leere in ihrem Gehirn wich nicht, die absolute Empfindungslosigkeit blieb.

»Wenn sie diese Nacht übersteht, dann hat sie gute Chancen. Ich werde auch Ihnen eine Spritze geben«, schlug er besorgt vor, als er in Victorias blasses Gesicht sah und wie sie ihn vollkommen reglos anstarrte.

»Können wir sie nicht ins Krankenhaus bringen?«, flüsterte sie.

»Dazu war sie von Anfang an zu schwach, außerdem ist die Kinderstation voll von Kleinkindern mit Masern, ich denke, sie hatte hier die bessere Betreuung.«

Victoria nickte, ja, ja. Natürlich. Sie setzte sich, und der Arzt schob ihren Ärmel hoch, Victoria spürte den Einstich nicht, blieb sitzen und sah dem Arzt nach, wie er zur Tür ging.

Dort drehte er sich noch einmal um. »Ich bin erreichbar, Sie wissen es, und dann sofort bei Ihnen.«

Stumm nickte sie.

Nachdem sich hinter Dr. Bernhard die Tür schloss, schlich sich Victoria leise ins Kinderzimmer zurück und beugte sich über Natalja, die leise im Schlaf wimmerte, hochrot im Gesicht. Wieso hatte sie sich über René aufgeregt, wieso über die berufliche Überforderung, ihre Müdigkeit, wieso sich beklagt, wenn die Schneiderei zu langsam arbeitete, wieso war sie wütend geworden, wenn ein Kostüm nicht ihrem Entwurf entsprach, wieso … Ein trockenes Schluchzen stieg in ihrer Kehle hoch. Sie löste sich aus der Erstarrung und holte ihre Tochter aus dem Bett, so klein und kämpfte schon so tapfer um ihr Leben. Das leise Wimmern, lieber Gott, lass sie leben … Ich habe so viel für sie getan, damit sie auf die Welt kommen konnte, sie darf nicht sterben, nicht schon jetzt, wo sie noch kaum gelebt hat …«

Victoria nahm ihre Tochter ganz vorsichtig hoch, ging mit ihr ins Schlafzimmer, legte sich aufs Bett und Natalja ganz behutsam auf ihre Brust, dann zog sie die Decke über sie beide.

»Du darfst nicht sterben«, flüsterte sie, »hörst du? Du musst kämpfen, du bist doch meine Tochter, du warst nach der schweren Geburt so klein, so krebsrot im Gesicht und hast immer geschrien, weil ich dich nicht stillen konnte, ich war so müde von der Geburt, so verzweifelt … so furchtbar verzweifelt, weil ich dachte, ich kann dich nicht lieben. Aber das ist nicht wahr, das fühlst du doch, oder? Jetzt liebe ich dich so sehr, mehr als mich selbst, und ich werde nicht mehr so viel arbeiten … Ich werde mit dir nach Hause fahren, versprochen, du hast ein Recht darauf … Du wirst deine Tante Luise kennenlernen, deine Oma, alle werden entzückt von dir sein …

Sie weinte leise, sprach und flüsterte zärtlich mit ihrer Tochter. Sie streichelte sie und hatte das Gefühl, sie müsse mit ihr reden. Das gab ihr Kraft, Kraft, diese Nacht zu überleben, den Willen zu stärken. Leben zu wollen.

Irgendwann hörte das leise Wimmern auf, irgendwann drang der Morgen durch die Fenster, an denen sich die Vorhänge im leichten Wind bauschten. Und irgendwann öffnete Natalja die Augen, und ein kleines Lächeln erschien auf ihrem Gesicht.

Zwei Tage später ging Victoria in die katholische Kirche und zündete eine Kerze an – aus Dankbarkeit oder Aberglauben? Es geschah in dem Wissen, dass die Intensität eines Gebets helfen konnte. Dann aber rannte sie wieder nach Hause zu Natalja.

Sie blieb bei ihr, bis Dr. Bernhardt kam. Er strahlte über das ganze Gesicht und freute sich, ein kleines, so junges Leben gerettet zu haben. Ludmilla versorgte Mutter und Kind, drängte Victoria, sich zum Schlafen hinzulegen, doch Victoria wollte nicht, sie sei nicht müde. Aber Ludmilla spürte die noch tief sitzende Angst von Victoria, sie wache auf und Natalja sei inzwischen gestorben. »Sie hat die Krankheit überwunden. Leg dich hin, schlaf dich aus. Du siehst furchtbar aus. Allein deine tiefen Ringe unter den Augen. Geh nicht ins Theater, dort herrscht nur Durcheinander.«

»Ludmilla, wie kommst du darauf?«

Ludmilla zuckte die Schultern und ging in die Küche. »Ich mache dir eine Kartoffelsuppe«, rief sie ins Wohnzimmer, bevor das Telefon läutete und Victoria abhob.

Nach dem Gespräch kam Victoria verstört in die Küche. »Was ist los?«, fragte Ludmilla fast gleichgültig.

Victoria atmete durch. Sie lehnte sich an den Türrahmen. »Weißt du, da ist was Eigenartiges und Schlimmes passiert.«

»Was meinst du?« Ludmilla schälte die Kartoffeln, den Sellerie und wusch die Petersilie. »René ist heute Morgen auf dem Weg ins Theater angegriffen und schwer verletzt worden. Er kam ins Krankenhaus, er ist nicht vernehmungsfähig. Die Polizei hat im Theater eine große Befragung durchgeführt. Sie gehen davon aus, dass er von einer russischen Bande zusammengeschlagen wurde. Aber das Motiv ist noch unklar, und die Täter wird man nie fassen können. Das sagt die Polizei.«

»Das ist doch gut, oder?« Ludmilla sah hoch.

»Das Eigenartige ist jetzt, er muss die Inszenierung der Show abgeben. Sein Assistent wird sie übernehmen, René wird in den nächsten Monaten nicht arbeiten können.«

Ihre Blicke trafen sich. »Ich meine, ist er schwer verletzt, was meinst du, Ludmilla?«

Ludmilla lächelte ihr schlaues undurchschaubares Lächeln. »Ich denke nicht.«

Victoria setzte sich an den Tisch ihr gegenüber.

»Kann es sein, dass Sergej seine Hand im Spiel hatte? René konnte sich kaum artikulieren, aber er muss irgendetwas gestammelt haben, die Angreifer sagten, es sei die Strafe, er wisse schon, für was.«

Jetzt legte Ludmilla die Kartoffel, die sie gerade schälte, auf den Tisch.

»Was haben sie damit gemeint? Ludmilla, du weißt doch etwas, sieh mich an.«

»Victoria, frag nicht weiter. Wenn du nichts weißt, kannst du auch nichts sagen.«

»Ich will nicht, dass Sergej für mich den Rächer spielt. Er soll sich aus meinem Leben raushalten.«

»Dann überlege dir mal, Schätzchen, wieso du nach der Geburt von Natalja sofort die Kostüme für einen Film mit Zarah Leander entwerfen konntest, wieso du ein so lukratives Angebot bekommen hast, obwohl du fast ein Jahr hier im Bett gelegen hast und dich in deiner Branche niemand mehr gekannt hat? Was glaubst du, wer da seine Hände im Spiel hatte?« Ludmillas Stimme war voller Stolz auf ihren Cousin, und deshalb verfiel sie in einen so starken russischen Akzent, dass Victoria Mühe hatte, sie zu verstehen. »Du musst dir keine Gedanken machen«, fügte sie rasch hinzu. »Sergej hat dir den ersten Film damals vermittelt, da er ganz Berlin kennt und die wichtigsten Leute in seinen Clubs verkehren. Aber denk daran, er hat dir damals nur die Tür geöffnet, durchgegangen bist du selbst. Die Karriere hast allein du gemacht. Und Sergej reagiert empfindlich, wenn er von Übergriffen auf Frauen erfährt.«

Schweigend sah Victoria zu, wie Ludmilla die Suppe kochte. Sie kannte Sergej nur von kurzen Begegnungen, wenn er nach Hause kam und sie am frühen Morgen ging. Eine Limousine, ein kleiner zierlicher Mann mit einem Gesicht, das man sofort wieder vergaß. Stets umringt von Leibwächtern.

»Weißt du«, sagte sie, »das Beste, was Sergej für mich getan hat, war, dich zu mir zu schicken.«

DREISSIG

Bad Lichtenberg

FELIX

Sein Zug fuhr am späten Nachmittag ein. Felix stand bereits im Gang, in der Hand seinen kleinen Koffer, bereit, sofort auszusteigen, wenn der Zug hielt. Die letzten Kilometer hatte er in großer Ungeduld verbracht. Wie würde das erste Gespräch mit Julian verlaufen? Würde er wieder diesen Hass auf ihn verspüren, auf ihn, der sein Leben ruiniert hatte? Verzieh er ihm wirklich?

Er konnte es noch nicht sagen.

Der Zug fuhr langsam ein, die Bremsen quietschten, und dann öffneten die Schaffner die Türen, stiegen als Erste aus und halfen den Fahrgästen aus dem Zug. Träger rannten am Zug entlang, um die Koffer der Fahrgäste in die jeweiligen Hotels zu bringen. Doch die meisten, die ausstiegen, wollten ins *Grand Hotel Deutscher Kaiser*. Felix sah sich um, er erwartete seinen Bruder. Wenn er kam, um ihn abzuholen, wäre das ein guter und versöhnlicher Augenblick, der an die Vergangenheit erinnern würde, an Momente, wenn einer von ihnen verreist war und der andere ihn am Bahnhof abholte, das war Tradition. Doch zwischen den Reisenden und Wartenden stand seine Mutter. Sie trug ein grau-lila gestreiftes Seidenkleid, hohe Schuhe und einen kleinen Hut. Viele der Leute, auch wenn sie mit ihrer Ankunft beschäftigt waren, warfen ihr bewundernde Blicke zu. Als sie ihn entdeckte, winkte sie und lief auf ihn zu, doch sie umarmte ihn nicht, sondern blieb zögernd vor ihm stehen, denn seine Haltung blieb ablehnend.

»Nett, dass du mich abholst«, sagte er steif.

»Das ist doch selbstverständlich«, erklärte sie, hob lächelnd die Hand und wollte ihm über die Wange streichen, doch er wich unmerklich aus, und ihre Hand fiel herab. »Du siehst gut aus«, meinte sie.

Er zuckte die Achseln. »Solange ich stehe, sieht man meine Behinderung nicht.« Ein Anflug von Scham ergriff ihn, als er die Betroffenheit seiner Mutter spürte. Er wusste es selbst nicht, warum er immer wieder vor anderen auf eine Behinderung hinwies, die die meisten gar nicht erkannten.

»Ich bin mit dem Auto da«, erklärte sie, und beide liefen schweigend nebeneinanderher bis zu ihrem Wagen. Er lud seinen Koffer auf den Rücksitz und nahm neben ihr Platz.

»Ist das dein Auto?«

Sie schüttelte den Kopf. »Nein, es gehört deinem Vater, aber er geht meist zu Fuß morgens ins Rathaus und überlässt mir den Wagen.« Während der Fahrt warf sie ihm immer wieder Seitenblicke zu. Er gab vor, es nicht zu bemerken, sondern sah sich um, als sie die Hauptstraße hochfuhren und dann in die Birkenallee einbogen. »Dein Bruder kommt nicht«, sagte Elisabeth erst, als sie vor dem schmiedeeisernen Tor zur Villa anhielten. »Es tut mir leid«, fügte sie noch hinzu.

Felix brauchte einen langen Moment, bis er verstand. Er musste tief durchatmen. »Er kommt nicht? Soll das heißen, ich will ihm die Hand reichen, und er brüskiert mich, indem er nicht kommt?« Felix spürte, wie ihm schwarz vor Augen wurde, wie Schwäche ihn ergriff. Eine Schwäche, die ihn immer wieder überfiel, und das erst seit dem tätlichen Angriff seines Bruders. Jetzt kam er nach Hause, und Julian war nicht da? Feigheit? Bequemlichkeit, Gleichgültigkeit?

»Warum?«, brachte er mühsam hervor.

Er erkannte das Mitleid in den Augen seiner Mutter. »Julian wurde zu einer Privataudienz beim Papst eingeladen, und die ist genau am 12. Juni.«

Ungläubig starrte Felix seine Mutter an. »Machst du Witze?«

»Nein, er studiert Theologie an der päpstlichen Universität, seit eurer … seit er … er scheint dadurch sehr gläubig geworden zu sein.«

Felix lachte auf, es klang nicht freundlich, sondern hart und unversöhnlich. »Er ist gläubig geworden, weil er mich zusammengeschlagen hat?«

»Felix. Du weißt, schon als Kind ist er in die katholische Kirche gegangen, nicht nur an Weihnachten, so wie wir. Ich denke, der Angriff auf dich hat ihm seinen Glauben bewusst gemacht.«

Da schwieg Felix. Er verspürte nur die große Enttäuschung und begriff, wie sehr er sich ein Treffen mit dem Bruder gewünscht hatte.

Schweigend stiegen sie aus, und Elisabeth ging ihm voraus durch das Tor. Felix folgte ihr zögernd. Das letzte Mal war er an Weihnachten 1930 hier gewesen. Er war als gesunder Mann gekommen und fuhr mit dem Sanitätswagen krank und verstört wieder ab. Jetzt kam er zurück. Behindert, wie es in seinem Gehirn hämmerte und ihn nicht losließ. In der Halle erwartete ihn die alte Köchin Berta, knickste und vergoss vor Rührung ein paar Tränen. Die emotionale Stimmung ging auf ihn über, fast kamen auch ihm die Tränen. Zu Hause, er war zu Hause, und Berta gehörte dazu, sie war schon hier gewesen, als er und Julian auf die Welt kamen. Als kleine Kinder hatten sie in ihrer Küche im Souterrain mehr Zeit verbracht als oben in den Räumen mit ihrem Kindermädchen.

Er umarmte sie herzlich, was Berta in Verlegenheit brachte. Seine Mutter sah ihn befremdet an. Du umarmst die alte Köchin und mich nicht?

Es fing schwierig an.

Berta wandte sich ab, ging in das Souterrain, um das Abendessen für ihn vorzubereiten. Felix sah sich in der Halle um, es gab wieder Teppiche, mehrere Gemälde, und als er den Koffer fallen ließ und durch den Salon auf die Terrasse lief, folgte ihm seine Mutter. »Der Park«, sagte er und drehte sich nach ihr um. »Es gibt ihn wieder, wo sind die Gemüsefelder von Tante Irene?«

»Hinter der niedrigen Mauer, siehst du? Da hat sie noch ihren Garten, aber sie hat keine große Lust mehr, darin zu arbeiten. Sie sagt, sie sei zu alt dazu. Weißt du«, erläuterte sie dann, »sie hat jetzt den Enkel, in den sie vollkommen vernarrt ist. Er sieht Franz so ähnlich, aber du wirst ihn ja beim Abendessen kennenlernen.«

Als ein Dienstmädchen erschien, knickste und fragte, ob der gnädige junge Herr Kaffee wolle, verneinte er und sah ihr erstaunt nach.

Elisabeth fing seinen Blick auf. »Wir haben wieder Personal, und die Hypothek auf die Villa ist abbezahlt. Das haben wir Johannes zu verdanken, er hat in Baden-Baden eine zweite Kanzlei eröffnet, die so fantastisch lief, dass er sie jetzt für eine sehr hohe Summe verkauft hat.«

Als seine Mutter über Johannes sprach, veränderte sich ihre Stimme, oder täuschte er sich?

»Ich muss ins Rathaus«, erklärte sie ihm jetzt, »dort laufen die Vorbereitungen für morgen auf Hochtouren. Wenn du willst, komm mit und begrüße deinen Vater, ansonsten siehst du ihn dann heute Abend. Alle werden da sein.«

»Nur Julian nicht.«

Elisabeth überhörte den Einwand. »Also, kommst du?«

Felix schüttelte den Kopf.

»Gut, wie du meinst.«

Sie lief eilig über die Terrasse in den Salon, und dann hörte er die Eingangstür ins Schloss fallen. Langsam ging auch er zurück in die Halle. Sein Koffer stand nicht mehr da. Stille herrschte, doch er hatte das Gefühl, das Haus habe Augen und Ohren. Er zögerte, ging zuerst durch den Wohnraum, den Salon, den kleinen Speisesalon und weiter in das neue Musikzimmer, dort stand jetzt der Steinway-Flügel. Dann lief er in den zweiten Stock in sein ehemaliges Zimmer hinauf, und da war das neue Dienstmädchen dabei, seinen Koffer auszupacken. Das war ihm peinlich, er bedankte sich und erklärte, er mache das selbst.

Dann setzte er sich aufs Bett und starrte vor sich hin. Julian also kam nicht. Er blieb unversöhnlich. Doch dann raffte er sich auf, lief die Treppe hinunter und verließ die Villa. Es war ein schöner warmer Junitag, und so lief er weiter bis zum Rathaus.

Die Begrüßung ging ein wenig im Trubel der Vorbereitungen unter, doch Carl erklärte ihm stolz, es sei ein Fest nicht nur für Franz, sondern er habe eine Marmorplatte an die Wand in der Halle des Rathauses anbringen lassen mit allen Namen der Männer, die im Großen Krieg gefallen seien. Und die Familien bekämen bei der Feier einen Ehrenplatz in den ersten Reihen.

»Es werden Reden gehalten«, erzählte Carl seinem Sohn. »Und dann spielt das Orchester der Oper Baden-Baden ein wenig Mozart. Das Requiem.« Carl strahlte seinen Sohn an, klopfte ihm auf die Schulter, bemerkte, er sähe so gesund aus, so braun gebrannt und schlank, Ostpreußen scheine ihm gutzutun.

Schon war er weg, vital, lebendig, charismatisch. Doch dann drehte er sich noch einmal um. »Es ist schön, dass du gekommen bist.«

Felix nickte, lächelte pflichtschuldigst und sah ihm nach. Er fühlte sich zwischen den Leuten nicht wirklich wohl, die ihm auf die Schulter klopften. Man freue sich, ihn endlich zu sehen, nur leider, leider habe man erfahren, dass seine Cousine Victoria abgesagt hätte, aber sein Bruder käme doch sicher?

»Wer sind all diese Leute?« Jetzt lief er seinem Vater doch nach. »Jeder klopft mir auf die Schulter, spricht mich vertraulich an, was soll das?«

»Felix, reg dich nicht auf. Die Leute mögen dich, die haben dich damals so bedauert, als sie erfahren haben, dass du im Koma liegst und viele Monate danach im Sanatorium gewesen bist. Sie freuen sich einfach, dich zu sehen.«

Schon war sein Vater weg, unterhielt sich lebhaft mit einigen Männern, mit denen zusammen er im Rathaus verschwand. Felix sah sich um, er fühlte sich irgendwie fremd, nicht dazugehörig. Er ging an der Oper vorbei, lief weiter und blieb vor dem Lichtspielpalast, dem neuen Kino, stehen. Es wurde ein Revuefilm der UFA gezeigt, und unter den groß angekündigten Stars fand sich auch der Name seiner Cousine: *Kostüme: Victoria Laverne.* Sie hatte es also geschafft, sie hatte Karriere in Berlin gemacht.

Und er? Er hatte so große Pläne gehabt, ehrgeizige Vorstellungen seines Lebens, ein Staranwalt, Strafverteidiger in München oder Berlin. Nun also saß er in Ostpreußen und war der kleine Angestellte einer unbedeutenden Kanzlei.

Er drehte eine Runde, ging am Café Blum vorbei, in dessen Garten zur Straße hin lange Tische für den nächsten Tag aufgestellt wurden.

Er lief weiter, die Kastanienallee hoch bis zur Hauptstraße und weiter zum Palmengarten. Alles war ihm vertraut und doch fremd. Ostpreußen versperrte ihm die Freude an der Heimkehr. Er dachte an die wogenden Kornfelder, die Helligkeit, die Hitze im Sommer und die kalten Winter. Hier war das Klima mild, fast südlich, doch es gab diese reizvollen Jahreszeitenwechsel nicht. Und gerade wegen des milden Klimas kamen die Kurgäste hierher.

In Gedanken lief er weiter, er könnte hoch zum *Deutschen Kaiser* laufen, Luise begrüßen, doch dann schwenkte er ab und ging durch den Palmengarten. Staunend sah er sich um. Das Restaurant war neu gestaltet, und sein Blick fiel auf den letzten Tisch in der Ecke. Hier saß Tante Irene mit ihren Freundinnen. Das zumindest hatte sich nicht geändert. Felix lächelte, er hatte seine Tante Irene immer gemocht. Als sie jetzt herübersah, winkte er ihr, machte ihr Zeichen, er wolle sie nicht stören, aber man sähe sich ja in drei Stunden.

Sie nickte ihm zu und winkte strahlend zurück, doch bevor sich auch die Freundinnen nach ihm umdrehten, schlenderte er bereits weiter zum gläsernen Pavillon. Er sah hoch zu den kreischenden, singenden und zwitschernden Vögeln, und mit einem Lächeln erkannte er, dass es den alten Papagei immer noch gab. Und wie immer standen Kinder davor und starrten zu ihm hoch, auch viele Erwachsene kamen und gingen, blieben kurz stehen, doch dann gingen sie hinüber in die Wandelhalle. Alles schien wie früher, die Eleganz der Frauen fiel ihm auf, die kannte er von Ostpreußen nicht. Er horchte auf die Unterhaltung der Kurgäste. Deutsche, französische und auch englische Wortfetzen flogen zu ihm herüber. Sogar manche russische Sprachfetzen erreichten sein Ohr.

»Guten Tag«, sagte jemand hinter ihm, eine rauchige junge Stimme, die er nie vergessen konnte. Langsam drehte er sich um.

Olga stand vor ihm und sah ihn mit ihren grauen Augen an. »Schön, dich zu sehen, Felix.«

EINUNDDREISSIG

Bad Lichtenberg

Der 12. Juni war ein strahlender Tag, er hätte für dieses Fest nicht schöner sein können. Die Zeitungen berichteten über die vielen Blumen, die an den Fenstern und vor den Häusern die ganze Stadt schmückten. Sie schrieben über den ergreifenden Gottesdienst für die Angehörigen der Gefallenen des Großen Kriegs, die Enthüllung der Büste von Franz Laverne und der Marmortafel mit den eingravierten Namen der Toten. Es sei anschließend ein rauschendes Fest gewesen, an dem sicher die ganze Bevölkerung teilnahm. Das Büfett, gestiftet vom Hotel *Deutscher Kaiser,* ließ keine Wünsche offen, und in dem großen Festzelt habe man bis in die Morgenstunden getanzt.

Johannes las einen dieser Artikel beim Frühstück am nächsten Tag vor. Sie hatten alle getanzt außer Irene, die ein Auge auf Maxim hatte, der sich jedoch neben Johannes gestellt hatte, als er als Sohn des Kriegshelden Franz Laverne vorgestellt worden war. Die ganze Familie sei anwesend gewesen, hieß es im *Morgenblatt.* Doch das entsprach nicht der Wahrheit, Victoria war nicht gekommen, und auch Julian zog die Audienz beim Papst dem großen Familienereignis vor. Johannes war bester Laune, er hatte sich während des Fests nicht nur um Maxim gekümmert, sondern zugesehen, wie entspannt Luise getanzt hatte, wie sie lachte und flirtete. Dann war sie außer Atem zu ihm gekommen. »Ich gehe jetzt ins Hotel«, hatte sie ihm zugeflüstert. »Simon Roth wartet auf mich.«

Wann hatte er seine Tochter jemals so glücklich erlebt? Er hatte ihr nachgesehen und gehofft, dass es dieses Mal das

Richtige sei, dass die Beziehung harmonisch verlief und nicht in einer Katastrophe endete wie diese unglückliche Geschichte mit Philip Rohmer, dem französischen Spion, die sie fast das Leben gekostet hatte.

Sie wolle mit Simon für einige Tage nach Paris fahren, hatte sie noch erzählt. »Vater, ich bin so glücklich.«

Er war tief in Gedanken versunken. Als er spürte, dass er beobachtet wurde, sah er hoch. Es war Elisabeth, die ihn über den Tisch hinweg anlächelte. Er hatte mit ihr bei dem Fest getanzt und sie fast unmerklich ein wenig fester an sich gezogen, als der Tanz es erlaubt hätte. Er lächelte zurück, und während sie sich noch ansahen, klingelte das Telefon. Kurz darauf betrat Anni das Frühstückszimmer, ein Anruf für Herrn Dr. Laverne. Es war Luise.

»Die Gestapo wartet auf mich. Sie suchen Simon Roth. Anscheinend hat er bereits um fünf Uhr heute Morgen das Hotel durch den Hintereingang verlassen. Er ist ihnen entkommen, das ist die gute Nachricht, aber ich, kann ich denn nie glücklich werden?«

Er hörte, wie seine Tochter leise weinte. »Papa, sag mir, wird das immer so sein?«

Johannes biss sich auf die Lippen, Luise, seine Luise war bereits wieder unglücklich. Er hätte alles dafür gegeben, wenn es anders gewesen wäre. Er war auch zutiefst gerührt, dass sie sich, die Direktorin eines Grand Hotels, bewundert und geachtet, eine selbstständige, selbstbewusste Frau, in ihrem Kummer an ihn wandte. An ihn, ihren »alten Vater« wie er sich selbst betitelte.

»Luise, das kann ich dir nicht sagen. Aber irgendwann wirst du es sein.«

»Versprich es mir«, schluchzte seine Tochter.

Und Johannes versprach es, gegen jedes Wissen, gegen jede Vernunft.

ZWEIUNDDREISSIG

GERDAS TAGEBUCH

Ich habe gewartet, geduldig gewartet, also wirklich. Es ist weder menschlich noch gesellschaftlich vertretbar, dass man mich übergangen hat. Keine Einladung für die Frau, die Franz so sehr geliebt hat.

Nun ja, jetzt ist sein Sohn hier eingetroffen, Maxim, komischer Name, ist das Russisch? Wie kann man den Sohn von Franz nur so nennen? Aber dieser Junge ist seit dem Fest *das* Gesprächsthema im ganzen Ort. Franz sei mit der Mutter des Jungen verlobt gewesen, habe sie heiraten wollen, aber durch seinen Heldentod an der Front konnte diese Heirat nicht mehr stattfinden. So. Na ja, das mussten sie sagen, damit kein Makel auf Franz, auf die Familie fiel, die ja so integer ist, so hochstehend im Rang der gesellschaftlichen Hierarchie. Klingt so eindrucksvoll: Hierarchie.

Aber mich hat man nicht nach meiner Meinung gefragt, letztendlich weiß ich es besser. Sie war das Flittchen, das sich ihm an den Hals geworfen und ihm mit der Schwangerschaft hereingelegt hat.

Aber dass *ich* seine große Liebe gewesen bin, davon spricht niemand? Sie ist tot, die Arme. Das tut mir ja wirklich leid. Aber ich stelle mir doch die Frage, warum ist sie nicht schon vor Jahren hierhergekommen? Da stimmt doch was nicht. Ihr glaubt die Familie, mir aber nicht. Ich bin im Besitz seines Rings, spielt das überhaupt keine Rolle mehr?

Am 12. Juni wollte ich zum Gottesdienst in die Kirche gehen.

Vor dem Portal standen zwei Männer mit einer langen Liste und kontrollierten die Einladungen. Als ich an ihnen vorbeigehen wollte, wurde ich doch tatsächlich aufgehalten. Dieser schreckliche Kerl hat mich nach meiner Einladung gefragt. Eine Einladung in die Kirche? Aber dann erfuhr ich, dass der Gottesdienst für alle Hinterbliebenen der Gefallenen gefeiert wurde und nur die allerengsten Familienmitglieder zu dem Gottesdienst gebeten wurden. Dieser Mann hielt seine Liste hoch, ich sagte ihm meinen Namen, doch er fand ihn nicht. So stellte er sich mir entgegen, während von innen Gesang ertönte. Na ja, ist ja auch nicht so interessant, so ein Trauergottesdienst.

Aber eine Eintrittskarte in die Kirche? In die sonst sowieso kaum jemand geht außer vielleicht an Weihnachten oder Ostern?

Letztendlich hätte mir ein großer Auftritt zugestanden. Als die wahre Liebe des gefallenen und berühmten Franz Laverne.

Aber der Mann sah mich sehr bedauernd, was sage ich, bewundernd an. Ich trug Schwarz, die Farbe, die mir sehr gut steht, und diesen neuen kleinen Hut mit dem koketten Spitzenschleier. Ich warf ihm noch einen verführerischen Blick zu und wandte mich dann ab. Wäre sowieso langweilig gewesen, zwei Stunden in der Kirche zu sitzen.

Später auf dem Fest vor dem Rathaus wurde zuerst innen in der Halle die Büste von Franz enthüllt. Ich muss sagen, sie ist sehr gut gelungen, der Künstler ist begabt. Was ich nicht verstehe, ist, dass Carl Laverne das Fest nicht nur für Franz ausgerichtet hat, sondern in der Halle an der Wand eine Steintafel hat anbringen lassen, auf der alle Namen der Gefallenen des Großen Kriegs stehen. Und auch sie wurden posthum geehrt. Da gab es viele Tränen, viel Schluchzen. Nun ja, da bin ich gegangen, vor allem, da nicht einmal Irene mich beachtet hat – mehr noch, sie hat mich übersehen. Vorsätzlich. Sie strahlte ununterbrochen und kümmerte sich hauptsächlich um den Enkel.

Mein Gott, wie bin ich erschrocken, wie sehr sieht er meinem Franz ähnlich. Als er sich am Büfett (nach den Reden und dem Konzert) ein Stück Torte holte, da bin ich zu ihm gegangen. Ich wollte ihm sagen, dass ich die große Liebe seines Vaters gewesen bin, doch da trat mir Johannes Laverne entgegen und schirmte den Jungen gegen mich ab.

Habe ich nicht ein Recht darauf, dass dieser Junge alles über seinen Vater erfährt? Wer bin ich denn?

Irgendwann wird die arrogante Familie schon begreifen, wer ich bin und was ich sein kann, wenn ich an der Seite von Adolf stehe, dem charismatischen Mann, dem alle Frauen zu Füßen liegen. Doch er hat nur Augen für mich, das spüre ich, wenn ich bei den Veranstaltungen ganz vorne stehe. Bin nicht ich es, die er immer anlächelt?

Jetzt höre ich, dass meine Mutter mich ruft. Ich wohne nämlich im Moment bei ihr.

Miezchen, ruft es von unten, Miezchen, bist du da?

Also gehe ich jetzt hinunter zu ihr. Hoffentlich hat sie ihren Freund nicht mitgebracht, das sollte sie auch nicht. Wer weiß, am Schluss verliebt er sich noch in mich, das möchte ich meiner Mutter nicht antun.

Also wirklich.

DREIUNDDREISSIG

Bad Lichtenberg

FELIX

Felix hatte das Fest nicht richtig genießen können, obwohl ihn die Feierlichkeit des Festakts sehr berührt hatte. Eine verkrampfte Haltung, fast Panik hinderte ihn daran, sich zu entspannen. Er unterhielt sich mit Maxim, den er sofort in sein Herz schloss, er tanzte am Schluss sogar mit Luise, doch die Angespanntheit blieb. In jeder schmalen zarten Frau glaubte er, Olga zu entdecken. Doch sie war nicht da. Am nächsten Morgen schlug Carl seinem Sohn vor, ihn doch im Rathaus zu besuchen, sich seine eindrucksvolle Arbeitsstätte anzusehen, und Felix sagte zu.

Als er ins Rathaus kam, richtete der Pförtner ihm aus, sein Vater sei noch bei einer Besprechung im Palmengarten, er könne ruhig schon einmal hoch in dessen Zimmer gehen und dort auf ihn warten. Der Portier begleitete ihn die Treppe hoch, öffnete die schwere Holztür, ließ Felix eintreten und schloss lautlos die Tür hinter ihm.

Staunend sah Felix sich um. Der große Raum war hoch, die Decke und die Wände mit dunklem Holz verkleidet, und vor den Fenstern mit den langen schweren Samtvorhängen stand ein breiter Schreibtisch, ebenfalls aus dunklem Holz. Den Boden bedeckten schwere Perserteppiche, man sah, dass es eine reiche Stadt war. Felix ging zum Schreibtisch, nahm nacheinander die beiden gerahmten Fotos hoch. Eines zeigte Carl mit Elisabeth, auf dem anderen war die Familie abgebildet, sein Vater, die Mutter und Felix mit Julian. Sie mussten damals ungefähr fünfzehn Jahre alt gewesen sein, Julian hatte den Arm um ihn gelegt, und sie sahen sich lachend an. Wie unzertrennlich sie damals gewesen waren. Auch die Eltern lächelten in die Kamera. Eine glückliche Familie. Hart stellte er das Bild wieder zurück, sah sich weiter um. Es gab noch die Sitzgruppe mit einem ausladenden Ledersofa und zwei passenden Sesseln dazu. Blumen standen auf dem Tisch, ein Aschenbecher, und jetzt sah er auch, dass es im Bücherregal ein Fach gab, in dem Gläser und eine Flasche Kognak standen. Er ließ sich für einen kurzen Moment aufs Sofa fallen, da ging die Tür auf, und Olga stand dort.

»Guten Tag.«

Felix sprang sofort hoch. »Was erlaubst du dir, bist du mir gefolgt?«, fuhr er sie an, während sein Herz schneller schlug und sein Mund trocken wurde.

Sie nickte. »Ja, das bin ich, ich muss dich sprechen.«

»Lass die Tür offen«, forderte er sie mit belegter Stimme auf.

Olga folgte schweigend der Anweisung. Dann kam sie näher.

»Was willst du? Mein Vater kann jeden Moment hereinkommen«, brachte er heraus, während sein Herzschlag sich zu einem nervösen Rasen entwickelte. Er sah in ihre leuchtenden grauen Augen, die ihre Farbe so schnell vom tiefen Grau in ein strahlendes Grün wechselten. Sein Blick blieb an ihrem zarten Hals hängen und wanderte weiter über ihr Kleid. Es war ein leichtes blaues Baumwollkleid mit einem weißen Kragen, der Stoff war sehr dünn, und durch das zarte Gewebe konnte er die sanfte Rundung ihrer kleinen Brüste erkennen. Ein leichter Duft von Lavendel wehte zu ihm herüber. Er atmete durch und versuchte, Ruhe zu bewahren. »Lass uns reden«, schlug sie vor. Sie sah sich um, kam näher und berührte ganz leicht seine Hand.

»Ich wüsste nicht, was es zu bereden gibt«, antwortete er steif und zog die Hand zurück.

Sie setzte sich und klopfte neben sich. »Komm, setz dich zu mir«, forderte sie ihn ganz selbstverständlich auf.

Er blieb stehen. »Ich möchte mich entschuldigen«, begann sie sofort, »darum wollte ich unbedingt mit dir sprechen. Ich weiß, ich habe deiner Familie, vor allem dir, Unrecht getan«, brach es aus ihr heraus. Sehr schnell, so als habe sie Angst, sie könne nicht alles sagen, was sie sich vorgenommen hatte. »Ich war so voller Hass und Neid, den habe ich von meinem Großvater übernommen, den ich so sehr geliebt und bewundert habe. Er war der einzige Mensch, der jemals meine Liebe besaß.«

»Ach, und jetzt hasst du uns nicht mehr?«, fragte Felix mühsam.

»Nein. Ich weiß, du kannst mir nicht verzeihen, mir auch nicht mehr vertrauen, aber ich möchte, dass du mich nicht mehr verachtest.« Ihre Stimme brach, und ihre Augen senkten sich. Der Blick hing an ihren Händen. »Aber«, fuhr sie fort, da Felix stumm blieb, »bitte versteh mich, ich bin im Heim aufgewachsen. Ich war getrennt von meinem geliebten Großvater, der dann auch noch im Gefängnis saß. Das Leben im Heim ist hart, man muss lernen, zu überleben, und das geht oft nur durch Lügen und Rücksichtslosigkeit.«

»Ja«, gab Felix zögernd zu, »das kann ich mir vorstellen.«

»Wie geht es Julian?«, fragte sie unvermittelt.

»Er studiert Theologie in Rom«, antwortete er vorsichtig. Was kam jetzt, wie würde sie es aufnehmen?

»Will er Geistlicher werden? Das würde zu ihm passen.«

Unsicher sah er sie an. Machte sie sich lustig über seinen Bruder? Doch ihr Gesicht, das sich ihm jetzt zuwandte, war ernst und ohne jegliche Spur von Spott.

»Ja, ich denke, das ist seine Berufung«, gab er zu. Er hatte sich etwas beruhigt, da sie so offensichtlich keine Anstalten machte, ihn zu verführen oder ihm auch nur zu gefallen. Trotzdem blieb er stehen, es sah besser aus, falls sein Vater plötzlich hereinkam. »Und du? Bleibst du jetzt hier?«

Olga schüttelte den Kopf. »Nein, ich habe nur die Schwestern Mayrhofer besucht, ich fahre morgen wieder zurück nach Hamburg. Von dort aus schiffe ich mich mit dem Ehepaar ein, wir fahren nach Afrika in ein Naturschutzgebiet, um Vögel zu entdecken, sie zu beobachten.«

»Und für wie lange?«

»Ich weiß noch nicht, vielleicht ein, vielleicht auch zwei Jahre.« Olga stand wieder auf, sie wirkte erwachsen, überlegen und sehr frei in ihren Bewegungen und ihrer Art zu sprechen. So standen sie sich einen Moment gegenüber, bis Felix einen Schritt auf sie zumachte, doch sie wich ihm aus.

»Nein, Felix. Ich bin nur gekommen, um mich zu entschuldigen, wenn das, was ich euch angetan habe, überhaupt zu entschuldigen ist. Die Schwestern haben mir erzählt, dass es eine gewaltsame Auseinandersetzung zwischen dir und deinem Bruder gegeben hat und du lange im Sanatorium gewesen bist. Und wo lebst du jetzt?«

»In Ostpreußen, in Insterburg.« Nur zögernd kam seine Antwort.

Sie nahm es kommentarlos zur Kenntnis und wandte sich zum Gehen. Doch da packte Felix sie plötzlich am Arm, sodass sie ihn ansehen musste. »Warum hast du damals behauptet, ich hätte dich … dir Gewalt angetan, warum? Nur deswegen hat Julian mich niedergeschlagen. Nicht nur ich leide an den Folgen seines Angriffs, auch er, deswegen lebt er jetzt in Rom und geht auf die päpstliche Universität. Er hätte sich niemals dafür entschieden, wenn du uns nicht zerstört hättest.«

Sie sah ihn nur an. Bereute sie, was sie getan hatte? »Ich kann nur sagen, dass es mir leidtut«, flüsterte sie, »ich war vor Hass wie besessen.« Dann wandte sie sich ab und ging ganz langsam auf die Tür zu.

Erwartete sie, dass er sie aufhielt, dass er sie verführte, trug sie deswegen dieses Kleid, in dem sich ihre kleinen Brüste abzeichneten? Er spürte, wie ihm der Schweiß ausbrach, dann atmete er durch. »Kommst du irgendwann zurück?« Seine Stimme klang heiser.

Olga wandte sich nur kurz noch einmal zu ihm um. »Ich weiß es nicht, ich denke … eher nein. Und wenn du Julian siehst, dann sag ihm …«

»Was? Was soll ich ihm sagen?«

»Sag Julian …« Sie wandte ihm ihr ernstes Gesicht zu. »Sag ihm«, flüsterte sie, »dass auch ich ihn geliebt habe. Und dass ich das zerstören muss, was ich liebe. Darum gehe ich.«

Dann war sie weg.

Felix taumelte, ihm war schwindlig, er lehnte sich gegen die Wand. Er ballte die Fäuste vor Wut, vor Verzweiflung und dem Gefühl der Ohnmacht.

Er verstand Julian, er verstand seinen Bruder in diesem Moment besser denn je. Und er verstand Julians Verzweiflung, seine Hilflosigkeit, die sich in einem Akt der Gewalt entlud.

Wusste Olga, wie sehr sie Menschen manipulieren konnte? Hatte sie überhaupt Gefühle außer für den Großvater? Erkannte sie das Verbrechen, das er begangen hatte, als er das *Grand Hotel* in Brand steckte und den Tod vieler Menschen riskierte? Gab es für sie keine Moral?

Sie hatte sich mit ihm eingelassen und doch Julian geliebt.

Ich muss zerstören, was ich liebe, hatte sie gesagt. Bedeutete es auch, sich selbst zu zerstören, oder hasste sie sich für das, was sie getan hatte? Mit einem Aufstöhnen ließ er sich aufs Sofa fallen und barg das Gesicht in den Händen.

»Was ist denn los? Geht es dir nicht gut?« Carl betrat den Raum, und seine Stimme klang so sorgenvoll, dass Felix fast in Tränen ausbrach. Sein Vater liebte ihn so, wie er war, doch wusste er auch, wie schwach er war, wie unsicher, wie … verführbar?

»Es geht mir gut.« Er erhob sich und verbot sich weitere zerstörerische Gedanken. Als er den besorgten Blick des Vaters sah, erklärte er mit fröhlicher Stimme, wie beeindruckend sein Zimmer als Oberbürgermeister sei und dass nach dem gestrigen Festakt es doch sicher feststand, dass er bis zu seinem Lebensende in dieses Amt gewählt werden würde.

Da lachte Carl gut gelaunt, ging zum Glasschrank und holte den Kognak heraus. »Der tut uns jetzt gut, was meinst du?«

Und Felix nickte erleichtert und fühlte sich befreit. Er lebte in einer Welt der Ordnung, der Normalität, und Olga würde sie nicht mehr zerstören können. So hob er sein Glas und prostete seinem Vater zu.

»Und du willst wirklich morgen schon wieder abreisen?«, fragte Carl, der das Gefühl hatte, sein Sohn sei aus dem Gleichgewicht geraten.

Doch Felix nickte. »Ja, ich werde zurückfahren.« Denn in diesem Moment hatte er eine Entscheidung getroffen, und über die wollte er nicht sprechen, mit niemandem.

VIERUNDDREISSIG

Rom

FELIX UND JULIAN

Felix hatte in Bozen übernachtet und kam am nächsten Nachmittag in Rom am Bahnhof Termini an. Ratlos stand er zwischen Menschen, die sich umarmten, weinten, schrien, lachten. Immer wieder wurde er angerempelt, gestoßen, weitergedrängt. War er zu naiv gewesen? Hatte er wirklich glauben können, Julian würde zur Stelle sein, wenn er kam? Er hatte ihm von Bozen aus ein Telegramm geschickt und ihm die Ankunft des Zugs genannt. Es war eine spontane Entscheidung gewesen, doch er hatte nicht in Betracht gezogen, dass Julian ihn nicht sehen, nicht mit ihm sprechen wollte.

Er sollte zur Hotelvermittlung gehen, die würden sicher Englisch sprechen oder sogar Deutsch, er konnte dort auch Geld wechseln, er musste handeln. Und da entdeckte er Julian, der am Ende des Bahnsteigs stand und sich suchend umsah. Groß, schlank, gekleidet in eine schwarze Hose und ein weißes Hemd, zog er viele Blicke auf sich. Felix zögerte jetzt doch, aber dann lief er auf den Bruder zu und winkte ihm. Seine Gefühle schwankten zwischen Freude, Ablehnung und der Furcht vor der Auseinandersetzung, die er doch selbst gesucht hatte.

Und dann sah Julian ihn. Er ging ihm ein paar Schritte entgegen, bis sie voreinanderstanden. »Schön, dass du gekommen bist«, sagte er und zog seinen Bruder in eine Umarmung, und so verharrten sie, bis sie sich endlich voneinander lösten.

Vier Tage blieb Felix in Rom. Julian hatte ihn gebeten, bei ihm zu wohnen, sein Mitbewohner Klaus sei verreist. Und Felix war einverstanden gewesen. Sein Bruder zeigte ihm Rom, die Stadt, in die er sich verliebt habe, in der er sich zu Hause fühle.

Sie besichtigten die Engelsburg, die Via Appia und die Sixtinische Kapelle. Sie liefen durch die Hitze, gingen in versteckte kleine Trattorien zum Essen, und Julian erzählte viel über die Geschichte Roms, und Felix hörte ihm lächelnd zu. Am letzten Abend saßen sie auf der Terrasse seiner Wohnung. Julian hatte Essen bestellt, und sie tranken einen leichten Weißwein, einen Frascati, dazu. Endlich fragte Felix seinen Bruder, was ihn seit Langem beschäftigte. »Wie stellst du dir deine Zukunft vor, willst du einmal Geistlicher in einer kleinen Gemeinde werden? Oder siehst du deine Zukunft im Vatikanstaat?«

»Man wird sehen.« Julians Antwort blieb ausweichend, so fragte Felix nicht weiter nach. Doch dann wollte er von Julian wissen, was ihn schon so lange beschäftigte: »Bist du …« Er zögerte, sprach aber dann weiter. »Durch *damals* zur Kirche gekommen?«

»Erinnerst du dich? Als wir als Kinder im Krieg dieses schreckliche Erlebnis hatten?«

Stumm nickte Felix.

»Wir sind katholisch getauft, das hat Mutter durchgesetzt, und nach unserem Erlebnis ging ich in den Kindergottesdienst, wollte sogar Messdiener werden.«

»Ja, ich erinnere mich.« Felix wurde lebhaft. »Vater hat es verboten, und Mutter hat nachgegeben. Aber wann hast du zur Kirche zurückgefunden?« Felix wollte erfahren, was für seinen Bruder wirklich wichtig war. War es der Glaube, verbunden mit einer kirchlichen Karriere? Die Audienz beim Papst hatte er jedenfalls dem feierlichen Festakt zum Gedenken für seinen Onkel vorgezogen. »Als du im Koma gelegen hast, da brauchte ich Halt. Ich war verzweifelt, als ich begriff, dass ich zu solcher

Brutalität fähig bin. Unser Pfarrer schickte mich in das Kloster, damit ich zu mir fand, und der Abt empfahl mich weiter nach Rom zu Kardinal Lorenzi, der ein Freund von ihm ist.«

»Und so bist du hier.«

Julian nickte. »Ja, und ich bin glücklich darüber.«

»Dann war das für dich damals ein einschneidendes Erlebnis, du hast durch den Angriff auf mich zu deiner Berufung gefunden. Kann man das so sagen?«

Julian erhob sich schweigend, stellte sich an die Balustrade der Terrasse und sah hinüber zu dem Gebäude des Vatikans. Er brauchte lange, bis er antwortete. »Ja, Felix, so schrecklich es klingen mag, aber damals habe ich meine Berufung verstanden.«

»Und wo siehst du dich in vier Jahren?«

»Dort, wo die Kirche mich hinschickt.«

Felix schwieg betroffen. »Nun, dann wollen wir doch hoffen, dass die Kirche dich nicht nach Afrika oder sonst auf einen fernen Kontinent schickt.«

»Und du?« Statt einer Antwort wandte sich Julian von der Balustrade ab und sah Felix an. »Ich? Nun …« Felix sprach nicht weiter, er dachte an die heißen Sommer Ostpreußens, an die wogenden Kornfelder, und er dachte an Jette.

»Ich arbeite und setze mich dafür ein, dass Bauern staatliche Hilfen bekommen, um ihre Höfe zu sanieren.«

»Das ist eine sinnvolle Aufgabe.«

Felix merkte, dass er bereits dabei war, sich für diese Tätigkeit zu entschuldigen, zu umschreiben, wie unwichtig er sich fühlte. So schwieg er, als Julian seine Arbeit als sinnvoll beschrieb. Warum machte er sich selbst so klein?

»Damals«, begann er zögernd, »konnte ich mein Studium nicht mehr fortsetzen und ging nach Ostpreußen, und es wurde zu meiner Heimat. Wie auch du habe ich meine Bestimmung gefunden.«

»Es tut mir so leid.« Plötzlich, endlich, nach diesen gemeinsamen Tagen brach es aus Julian heraus. »Ich kann mir nicht verzeihen, was ich dir angetan habe, ich …«

»Julian.« Felix sprang auf, stellte sich neben den Bruder und griff nach seiner Hand. Er hatte sich so viele Male überlegt, was er bei einem Gespräch über *damals* sagen würde, auch seine Vorwürfe, sein Versagen an der Universität, alles wollte er vorbringen, dem Bruder anlasten, doch jetzt griff er nur nach der Hand Julians. »Julian, wir müssen nicht mehr reden, es gibt nichts zu sagen, außer dass wir Brüder sind. Lassen wir die Vergangenheit hinter uns. Begraben wir sie, wir sollten sie nicht vergessen, aber ich denke, wir können sie verstehen.«

Julians Hand zitterte. »Du meinst, du kannst mir verzeihen?«

»Damals«, fing Felix leise an, »da habe ich dich gehasst, die Familie gehasst, es war furchtbar, als ich begriffen habe, dass ich mein Studium nicht mehr fortsetzen konnte. Ich war ohne Ziel, ohne Heimat.«

Er sah Julian an, dessen Gesicht unter der Bräune zutiefst blass geworden war. »Es war ein Einschnitt in meinem Leben, der mich zwang, einen neuen Weg zu gehen. Den richtigen. Und darum habe ich dir verziehen, wo es vielleicht gar nichts zu verzeihen gab. Und das habe ich jetzt verstanden.«

Julian hatte den Kopf gesenkt, und als er sein Gesicht hob, sah Felix die Tränen in den Augen des Bruders. »Damals, da bin auch ich durch die Hölle gegangen.« Zuerst versagte seine Stimme, doch dann wurde sie mit jedem Wort fester, sicherer. »Ich fand zur Kirche, zum Glauben zurück. Darum studiere ich jetzt auch Theologie.«

»Und du bist glücklich?«

»Felix.« Julian sah ihn fest an. »Glücklich bin ich erst jetzt, genau in diesem Moment, da du mir verzeihen kannst.«

Da lächelte Felix, auch er fühlte sich endlich befreit von der Last der Bitterkeit, dem ständigen Gedanken einer schicksalhaften Benachteiligung. Da umarmten sie sich und weinten und schämten sich nicht, dass sie weinten.

Heute waren sie wieder Brüder geworden.

Am nächsten Tag reiste Felix ab. »Ich muss fahren, ich muss nach Hause«, erklärte er, »dorthin, wo jetzt mein Zuhause ist. Aber wir werden uns jetzt öfter sehen«, versprach er aus tiefstem Herzen.

»Natürlich, auch ich werde dich besuchen.«

Felix bedankte sich, dass ihm sein Bruder die Stadt und die vielen Kirchen gezeigt habe, darunter die Sixtinische Kapelle mit den wunderbaren Deckengemälden, und dass er durch ihn eine ganz neue italienische Küche kennenlernen durfte. Julian erzählte von seinem Studium, von der Einladung in den Vatikan, für ihn ein großes Erlebnis, und deswegen konnte er auch nicht zum Festakt in der Heimatstadt kommen, obwohl nicht nur er, sondern sicher auch seine Eltern sehr enttäuscht gewesen waren.

Felix schwieg dazu. Ja, hätte er sagen können, Mutter war zutiefst enttäuscht, denn letztendlich bist du ihr Liebling, nicht ich, der Sohn, der gekommen war.

Sie erwähnten Olga nur ganz kurz. Sie sei nach Afrika gegangen, offenbar habe auch sie sich geändert, doch das könne man nicht wirklich wissen. Als Felix über sie sprach, war sein Ton locker, und er verspürte nicht mehr dieses brennende Gefühl, sie vor Augen zu haben, wie sie ihn damals verführt hatte. War es vorbei? Es schien so, denn jetzt konnte er ohne Emotionen über sie sprechen, jetzt, da er sich mit seinem Bruder versöhnt hatte.

Am nächsten Tag brachte Julian seinen Bruder an den Abendzug nach München, von dort hatte er noch einen weiten Weg nach Insterburg. Wieder umarmten sie sich, Julian stand noch am Bahnhof, als der Zug die Halle verließ, wie viele andere lief er ein gutes Stück neben dem Zug her, an dem die Fenster heruntergelassen waren und die Reisenden sich weit hinauslehnten oder einige mit Tüchern ihren Angehörigen oder Freunden ein letztes Lebewohl zuwinkten. Auch Felix winkte seinem Bruder, bis der Zug um die Ecke bog. Mit einem entspannten Lächeln zog er das Fenster hoch, ließ sich auf seinen Sitz fallen und lehnte sich gegen das Kopfpolster. Er hatte seinem Bruder gesagt, er fahre schon ab, da er eine Antwort auf eine wichtige Frage geben wollte.

Er schloss die Augen und sah Jette vor sich, die sich über ihn beugte, ihn mit dem Zittergras an der Nase kitzelte und ihn fragte, ob er sie heiraten wolle.

Julian ließ die Hand sinken und ging langsam zurück in die Halle des Bahnhofs Termini.

Er war glücklich, befreit von dem Gefühl einer großen Schuld und eines großen Verlusts: dem Gefühl, seinen Bruder für immer verloren zu haben. In den vergangenen Tagen hatten sie sich wiedergefunden. Jetzt endlich war er frei für die Zukunft, die Zukunft, die er sich gewählt hatte. Vielleicht war es aber auch eine einsame.

Als er auf den Vorplatz des Bahnhofs trat, wurde er angerempelt von einer Gruppe der Schwarzhemden, wie sie genannt wurden, der Anhänger von Benito Mussolini. VIVA IL DUCE, schrien sie und schwenkten ihre Fahnen. Viele Reisende blieben stehen, klatschten, hoben die Hand zum Faschistengruß. VIVA IL DUCE.

FÜNFUNDDREISSIG

Bad Lichtenberg

Johannes stand in der Halle des *Deutschen Kaisers,* eine Karte in der Hand, und sah sich erstaunt um. Voll behängte Kleiderständer wurden eilig an ihm vorbei und in den Westflügel geschoben. Ein paar junge Frauen warfen ihm einen kurzen Blick zu und rannten auf hohen Schuhen den Ständern hinterher.

»Das ist ja eine Überraschung; ich habe nicht gewusst, dass du kommst.« Luise stand plötzlich neben ihm, in dem Trubel hatte er sie nicht kommen sehen. Sie war blass. Kein Wunder, sie arbeitete zu viel, mutete sich alles zu, was für andere längst zu einem Zusammenbruch geführt hätte. Besorgt umarmte er seine Tochter. »Was ist hier los?«, fragte er und sah sich weiter um.

Jetzt lachte Luise. »Das ist eine Überraschung, ich habe den *Samedi de la mode* eingeführt. Er findet einmal im Monat statt. Das macht sehr viel Arbeit, aber Elisabeth hilft mir dabei.«

»Und was bedeutet dieser Samstag der Mode? Veranstaltet ihr Modenschauen?«

Luise nickte. »Ja, vorgeführt werden Kollektionsteile, die Frau Keppler bei *Madame de …* zum Kauf anbietet, aber vor allem lassen wir uns von Lanvin Castillo aus Paris Kleider schicken. Sie kommen unter den strengsten Sicherheitsvorkehrungen zu uns. Ich habe festgestellt, dass fast jeder Pariser Couturier sehr gern bei diesen Events mitmachen möchte. Das bedeutet einen großen Erfolg, und es beweist, dass der *Deutsche Kaiser* zu Europas führenden Luxushotels gehört.« Luise sprach schnell, nervös und sah sich ständig um.

»Und wie werden die Teile geliefert?«

»Wie gesagt, sie kommen unter höchsten Sicherheitsvorschriften in einem gepanzerten Lieferwagen zu uns. Das ist natürlich alles sehr mühsam, die Zollpapiere und das ganze Drumherum, aber es wird sich lohnen. Glaub mir«, setzte sie mit Nachdruck hinzu.

»Und wenn sie nicht verkauft werden?«

»Das werden sie sicher, und den Rest nimmt Frau Keppler in ihre Boutique. Sie ist glücklich, endlich kann sie wieder mit der Haute Couture zusammenarbeiten.«

»Das klingt ja alles ganz wunderbar. Aber ich bin aus einem wichtigen Grund gekommen, hast du einen Moment Zeit für mich?«

»Für dich doch immer. Wintergarten?«

Er nickte und lächelte. Johannes stellte immer häufiger fest, wie gut es ihm ging, wenn er mit Luise zusammen war.

»Hier.« Nachdem der bestellte Tee und der Baumkuchen vor ihnen standen, legte er die Karte vor sie auf den Tisch. »Das ist eine Einladung, am 28. Dezember heiratet Felix, hast du das gewusst?«

Luise nickte. »Ja, er hat mir vor ein paar Tagen einen Brief geschrieben, dass er sich mit Julian versöhnt hat und jetzt weiß, was er im Leben will.«

»Elisabeth wird sich sehr freuen, dass sich die Zwillinge endlich versöhnt haben. Und dass er wieder glücklich sein kann. Der Name seiner Verlobten ist Jette von Stetten. Die Familie besitzt ein großes Gut, und Felix soll einmal der Verwalter werden. Irgendwie«, überlegte Johannes, »kommt mir der Name von Stetten so bekannt vor.«

Luise hob die Tasse, an deren Unterseite ein hellblaues Reh zu sehen war. »Das ist das Porzellan der von Stettens, die Firma liegt in Selb. Wir beziehen unser Kaffeeservice von ihnen.«

»Offenbar sind die Familien verwandt. Carl hat mir Fotos gezeigt, das Gutshaus mit dem riesigen Anwesen ist wirklich sehr beeindruckend.«

Luise spürte die Verlorenheit ihres Vaters. »Was ist los, Papa?« Sie wusste, es machte ihm Freude, wenn sie ihn Papa nannte, so wie früher, als sie ein Kind gewesen war.

»Ich war heute in Baden-Baden«, erzählte er, »du weißt ja, ich habe die dortige Kanzlei verkauft, und heute war die Übergabe, also ein letztes Mal, dass ich dort gewesen bin.«

»Wir müssen dir alle dankbar sein, denn du hast es geschafft, die Hypotheken abzuzahlen. Dank dir ist die Villa schuldenfrei und wurde nicht versteigert. Oder bereust du den Verkauf der Kanzlei?« Ihr Vater machte einen unglücklichen Eindruck, wo war seine Energie, die Ausstrahlung geblieben?

Johannes schüttelte langsam den Kopf. »Nein, mein Ziel war es, die Villa bei der Bank auszulösen. Aber ich habe mir überlegt, das Weingut endlich zurückzukaufen, der jetzige Besitzer hat seinen Willen zum Verkauf signalisiert.«

»Das ist doch ein wunderbarer Plan.« Sie sah ihren Vater nachdenklich an, der den hauchdünnen Baumkuchen auf dem Teller mit der kleinen Gabel zerteilte, aber vergaß zu essen.

»Es war die richtige Entscheidung, Papa. Die letzte Hypothek ist abbezahlt, und letztendlich ist es doch sehr anstrengend, zwei Kanzleien zu führen.«

»Du meinst, ich bin zu alt?« Johannes sah sie an, und Luise spürte seine Unruhe, fast Panik.

»Aber nein«, dementierte sie hastig. »Du kannst dich jetzt auch mehr um deinen Enkel kümmern«, schlug sie vor, merkte aber sofort, dass sie das Falsche gesagt hatte.

»Du meinst also, ich bin im Großvateralter angekommen. Das sieht im Übrigen deine Mutter genauso.«

»Aber nein«, dementierte Luise noch einmal mit Nachdruck. »Versteh das nicht negativ, ich meine nur, das war doch eine jahrelange Belastung für dich. Jetzt kannst du Pläne in Hinblick auf das Weingut machen.«

Johannes schwieg und schob sich endlich eine Gabel Kuchen in den Mund.

»Es tut mir so leid, aber ich habe jetzt eine Besprechung zu der ersten Modenschau, ich darf sie nicht verpassen.«

Sofort erhob sich Johannes. »Natürlich, verzeih deinem alten Vater, dass er die Zeit vergessen hat.«

Luise überhörte die spöttische Bemerkung, wandte sich zögernd zum Gehen. »Weißt du schon, ob Carl und Elisabeth zur Hochzeit von Felix fahren?«

»Natürlich machen sie das. Es geht in Pferdeschlitten in die Kirche, und anschließend gibt es ein großes Fest mit Schlittschuhfahren, Glühwein und Champagner. Wir sollten auch hinfahren.«

»Natürlich, Papa, das wird lustig werden.«

»Also, meine Liebe, ich gehe dann.«

Er beugte sich zu ihr und küsste sie leicht auf die Wange, während er sich mit einer müden Bewegung durch die Haare fuhr. »Wenn man alt ist, was macht einem da noch Freude? Vielleicht ist jedes weitere Lebensjahr nur noch ein Bonus auf dem Weg zum Friedhof.«

Luise erschrak zutiefst. Diese depressive Seite kannte sie nicht an ihrem Vater. »Mach dir nicht so viele Gedanken«, versuchte sie ihn aufzumuntern.

Doch da lächelte Johannes und nahm dadurch seinen Worten die Bedeutung. Er kniff sie in die Wange, wie er es in ihren Kindertagen gemacht hatte. »Das sagt die Richtige.«

Da lachte Luise, wenn es auch ein wenig gekünstelt klang. Sie nickten sich zu, und dann verließ Johannes den Wintergarten.

Luise sah ihm nach, zum ersten Mal ging er langsam, ein wenig gebeugt. Er wirkte wie ein Mann, der keine Träume, keine Hoffnung mehr hatte.

Luise erschrak zutiefst. War sie zu sehr mit dem eigenen Kummer beschäftigt gewesen? War ihr nicht klar geworden, wie schwer es für ihren Vater war, älter zu werden?

Hatte sie zu egoistisch reagiert? Jeden Tag versuchte sie, den eigenen Kummer zu verdrängen. Jeder Tag war genau durchgeplant, gab ihr keine Möglichkeit, nachzudenken, zuzulassen, dass der Schmerz die Kontrolle über sie bekam. Der Schmerz, dass Simon Roth gegangen war.

Er sei Jude, und es sei besser für sie, nicht zu wissen, wo er sich aufhielt. Aber er denke an sie, das stand in dem Brief, den ihr ein vertrauenswürdiger Bekannter von ihm übergeben hatte.

»Bitte leb Dein Leben, werde glücklich, oder versuch es wenigstens, aber irgendwann wirst Du mich vergessen haben. Das wünsche ich Dir und auch mir, denn ich könnte es nicht ertragen, Dich unglücklich zu wissen.

Wütend hatte sie den Brief zerrissen und in den Papierkorb geschleudert. Er wünschte sich, dass sie glücklich werde. Wusste er denn nicht, wie sehr sie ihn bereits liebte, hatte er nicht zugegeben, dass auch er sich bei ihrem ersten Treffen in sie verliebt hatte? Doch dann hatte sie begriffen, er wünschte ihr ein glückliches Leben, weil er nicht mehr zurückkommen konnte. Er hatte sie nicht verlassen, er musste gehen. Um sie zu schützen, zog er sich aus ihrem Leben zurück. Doch letztendlich war sie allein, musste ohne ihn leben, obwohl sie bereits Pläne geschmiedet hatten, ihr Leben miteinander zu teilen. Als sie das begriff, hatte sie sich niedergekniet, die Schnipsel aus dem Papierkorb gesucht und mühsam zusammengesetzt. Jetzt lag er, an allen Stellen geklebt, in ihrer Schublade. Und manchmal holte sie ihn heraus und las ihn.

Jetzt stand sie immer noch im Wintergarten, starrte ihrem Vater nach, fühlte sich müde, alt, genauso wie ihr siebzigjähriger Vater, ohne eine Zukunftsperspektive. Doch dann straffte sie die Schultern. Letztendlich war sie noch jung, sie bekam Blumen und Einladungen von vielen Männern. Sie sei einfach zu beschäftigt, erklärte sie dann und lehnte ab. Aber vielleicht sollte sie doch irgendwann Simon vergessen und bereit sein für eine neue Beziehung. Vielleicht lief ihr die Zeit davon, und irgendwann war sie siebzig und so enttäuscht vom Leben, wie ihr Vater an diesem Nachmittag gewirkt hatte.

Ach Simon, ich liebe dich doch. Sag mir, wo du bist, und ich komme zu dir.

Doch sie erkannte, dass Simon das nicht wollte. Sein Wunsch war, dass sie ihn vergessen sollte.

SECHSUNDDREISSIG

In triste Gedanken versunken, ging Johannes nach Hause. Kurz blieb er stehen und überlegte, seinen Bruder im Rathaus zu besuchen. Sie könnten einen Kognak trinken, sich eine Zigarre anzünden und von alten Zeiten sprechen. Doch letztendlich hätte sein Bruder keine Zeit für eine entspannte Unterhaltung, und so ging er die Birkenallee hoch und nach Hause. Irene war mit Maxim nach Baden-Baden gefahren, um sich dort die nächste Blumenschau anzusehen. Johannes hatte nur den Kopf geschüttelt, denn seiner Meinung nach war das nichts für einen Jungen. Maxim solle Sport treiben, Tennis spielen und auf den Fußballplatz gehen, um dort ein paar Jungs seines Alters zu treffen.

»Ich gehe sehr gern auf die Blumenschau«, hatte Maxim widersprochen, seinem Großvater aber heimlich zugezwinkert.

Zu Hause ging er hoch ins Turmzimmer, stellte sich ans Fenster und sah hinunter auf den Park, den Brunnen und seinen englischen Rasen, der jetzt wieder von einem Gärtner gepflegt wurde.

War er nun alt? Sollte er wirklich nur noch Großvater sein? Wann fing er an, mit sich selbst zu reden, Namen und Ereignisse zu vergessen, wann würde keine Frau ihn mehr beachten? Aber nein, letztendlich hatte er ja noch seine Kanzlei hier im Ort. Und er war immer noch ein angesehener Anwalt. So straffte er die Schultern und ging zum Schrank, um sich einen Portwein zu genehmigen.

Da öffnete sich leise die Tür, und Elisabeth stand dort. »Ich denke, du hast heute einen schwierigen Tag gehabt und solltest jetzt nicht allein sein.«

Sie lächelte, und in ihren Augen sah Johannes, dass sie ihn nicht alt fand.

Sie kam auf ihn zu, und Johannes atmete den vertrauten Duft ihres schweren Parfüms nach Rosen und Patschuli ein. Er räusperte sich. Konnte es sein, dass sie unter dem zarten Seidenkleid nichts trug? Der Stoff schmiegte sich eng um ihre Brüste und die Linie ihrer Hüften. »Willst du auch ein Glas?«, fragte er sie mit belegter Stimme.

Sie nickte lächelnd, und so holte er die Flasche und zwei Gläser aus dem Schrank und schenkte ein. Er reichte ihr eines davon, und dann prosteten sie sich schweigend zu, bevor sie tranken. »Setzen wir uns doch.«

Vielleicht war es ein wenig zu nahe, ein wenig zu eng, als sie nebeneinandersaßen. Doch sie unterhielten sich, Johannes erzählte von der Übergabe, seinen Plänen, das Weingut zurückzukaufen.

Da hob sie ihr Glas. »Auf dich und deine Pläne.«

Johannes dachte an Irene, die ihn für neue Projekte zu alt fand. Er solle doch auch die hiesige Kanzlei verkaufen und sich im Sessel zurücklehnen. »Alt genug bist du ja, sind wir beide. Und wir haben einen Enkel, warum sollten wir nicht das Leben ganz normaler Großeltern führen?«

Er hatte nichts darauf erwidert. Er wollte nicht nur Großvater sein, alles sträubte sich in ihm bei dieser Vorstellung.

Während Elisabeth erzählte, Carl wolle heute Abend mit ihr in ein romantisches Restaurant essen gehen, schlug sie die Beine übereinander, sodass der Rock ihres Kleids weit nach oben rutschte und den Ansatz ihres Schenkels zeigte. Elisabeth schob den Rock nicht zurück.

Johannes wollte sich nicht vorstellen, was nach dem romantischen Dinner passieren würde. Elisabeth mit Carl, wie sie sich liebten. Er hustete, um das Bild aus seinem Kopf zu verbannen. Er erzählte von Baden-Baden, von Maxim, dass

Irene ihn Max nannte, von Victoria, die nicht nach Hause kommen wollte.

»Sie wird kommen, wenn es für sie der richtige Zeitpunkt ist«, meinte Elisabeth ruhig, da erinnerte er sich, dass auch Luise ihm das einmal gesagt hatte.

Jetzt beugte sich Elisabeth ein wenig über ihn, um ihr Glas auf dem Tisch vor dem Sofa abzustellen. Sie berührte ihn, er spürte ihren Körper, jetzt hielt sie an. Ihr Gesicht war ganz nahe vor seinem, sie öffnete die Lippen, für ihn bereit, und da küsste er sie. Er konnte nicht aufhören, sie zu küssen, mit seinen Händen die zarte Haut ihres Halses zu berühren, doch als sie sich ihm ganz entgegenbeugte, zog er die Hand zurück. Er widerstand dem Drang, sie in den Ausschnitt ihres Kleids gleiten zu lassen. Und doch küsste er sie, bis sie sich atemlos voneinander trennten.

»Das war schön«, flüsterte sie mit veränderter, zärtlicher Stimme, während ihre Augen noch geschlossen blieben und ihr Gesicht von einer zarten Röte überzogen war.

»Wie schön du bist«, flüsterte er heiser, »mein Gott, du bist die schönste Frau, die ich jemals gesehen habe …«

»Und die du küssen darfst«, flüsterte sie, öffnete die Augen und sah ihn an. »Du darfst mich küssen, du darfst weitergehen, Johannes, du weißt, dass ich dich liebe«, brach es aus ihr heraus, »und du liebst mich auch …«

Da sprang er auf, lief zum Fenster und stellte sich mit dem Rücken zu ihr. Dann drehte er sich mit einer heftigen Bewegung zu ihr um. »Ja, Elisabeth, jetzt ist es endlich ausgesprochen, ja, ich liebe dich seit Jahren, das weißt du auch. Wir wissen es beide, aber du bist die Frau meines Bruders, und wir dürfen nicht weitergehen. Der Kuss war schon zu viel.«

Er wandte sich wieder dem Fenster zu, dann hörte er, wie sie leise aufstand und zu ihm kam. Sie lehnte sich an seinen Rücken. »Wir könnten weggehen, unsere Kinder sind erwachsen,

Johannes. Lass uns weggehen, irgendwohin, nach Afrika … nach …«

Der Vorschlag war so ungeheuerlich, dass er für einen Moment staunend verharrte. »Elisabeth«, seine Stimme versagte ihm fast, »auch wenn ich jetzt nicht an Carl denke. Ich selbst bin einfach zu alt, um ein neues Leben zu beginnen, du, Elisabeth, bist jung, nur zwei Jahre älter als meine Tochter, und ich werde im nächsten Monat …«

Doch da drehte sie ihn mit einer sanften Bewegung um, sodass er sie ansehen musste. Sie legte zärtlich einen Finger auf die Lippen. »Du bist nicht alt, warum hast du keinen Mut?«

Und als er sie wieder küsste, seine Hand über ihren Hals glitt und sie leicht aufseufzte, da konnte er nicht aufhören, sie zu berühren, die Träger ihres Kleids sanft über ihre Schulter zu ziehen, eine Hand über die nackte Haut gleiten zu lassen. Als er ihre Brüste zart umschloss, seufzte sie leise auf, und sie ließ sich langsam aufs Sofa gleiten und zog ihn zu sich hinunter. Für Johannes die Erfüllung all seiner Träume.

SIEBENUNDDREISSIG

Berlin

Drei Jahre später

VICTORIA

Es tut mir wirklich sehr leid, Fräulein Laverne, aber nach reiflicher Überlegung möchte ich Sie als Agent nicht vertreten. Und ich habe mir die Entscheidung nicht leicht gemacht.«

Agent Karl Melchinger schob sich ein kleines Stück Toast mit Gänseleberpastete genüsslich in den Mund, nahm sein Weinglas und trank einen Schluck Chablis.

Victoria saß mit dem bekanntesten Künstleragenten Berlins im Restaurant des Adlon-Hotels beim Essen. Sie hatte sich nur ein Mineralwasser bestellt, da sie keinen Hunger hatte. »Ich erinnere Sie daran, Herr Melchinger, dass Sie mich vor drei Jahren unbedingt unter Vertrag nehmen wollten, um mich als mein Agent zu vertreten.«

»Ja, vor drei Jahren«, betonte er, »damals waren Sie als Kostümbildnerin noch sehr gefragt. Aber das hat sich leider geändert, wie wir beide wissen. Ihnen liegt schon seit längerer Zeit kein Angebot mehr vor. Und die Kritiken ihrer drei letzten Arbeiten waren – um es gelinde auszudrücken – nicht gerade berauschend.«

»Und darum brauche ich einen Agenten.« Victoria versuchte, liebenswürdig zu bleiben. »Nun, es war ein großer Fehler von Ihnen, mich damals abzuweisen.«

Melchinger zog die Serviette aus seinem Kragen und betupfte sich damit die Mundwinkel. Dann ließ er sich Zeit, lächelte ein wenig süffisant. »Tja, meine Liebe, damals habe ich Ihnen eine Zusammenarbeit angeboten.«

Victoria kannte die Branche zu gut. Als sie Erfolg hatte, rissen sich Agenten und Theater wie auch Filmfirmen um sie, aber jetzt, da sie dringend einen Auftrag bräuchte, wollte kein Agent sie mehr vertreten. Die Vorwürfe ihrer Kritiker, sie sei ideenlos, habe keine Einfälle mehr, waren noch das Netteste, was über sie geschrieben wurde. Letztendlich fühlte sie sich auch so müde, ausgelaugt, nach so vielen Jahren harter Arbeit hatte sie durch die schlechten Kritiken jegliches Selbstwertgefühl verloren. Sie war allmählich selbst davon überzeugt, nicht mehr gut zu sein.

»Wissen Sie, was man über Sie schreibt? Sie seien ausgebrannt, ohne neue Ideen.« Melchinger lächelte sie über den Teller hinweg freundlich an.

»Ich bin absolut in der Lage, Kritik anzunehmen.« Es sollte leichthin klingen, doch die Bitterkeit in ihrer Stimme ließ sich nicht überhören. Sie wollte vor Melchinger nicht zugeben, wie sehr sie die Kritiken getroffen hatten. Von Journalisten geschrieben, die sie am Anfang ihrer Karriere in den höchsten Tönen gelobt hatten. Ein letzter Versuch, sie atmete durch, richtete sich auf.

»Ich verstehe das nicht so ganz. Also wenn ein Künstler Erfolg hat, reißen sich die Agenturen um ihn. Hat er keinen Erfolg mehr, wird er fallen gelassen, genau in dem Moment, in dem er wirklich jemanden braucht, der ihm auch in dieser Situation einen Auftrag vermittelt.«

»Schätzchen«, erklärte Melchinger, während er sich sein Tournedos Rossini vom Kellner servieren ließ, »es ist, wie es ist. Man will Sie nicht mehr. Das ist alles.«

Eigentlich wollte sie ihm heute noch einen Vorschlag machen, selbst eine Inszenierung in einem kleinen Theater zu finanzieren. Von ihrer Großtante hatte sie die legendären Perlen geerbt, die für sie in einem Tresor einer Schweizer Bank lagen und ein Vermögen wert waren. Das Testament sagte, sie dürfe sie nicht verkaufen, aber wenn sie es doch tat, würden sie ihr sicher ein kleines Vermögen einbringen – Geld, um es in der Theaterszene zu investieren, nachdem sie kein Angebot mehr bekam. Die Idee, damit ein eigenes kleines Theater zu finanzieren, ließ sie nicht los. Aber als sie jetzt Melchinger ansah, wusste sie, er würde für sie keinen Finger rühren. Er war zu eitel und hatte offensichtlich ihre Absage damals nicht verwunden. Eine Künstlerin, die ihn ablehnte? Das war er nicht gewohnt. Und heute, in dem Augenblick, da es ihr schlecht ging, zahlte er es ihr gewissermaßen zurück. Sie sah ihm zu, wie er seine Serviette wieder in den Kragen steckte und das Besteck hochnahm. »Nun, dann ist ja wohl alles gesagt.« Sie erhob sich, legte einen Geldschein für das Mineralwasser auf den Tisch, nickte ihm zu und ging.

Melchinger hinderte sie nicht daran. Er blieb einfach sitzen und widmete sich seinem Tournedos Rossini.

In der Halle des Hotels blieb Victoria stehen und atmete durch. Sie war dünnhäutig geworden, und die Absage traf sie, vor allem auch das unverschämte Betragen des Agenten. Kaum hatte er ihr Platz angeboten, obwohl er sie um ein Uhr hierherbestellt hatte. Und er hatte ihre letzte Hoffnung mit wenigen Worten und einem süffisanten Lächeln zunichtegemacht.

In der Halle ließ sie sich auf ein Sofa fallen. Sie, die Erfolgsverwöhnte, war ausgemustert worden, jüngere, auch begabte Künstler drängten nach. Das Gespräch mit Melchinger hatte es ihr in aller Deutlichkeit aufgezeigt. Sie musste jetzt ihre Gedanken ordnen, sich der Realität stellen. Die Kosten rannten ihr davon, und seit über einem Jahr lebte sie nur von Ersparnissen. Sie sollte mit Ludmilla reden. Die Russin war inzwischen nicht nur die Kinderfrau, sondern versorgte schon längst den Haushalt, machte die Einkäufe und schlief bei Natalja im Kinderzimmer. Und dann war da noch die Sache mit den Klavierstunden für ihre Tochter. Irgendwann – war das vor zwei Jahren gewesen? – hatte Ludmilla erzählt, Natalja wollte unbedingt Klavierspielen lernen, und eine sehr anerkannte Lehrerin hatte sie als Schülerin angenommen. Natalja durfte vor einem Jahr sogar in einem kleinen Kinderkonzert mitspielen, das die Lehrerin veranstaltet hatte. Ludmilla ging zum Konzert, denn an diesem Nachmittag der Aufführung hatte Victoria einen Termin mit Tekla Wenger, doch nicht einmal Tekla engagierte sie noch. Sie könne auch nicht vergessen, dass sie damals diesem reichen Provinzler eine Abfuhr erteilt habe, und das Theater und alle Mitglieder in schwerste finanzielle Bedrängnis gebracht habe. Ihr wollte Victoria eigentlich den Vorschlag einer Beteiligung machen, hatte Tekla ihr das nicht vor vielen Jahren angeboten? Doch sogar Tekla wies sie ab.

Die Klavierstunden für Natalja verschlangen ein kleines Vermögen, vor allem, da die Lehrerin es für absolut nötig erachtete, dass Natalja jeden Tag zu ihr zum Unterricht kam. Und sie habe kein Klavier zu Hause, an dem die Kleine üben konnte? Die Lehrerin hatte nur befremdet den Kopf geschüttelt und Ludmilla erklärt, sie solle Frau Laverne ausrichten, wie sehr sich Natalja ein Klavier wünsche. Wünsche und natürlich auch brauche.

Am Empfang drängelten sich neu angekommene Gäste, Portiers fuhren die Wagen mit deren Gepäck geschäftig durch die Halle zu den Aufzügen. Victorias Blick, mehr gleichgültig als interessiert, blieb an einem Mann hängen, der mit dem Rücken zu ihr stand. Er wirkte nervös und sah sich suchend um, schien auf jemanden zu warten, der offenbar zu spät kam. Sie kannte ihn. War es seine Haltung, die Geste, mit der er sich ungeduldig durch die blonden Haare fuhr, die ein wenig zu lang waren?

Nein, er konnte es nicht sein, nicht hier, so unerwartet, so plötzlich. Sie musste sich täuschen, wieso sollte es Juri sein, der hier in der Halle des Hotels stand, Juri, der doch in Amerika lebte, nein, sicher nicht.

Doch sie starrte weiterhin auf den Mann, jetzt wie elektrisiert, konnte es doch sein … Und da drehte sich dieser Mann um, er hatte offenbar gespürt, dass er beobachtet wurde.

Wie versteinert starrte Victoria zu ihm hinüber. Er war es, war es wirklich, ihr Juri, der Mann, den sie nicht vergessen konnte, der Vater ihrer kleinen Tochter.

»Juri«, flüsterte sie, »mein Gott, Juri.«

Juri verharrte einen Moment, sah sich um, dann kam er auf sie zu. »Victoria.« Seine Stimme klang heiser, vollkommen überrascht, sie zu sehen. Er ging um den Tisch herum, zögerte einen Moment, doch dann setzte er sich neben sie aufs Sofa. Er sah schlecht aus, fahl im Gesicht und mit tiefen Ringen unter den Augen.

Victoria erschrak über sein Aussehen, bis sie das Unglaubliche dieser Situation begriff: Juri saß neben ihr. Er, nach dem sie sich so oft gesehnt hatte, war ihr ganz nahe, sah sie an, lächelte. »Victoria«, wiederholte er, »wie schön, dich zu treffen.«

»Seit wann bist du in Berlin?«, brach es aus ihr heraus. Ihr Herz wollte sich nicht beruhigen, Juri war in Berlin, aber hatte sich nicht gemeldet. Nervös sprach sie weiter, ihn nicht gehen lassen, ihn halten, irgendetwas sagen, was ihn festhielt. »Aber du gibst kein Konzert, oder? Ich habe zumindest keine Ankündigung gesehen.« Oder war sie zu sehr mit sich selbst beschäftigt gewesen, dass sie nichts mehr um sich herum wahrgenommen hatte?

»Nein, Victoria, ich gebe kein Konzert. Aber jetzt sag mir, wie geht es dir?«, wechselte er das Thema. »Gut siehst du aus.«

»Nun ja, ich bin sechs Jahre älter geworden. Aber es geht gut, wirklich sehr gut.« Sie bemühte sich um ein Lächeln. *Ich bin beruflich wie finanziell am Ende, aber ich habe eine Tochter, und Juri … es ist unsere Tochter.*

Doch sie sprach nichts davon aus. Seine Unruhe, wie er sich ständig umsah, hinderte sie daran. »Und dir, Juri? Wie geht es dir? Wie lange bleibst du? Ich weiß, du hast Karriere gemacht, gibst auf der ganzen Welt Konzerte und …« Sie war nervös, sie wollte, dass er sie richtig ansah, sie auch wahrnahm, ihr zuhörte. Jetzt griff Juri nach ihrer Hand und unterbrach sie. »Ich denke so oft an dich, Victoria, wie du damals gewesen bist, wie wir beide waren, so voller Träume … so begierig aufs Leben, auf die Liebe … so eine Liebe gibt es nur ein einziges Mal im Leben. Ich habe mich oft gefragt, wenn du damals nicht immer wieder Nein … ausgerufen hättest …« Juri brach ab und ließ ihre Hand los. »Ja, ja«, fing er wieder an, »ich weiß, ich habe russisch gesprochen, aber was wäre gewesen, wenn ich dich in deutscher Sprache gefragt hätte …«

»Du weißt, ich hätte gewollt, dass du zurückkommst.«

»Ja, du hast es mir gesagt, und auch daran denke ich oft. Und an die Nacht hier im Adlon vor meiner Operation. Aber da warst du es, die mich verlassen hat.«

Victoria fühlte sich zutiefst enttäuscht, Juri musste doch wissen, wieso sie gegangen war. Er hatte ihr gesagt, er sei verheiratet und seine Frau warte mit dem Sohn in New York auf ihn. Sie atmete durch. »Und deine Hand? Bist du deswegen in Berlin, musst du wieder operiert werden?«

Er schüttelte nur den Kopf und sah sich in der Halle um. Wartete er auf jemanden? Er war unruhig, und sie hatte das Gefühl, er würde gleich aufstehen und gehen.

»Wie lange bleibst du?«, fragte sie noch einmal, in dem verzweifelten Versuch, diesen Moment festzuhalten, da sie sich wiedergetroffen hatten. Warum antwortete er nicht?

Sein Gesicht war jetzt ganz nahe vor ihrem, als er leise sagte: »Victoria, ich bin nicht allein hier, ich warte gerade auf meine Frau, und dann fahren wir in die Charité.«

»Wirst du also doch wieder operiert?« Ihre Stimme klang leise, so verzweifelt, aber das hörte nur sie selbst. Bevor er antwortete, sprang er auf, nickte einer Frau zu, die stehen geblieben war. Sie sah kurz zu Victoria herüber, nickte ihr zu und wartete. »Da ist Mara, meine Frau«, sagte er. Doch er bat sie nicht, zu ihnen zu kommen, sondern beugte sich zu Victoria hinunter und küsste sie leicht auf die Wange. Auch Victoria erhob sich, sie sah zu Mara, einer blassen blonden Frau, die den gleichen verzweifelten Ausdruck im Gesicht hatte wie Juri. Das also war sie, Juris Frau. »Ich muss gehen, wir müssen in die Charité.«

»Also wirst du doch noch einmal operiert?«, fragte sie ein zweites Mal. Nur noch ein Satz, einen Moment, erfahren, wie es ihm ginge.

Er schüttelte den Kopf, wandte sich ihr jetzt ganz zu. »Nein, Victoria. Nicht ich, sondern unser einziger Sohn Alexander. Er liegt in der Charité und wird morgen operiert, er hat Krebs.«

Victoria lief nach Hause, sie spürte nichts, nur Leere. Sie lief weiter und weiter, ohne etwas zu sehen oder wahrzunehmen. Juri war mit seiner Frau hier in Berlin, da ihr Sohn an Krebs erkrankt war.

Als er ihr den Grund nannte und sie seine Frau ansah, das Unglück der beiden spürte, hatte sie auch die Unmöglichkeit erkannt, ihm zu sagen, er habe eine Tochter.

Hatte eine Illusion sie all die Jahre in Berlin bleiben lassen – die Illusion, Juri käme eines Tages zu ihr zurück und würde bei ihr und Natalja bleiben? Hatte sie deswegen eine Rückkehr zu ihrer Familie ausgeschlossen, weil sie auf ihn gewartet hatte?

Es war gut, geschwiegen zu haben. Es war gut, ihm nicht zu sagen, er habe eine Tochter. Es war gut, ihm und seiner Frau das jetzt nicht anzutun.

Während der nächsten Tage lief sie ziellos durch Berlin, die Stadt, die sie vor achtzehn Jahren mit offenen Armen empfangen hatte. Es sei ihre Stadt, hatte sie erklärt, ihre Liebe gehöre Berlin und dem Theater, auch dem Film. Sie wurde geliebt und bewundert. Sie hatte Juri noch einmal getroffen, und sie hatte von ihm eine Tochter bekommen.

»Du interessierst dich zu wenig für Natalja«, hatte ihr Ludmilla dann und wann vorgeworfen. »Du hast nur deine Karriere im Sinn.«

»Ich muss Geld verdienen, vergiss das nicht, Ludmilla, unter anderem, um dich zu bezahlen.« Es war unfair gewesen, sie wusste es. Niemand opferte sich mehr für Natalja auf als Ludmilla. Auch wenn Ludmilla sie oft warnte, sie brauche die Mutter, nicht sie, Ludmilla.

Viele Dinge gingen ihr bei den Wanderungen durch die Stadt durch den Kopf. Ludmilla hatte schon mehrmals erklärt, sie habe Heimweh, sie wolle nach Russland zu ihrer Familie zurück. Und Natalja brauchte wiederum ihre Familie, die Großeltern, ihre Tante Luise. »Sie braucht einen festen Ort, an dem sie zu Hause ist, und das sollte nicht Berlin sein.«

Im August begannen die Olympischen Spiele, überall wurden sie bereits angekündigt, die Maschinerie der nationalsozialistischen Propaganda lief reibungslos. Die Spiele mit nationalem Stolz, jüdischen Sportlern war es verboten, daran teilzunehmen. Überall wehten die Hakenkreuzfahnen, wurden Juden verhaftet, auf der Straße niedergeschlagen. In den Kinos liefen Kriegsfilme, die den Krieg verherrlichten. War das noch »ihr« Berlin?

War es die Stadt, in der Natalja aufwachsen sollte?

Vier Tage später gab Victoria ein Telegramm an Luise auf. »*Komme nächste Woche Dienstag mit dem Zug 18:32 nach Hause. Bringe jemanden mit. Vic*«

ACHTUNDDREISSIG

Bad Lichtenberg

LUISE

Luise wartete im Wintergarten auf ihren Neffen Maxim. Jeden Mittwoch kam er nach der Schule ins Hotel, und sie aßen zusammen zu Mittag. Luise ließ dann aus dem österreichischen Restaurant im Westflügel ein Wiener Schnitzel mit Kartoffelsalat hierher in den Wintergarten bringen. Es war damals das »Einstiegsessen« in die Familie gewesen, wie Maxim erklärt hatte, und so wurde daraus ein kleines Ritual. Drei Jahre nach seiner Ankunft war aus einem traumatisierten, unglücklichen und blassen Jungen ein selbstbewusster junger Mann von siebzehn Jahren geworden. Die ganze Familie hatte mitgeholfen, ihm in der ersten Zeit das Gefühl von Geborgenheit und Sicherheit zu geben. Irene stand in den Nächten auf und tröstete ihn, wenn er schreiend aus Albträumen erwachte, Berta verwöhnte den »jungen Herrn« mit ihrer Kochkunst, und Johannes war für ihn zu einem großen Vorbild geworden. Er bewunderte seinen Großvater hemmungslos. Luise vermutete, da er ohne Vater aufgewachsen war. Es war keine Rede mehr davon gewesen, dass er ins Internat müsse wie seit Generationen die Kinder der Savernes. Er ging auf das örtliche Gymnasium, und als er das erste Jahr wiederholen musste, sah Johannes großzügig darüber hinweg. Hatte dieser Junge nicht schon zu viel durchmachen müssen? Johannes ging mit seinem Enkel auch zum Fußballspiel nach Karlsruhe, während Irene ihn jedes Jahr nach Baden-Baden zu einer Blumenschau mitnahm.

Mittwochs aber kam er zu seiner Tante Luise, und dann saßen sie im Wintergarten. Maxim wollte nicht in eines der Restaurants gehen. Es gab eines mit regionaler Küche, eines mit französischer Küche, das inzwischen durch seinen Pariser Sternekoch landesweit berühmt war. Und es gab auch eines mit österreichischer Küche. Luise hatte den Plan, im Ostflügel neben dem englischen Teesalon eine russische Bar zu eröffnen, doch sie hatte noch keinen Architekten gefunden, der ihren Ansprüchen genügt hätte. »Einen zweiten Simon Roth gibt es nun mal nicht«, hatte Johannes erklärt, und er hatte recht; sie wollte keine Umbauten ohne ihn.

Luise erhob sich jetzt und winkte, denn Maxim stand dort am Eingang, an seiner Seite das Mädchen Rachel Möller, das er Luise heute vorstellen wollte. Er sei sehr verliebt, hatte er ihr anvertraut. Er hatte seiner Tante auch von Heidi erzählt, dem ersten Kuss, der Ablehnung der Eltern. Heute, hatte er gesagt, würden Heidis Eltern ihn nicht mehr ablehnen, heute war er ein Laverne. Luise hatte bei seinen Worten begriffen, wie sehr er sich bereits zur Familie zugehörig fühlte. Sie wusste aber auch, wie sehr er seine Mutter vermisste, ohne groß darüber zu sprechen, Luise spürte es. Maxim war vertieft in sein Gespräch mit Rachel, jetzt strich er ihr zart über die Wange, und Rachel lächelte. Doch Luise dachte mit Sorge daran, dass ihr Vater ein paar Tage zuvor erzählt hatte, dass das Rasse- und Siedlungshauptamt durch die Ahnenforschung darauf gestoßen sei, dass Maxim eine jüdische Mutter hatte. »Da hilft auch nicht, dass ich ihn vor drei Jahren adoptiert habe.«

»Machst du dir Sorgen?«, hatte Luise wissen wollen. Eine überflüssige Frage, denn sie hatte bemerkt, wie sehr es ihren Vater beschäftigte, wie sehr er sich um eine Lösung bemühte. Der Ahnenpass brachte seine Herkunft an den Tag. Doch jetzt lächelte Luise ihrem Neffen entgegen, sie wollte Maxim nicht beunruhigen, und noch war nichts passiert.

Jetzt sah Maxim sie, winkte ebenfalls und kam mit der dunkelhaarigen Rachel auf sie zu. Wie hübsch sie war, die vielen krausen Locken, sah sie vielleicht sogar Clara Weinberg ähnlich, seiner Mutter?

Sie begrüßten sich, nahmen Platz, und als aus dem österreichischen Restaurant ein Kellner das Essen auf einem kleinen Wagen an den Tisch heranschob, kam ein Page auf Luise zugelaufen. In der Hand hielt er ein kleines silbernes Tablett, auf dem ein Kuvert lag. »Entschuldigen Sie, Frau Direktor, ein Telegramm für Sie. Herr Mayer sagte mir, es sei sehr wichtig.«

Luise griff danach und riss es auf, dann ließ sie die Hand sinken und stieß einen kleinen Schrei aus. »Das gibt es doch nicht, ist das wirklich wahr? Victoria kommt zurück, endlich. Maxim, fangt bitte schon einmal an, ich muss unbedingt Vater anrufen.«

Als Luises Anruf kam, saß Johannes am Schreibtisch seiner Kanzlei und arbeitete einen Schriftsatz durch. Auch er konnte es nicht glauben, Victoria, das Nesthäkchen, sein Rotfuchs, wie er sie als Kind genannt hatte, kam zurück.

»Sie ist in Begleitung«, erzählte Luise, »meinst du, sie bringt einen Mann mit?«

»Sieht fast danach aus.« Johannes' Laune war bestens durch diese Ankündigung. Er sprang vom Stuhl hoch, riss die Tür auf und rief seiner Sekretärin zu, seine Tochter Victoria käme nach Hause, offenbar in Begleitung eines Mannes.

»Das ist ja eine Freude«, lachte Fräulein Kranz und klatschte in die Hände. Sie arbeitete seit fünfunddreißig Jahren für Johannes und kannte Victoria, seit sie drei Jahre alt war. »Verbinden Sie mich bitte mit meiner Frau.« Als er Irene am Telefon hatte, wusste sie schon Bescheid. »Luise hat mich angerufen, aber weißt du, mit wem sie kommt, wer sie begleitet?«

»Woher soll ich das wissen?«, erwiderte Johannes weiterhin gut gelaunt. »Lass uns heute Abend ins französische Restaurant gehen, ich sage Luise, sie soll uns Plätze reservieren lassen.«

Als er einhängte, klopfte Fräulein Kranz und steckte den Kopf zur Tür herein. »Ihre Frau Schwägerin ist da.«

»Führen Sie sie bitte herein.«

Johannes ging Elisabeth entgegen, und Fräulein Kranz schloss diskret hinter ihr die Tür. Sie waren allein. Das erste Mal, seit sie sich vor drei Jahren im Turmzimmer geliebt hatten. Seit damals hatten sie jedes Beisammensein zu zweit vermieden.

»Victoria kommt nach Hause.« Mit diesen Worten begrüßte er sie.

»Wie schön für euch«, lächelte Elisabeth und blieb im Abstand zu ihm an der Tür stehen.

»Willst du einen Portwein?«

Ein kurzer Blick, dann nickte Elisabeth. Sie war heute nicht gekommen, um mit ihm allein zu sein. Sie kam während der Bürozeit der Kanzlei.

»Darf ich?«, fragte sie und zeigte auf das Sofa. »Entschuldige, natürlich, wie unaufmerksam von mir, dir keinen Platz anzubieten.« Johannes war nervös, als er ihr das Glas überreichte und selbst auf dem Sessel der Sitzgruppe Platz nahm, dadurch Abstand hielt.

»Ich wollte dir erzählen«, begann sie, nachdem sie einen Schluck getrunken und das Glas abgesetzt hatte. »Meine Söhne haben mir geschrieben.«

»Und?«

»Du weißt, ich habe vor einem Jahr meinen Großonkel beerbt, und gestern habe ich Felix über meine Bank Geld geschickt, um sich das Haus zu kaufen, das er sich so sehr wünscht.«

»Du meinst diese Ruine?«

Jetzt lachte Elisabeth. »Ja, genau die. Felix hat sich in das Haus und die ganze Umgebung richtig verliebt. Er konnte für die Bauern in diesem Dorf sehr hohe staatliche Hilfen durchsetzen, dadurch ist es ein aufstrebender Ort geworden. Dank meinem Sohn, der dort große Achtung genießt.« Elisabeth konnte ihren Stolz nicht verbergen.

»Aber deswegen kauft man doch nicht gleich ein Haus, das erst wieder aufgebaut werden muss. Und was will er dann machen? Es vermieten? Oder will er dort leben und Bauer werden?«

Elisabeth zog die Schultern hoch. »Ich weiß es nicht. Ich denke schon.«

»Und was sagt Jette dazu?«

»Genau das ist das Problem. Jette erwartet ihr zweites Kind. Sophie kam ja bereits fünf Monate nach der Hochzeit auf die Welt. Jetzt soll es ein Sohn werden, der einmal das große Anwesen der von Stettens erben soll. Nach Jette. Sie liebt diesen Gutshof, er ist ihre Heimat, und sie hat eine starke Bindung an ihren Vater. Ich denke nicht, dass sie so ohne Weiteres mit Felix in diesem Dorf leben will.«

»Das kann man nachvollziehen, bei der Hochzeit haben wir gesehen, wie herrlich dieses Anwesen der von Stettens ist. Aber wenn Felix seinen Schwiegervater nicht mag, verstehe ich das ebenfalls.« Johannes schoss durch den Kopf, wie sehr Friedrich von Stetten bei der großen Hochzeit Elisabeth ganz ungeniert den Hof gemacht hatte. Carl hatte nur gelacht, doch Johannes war wütend vor Eifersucht geworden.

»Man muss abwarten«, meinte Elisabeth jetzt. »Ich kann mir vorstellen, dass Felix seine eigenen Entscheidungen treffen und nicht von dem Schwiegervater abhängig sein will.«

»Das ist verständlich, Elisabeth. Unsere Kinder sind erwachsen, und wir müssen ihre Entscheidungen akzeptieren.«

War alles gesagt? Johannes sah sie an, die Frau, die er liebte und die vor ihm saß und die er nicht küssen, nicht in die Arme nehmen durfte.

»Und Julian?«, fragte er schließlich, »du hast gesagt, du hast von beiden Söhnen einen Brief bekommen.«

Sie nickte, trank wieder einen Schluck. »Am Ostersonntag im nächsten Jahr empfängt Julian im Petersdom durch den Papst die Priesterweihe.«

Elisabeths Stimme zitterte. »Ich habe ihn verloren, ich habe meinen Sohn an den Vatikan verloren. Du weißt, wie sehr ich ihn liebe. Carl meint, aufgrund dieser außergewöhnlichen Ehre durch den Papst wird unser Sohn sicher Karriere im Vatikan machen.«

»Dann ist es wohl endgültig.« Elisabeth nickte.

»Also besteht keine Hoffnung mehr, dass er zurückkommt.« Er spürte Elisabeths tiefe Enttäuschung, war sie deswegen zu ihm gekommen, suchte sie Trost bei ihm?

Jetzt weinte sie, und Johannes konnte nicht anders, er setzte sich neben sie aufs Sofa und zog sie an sich.

»Carl ist stolz auf ihn, er meint, er wird in der Hierarchie im Vatikan ganz nach oben steigen. Vielleicht sogar einmal Papst werden.«

»Blödsinn«, erwiderte Johannes. »Ein Deutscher wird niemals zum Papst gewählt werden, aber auch ich kann mir vorstellen, dass er Karriere macht. Darüber hinaus scheint er ja sehr gläubig zu sein.«

Elisabeth hob ihm ihr tränennasses Gesicht entgegen und öffnete leicht die Lippen.

»Elisabeth«, flüsterte er, »bitte nicht, hatten wir nicht beschlossen, unsere Stunden im Turmzimmer zu vergessen?«

Elisabeth löste sich von ihm und sprang auf. »Du«, schrie sie plötzlich, »du hast das entschieden, nicht wir. *Du.* Wie du immer alles entscheidest.«

»Ich denke an Carl und Irene, auch an Maxim, dem gegenüber ich ebenfalls eine große Verantwortung übernommen habe.« Auch Johannes erhob sich, stand jetzt aufrecht vor ihr.

Elisabeth lachte auf. »Du bist so arrogant, weißt du das eigentlich? Du glaubst, jede Entscheidung laufe über dich. Carl ist inzwischen mit seinem Amt verheiratet, ich bin für ihn nur noch das schmückende Beiwerk, eine schöne Frau, zwanzig Jahre jünger als er, wie gut für das Ego. Mehr nicht. Und deine Ehe ist doch längst nur noch Langeweile und Gewohnheit, jeder spürt, dass euch nach fast fünfzig Jahren nichts mehr verbindet.«

Johannes war blass geworden.

»Du bist feige.« Erbarmungslos sprach sie weiter. »Du hast damals, nachdem wir uns geliebt haben, nicht den Mut besessen, zu uns beiden zu stehen. Und komm mir jetzt nicht mit Verantwortung für Maxim, du bist einfach nur feige.«

Für Johannes war es qualvoll, von der Frau, die er liebte, als feige bezeichnet zu werden. Es war das Schlimmste, was man ihm sagen konnte. »Wir haben nun einmal Verantwortung.«

Stumm sahen sie sich an. Doch dann entschied er sich, seine Gedanken auszusprechen, eben nicht feige zu sein.

»Ich bin alt, dreiundsiebzig Jahre, Elisabeth, ich weiß nicht, wann ich vielleicht senil werde, mein Gedächtnis verliere, einen Schlaganfall erleide. Willst du wirklich einen alten Mann an deiner Seite haben, du, noch nicht einmal fünfzig Jahre alt, schön und faszinierend. Ich kann mir nicht vorstellen, dass du dich mit einem alten Mann abgeben willst, der täglich abbaut. Und eines könnte ich nicht ertragen: dein Mitleid, deine Ungeduld mit mir.« Er hatte es ausgesprochen, endlich. »Ich habe mich gegen ein Leben mit dir entschieden, weil ich dich liebe«, fügte er leise hinzu.

Sie sah ihn nur an. Hatte sie überhaupt zugehört, ihn auch verstanden? Dann schüttelte sie den Kopf. »Wie kannst du nur?«, flüsterte sie. »Wie kannst du mich nur für so dumm, so oberflächlich halten? Kennst du mich so schlecht?«

Er wusste nichts mehr entgegenzusetzen. Da er nicht antwortete, sprach sie mit veränderter Stimme weiter.

»Meine Kinder haben ihren Weg gewählt«, sagte sie, jetzt ruhig geworden. »Und mein Mann hat sich mit der Politik verheiratet, und so werde auch ich meinen Weg gehen.« Sie wandte sich ab und ging zur Tür.

»Was meinst du damit?« Johannes lief ihr nach.

»Ich gehe weg.«

»Aber wohin?« Plötzlich hatte er eine Idee. »Willst du zu Friedrich von Stetten? Ich verstehe, er ist attraktiv und auch zwanzig Jahre jünger als ich …«

»Johannes«, sagte sie mit großer Zärtlichkeit, »mach dich nicht lächerlich, bitte. Hör auf. Nein ich gehe nicht nach Ostpreußen. Aber ich gehe weg.«

»Du willst mir nicht sagen, wohin? Und was meint dein Mann dazu?«

»Ich habe mit Carl bereits gesprochen. Johannes, ich gehe, und niemand wird mich aufhalten.«

Damit verließ sie den Raum und schloss leise die Tür hinter sich. Nur der Duft ihres Parfüms blieb.

NEUNUNDDREISSIG

GERDAS TAGEBUCH

Miezchen …«

Ich schrak aus meinem Schönheitsschlaf hoch, als meine Mutter mich rüttelte und sich über mich beugte.

»Wieso schläfst du am helllichten Tag?«

Ich nahm meine Schlafmaske ab und sah sie nur an. »Ich bin müde«, erklärte ich auf die lästige Frage hin.

»Müde vom Nichtstun«, stellte Mutter fest. »Aber ich bin gekommen, weil ich dir was erzählen will, das dich sicher interessieren wird.«

Mühsam richtete ich mich auf dem Sofa auf. Ich mag es nicht, wenn Mutter einfach in mein Haus kommt, um mich zu kontrollieren, und mir die unmöglichsten Stellenangebote unter die Nase hält.

Spürt sie denn nicht, wie es mir geht? Vor circa zwei Wochen stand ich wie üblich ganz vorne in der Reihe, als Adolf Hitler vor einer Versammlung von Frauen sprach. Alle umringten ihn, griffen nach ihm, aber ich war die Nächste. Und schon stand ich ganz nahe bei ihm, doch was soll ich sagen? Da wurde ich brutal von einem seiner Männer zurückgestoßen. »Herr Hitler bittet Sie, ihn nicht immer wieder zu belästigen oder zu verfolgen.«

Und das mir? Er hat mich doch immer angelächelt, mir das Gefühl gegeben, dass zwischen uns eine tiefe seelische Beziehung bestehe.

Ich drehte mich sofort um, zwängte mich durch die kreischenden Frauen und stand dann auf der Straße. Was denkt sich dieser Hitler eigentlich, wer bin ich denn? Ich bin eine Adlige, war die Verlobte des Helden der Schlacht an der Somme, und ich bin hübsch, das Ideal der deutschen Frau – das sagte er mir doch, als ich noch bei Sergej arbeitete. Ich denke, es waren seine Männer, die mich weghaben wollten. Er gehört wohl allen Frauen, es sind letztendlich seine Wählerinnen.

Nun bin ich also wieder hier, in dem Haus, das ich von meinem Vater geerbt habe.

»Also was ist los?«, fragte ich mürrisch, da meine Mutter erwartungsvoll vor mir stand.

»Elisabeth Laverne hat ihren Mann verlassen. Die Bombe ist gestern geplatzt«, fügte Mutter noch hinzu. »Der ganze Ort redet über nichts anderes, der Bürgermeister wurde von seiner Frau verlassen. Und niemand weiß, wohin sie gegangen ist. Also ich muss wieder zurück ins Postamt, ich wollte es dir nur schnell sagen, ich dachte, es interessiert dich. Ach, übrigens, vergiss nicht, endlich den Ring an die Familie zurückzuschicken. Du hast es mir versprochen.«

Schon war sie weg, und die Haustür fiel hinter ihr ins Schloss. Es war still im Haus, in dem ich ganz allein wohne.

Im Sitzen griff ich nach der kleinen Samtschachtel, die auf dem Tisch neben meinem Sofa stand, und klappte sie auf. Was interessierte mich Elisabeth Laverne, auch wenn sie zur »Heiligen Familie« gehört, wie ich die Lavernes heimlich nenne? Jetzt ist sie nicht mehr so heilig, vielleicht hat Carl seine Frau betrogen oder …

Es ist egal.

Ich starrte auf den schmalen Ring und dachte an Franz, an die Tage in Berlin, die so voller Hoffnung schienen, voller Liebe, die ich erwartet habe. Ich dachte an den Nachmittag vor vielen Jahren, als ich Franz auf dem Weinfest hier in der Nähe kennenlernte, er mich anlachte und mich küsste. Er liebte mich doch, egal, was andere und auch er später dann sagten. Es sei nur eine Affäre gewesen, er wäre davon ausgegangen, dass auch ich nichts anderes gewollt habe. NEIN.

Das war gelogen. Als er das behauptete, stand er bereits unter dem Einfluss dieser schwarzhaarigen Frau, deren Sohn jetzt in der Familie Laverne lebt. Er hat mich ... mich ... einmal geliebt.

Langsam spürte ich, wie mir die Tränen über die Wangen liefen. Langsam drehte ich den Ring in meinen Fingern, steckte ihn noch einmal an, ein letztes Mal.

Franz, ich habe immer nur das Beste gewollt.

Franz, ich habe dich einfach nur geliebt, warum hast du es nicht verstehen wollen?

VIERZIG

Bad Lichtenberg

VICTORIA, LUISE UND NATALJA

Als der Zug einfuhr, wartete Luise bereits ungeduldig auf dem Bahnsteig. Viele Gedanken gingen ihr durch den Kopf. Gab es einen aktuellen Anlass, dass Victoria jetzt kam, und wer war es, der sie begleitete? Besucht sie uns nur? Oder kommt sie nach Hause?

Und dann hielt der Zug, die Schaffner öffneten die Türen, Hotelportiers standen Spalier und hielten die Namen der Hotels hoch, um Gäste abzuholen, die Reisenden stiegen aus, und da sah Luise ihre Schwester inmitten der Ankommenden. Luise lief auf sie zu, und sie standen sich gegenüber, beide unsicher lächelnd, stumm fragend: Wie reagierst du, anklagend? Oder einfach nur glücklich?

»Gut siehst du aus«, begann Luise, »sehr extravagant.«

Victoria trug einen weißen Hosenanzug, und die Haare waren sehr kurz geschnitten. Luise machte einen kleinen Schritt auf sie zu, und dann umarmten sie sich, zuerst ein wenig steif, vorsichtig, doch dann wurde die Umarmung fester.

»Ich bin so glücklich, dass du gekommen bist«, flüsterte Luise mit Tränen in den Augen. Als sie sich endlich lösten, sah sich Luise um. »Und wo ist dein Begleiter?«

Victoria sah sie erstaunt an, dann begriff sie. »Ach so, meine Begleitung«, lachte sie, als habe Luise einen köstlichen Witz gemacht. Sie drehte sich um, griff mit der Hand nach hinten.

»Komm, mein Schatz, du musst keine Angst haben, das ist deine Tante Luise.«

Ganz vorsichtig kam Natalja hinter ihrer Mutter hervor. Ein zartes kleines Mädchen, das mit ernsten prüfenden Blicken zu Luise hochsah.

»Das ist …?« Luise kam ins Stottern.

»Ja, das ist meine Tochter Natalja. Und, Natalja, das ist deine Tante Luise.«

»Dobrij den«, sagte Natalja und machte einen Knicks.

»Dobrij den?« Luise kam aus dem Staunen nicht heraus.

»Sie spricht besser Russisch als Deutsch«, erklärte Victoria. »Und dobrij den …«

»Jaja, ich weiß, ich weiß, wir haben ja auch russische Kurgäste.«

Luise beugte sich zu Natalja hinunter. Vorsichtig, um das Kind nicht zu erschrecken, zog sie ihre Nichte an sich. Heloise … die Erinnerung an die eigene Tochter, die geboren wurde, um zu sterben, drängte sich in ihre Gedanken, als sie Natalja ganz zart auf die Wangen küsste und Natalja sie mit tiefem Ernst ansah. Mit einem Lächeln richtete sich Luise wieder auf und erklärte mit veränderter Stimme: »Ich bringe euch ins Hotel. Vater und ich dachten, es sei das Beste, wenn du mit deinem Begleiter die erste Nacht im Hotel verbringst. Die Familie erwartet dich dann morgen zu einem frühen Mittagessen.« Luise lachte freiheraus, in Gedanken, wie sie und Johannes lange überlegt hatten, was wohl das Beste für die Ankommenden sei. »Wir sind einfach davon ausgegangen, dass du einen Mann mitbringst.«

Da lachte auch Victoria. »Und Mutter war einverstanden?«

Luise nickte. »Ja, morgen Mittag erwartet dich die ganze Familie, zwar ohne Elisabeth, aber das erkläre ich dir noch.«

Luise wollte ihre Schwester nicht gleich damit überfallen, dass zwei Tage zuvor Elisabeth ihren Mann verlassen hatte und gegangen war. Wohin, würde sie noch mitteilen. »Aber jetzt fahren wir erst einmal ins Hotel, der Zug hatte ja auch noch Verspätung, und ich denke …«, sie sah zu Natalja hinunter, »deine Tochter muss bald ins Bett. Sie sieht sehr blass aus.« So hakte sie Victoria unter, erklärte, ihr Gepäck sei bereits am Tag zuvor angekommen, und als sie auf ihr Auto zugingen, schob sich eine kleine Hand in die ihre.

Und mit einem Lächeln drückte Luise sie ganz zart.

Als sie die Hauptstraße entlangfuhren, beugte sich Victoria vor, um alles zu sehen, sich nichts entgehen zu lassen, was sich geändert haben könnte. »Fahr langsamer«, bat sie, und Luise folgte ihrer Bitte, und so fuhren sie im Schneckentempo die Straße hoch.

»NSDAP? Wer ist Franz Roeder?«, wandte sie sich an Luise. »Will er neuer Bürgermeister werden?« Entlang der Straße waren große Plakate aufgestellt mit einem lächelnden Mann, der die Hand zum Hitlergruß hob. »Und unseren Onkel im Amt ablösen?«

»Ja, er tritt gegen Carl an, du weißt ja, unser Onkel hat es geschafft, immer parteilos zu bleiben, und wie die meisten hier glauben, war er all die Jahre auch der richtige Oberbürgermeister. Er hat viel für die Stadt getan. Jetzt ist die NSDAP stark vertreten, und sie haben Franz Roeder aufgestellt.«

»Und wie stehen seine Chancen?«

»Ich weiß es nicht, man wird sehen.« Luises Stimme klang locker. Sie wollte ihre Schwester nicht bereits bei der Ankunft mit den eigenen Bedenken belasten. Nicht erzählen, wie gern auch hohe Parteimitglieder im *Deutschen Kaiser* abstiegen.

Als sie vor dem Hotel hielten, eilte der Portier in seiner roten Uniform sofort herbei, hieß das Fräulein Laverne willkommen und öffnete ihr die Wagentür. Während Victoria ausstieg, sah sie sich um, blickte an dem palastartigen Westflügel hoch und staunte noch, als sie bereits in der Halle standen. »So einen Luxus habe ich nicht erwartet. Ich wusste ja, es ist ein berühmtes Hotel, aber dass es wirklich zur europäischen Luxusklasse gehört, wird mir erst jetzt klar.«

Während sie sich immer noch umsah, schob Natalja ihre kleine Hand in die von Luise. In diesem Moment kam der alte Empfangschef Mayer Victoria mit Tränen in den Augen entgegen und hieß das Fräulein Laverne herzlichst willkommen. Jeder habe sie so schmerzlich vermisst.

Sie saßen in Luises Suite zusammen auf dem Sofa und redeten. Und wie auch die erste Umarmung gewesen war, so fing die Unterhaltung ebenfalls nur zögernd an. Luise hatte ein paar Kleinigkeiten zum Essen und für ihre Nichte einen Reisauflauf mit Kompott bestellt. Victoria sah mit Erstaunen, dass Natalja den Teller leer aß und sich eine zweite Portion von Luise auf den Teller legen ließ. »Eigentlich isst sie sonst zu wenig«, erklärte sie ihrer Schwester, »Ludmilla hatte immer große Mühe, dass sie überhaupt etwas gegessen hat.«

Natalja verputzte schweigend den Auflauf, und dann fielen ihr vor Müdigkeit die Augen zu. So nahm Luise ihre kleine Nichte zärtlich auf den Arm, trug sie in ihr Schlafzimmer hinüber und legte sie dort aufs Bett, zog ihr die Lackschühchen und Strümpfe aus und deckte sie leicht zu. Natalja war schon eingeschlafen.

»Wie war der Abschied von ihrer Kinderfrau, das muss doch sehr schmerzlich für sie gewesen sein«, meinte Luise, als sie sich wieder zu ihrer Schwester setzte.

»Das war irgendwie seltsam. Sie hat zwar geweint, hat aber trotzdem genickt, als Ludmilla ihr sagte, dass sie selbst sehr Heimweh nach Russland habe und gehen müsse. Im Übrigen haben sie russisch miteinander gesprochen, aber es gab keinen großen Tränenausbruch bei Natalja.«

Schweigend tranken die Schwestern ein wenig von dem französischen Weißwein, und dann erklärte Luise, ihr Vater führe Verhandlungen, um das Weingut zurückzukaufen. Doch Victoria war in Gedanken noch in Berlin, hörte nicht wirklich zu. »Ludmilla sagte mir, Natalja brauche ihre Mutter, ich sei immer mit meinem Beruf beschäftigt gewesen, jetzt solle ich mehr an meine Tochter denken.«

»Da hatte sie wahrscheinlich recht.« Luise blieb vorsichtig.

»Ja, Luise, ja, aber weißt du was? Ich habe keine Ahnung, was dieses Kind braucht. Ich liebe Natalja, aber …«

Luise umschloss mit ihrer Hand Victorias Finger. »Du warst berufstätig, und Natalja wurde durch Ludmilla bestens versorgt, du musst kein schlechtes Gewissen haben. Und was sie braucht, wirst du herausfinden, deswegen bist du doch auch hier, oder?« Forschend sah sie ihre Schwester an, sie stellte keine Fragen nach Nataljas Vater, sie spürte, Victoria war noch nicht bereit, darüber zu reden. So wie auch sie noch nicht bereit war, über Simon Roth zu erzählen. Da sprach sie über das neue Filmtheater, in dem auch ein Film lief, bei dem Victoria die Kostüme entworfen habe. »Sie waren sensationell, ich beneide dich um deine Kreativität, es muss sehr befriedigend sein, diesen Beruf auszuüben und darin auch erfolgreich zu sein.«

»Und genau darum geht es.« Trotz ihrer Müdigkeit wurde Victoria lebhaft. »Ich will nicht mehr abhängig sein von Agenten, Choreografen oder Regisseuren, die glauben, Frauen müssen ihnen zur Verfügung stehen. Nein. Ich will etwas anderes, ich möchte selbst ein Theater gründen oder eine Show inszenieren, und da dachte ich …« Sie zögerte, plötzlich kam ihr die Idee, die sie in Berlin schon entwickelt hatte, kaum realisierbar vor.

»Was dachtest du?«

»Nun, im Tanzsaal des Palmengartens gibt es doch eine Bühne, sogar Platz für ein Orchester, und da dachte ich, ich eröffne ein Theater, Revue, Chanson, vielleicht auch eine kleine Oper mit bekannten Künstlern.«

»Das wäre wundervoll!« Luise war begeistert und zeigte es auch. »Du bist genau die Richtige dafür, du bist berühmt, Vic, und ich habe mir schon oft Gedanken gemacht, wie man diese Bühne nutzen könnte. Bedeutet das auch, dass du hierbleiben wirst, Vic?«

Jetzt lächelte Victoria und nickte. »Ja, ich denke schon, aber ich hoffe, es gefällt Natalja auch hier.«

»Warum denn nicht? Hier kann sie sich frei bewegen, ohne Kindermädchen, sie kann auch im Park spielen…«

Jetzt lachte Victoria. »Spielen? Spielen bedeutet bei Natalja: am Klavier sitzen, in Berlin konnte sie das nur bei ihrer Lehrerin. Aber in der Villa gibt es doch noch den Steinway-Flügel?«

»Natürlich, siehst du, Vic, für Natalja wird es ein Paradies sein, hier zu leben.«

Victoria versuchte, ihre Rührung zu verbergen, es war so offensichtlich, dass ihre Schwester nach Gründen suchte, um sie zu halten, sie zu überzeugen, hierzubleiben.

Luise erzählte noch, Julian erhalte die Priesterweihe, und in der Ehe von Felix sei wohl nicht alles in Ordnung, es gäbe bereits Streit um die gemeinsame Zukunft, die sie an verschiedenen Orten sähen. Victoria fielen schon fast die Augen zu, als sie dann doch noch fragte, was mit Elisabeth sei. Luise fing vorsichtig an.

»Also, pass auf. Onkel Carl hat es uns vorgestern beim Sonntagsessen erzählt: Elisabeth hat ihn verlassen.«

»Wie schrecklich! Wie geht es dem armen Onkel Carl, und wo ist Elisabeth jetzt? Und wieso …?« Victoria war wieder hellwach.

»Zuerst: Wir wissen nicht, wohin sie ist. Und Onkel Carl nimmt es mit Fassung, zumindest scheint es so. Er sagte nur, das Leben sei Veränderung.«

»Mehr nicht?«

»Nein.« Luise schüttelte den Kopf. »Er will seine Gefühle nicht preisgeben, aber er sieht sehr schlecht aus.«

»Und Vater, wie geht es ihm?«

Die Schwestern wechselten einen stummen Blick.

»Wir haben es doch immer gewusst, oder etwa nicht?« Es war Victoria, die es aussprach.

Und Luise nickte.

»Ja, zumindest geahnt, denn die Verbindung der beiden war nicht zu übersehen. Aber wir Lavernes halten es nicht so mit Aussprachen, wir kehren gern alles unter den Teppich und lächeln freundlich.«

»Du hast recht, aber könnte es sein, nun ...« Victoria machte eine kleine Pause, bevor sie vorsichtig weitersprach. »Dass sie ging, weil sie unseren Vater seit Jahren geliebt hat?«

Luise nickte und hob langsam die Schultern. »Das kann sein, ich glaube es fast. Einmal, das muss so vor drei Jahren gewesen sein, kam er zu mir, und ich spürte, er wollte etwas erzählen, was ihn zutiefst aufwühlte, aber da hatte ich keine Zeit. Und damit war dieser vielleicht so kostbare und für ihn wichtige Moment vorbei.«

»Du kannst es nicht wissen, ob er dir von seiner Liebe erzählen wollte.«

Luise schüttelte langsam den Kopf. Wie oft schon hatte sie es bereut, ihm damals keine Zeit geschenkt zu haben. Doch dann lächelte sie: »Also Mutter jedenfalls nimmt es mit großer Gelassenheit, du weißt ja, wie eifersüchtig sie immer auf Elisabeth gewesen ist.«

»Das ist verständlich, auch sie wird es gespürt haben, dass ihr Ehemann die schöne Schwägerin liebt.«

»Wie entsetzlich. Für alle Beteiligten.« Victoria war tief getroffen.

Sie hatte gedacht, die Familie sei über die Jahre stabil geblieben, und jetzt begriff sie, dass es diese Stabilität gar nicht gab. *Leben ist Veränderung*, hatte ihr Onkel gesagt.

»Ich muss schlafen«, murmelte Victoria, »nicht mehr nachdenken. Und morgen zeigst du mir den Westflügel …«

»Du kannst hier schlafen«, schlug Luise vor, »geh ins Badezimmer, da findest du alles.«

Während ihre Schwester kurz im Bad war, rief Luise ihren Vater an. »Victoria kommt nicht in Begleitung eines Mannes, das war ein großes Missverständnis, sondern … halt dich fest«, erklärte sie mit einem kleinen Lachen, »es ist ihre fünfjährige Tochter. Und bitte bereite Mutter darauf vor, dass sie keinen Vater hat. Victoria soll nicht gleich bei ihrer Ankunft mit unangenehmen Fragen überschüttet werden.«

»Ich werde mit Irene reden«, versprach Johannes. Als er einhängte, lächelte er. Morgen also kam sein Nesthäkchen endlich nach Hause. Und er würde alles tun, damit Victoria blieb.

»Es tut mir so leid, dass ich so lange weggeblieben bin«, flüsterte Victoria im Einschlafen, als Luise zu ihr zurückkam und sich über sie beugte.

Luise hatte ihr auf dem großen Sofa ein Bett gerichtet, in das sich Victoria einkuschelte und sofort einschlief. Eine Weile blieb Luise bei ihr sitzen und sah ihre Schwester an. Victoria hatte sich verändert, in ihrem Gesicht zeigten sich die Spuren eines gelebten Lebens, eines harten Kampfs, es war das Gesicht einer Frau, die im Leben alles erlebt hatte, Glück und großen Kummer.

Und Luise lächelte – sie war glücklich, dass sie endlich den Weg nach Hause gefunden hatte. »Bitte geh nie wieder weg«, flüsterte sie, während sie eine Decke über die Schlafende breitete.

Dann ging Luise leise in ihr Schlafzimmer und setzte sich neben die kleine Natalja. Ein Mädchen, das ohne Vater aufwachsen würde, ein Kind, von dem die eigene Mutter nicht wusste, was sie brauchte.

Da strich ihr Luise zart über das vom Schlaf gerötete Gesicht. Es war wie ein Versprechen: Du bist meine kleine Nichte, und ich werde für dich da sein, egal, was kommen wird. Immer und für alle Zeit.

Am nächsten Morgen schliefen sie lange, und so blieb kaum mehr Zeit, um Victoria den Westflügel, die Restaurants und die Luxusmeile zu zeigen. »Das machen wir am Nachmittag, auch den Palmengarten, oder?«

»Natürlich, dann nach dem Essen.«

Victoria wollte unbedingt zu Fuß in die Villa hochgehen, vielleicht will sie noch einen kleinen Aufschub, überlegte Luise. Sie verließen das Hotel und gingen weiter, an der Wandelhalle vorbei, bis Victoria vor dem Palmengarten stehen blieb. »Nur kurz, ich zeige Natalja den Papagei, ganz schnell.«

Schon ging sie voraus, Luise folgte ihr. Vor dem Pavillon drängten sich die Kinder, die hochstarrten, und da öffnete der alte Papagei den Schnabel: »*Seemann ahoi.*« Die Kinder jubelten, und Victoria wandte sich lachend ihrer Schwester zu.

Doch als sie sich zu ihrer Tochter hinunterbeugte, weinte Natalja und hielt sich die Ohren zu.

»Der Pavillon ist jedenfalls nicht das, was sie braucht«, bedauerte Victoria, »ich dachte, er gefällt ihr so gut wie uns, als wir Kinder waren.«

Luise hob ihre Nichte hoch und lief rasch mit ihr hinaus. Victoria folgte enttäuscht. Als Kind war sie hier so gern hergegangen, es war für sie immer ein Ort gewesen, an dem sie glücklich gewesen war. Aber Natalja hatten die Geräusche, das

Kreischen, das Zwitschern und das Krächzen der Vögel nur zutiefst erschreckt.

Auf dem Weg in die Villa sah sich Victoria um, sog den warmen Tag in sich auf, sah hoch in die Birken, deren Blätter sich ganz leicht im Licht bewegten, und dann waren sie vor dem schmiedeeisernen Tor angekommen. Luise öffnete, sie gingen den Kiesweg entlang, und da wurde bereits von innen die Haustür geöffnet. Da standen sie, Johannes, Irene, Carl und Maxim, der mit größter Neugier seiner »neuen« Tante entgegensah.

Nun standen sie sich gegenüber, bis Johannes den Anfang machte, auf Victoria zuging, sie mit großer Selbstverständlichkeit umarmte, fast so, als sei sie gerade mal ein paar Wochen verreist gewesen. Er hieß sie herzlich willkommen und beugte sich zu Natalja hinunter. »Dobrij den«, murmelte sie fast unhörbar.

Irene ging auf die Tochter zu, ein wenig kühl. Damit wollte sie zeigen, so schnell könne man nicht vergessen, dass die Tochter so viele Jahre weggeblieben war. Doch bei Natalja traten ihr die Tränen in die Augen. »Sie hat die Haarfarbe der Laverne-Frauen«, rief sie entzückt aus, »und wie hübsch sie ist. Willst du deiner Oma nicht Guten Tag sagen?« Sie beugte sich zu ihrer Enkelin hinunter.

»Dobrij den«, war auch dieses Mal Nataljas schüchterne Antwort.

»Bitte was?« Irene richtete sich wieder auf.

»Sie spricht besser Russisch als Deutsch«, erklärte Victoria. »Natalja hatte eine russische Kinderfrau.«

»Na, da braucht sie aber als Erstes eine Deutschlehrerin, bevor sie in die Schule kommt.«

»Das Essen ist fertig, gnädige Frau.« Das Dienstmädchen erschien und betrachtete neugierig die Szene. »Berta serviert bereits.«

Sie folgten Irene in das kleine Esszimmer. Luise legte für ihre Nichte fürsorglich ein dickes Kissen auf den Stuhl, und Victoria warf ihr einen dankbaren Blick zu, denn daran hatte sie nicht gedacht. Natürlich nicht, warf sie sich selbst vor. Wieder hatte sie nicht darauf geachtet, was ihre Tochter brauchte.

Während sie die Suppe aßen, tunkte Natalja ihr Brot in den Teller, und ihr Löffel fiel krachend auf den Boden. Maxim hob ihn sofort auf.

»Nun ja«, meinte Irene, »deine Tochter hatte wohl auch niemanden, der ihr Essmanieren beigebracht hat.«

Johannes warf seiner Frau einen warnenden Blick zu: *Verdirb jetzt nicht alles, wir wollen, dass sie bleiben.* »Die Kleine ist nervös. Sie hat Ruhe nötig und nicht Verwandte, die sie ständig beobachten, wenn sie Suppe isst«, sagte er, an seine Frau gewandt.

»Ja, ja, ich weiß schon.«

Victoria sah zu ihrer Mutter hinüber. Sie erinnerte sich an ihr Gesicht, nachdem Franz gefallen war, eingesunken, die Augen wie tot. Heute aber strahlte Irene, ihr Gesicht war rosig, und Victoria ahnte, dass die beiden Enkel, Maxim und jetzt auch Natalja, ihr die Lebensfreude zurückgegeben hatten. Und dass sie darüber hinwegsah, dass sie unehelich geboren war. Johannes hatte am Morgen wohl die richtigen Worte gefunden.

»Natalja braucht ein stabiles Umfeld.« Irene konnte es doch nicht ganz lassen, ihre Meinung auszusprechen.

»Sie soll sich doch vor allem hier gut einleben und wohlfühlen«, schlug Maxim vor. »So wie ihr es mir ermöglicht habt.« Natalja tat ihm bereits leid – jeder wollte entscheiden, was dieses kleine Mädchen brauche und was nicht.

Victoria versuchte, sich zu beherrschen, nicht sofort die Geduld zu verlieren. Die Bemerkungen der Familie, was ihre Tochter alles brauche, empfand sie als Vorwurf. War es richtig, dass sie hierher zurückkam? Ihr Blick wanderte von ihrer

Mutter zu ihrem Vater, der genauso blass war wie sein Bruder Carl. »Was sie braucht, ist frische Luft, ein Kind, das in Berlin aufgewachsen ist, braucht frische Luft«, ließ sich Irene lautstark hören. »Mutter, kannst du das jetzt bitte unterlassen? Sonst überlege ich mir doch noch, ob ich hierbleibe«, fuhr Victoria ungeduldig hoch.

»Ich meine ja nur, ich denke zum Besten des Kinds. Nicht war, meine Kleine?«

Erstaunt sah sie, dass Natalja nicht mehr auf ihrem Stuhl neben Maxim saß. Während der Diskussion darüber, was das Kind alles brauche, hatten sie nicht bemerkt, dass das Mädchen heimlich vom Stuhl gerutscht und verschwunden war. Unruhig sprang Victoria auf. »Natalja ist es nicht gewohnt, unbeaufsichtigt zu sein.« Erschrocken sah sie sich um. Ihre Tochter war nirgends zu entdecken.

Alle sprangen auf, wollten auf die Terrasse und von dort in den Park hinunter. Doch in dem Moment hörten sie Klavierspiel, das aus dem Musikzimmer zu ihnen drang. Erstaunt sahen sie sich an. Leise, zart, dann fest und voller Klang erreichten die Töne sie.

Victoria war die Erste, die durch die weit offen stehenden Flügeltüren durch den großen Salon und dann ins Musikzimmer lief, die anderen folgten ihr.

Und da saß Natalja am Flügel und spielte. Versunken in die Musik, lächelte sie, und dieses kleine Mädchen, das gerade den Flügel im Musikzimmer entdeckt hatte, brauchte nichts, denn es war einfach nur glücklich.

Gegen Abend verließ Luise die Villa. Am Ende der Birkenallee drehte sie sich um, denn Victoria war ihr nachgerannt. »Weißt du«, begann sie, nachdem ihr Atem sich vom schnellen Laufen beruhigt hatte, »damals … du weißt schon … da stand ich genau hier, der Westflügel war nur noch ein schwarzer rauchender Trümmerhaufen, und da hast du im prasselnden Regen gestanden und hast Vater zugerufen, eine Ära gehe zu Ende. Vater hat dir geantwortet, es werde eine neue Ära geben, und du wirst sie prägen.«

»Das weißt du noch?«

Victoria nickte. »Ja, natürlich, denn in diesem Moment wurde mir klar, dass meine Zukunft nicht hier bei euch ist, sondern in Berlin, und da …« Sie sprach nicht weiter.

»Und da bist du gegangen«, beendete ihre Schwester den Satz.

Victoria nickte stumm. Schweigend sahen sie zum *Deutschen Kaiser* hinüber, dessen Fenster die abendlichen Sonnenstrahlen auffingen und leuchtend zurückwarfen.

»Aber jetzt bist du zurück, Vic, und jetzt wirst du auch bleiben, oder?«

»Ich muss ganz neu anfangen, und ich weiß nicht, ob ich es kann.« Mit abgewandtem Gesicht sprach Victoria ihre Zweifel aus. Konnte sie es überhaupt schaffen, ein eigenes Theater zu gründen, schon im Vorfeld mit hohen Erwartungen belegt?

Da legte Luise ganz leicht den Arm um die Schulter der Schwester. »Deine Zeit ist *jetzt,* Vic. Und du wirst mit dem Theater auch eine neue Ära prägen. Du wirst viele bekannte Künstler engagieren können, und irgendwann wird Natalja in deinem Theater Konzerte geben, und die ganze Musikwelt wird aufhorchen.«

Da lächelte Victoria, aber Luise konnte es nicht erkennen, denn jetzt ging die Sonne unter, und lange Schatten zogen über den Westflügel und breiteten sich über den ganzen *Deutschen Kaiser* aus. Aus Victorias Lächeln wurde ein befreites Lachen, sie griff nach der Hand ihrer Schwester. »Weißt du was? Jetzt freue ich mich auf die Zukunft, und ja, du hast recht, irgendwann werde ich eine Ära prägen können, und ja, irgendwann wird unsere Natalja hier ihr erstes großes Konzert geben.«

Irgendwann … hallte es in Luise nach, und auch sie lächelte, dann drückte sie fest die Hand ihrer Schwester.

»Nicht *irgendwann*, Vic … sondern bald, Vic, bald …«